애오라지 인생

애오라지 인생

초판 1쇄 인쇄 - 2011년 9월 21일
초판 1쇄 발행 - 2011년 10월 1일
3쇄 발행 - 2012년 6월 24일

지은이 : 지명혜
펴낸이 : 채주희
펴낸곳 : 해피&북스

서울시 마포구 신수동 448-6
출판등록 : 제10-1562호(1985.10.29)

전화 : 02-323-4060, 322-4477
팩스 : 02-323-6416
e-mail : elman1985@hanmail.net

값 12,000원

애오라지 인생

지명혜 장편소설

해피&북스

작가의 말

　나는 왜 글을 쓰는가.

　글 쓰는 일이 적성에 맞아서일까. 어렸을 적부터 말하기보다는 글 쓰기를 좋아했다. 글 쓰는 시간이 즐겁다. 즐거운 시간을 갖는 건 행복한 일이다. 행복! 사람이면 행복하기를 열망한다. 하지만 안타깝게도 나의 친한 친구 집안에서는 행복이 깨지고 불행으로 우는 소리들이 들려왔다. 부동산회사에서 매입한 땅이 잘못돼서 재산을 잃는 슬픔으로 우는 소리. 돈 빌려주고 오히려 파산결정문을 받아야 하는 억울함으로 우는 소리. 그 두 가지의 울음이 친구 집안을 흔들었고 내 마음도 흔들었다. 친구는 울었고 나도 친구 따라 울며 많은 대화도 나눴다.

　돈! 슬프게도 현실은 돈이 인격이 되었고 행복이 되었다. 난 흔들린 마음을 부여안고 고민했다. 친구의 아픔도 내 아픔이 되는 걸 느꼈다. 그런 우는 소리들을 들으면서 나 혼자만 행복해지려고 글을 쓸

수는 없었다. 그러다가 그 우는 소리들을 내 글에다 넣어 행복이 깨어진 사유를 많은 사람에게 알리고 싶어졌다. 망설였다. 돈이란 잃기도 하고 얻기도 하는데 돈을 잃었다고 책까지 쓸 필요는 있을까. 란 고심으로 망설였다. 그러나 한 집안의 재산을 잃는다는 건 가정과 목숨을 잃는다는 의미도 있기에 망설임을 끝내고 싶었다. 그 뿐 아니라 돈이 세상을 사람을 지배하고 있는 국면에 억울하게 빼앗기는 돈은 그 사례를 들어 알릴 필요를 느꼈다. 마침내 힘든 망설임을 끝내고 어렵게 펜을 들었다.

이 책은 나의 친구 집안의 형제가 부동산회사로부터 사기를 당한 일과 친구의 성실한 조카가 억울하게 당한 일을 적었다. 이 책에 등장하는 친구 조카는 삼십대의 아름다운 청년이다. 누구나 칭찬, 사랑할 수 있는 청년이어서 나 역시 그 청년을 칭찬, 사랑했다. 친구 조카니까 좋게 쓰고 그 조카를 울렸기 때문에 상대방은 나쁘게 쓰지 않았다. 공정하게 썼다. 글은 공정해야 한다는 걸, 글 쓰는 사람으로서 잘 알고 있다.

글 쓰는 내내 또 다른 고민이 있었다. 법이란 어떤 법이든 법을 악용해서 이익을 취하려는 나쁜 사람이 있다. 파산법에도 예외 없이 그런 여자가 있어서 친구 조카가 한 여자에게 당했다. 그 여자 때문에 파산법에 더러운 액체를 분사하는 경우가 생기면 어떡하나.의 염려. 살다보면 돈을 빌릴 수도 있고 죽을 형편에 처하면 그 빚을 못 갚을 수밖에 없어 파산법에 끈을 붙일 수도 있다. 그런 죽을 형편에 처한 사람들이 그 여자 때문에 까만 먹물을 뒤집어쓰면 어떡하나.의 염려. 그런 염려들이 또 다른 고민이 되어 나를 몹시 괴롭혔다. 그 여자는 친구 조카에게 나쁜 짓을 했고 난 그 여자가 친구 조카의 돈을 빼앗아 간 나쁜 행위를 사실 그대로 많은 사람에게 알리고 싶은 의무에 사로잡혔다. 고민하다가 괴로워하다가 망설이다가 결국에는 책을 쓰기로 작정했다.

그 여자의 이름은?

이름을 밝힐 순 없었다! 그 여자의 이름을 밝힐 순 없었다. 아니 정확히 말하면 이름을 밝힐 순 있었으나 참았다. 왜 참았을까? 인간적 배려심으로 참았다면 믿겠는가.

영화나 드라마에서 보면 복수심에 불 탄 주인공이 원수를 붙잡아 놓고 총을 쏠까 말까 하다가 마지막엔 총을 드던져버리고 원수를 살려주는 것과 같은 형국을 나도 인간적 배려심으로 참았다. 그 여자에게 가명을 지어 쓸 수도 있었다. 그럴 수도 없었다. 오천만 국민 중에서 그 여자에게 지어 준 가명과 똑같은 이름이 있을 수 있으므로 그럴 수 없었다. 어느 누구라도 그 여자와 이름이 똑같기를 원치 않을 테니까. 그런 연유로 책에서 그 여자는 이름이 없다.

작정한 이유는?

혹시, 혹시나 젊은이를 상대로 범죄행위를 저지르는 나이 든 어른이 있을까봐, 아이만도 못한 어른이 있을까봐, 그런 우려심에서 책을 쓰기로 작정했다.

또 다른 울음. 기획부동산회사에서 쓸모없는 땅을 매입해 재산을 잃는 슬픔으로 우는 소리. 그 울음도 큰 슬픔이었다. 최고는 하늘, 땅, 사람. 하늘과 사람은 마음대로 사고 팔 수 없으나 땅은 달랐다. 땅은 최고인 만큼 돈벌이도 최고가 되어 수많은 사람을 흔들었다. 흔들리면서 돈을 흘린 사람도 많고 돈을 주운 사람도 많이 생겨났다. 흘린 돈을 순순히 주우면 되는데 그러지 못하고 사람을 흔들어 돈을 흘리게 해서 주워가는 행위 즉 간접 갈취를 저지른 자에 의해 울고 있는 친구의 친척도 잿물 밑에 잠겨 있는 꽃으로 방치해둘 게 아니라 꽃을 건져내어 책 속에 넣고 싶었다.

아름다운 이야기를 쓰고 싶었다!

아름다운 사랑, 아름다운 가족 이야기를 쓰고 싶었다. 돈을 못 받아서 울고. 부동산 사기를 당해서 울고. 그런 슬픈 이야기는 쓰고 싶지 않았다. 하지만 억울하게 당하는 일. 억울하게 빼앗기는 일. 그런 일들이 가슴을 아픔, 눈물, 분노로 뒤범벅을 만들더니 가슴에 구멍이 나며 글로 표출되기 시작했다. 억울하게 당한 일도 분한데 목숨까지 잃는 걸 본 뒤에는 아름다운 글을 고집 할 수 없었다. 목숨을 잃으면 사람이 없다. 사람이 없으면 세상도 없고 문학도 없다. 세상의 주인공인 사람이 죽느냐 사느냐 하는 문제를 무심히 들을 수는 없었다. 그 문제를 밥 지을 때 굴뚝에서 나는 연기처럼 날려 보낼 수는 없었다.

책을 엮어 준 출판사의 여러분들께 감사드립니다.

프롤로그

아름다운 청년인 성성현.

모처럼 휴일을 맞아 성현은 늦도록 잠자리에서 일어나지 않았다. 얼마만의 휴식인가. 한 달 내내 쉬는 날도 없이 학생들을 가르쳐야 하는 성현. 휴일 날 오전을 연못 위에 나뜬 꽃잎 같은 모양새가 되어 잠자리를 떠다녔다. 오전 특강이 취소되지 않았으면 이런 달콤한 잠을 즐기지 못했을 것이다. 오래도록 휴식을 즐길 수 없었다. 오후의 특강을 위해 일어나야 했다. 세찬 햇살이 창문을 뚫고 들어와 이불 위에서 엉성 궂은 그림을 그렸다. 하지만 그는 햇살이 그린 그림보다는 빛나는 오전 햇살을 오랜만에 이불 위에서 만질 수 있어서 유쾌했다. 누운 채 가만히 오후에 할 일을 헤아렸다. 휴일임에도 즉시즉시 해야 할 일들이 늘어 서 있는 상태. 누워 있을 여유가 없었다. 일어나려고 한바탕 늘어지게 기지개를 켰다.

그 때였다. 일어서는 그의 눈에 확 들어오는 건! 벌레였다. 벌레 본 눈은 불침 쏘인 듯 놀라졌다. 순간 화장지로 벌레를 싸서 쓰레기통에 버렸다. 눈은 정상으로 돌아왔고 그렇게 벌레는 죽어 갈 줄 알았다. 다시 벌레를 본 건 잠시 후였다. 그 녀석, 생명력 질기구먼. 이번엔 벌레를 자세히 보게 되었다. 일반적으로 보아왔던 바퀴벌레는 아니었다. 날아다니는 벌레 같기도 하고 기는 벌레 같기도 했다. 녀석의 정체를 모르겠다. 괜한 일거리가 생겼다. 징그러운 벌레일지라도 살기 위해 악착스레 쓰레기통을 넘어 온 걸 생각하니 차마 내동댕이칠 수가 없었다. 오래 된 집이어서 벌레들이 지나다니는 구멍이 많았다. 그 구멍을 통해 벌레가 빠져 나가길 원했다. 그런 배려를 벌레는 착각을 했다. 예뻐서 살려준다고 판단했는지 벌레는 그를 따라 다녔다. 누군가가 말한, '너 자신을 알라.'라는 말이 떠올랐다. 흉하고 끔찍하게 생긴 너를 좋아하는 사람은 없다. 재차 화장지에 싸서 꾹 누른 뒤 쓰레기통에 휙 집어 던졌다. 이번엔 죽을 터이다. 녀석을 발견한 건 한참이 지나서였다. 집을 나서기 전, 화장실을 다녀오려고 화장실로 향하던 중에 녀석을 발견했다. 화가 났다. 화장실 볼 일이 급한 까닭에 볼 일을 마치고 녀석을 집어던져야겠다. 이번엔 쓰레기통에 버리지 않고 창문을 열어 던져 버릴 작정이다. 녀석, 만장폭포에서 떨어지는 느낌이 어떤 맛인지 느껴보길. 녀석이 날 수 있으면 날아가겠지. 근데 화장실 앞에서 본 녀석은 그가 꾹 눌러 버린 탓으로 힘이 없어보였다. 화장실을 나오니 녀석이 없었다. 찾아봐도 없었다. 감쪽같이 자취를 감췄다.

　집을 나선 성현은 황금 같은 휴식을 벌레 때문에 쓸데없는 시간 속에 있어서 찜찜했다. 바삐 걸으며 찜찜함을 털어냈다. 오후 일이 많으므로 서둘러 걸었다. 암만 바빠도 내일부터는 아주 잠깐이나마 틈

을 내어 취미생활을 할 예정이다. 그는 며칠 전 배드민턴 동호회에
가입 신청을 했다.

추하게 늙어가는 그 여자.
어두운 밤. 밤은 깊었으나 그 여자는 잠 못 이루고 있었다. 이리 뒤
척 저리 뒤척 궁리했다. 밖에는 비가 부슬부슬. 그 여자의 가슴엔 돈
덩이가 부슬부슬. 그 여자는 일어나 앉아 쓰레기통을 뒤졌다. 그 안
에서 죽어가고 있는 것을 살리려 애썼다. 볼 수 없는 것을 일정한 형
태로 만들려고도 노력했다. 그렇게 얻은 결과물을 돈 덩이에 부으니
돈에 기름기가 흐르며 풍성해졌다. 그 여자는 위험한 그런 일들을 혼
자 했고 어두운 곳에서 즐겼다. 혐의도 없고 증거도 없는 완전범죄를
저지르는 게 최상의 목표였다, 그 여자는….

다음 날 오후 성현은 휴식시간을 이용해 배드민턴 동호회에 가려
고 학원을 벗어났다. 일상의 답답함. 빡빡한 수업시간. 걱정거리들이
하루를 숨넘어가게 하고 있어서 숨통 트이게 하는 방법으로 잠시 틈
을 내어 배드민턴을 치기로 했다. 배드민턴장에 들어서니 회원들이
그를 반겼다.
"여러분 오늘 새로운 회원님이 오셨습니다. 성함은 성성현님입니
다. 강남의 유명 입시학원에서 영어를 가르치는 인기 있는 영어 강사
님입니다."
회장의 인사말이 끝나자 박수소리가 들리며 환영합니다.란 인사말
도 곳곳에서 들려왔다. 바람이 불어왔다. 뒤꽁무니를 뺀 바람이었다.
앞에서만 설쳐대던 바람 속에서 그 여자가 나타났다. 회장이 그 여자

를 소개했다.

"성성현님, 김 여사님입니다."

"반갑습니다!"

그 여자가 성현에게 악수를 청했다. 성현은 그 여자가 내미는 손을 공손히 잡았다. 그 악수가 죽음의 악수가 되리라고는 상상도 못했다, 성현은.

죽음의 악수!

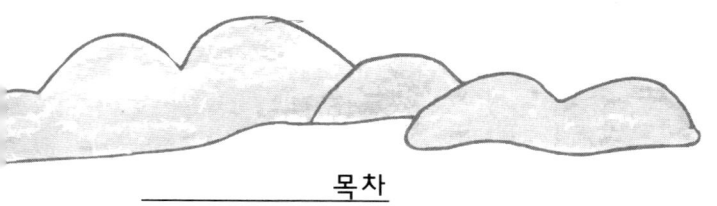

목차

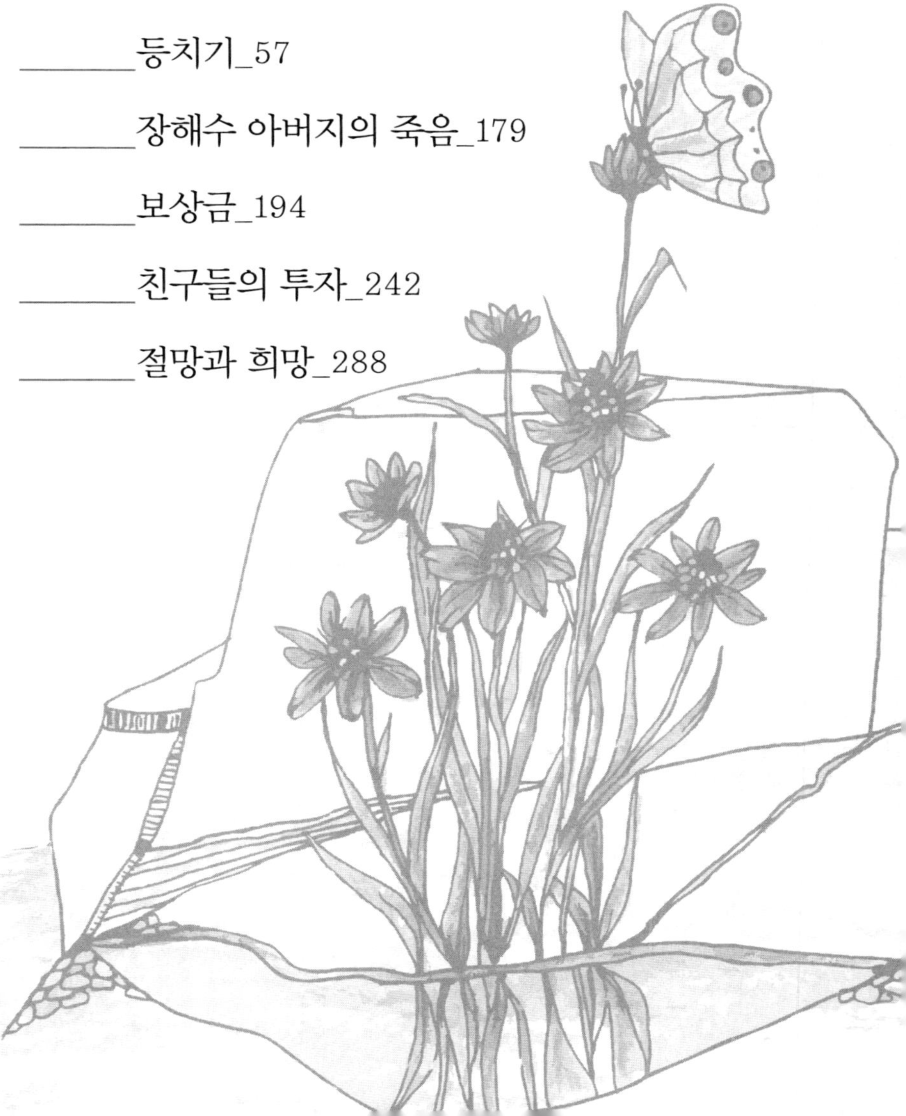

바라볼 수 없는 아버지

　바람 부는 날이었다. 바람은 동남쪽에서 서북쪽으로 불기도 하고 서북쪽에서 동남쪽으로 불기도 했다. 몹시 심한 바람이기에 고요하고 쓸쓸한 곳도 시끄럽고 번잡하게 만들었다. 가벼운 물품은 물론이고 잘게 팬 장작들마저도 날려 보낼 것 같은 바람이었다. 집안닦달을 말끔하게 끝낸 주부들은 먼지가 들어올까 봐 창문을 닫았다. 사람들은 물덤벙술덤벙 설치고 다니는 바람 때문에 몸 둘 곳을 몰라 했다. 통통 뛰어다녔다

　성성현. 심하게 바람 부는 날 그의 머릿속도 심하게 바람 불고 있어서 아침부터 집 가까이에 있는 공원벤치에 앉았다. 바람은 그의 생각을 굴러다니게 했고 굴러들게도 했다.

　성현에겐 울음을 삼키고, 슬픔을 삼키고, 말을 삼키고 다니던 시간이 있었다. 자신이 가정을 일으켜야 한다는 부담감에 그는 모든 일을 정도에 맞게 했다. 악착같이 살아야했다. 몰두해야 했다. 학교 다닐

적엔 공부에 몰두했고 사회에 나와서는 돈 모으는 일에 몰두해야 했다. 학교 다닐 때 공부에 몰두했던 까닭은 우수한 성적으로 졸업해야 좋은 곳에 취직하고, 좋은 곳에 취직해야 집안을 일으킬 수 있다고 판단했기 때문이었다. 차라리 군복무 시절이 편했던 것 같았다. 말도 갈아타는 게 낫다면서 이 사업 저 사업을 벌여 돈을 없애버리는 아버지를 바라보면서, 어려운 형편이 되어서도 예전 잘살던 시절만 생각해 찬밥 더운밥을 가리고 다니는 아버지를 바라보면서, 그는 어린 나이에도 가정의 책임자는 자신이라고 생각했다.

부잣집에서 태어난 아버지는 고생도 몰랐고 경제도 몰랐으며 굳은 의지력도 없었다. 실패만 하는 아버지로 향해 원망심이 생긴 적도 꽤 있었다. 아버지는 사업이 망해갈수록 돈을 잃어갈수록 양치기 소년이 되었다. 술만 마시면 계속 헛맹세를 해댔다. 이번엔 실패했지만 좀만 기다려라. 꼭 성공해서 너희들 걱정 없이 해주겠다. 처음엔 아버지의 그런 말들을 믿었다. 아버지란 위대한 어른이기에 아버지의 그런 말들을 믿었으나 세월이 갈수록 아버지와 양치기 소년이 다를 바 없다고 판단되었다. 처음엔 왼고개를 젓기도 하고 왼고개를 틀기도 했지만 나중엔 아버지가 그런 말을 할 때마다 한 귀로 듣고 한 귀로 흘리게 되었다.

끝내 막다른 집에까지 이사 왔다. 월 셋방에 이사 오던 날, 슬픔이 마음과 몸을 윙윙거리고 다녀 주체 못했건만. 어머니도 다리가 아픈지 질질 끌며 이사 마친 뒤 아버지에게 앞으론 바뀐 삶을 살자고 부탁했건만. 아버지는 막다른 절벽 끝에 섰는데도 불구하고 절벽 끝 하늘을 벗 삼아 술을 마셨다. 그런 아버지가 싫어 당신이 마실 술값은 직접 벌어 마시라며 쇳소리 내어 말하고 싶었으나 참았다. 술 깬 다음날 기죽어 있는 아버지를 바라보면, 오죽 괴로웠으면 저러실까.라는 한 가닥 동정심에 사로잡혀, 참을 수 있었다.

하지만 이제 성현은 변화하기로 했다. 그가 변하지 않으면 앞으론 월 셋방도 없고 노숙 생활을 할 수도 있었다. 서울시 강동구에 있는 다세대주택 일층의 월 셋방으로 이사 온 후 그는 목적을 세웠다. 목적 있는 삶! 아버지의 실패가 거듭될수록 늘 목적 있는 삶을 살아왔다. 상위권 대학교에 입학해야 한다는 목적. 우수한 성적으로 졸업하여 튼튼한 직장에 취직해야 한다는 목적. 그래서 쓰러지는 집안을 일으켜 세워야 한다는 목적! 언제나 목적 있는 삶을 살아왔던 그의 삶. 이번에는 집을 사야겠다는 또 다른 목적을 세웠다. 그는 월 셋방으로 이사하기 전 그런 목적을 예상하고 직장을 옮겼다.

성현은 교육자다. 서울 시내 고등학교에서 영어를 가르쳤다. 하지만 목적을 세운 동안은 오직 돈만 벌어야 하므로 안정적인 고등학교 선생을 그만 두고 학원 강사직을 택했다. 강사직도 월급제가 아닌 수당제를 택했다. 노력 여하에 따라 수입이 많아질 수 있기에 수당제를 선택한 것이었다. 마치 물로 씻은 듯이 가진 것이 모두 없어져버리고 몹시 가난해진 그는, 아버지 어머니는 물론 여동생마저 책임져야 하는 그는 온 가족 편히 쉬고 생활 할 수 있는 집을 갖기 위해서는 집 살 동안은 돈만 생각하기로 했다. 사회에 첫발을 내딛을 시에도 직장을 바꿔 첫발을 내딛을 시에도 매우 신중해야했다. 가정을 책임지고 있다는 부담감이 차렷 자세를 요구해서 옆도 뒤도 안보고 앞만 보며 돈 벌어 집을 사야겠다는 생각만 했다. 이렁성저렁성 빈둥거리는 삶은 없었다.

성현은 불행이 물러나길 간절히 빌며 새로운 출발을 했다. 꽤 유명

한 입시학원에 취직했다. 강남 쪽에 있는 인기 학원이었다. 학생들에게 영어를 가르치는 일은 그의 직업이어서 어렵지는 않았다. 그러나 학원은 달랐다. 인기 있는 영어강사가 되기 위해서는 엄청난 힘을 발휘해야 살아남았다. 특히 그는 수당제를 요구했으므로 학습지도는 물론이고 체력적으로도 엄청난 힘이 들었다. 무슨 일이든 처음 시작하는 일에는 시행착오도 겪고, 모래 위에 물 쏟는 격으로 소용없는 헛일과도 맞닥뜨릴 수도 있는 법. 성현도 한 두 달 만에 그런 고난을 이겨냈다. 어떤 경우에는 그런 고난이 심해서 이겨 낼 수 없을 것만 같아 새로운 출발을 후회했으나 목적을 위해서 참았다.

이상했다. 죽을 만큼 힘든 일도 참고 나니까 이길 수 있는 힘이 생겼다. 빠른 판단을 했다. 이왕 새로운 길에 들어선 이상 갈팡질팡 우왕좌왕하지 말고 오로지 이겨내야겠다는 결심만 했다. 그런 결심 덕분인지 새로운 환경에서 대체로 빨리 이겨냈다. 입시학원이기에 학습능률이 중요하지만 학생들의 인성교육도 필요했다. 학생들은 시험 성적에만 몰입해 있어서 앞 뒤 옆자리 학생들과 친구가 되어 주거니 받거니 대화할 시간도 없었다. 높은 점수를 받기위해 그는 최선을 다해 가르쳤고 학생들은 그런 가르침을 받아야 했다. 주요한 시험을 치른 뒤엔 발표된 점수를 받고 가로 뛰고 세로 뛰는 학생도 있고, 갈치가 갈치꼬리를 물듯 친구 사이에도 간혹 점수에는 냉혹한 걸 보았다. 그럴 때면 학생들의 마음을 시원하게 긁어 줄 수 없어 그는 안타까웠다. 난 학생들에게도 학부형들에게도 공부 열심히 하길 신신부탁하진 않을 거야. 내 자신이 학생들이 공부에 열정을 갖도록 가르치는 최선의 노력의 길을 택할 거야. 최선의 노력은 모든 걸 이기거든.

시간이 지날수록 일이 쉬워졌다. 수업도 알차고 빠르게 진행됐다.

자연히 수입도 늘어났다. 수입이 늘었다고 태만하면 안 된다. 소비하면 안 된다. 집을 사야한다는 목적을 하루도 잊어선 안 된다.를 되 뇌이며 살았다. 돈을 아꼈다. 얼마나 아꼈느냐면 학생들이 단벌신사라고 놀리는 투의 말을 해도 무관심했으며 많은 강의로 인해 몸이 녹신녹신해도 피로회복제도 사먹지 않았다. 친구들이 여자 친구를 소개팅 해주려는 주선 전화가 오면 친절히 거절했다. 집안형편을 생각해주머니 끈만 조르고 있었다. 성격상 밥 한 끼라도 남한테 얻어먹을수 없는 까닭에 거절할 수밖에 없었다. 결혼할 나이니까 응당 여성과데이트도 해야 하건만 그런 당연한 일이 격에 맞지 않는 일을 하려는 것처럼 느껴져 억제했다. 억제를 할뿐 그에게도 여성을 사귀고 싶은마음은 있었다.

퇴근을 해서 집으로 들어가기 전, 우편함을 보았다. 우편물이 꽂혀 있었다. 흰 봉투를 들고 집안으로 들어가려다 받는 사람의 성명이낯설었다. 받는 사람은 그와 그의 가족이어야 했다. 주소를 읽어보니주소도 그의 집 주소가 아니었다. 우체부가 잘못 꽂아놓고 갔음이 분명했다. 소중한 편지를 아무렇게나 할 수도 없고 해서 주소를 더듬어보았다. 그의 집 바로 앞집의 주소였다. 차 한 대 정도 다닐 수 있는도로를 사이에 두고 한쪽으로는 다세대주택들이 맞은 편 쪽으로는오래된 단독주택들이 있어 허름함을 풍기는 게 그의 동네였다. 다세대주택 쪽에는 그가 살았고 잘못 꽂힌 봉투의 주소는 맞은 편 단독주택 쪽이었다. 그 집의 우편함에 꽂아두고 집으로 들어갈 요량으로 앞집을 향해 걸었다. 걸으면서 받는 사람의 성명을 다시 한 번 보았다. 장해수! 무심히 읽었다. 편지를 꽂는 순간,

"누구시죠? 우체부는 아닌 분 같은데 남의 편지를 왜 만지시나

요?"

고운 음성으로 또렷한 발음을 하는 여성의 목소리가 들렸다. 그가 돌아서며 말했다.

"장해수씨 입니까?"

"네, 그렇습니다만."

여기에서 확실히 말하지 않으면 자칫 그가 오해를 당할 수도 있는 판국이었다. 그는 태도부터 확실한 자세가 되어 말했다.

"저의 집 우편함에 장해수씨의 우편물이 들어있었습니다. 아마도 우체부의 실수인 것 같습니다. 그래서 제가 봉투의 주소를 찾아 우편함에 넣었습니다."

"어머, 제가 고마운 분을 몰라보았습니다. 감사합니다."

그녀는 예뻤다. 특유의 세련미가 있었다. 아름다웠다. 그녀로 향해 솟구쳐 오르는 열풍. 하지만 억제해야했다. 장해수!

소문이 들려왔다. 성현이 인기 있는 영어강사라는 소문이 들려왔다. 그 소문을 듣는 순간 그는 팽그르르 눈물이 고이는 걸 느꼈다. 그 소문을 들려준 이에게는 천만의 말씀이다,라며 겸손을 표현하고 돌아서 오는 길에 가족이 떠올랐다. 궁핍한 생활에 노췌해있는 어머니, 쪼들린 경제 탓에 휴학해 있는 여동생, 경제적으론 실질적 가장인 그 자신, 아버지. 아버지 얼굴은 떠오르지 않았다. 아버지 때문에 슬퍼했던 지난날들, 집안이 쥐마저 볼가심 할 것도 없는 처지인데도 술 마시고 다니는 아버지를 원망했던 지난날들, 가족보다는 남의 일에 앞장 서 다니는 실속 없는 아버지 때문에 고생했던 지난날들이 되살아났다. 한편으로는 또 다른 아버지를 생각하기로 했다. 그런 아버지를 만났기에 오늘의 그 자신이 있을 수 있다.는 낙관적으로 바꿔 고쳐먹기로 했다. 아버지를 원망하기 보다는 그런 아버지 때문에 인기 있는 강사가 되었다고 억지로라도 감사함을 가져 보았다.

셈평이 폈다. 셈평 펴일 날이 없을 것만 같았는데 인기강사가 되어 수입이 좋아지면서 셈평이 폈다. 맨 먼저 여동생부터 대학교에 복학 시켰다. 일 년만 있으면 졸업인 여동생은 복학을 앞두고 쌩끗빵끗해 다니며, 눈 오는 날 토끼 뛰어다니듯 좁은 집을 깡총거리며 다녔다. 그래도 일하던 아르바이트는 시간은 좀 줄이더라도 계속해서 다닐 게,라며 여동생은 명랑하게 말했다. 다리 아픈 어머니를 위해 병원비 도 부족함 없이 주었다. 아버지는 생각을 좀 할 필요가 있었다. 근래 들어서는 술값이 떨어지면 미안한지 어머니를 통해 용돈을 요구했던 아버지의 술값에 대해선 고민을 했다. 아버지는 매일 마셔대는 술 탓 인지 나이 탓인지 최근엔 알맞음과 알맞지 아니함의 구분도 잘 못할 정도로 사리분별이 저하되었다. 어머니에게 아버지 보약을 지어드리 라고 돈을 주었다. 여유가 찾아 들었다. 하지만 집을 사서 이사할 때 까지는 절대로 여유로워져도 안 되고 안심해서도 안 되었다. 성현뿐 만 아니라 가족들도 밝아졌다. 서쪽에서 해가 뜨려나, 절대르 있을 수 없는 일도 우리 집에 일어나려나, 하면서 어머니도 벙실대며 다녔 다. 그의 시간은 돈이어서 남는 시간이 없었지만 그 중의 시간을 쪼 개 취미생활 한 가지만 즐기기로 했다.

성현은 배드민턴 동호회에 가입했다. 학생들 가르치느라 실내에 갇혀 있어서일까 때로는 갑갑함을 느꼈다. 짧은 머리틸 휘날려가며 뛰고 나면 속 시원할 것 같았다. 아침부터 날씨는 흐렸다 개다를 반 복하다 점심 무렵 살짝 비를 뿌리고는 또 다시 갰다. 학원에서 멀지 않은 곳에 위치해 있는 학교의 체육관을 가기위해 걸었다. 태드민턴 동호회 모임이 학교 체육관에서 있기 때문이었다. 낯선 사람들을 만난다는 사실에 긴장했다. 체육관은 외관상으로도 큰 규모였고 실내도 큰 규모였다. 정확한 입구와 위치를 알고 오지 않았으면 혼란스러울 정도로 출입문이 많았다. 모임의 회장이 그를 반겼다.

"어서 오세요. 반갑습니다."

"네, 잘 부탁합니다."

성현은 어디서든 무난한 첫 인사말을 했다.

"여러분, 오늘 새로운 회원님이 오셨습니다. 성함은 성성현님입니다. 성함이 특이해 잘 기억할 것 같습니다. 강남의 유명 입시학원에서 영어를 가르치는 인기 있는 영어 강사님입니다."

회장의 말이 끝나자 박수소리가 들리며 환영합니다.란 인사말도 곳곳에서 들려왔다. 몇 몇 사람은 그에게 와서 악수도 청했다. 회장이 어느 한 여인과 함께 그의 앞에 섰다.

"김 여사님을 소개합니다."

"네, 성성현 입니다. 잘 부탁합니다."

그는 내미는 김 여사의 손을 허리 굽혀 공손히 잡으며 악수를 했다.

"반갑습니다. 성과 이름 첫 자가 똑같은 건 처음 봤어요. 성성현이란 이름은 특이해서 안 잊어버리겠어요. 우리 좋은 사이가 됐으면 해요."

그 여자! 그 여자는 그렇게 다가왔다. 그 여자는 머리도 꼬리도 없는 미소를 지었다. 밑도 끝도 없는 까닭모를 미소. 그 미소 안에 죽음의 그림자가 숨어있는 것을 성현은 알 턱이 없었다.

바람이 중단되었다. 굴러다니던 기억들도 중단되었다. 잠시 앉았던 공원 벤치에서 일어섰다. 집으로 향했다. 아침부터 한가롭게 지난 날에 젖을 만큼 시간적으로 여유가 없는데 오늘따라 왜 그랬을까. 기다리고 있을 오늘의 학습 분량이 그를 재촉했다.

벼락 치는 날이었다. 와르릉 와르릉 쾅! 수차례 벼락 치는 소리가 들려왔다. 천둥 칠 때마다 소나기가 쏟아졌다. 핑킹가위가 하늘을 지그재그모양으로 자르는지 그런 모양의 번개도 쳤다. 가끔 천둥소리도 멈추고 비도 멈추는 적이 있었다. 그럴 시에도 하늘에서는 소리들이 들려왔다. 우당탕 커다란 물건이 떨어지는 소리도 나고, 꿀꿀 돼지울음 비슷한 소리도 나고, 둥둥 큰 북치는 소리도 났다. 날씨가 낮에는 침침했고 밤에는 껌껌했다. 밤이 되자 벼락이 잠잠해졌지만 자정 무렵 한 차례 무시무시한 우렛소리가 났다. 그 때 하늘의 벼락불이 얼마나 강했던지 아주 짧게 환한 대낮 같은 느낌이었다. 그 때의 환한 벼락불이 절대로 밝게 느껴지지 않았고 천갈래만갈래 찢어진 사람들의 아픈 가슴들이 만들어낸 원한의 불 같았다. 원한의 불!

벼락 치던 날, 그 여자는 다른 일의 계획을 세웠다. 시작할 다른 일은 큰일이며 마지막으로 사고 한 번 치고 한탕 크게 잡자! 그래서 일까, 근래 그 여자의 심경이 야릇했다. 그 여자는 자신이 살아온 지난 날이 저절로 떠올라서 회상에 잠겼다. 창문 밖으로 보이는 안개 낀 날씨가 그 여자를 자극했을 수도 있었다. 그에 맞춰 맥주가 목으로 똬르르 넘어갔다. 야릇한 심경이 맥주를 잦게 만들었다. 함부로덤부로 살아온 자신의 인생. 모자 쓰고 물구나무를 서도 제멋이라며 제멋대로 살아온 자신의 인생. 어릴 적에 가족들로부터 놓아먹인 말처럼 자라지 말라는 말을 들었다.

그 여자는 삶에 얽매여 살기 싫었다. 한 남자와 오래 살아도 싫증
났다. 더군다나 한 남자와 자식 낳아 평생을 살아야 한다는 삶을 생
각하면 끔찍했고 그래서 그런 삶에 반기를 들며 실천했다. 그런 이
유로 오십이 넘은 나이에도 지금 혼자 살고 있었다. 돈만 있으면 마
음 맞는 남자와 여행 다니는 일이 취미와 적성에 맞았다. 어쩌다가는
자식 낳아 살고 싶은 남자도 있긴 했으나 몇 달 지나면 그 마음이 사
라졌다. 마흔 살 초반쯤에 자궁을 들어내는 대수술을 한 까닭에 이
젠 자식은 생각도 할 수 없게 돼 버렸다. 아기를 못 낳는 여자가 되었
으나 그렇게 슬프지도 않았다. 자식 낳기를 갈망해 본 적이 없었으니
까.

그 여자가 좋아하는 건 돈과 남자였다. 순서를 매긴다면 돈이 먼저
였다. 돈이 있어야 남자도 있고 성형도 해서 젊어 보일 수 있었다. 나
이가 들어갈수록 더욱 그랬다. 나이가 들어가니까 주름살 있는 남자
는 싫고 젊은 남자가 눈에 들어왔다. 눈에 박힌 젊은 남자가 그 여자
에게 욕정을 느끼려면 돈이 필요했다. 그 놈이 그 놈인 것 같아도 뜻
밖에 엄청난 욕정을 불러일으키는 그 놈을 발견하게 되면 그 여자는
큰돈도 서슴없이 썼다. 예전에 멋모르는 어떤 사람이 술자리에서 그
여자에게 말했다. 당신은 좋겠다. 속 썩이는 남편도 없고, 돈 달라고
보채는 자식도 없고 얼마나 좋아. 홀가분하게 자유로이 편히 살 수
있어 좋고 혼자 몸이니 돈도 많이 모으겠다, 라고. 모르는 소리. 그 여
자가 기분 좋아 한 턱 쏘면 하룻밤 술값이 한 달 생활비가 든다는 걸
모르니까, 모르는 소리다. 그 여자는 재미있는 일에 정신이 팔려 시
간가는 줄 모르게 살고 싶었다. 그렇게 살고 싶으면 돈이 있어야 한
다는 걸 오래전에 깨달았다.

돈! 그 여자도 처음엔 돈 벌려고 힘겹게 일했다. 공장에도 다녀봤고 외판원 일도 해보았다. 손품 팔고 발품 팔아 죽어라 일해도 장님이 제 닭 잡아먹는 꼴과 같이 아무런 이익이 없었다. 손 발 열심히 움직이며 그렇게 일해야만 되는 줄 알고 아마도 마흔 살까지는 그렇게 살았다. 이런 일 저런 일 다 해 보았다. 하지만 봉사 안경 쓰나마나하듯 무슨 일을 해도 마찬가지였다. 고생만 되고 좋아하는 여행도 다닐 수 없고 짜증나서 사는 일에 폭발하고 싶을 무렵에 발견했다. 그 여자는 등 굽혀 돈 벌었는데 등치며 돈 버는 사람을 발견했다. 한 달 내내 등 굽혀 일하면 등도 아플뿐더러 먹고 자고 나면 빈손이었다. 그런데 등치는 사람을 살펴보니 먹고, 자고, 입고, 놀고, 즐기기까지 했다. 똑같은 사람으로 태어나 불공평했다. 일이 잘되고 안 됨은 그 사람의 수단에 달린 법. 등치는 일에도 기술이 있을 것이다. 먹고, 자고, 입고, 놀고, 즐기기까지 하는 일이니 무릅쓰고라도 기술을 배워야 했다. 기술은 간단했다. 그 기술을 요약하면 이랬다. 등치고 간 내먹어라. 등치고 간 내 먹고 나면 그 찢어진 가슴을 잘 어루만져 주어라. 그 찢어진 가슴 상처가 잘 아물도록 정성과 열의를 다하는 척하라. 확실하고 치밀하게 하라. 어설프게 하지마라. 어설프면 수갑 찬다. 수갑 찰 기미가 보이면 어서 빨리 꽁지 빠지게 달아나라. 달아나서 숨어있어라. 흐르는 세월은 잊게 만든다는 이치가 있다. 잊혀진 뒤에 나오면 된다. 그런 면에서 그 여자는 유리했다. 그 여자는 혼자 몸이기에 어디든 도망 갈 수 있었다, 금방이라도. 등치는 자의 자격으로는 눈물이 없어야 한다. 찢어진 상처에 대해 동정하는 마음이 없어야 한다.

　마흔 살에 등치기 기술을 배운 그 여자는 그 뒤 일 년은 소견세월을 보냈다. 하는 일 없이 일 년을 보내진 않았다. 그런 기술을 알고 그 여자 나름대로 궁리궁리하며 세월을 보냈다. 그 뒤 배운 기술을 실행하다가 수갑을 찰 뻔한 사건도 있었다. 그 당시 내연남의 도움으로 가까스로 무사히 빠져 나왔지만 그 당시만 떠올리면 소름 돋았다. 그런 류의 사건이 몇 건이나 있어 주간도주도 해봤고 야간도주도 해봤다. 도주 할 때마다 덜미에 사잣밥 짊어진 신세가 되어 불안해 잠을 못 잤다. 초상집에서 죽은 사람의 넋을 부를 때 저승사자에게 대접하는 밥인 사잣밥을 짊어졌으니 불안해 잠을 못잘 수밖에.

그 후 그 여자는 안전한 방법을 생각해냈다. 직접 등치기는 위험했다. 구속될 수 있었다. 그 여자는 직접적인 사기보다는 간접적인 사기를 생각해냈다. 간접적인 사기는 법이 보호해줘서 수갑을 찰리가 없었다. 몇 년 전 주간도주, 야간도주하면서 달팽이 눈도 되어 봤고, 달팽이 뚜껑도 덮고 살아봤다. 그러는 사이 경험이 쌓여 이젠 자신 있게 간접 등치기를 할 수 있었다.

그 여자 나이 마흔 중반쯤이었을 때였다. 외출준비를 했다. 명품 옷을 입었고, 명품가방을 들었고, 명품구두를 신었다. 이름난 옷, 가방, 구두로 치장을 하는 건 등치기 작업을 성공하기 위해서였다. 투자 없이 이익을 남길 순 없었다. 그 여자는 자신이 등치기 하러 간다고는 표현하기 싫었다. 사업하러 간다고 표현하고 싶었다. 등치기 당할 사람에게 잘 쓰고 잘 사 먹이고 하는 돈들은 모두 사업밑천이라는 개념을 갖고 있었다. 목적지인 휘트니스 클럽에 도착했다. 그 당시 그 여자가 거주하던 광역시에서 제일 큰 휘트니스 클럽이었다. 안내데스크에 서 있던 세 명의 안내양들이 친절히 인사를 해왔다.

"어서 오세요."

예쁘장한 세 명의 아가씨들이 동시에 인사했다.

"무슨 일로 오셨습니까?"

"누구를 찾아 오셨습니까?"

그 여자가 말하기도 전에 아가씨들은 용건을 물어왔다. 깍듯이 예의 차린 모습들이 나무랄 데가 없었다.

"네, 총괄팀장님 만나러 왔습니다."

"네, 그렇습니까. 사전약속은 하셨습니까?"

"그렇습니다. 어제 약속했습니다."

"알겠습니다. 이쪽으로 오십시오."

한 명의 아가씨가 나서서 상담실로 안내했다. 상담실 내부의 실내장식은 고급스러웠다. 잠시 기다리고 있으려니 총괄팀장으로 보이는 체격 좋은 젊은 남자가 나타났다. 서로 예의 갖춘 인사를 끝내고 자리에 앉았다.

"전 종목의 일 년 연회비는 백오십만원입니다. 연회원으로 가입하시겠습니까?"

총괄팀장의 얼굴엔 미소가 그치지 않았다. 모든 종목의 연회원이 접수 되고 있는 시점에 미소를 잃는다면 총괄팀장은 성실한 업무를 보지 않는 것이다.

"전 종목 연회원으로 가입하겠습니다!"

그 여자는 약간 거만하게 답했다. 명품으로 치장한 옷을 입고 약간 거만스레 행동해야 팀장이 오히려 그 여자의 가치를 높이 볼 수 있다는 판단을 했다. 그렇다고 팀장에게 밥알이 곤두서게 하는 느낌은 전혀 갖지 않도록 했다. 이곳 휘트니스 클럽은 앞으로 그 여자가 등치기 할 장소였다. 그것은 곧 돈 벌 장소인 셈이다. 돈 벌 장소이다 보니 속이기 위해서 부잣집 사모님처럼 보이려고 약간 거만스럽게 할 뿐이었다. 대신 팀장에게 아니꼽고 비위에 거슬리는 느낌은 전혀 갖지 않도록 해야만 했다. 팀장이 극진히 말했다.

"잘 알겠습니다. 전 종목 코치들에게 잘 말해놓겠습니다."

그 곳을 빠져나오니 하늘의 노을빛이 찬란했다. 산중턱에 걸린 해는 곧 서산으로 넘어가겠다. 해가 반쯤 보여서일까 그 여자의 눈엔 뜻밖에 해가 주사위 모양으로 비춰졌다. 그 해가 야멸치게 쏘아 보는 것 같아 자신도 모르게 움찔댔다. 그래서 죄 짓고는 못 산다는 걸까. 그 여자는 해를 외면하며 중얼거렸다. 이미 주사위는 던져졌어요. 어쩔 수 없어요. 나도 먹고 살아야 하잖아요. 그 여자 속에 가라앉아 있었던 찌꺼기가 올라오고 있었다.

그 여자가 말하는 간접 등치기는 이런 것. 간접 등치기란, 돈을 빌리는 것이었다. 직접 등치기는 형사사건이고 간접 등치기는 민사사건이다. 형사사건은 구속될 수 있지만 민사사건은 그렇지 않다. 사람은 먹어야 산다. 사람이 살아야 사회도 있고 세상이 돈다. 민사법의 취지는 좋다. 먹는 죄는 없다는 말이 있다. 배가 고파서 남의 음식을 훔쳐 먹는 죄는 그리 대단치 않다는 뜻이다. 그런 취지로 민사사건에는 관용을 베푸는 게 아닐까라는 생각도 해 보았다. 그래서 그 여자는 민사법을 악용하기로 작정했다.

돈 빌리는 게 쉬운 일인가? 엄청나게 어렵다. 돈을 빌려 가면 안 갚기 때문에 빌리기 어렵게 되었다. 그 여자는 간접 등치기할 대상, 방법 등을 연구했다. 돈 빌리고는 이자 몇 달 주면 된다. 돈 갚아달라고 조르면 줄행랑 쳐버리면 끝이다. 그렇게 쉽게 돈 버는 길에도 애로사항은 있었다. 거미도 줄을 쳐야 벌레를 잡듯 준비기간이 있어야 했다. 형제사이에도 돈 빌려 달라고 하면 불쾌해하며 거절하는 인심인데, 더구나 만난 지 얼마 안 된 낯선 사람에게 더더욱 돈 빌려줄 리는 없지 않는가. 적어도 육 개월 이상은 상대방이 자신을 평가해 볼 시간을 줘야겠다는 판단이 들었다. 그 다음은 누구에게 돈을 빌려야 하는가. 물론 운동을 가르치는 코치들 중에서 한 명을 택할 예정이었다. 한 명이면 된다. 두 명이면 말썽 생기고 시끄러웠다.

왜 코치를 택하느냐면, 첫 번째는 젊음이 이유이고, 두 번째는 그 여자는 배우려고 돈을 주는 사람이고 코치는 가르치며 돈을 받는 사람이었다. 첫 번째 젊은이를 택한 이유는, 뒤에 난 뿔이 우뚝하다는 뜻처럼 젊은 사람이 늙은 사람보다 더 훌륭하다고 해서 그러는 건 아니었다. 젊은 사람은 세상경험이 적어서 아직 순수한 면이 많았다. 중년, 노년의 사람들을 경험해 본 결과 그들은 의심, 불신도 많았고 맛있는 음식을 사 먹여도 달다 쓰다 말이 없었다. 그러나 청년은 달랐다. 청년에게 맛있는 음식을 사주면 쌈짓돈이 주머닛돈, 주머닛돈이 쌈짓돈이라며 구별 없이 돈 내미는 미덕이 있었다. 한 마디로 요약하면 중년과 노년은 세상의 때가 많아 속일 수 없었고, 청년은 세상의 때가 적어 속이기 쉬웠다. 대개 코치들이 젊은이들인 까닭에 코치들을 택했다. 두 번째는 무슨 일이든 성사를 하려면 상대방의 말을 공손히 잘 귀담아 듣는데서 시작되었다. 사람은 돈을 주는 사람의 말을 잘 들으니까, 택했다.

그 여자가 찾는 목표의 대상물은 돈 많은 젊은이였다. 젊은 시절에 그 여자는 영업을 해보았다. 사람들은 영업사원이 접근해오면 피하기부터 했다. 모든 사업은 영리를 목적으로 하며 생산한 물품을 많이 팔아야 성공이라는 칭송을 받게 된다. 그러므로 고용된 영업사원이 있고 그 사원은 피해 다니는 사람들에게 머리, 허리 굽혀 설명해도 썰렁한 대답을 듣기 일쑤였다. 사람마다 성향과 기질이 달라서 기다리는 것 싫어하고 참을성 없는 그 여자는 성격상으론 영업일이 무척 힘들었다는 기억이 났다. 높은 산의 고개는 넘을수록 험하고 개천은 건널수록 깊다더니. 그 여자에게는 영업일이 그 말과 같았다. 하지만 등치기의 길은 기질에도 맞았다. 영업은 머리를 숙이고 자신을 낮춰도 싸늘한 눈길을 받았다. 돈 빌리기 위해 뛰어든 간접 등치기의 장소에서는 머리를 숙이지 않아도 따뜻한 눈길을 받았다. 영업도 한 건을 계약하기 위해서는 시간이 걸렸고 돈 빌리는 일도 역시 시간이 걸렸다. 영업도 기본급이 없는 직장에 취직하면 자신의 돈이 투자되어야 했다. 돈 빌리는 일도 처음엔 자신의 돈이 투자되어야 했다. 그래서 그 여자는 자신을 대접해주고 따뜻한 눈길을 주는 간접 등치기를 선택했던 것이었다. 멀리서 보면 구름이 덮인 바다는 잘 구분이 안 되었다. 구름 끝이 어딘지 바다 끝이 어딘지 모르겠고 구름과 바다가 한 덩어리로 보였다. 사람들은 그 여자의 인생을 깊이 따져 들여다보지 않았다. 단지 그 여자는 바다에 빠지면 안 된다는 각오로 살면 그만이었다.

집을 나섰다. 날씨가 맑았다. 마음도 밝았다. 비록 자신이 할 일은 밝지 않지만 생각은 밝게 갖기로 했다. 도로에 서서 신호등을 바라보았다. 그 때 앞에 서 있던 사람이 빨간불임에도 횡단보도를 건너자 그 여자는 대뜸 엉뚱한 생각을 했다. 보라고! 저 사람도 법규를 어기고 빨간불인데 도로를 건너가잖아. 나도 저런 경우라고. 저 사람도 엄연히 법을 어긴 거야. 내가 남의 돈을 떼먹으려 하는 짓과 비교

해서 뭐가 다르냐고. 우린 서로 법을 어겼으니 같다고 볼 수 있지. 난 크게 누는 똥이고 저 사람은 짤끔 누는 똥이야. 짤끔 누는 똥은 똥 아닌가 뭐.

일주일째 그 여자는 휘트니스 클럽을 출입하고 있었다. 서두르지 않아도 되었다. 시간은 충분했다. 자신이 평가받을 수 있는 공들이는 시간이 최소한 육 개월 이상은 되어야 하니까. 늘 명품 옷을 입는데다 연회원이므로 그 여자가 들어서면 안내접수처와 안내실에 서 있는 직원들은 부드러운 목소리로 합창했다.

"어서 오십시오."

그 여자는 준비해간 선물을 안내원들에게 내놓았다.

"쉬는 시간에 먹어요. 오래 서 있으면 다리 아프죠?"

"아니에요. 괜찮습니다."

"고맙습니다. 잘 먹겠습니다."

한 달에 한 두 번 가량은 선물을 할 필요가 있었다. 어느 곳이든 입구를 무시하면 안 되었다. 입구에서 좋은 바람이 들어와야 안에 좋은 기운이 감돌았다. 자주 사줘도 이상하게 생각 할 수 있었다. 지나친 호의는 헛소문이 나게 할 수 있는 주범이 될 수 있었다. 선물은 여러 명이 나눠 먹으라고 먹을거리로 했다.

안내실을 지나 실내로 들어갔다. 실내에는 운동하는 회원들의 열기가 가득 차 있었다. 되도록 조용한 시간을 이용하려 했으나 처음에는 분위기도 파악할 겸해서 일찍 나왔다.

"나오셨습니까?"

총괄팀장이 그 여자에게로 다가와 반겼다.

"네, 오늘은 스쿼시를 해볼까 하는데요."

"네, 이리 오십시오. 제가 도와드리겠습니다."

"괜찮아요. 며칠 전 스쿼시 코치님과 인사했어요. 코치님이 잘 지도해주더군요. 팀장님은 바쁘실 텐데 다른 일 보세요."

그 여자도 미소 지었고 팀장도 미소 지었다.

"그럼, 그렇게 하겠습니다. 도와 드릴 일이 있으면 언제든 연락 주십시오. 달려오겠습니다."

팀장은 웃음소리를 냈다. 달려오겠습니다.라는 말은 애교 있게 봐달라는 웃음이었다.

"그럴게요. 제가 팀장님을 도울 일은 없을까요, 달려가고 싶은데."

장난 끼 찬 음성으로 말했다. 어디까지나 장난이었다. 팀장과의 먼 거리를 조금 단축시켜보자는 의도였다.

"네, 네. 하하. 그럼 수고하십시오."

"팀장님도 수고하세요."

팀장은 대상이 아니었다. 팀장을 대상으로 하게 되면 번거롭고 약간 위험할 수 있기 때문이었다. 스쿼시 장에 들어가니 이미 경기가 한창이었다. 경기하고 있는 회원들은 땀에 젖어 있었고 지도하던 코치가 그 여자를 발견하고 걸어왔다.

"오셨습니까."

"아니에요. 잠깐 경기하는 저 두 사람 구경할 테니 코치님은 지도하던 것 가르치세요."

"그러시겠습니까. 구경하며 눈으로 익히는 것도 좋은 운동법입니다."

"코치님, 언제 식사나 한 번 하고 싶은데 괜찮겠어요?"

"네, 괜찮습니다만…."

코치의 속이 셈을 치고 있는 게 느껴졌다.

"부담 갖지 마세요. 코치님과 좀 더 편해지려고 그러는 거예요. 코치님과 편해져야 운동배우기 쉽잖아요."

"네, 네. 그러시지요."

"언제쯤 괜찮을까요?"

"전 언제든 괜찮습니다."

"그럼, 오늘 저녁 어때요?"

"네, 그렇게 하시지요."

식사대접은 그 여자의 계획에 첫 코스였다. 식사 한 번 하는 일은 중요했다. 밥을 먹으면서 상대방을 대부분 파악할 수 있었다. 단순한 식사 해결이면 밥만 먹겠지만 그것이 아니었다. 경비를 아껴야 하는 까닭에 식사 한 번으로 반쯤은 결론을 맺었다. 그러므로 식사를 하는 동안은 바빴다. 입으로는 먹고 말하고, 눈으로는 상대방 표정을 읽었다. 가장 중요한 역할을 하는 곳은 머리였다. 식사하는 내내 머리 굴렸고 머리에 새겨 넣었다. 식사를 마친 뒤 결정을 지었다. 스쿼시코치는 그 여자가 찾는 꽃이 아니었다. 이번 식사는 한강에 돌 던진 꼴이 되어 버렸다. 전혀 효과가 없었다.

그 여자는 꽃을 찾으러 다녔다. 꽃에 물주고 관리하다 어느 날 꽃을 꺾어버리면 되는 것이다. 그런데 꽃은 싱싱한 걸 원하면서 그 꽃나무는 싱싱하지 않은 걸 원했다. 다시 말하면 돈 가진 자식, 돈 없는 부모를 원한다는 뜻이었다. 즉 가난한 집안에서 가난이 한이 되어 가난을 벗어나려고 지독하게 돈을 모은 젊은이를 찾았다. 이유는, 가난한 집 젊은이가 대체로 뒤탈이 적었고 작업하기 좋았다. 또한 가난한 집 젊은이일수록 돈을 갖고 있는 확률이 많아 보였다. 그들은 가난이 무서워 도망가려는 사람이다. 돈 관리는 그들 자신이 하고 싶어 했다. 몇 년간 직장 생활한 젊은이라면 대부분 돈은 갖고 있었다. 그들은 결혼하기 위해, 미래를 위해 돈을 갖고 있었는데 직장이 튼튼할수록 그 수치가 높았다. 본격적으로 대상을 물색하러 다녀야겠다고 그 여자는 다짐했다.

그로부터 사흘 뒤엔 골프를 가르치는 프로와 식사를 했다. 그는 도저히 얻을 수 없는 물건인 거북의 털이었다. 그가 돈이 없어보였기 때문이다.

그로부터 일주일 후 수영코치와 식사시간을 가졌다. 그는 무척 치밀한 사람이었다. 빈틈없는 성격이었다. 둥근 달걀도 세울 사람이었다. 무엇보다 그의 뒤에는 쥐면 꺼질까 불면 날까, 그를 매우 소중히 아끼며 기도하는 어머니가 있었다. 그가 치밀하고 빈틈없는 건 그 여자가 틈을 낼 수 있었다. 틈을 깎을 수도 있었고, 틈 보아가며 쐐기 깎을 수도 있었다. 하지만 그의 어머니는 이길 수 없었다. 아니 어머니는 이길 수 있으나 기도하는 어머니를 이길 수는 없었다. 기도하는 어머니를 이길 수 없다는 말은 어디선가 들었다, 살아오면서. 그런 어머니 자식의 돈을 떼먹고 도주하면 왠지 그 여자 자신이 위험에 처할 것 같아 두렵고 신중해졌다. 그는 돈이 있는데도 불구하고 그의 어머니 때문에 합격이란 별표를 못 그리고 점만 찍어 두었다. 점을 찍었다함은 한 번 더 고려해 보겠다는 계산이었다.

그로부터 열흘이 지나서는 에어로빅 강사를 만났다. 에어로빅 강사는 여성이기에 썩 내키지 않았건만 일단 뚜껑이나 열어보자는 심보로 만났다. 그녀는 식사하는 동안 끊임없이 말을 해댔다. 야스락야스락. 그 여자는 말 많은 사람은 싫어했다. 며칠 전 그녀가 바로 옆에 위치해 있는 스쿼시 장에 가서 이래라 저래라 간섭하는 걸 보았다. 그녀는 사돈집 잔치에도 감 놓아라 배 놓아라 할 사람이었다. 하나부터 열까지 마음에 드는 게 없었다. 그러나 에어로빅이란 운동은 자주 할 필요가 있으므로 손해 본 건 없다고 생각했다. 식사대접을 받은 그녀는 좀 더 에어로빅을 잘 가르쳐 줄 수 있겠기에.

에어로빅 강사와 헤어지고 돌아오는 길에 그 여자는 조금 긴장해졌다. 커다란 클럽인 만큼 코치들이 많았다. 각 경기장마다 정규직과 파트타임 코치들은 많았다. 하지만 각 경기장마다 한 명의 코치를 골라내야 하고, 정규직 코치 중에서 골라내야 하다 보니 수효는 많지 않았다. 그 중에 한 명을 골라내야 하는 일은 쉽지 않았다. 코치들 수효는 많다고 해도 모두 식사대접을 핑계로 불러낼 수는 없었다. 그 여자는 다섯 명의 코치를 지목해 선상에 올려놓고 관찰했다. 이제 마지막 한 명만 남은 까닭에 긴장했지만 걱정하지 않았다. 무엇 때문에 비싼 회비를 내야하는 연회원이 되었겠는가. 남은 마지막 한 명도 허탕 치게 되면 또 다시 다른 코치를 살펴보면 되니까. 각 경기장마다 돌아가면서 운동 하는 척 하면서 코치들 염탐하려고 연회원이 됐거든. 무거운 걸음을 걷고 있으려니 휴대폰이 울렸다. 휴대폰이 대중화되지 않고 몇 몇 사람만 휴대폰을 갖고 있던 시절이었다. 등치기중 한 명에게서 전화가 왔다. 용건은, 등치기중 한 명이 남의 눈 똥에 주저앉게 되었다고, 남의 잘못에 죄 없이 오해 당하게 생겼으니 그 사건을 알고 있는 그 여자가 와서 변명 좀 해달라는 요청이었다. 그 때 날아다니던 하루살이가 그 여자의 입 안으로 들어왔다. 불쾌한 짜증이 밀려왔다. 퉤! 퉤!

그로부터 엿새 뒤 헬스 트레이너를 만났다. 박 트레이너와는 친해졌으므로 술까지 주거니 받거니 하게 되었다. 그 여자는 작업할 요령으로 밥만 먹어도 성사여부를 꿰뚫었다. 그런데다 술까지 마시니 그의 속마음을 하나하나 읽을 기회가 많아졌다. 기분이 좋아져서 밥 먹으려고 숟가락을 들었다. 흰 쌀밥에 뉘가 섞여 있어 골라냈다. 고급스런 식당에서 나온 밥에 뉘가 섞인 점도 그렇고 근래시대에 쌀에 뉘가 섞이기 드문데 이런 드문 현상이 좋은 징조인가? 나쁜 징조인가? 좋은 징조였다. 그는 그 여자가 원하는 조건을 다 갖추고 있었다. 그는 아버지가 죽고 홀어머니와 동생들이 있는 가난한 집안의 가장이었다. 그는 성실한 사람이었고 어떡하든 돈을 벌어 가정을 책임져야할 가장이었다. 나이는 서른 살이었다. 가장 만족스러운 건 그는 돈을 갖고 있었고 무엇보다 그가 착한사람이어서 마음에 들었다. 착한사람은 속이기 쉬웠다. 어떡하든 돈을 벌어야 하는 착한 젊은이를 그 여자는 찾고 있었다. 어느 구름에서 비가 올지 모른다더니 주목하고 있던 다섯 사람 중 마지막 사람에게서 비를 맞게 되었다. 가뭄에 단비였다. 그 여자는 이 순간이 주요한 자리라고 판단되었다. 술을 마시고 있는 자리. 가정사 이야기가 조금씩 흘러나오고 있는 자리. 이 순간에 그의 가슴을 건드릴 필요가 있다고 느꼈다.

"박 트레이너님, 내일 쉬는 날이니까 오늘 마음 놓고 실컷 마시세요."

"제가 오늘 말도 많이 하고 회원님들과 이런 자리 가져본 적이 없는데, 아무튼 제가 오늘 실수가 많습니다. 워낙 회원님께서 친절하게 대해주셔서…."

"아닙니다. 실수한 일 없습니다."

그가 말을 많이 하기 위해 그 여자가 유도한 걸 그가 알 리 없었다.

일부러 그에게 술을 더 권했다. 그는 사양했으나 사양하는 걸 잘 막아내서 술 취하도록 만드는 게 그 여자의 솜씨였다.

"말씀을 낮추십시오. 제 이모뻘 되는 나이신데."

"어머, 아니에요. 박 트레이너님은 날 가르치는 사람이고 난 배워야 하는 사람이니 말 놓으면 안 되죠. 선생님과 학생인데. 호호! 그렇지 않나요?"

"오늘 너무 죄송하고 고마워서 그럽니다."

"죄송함 갖지 말아요. 나에게 헬스 잘 가르쳐 주면 되는 거죠."

"네, 그렇게 하겠습니다."

그 여자는 그의 잔에 또 술을 따랐다.

"박 트레이너님, 사귀는 여성은 있나요?"

"…없다고 봐야 합니다."

그는 짧은 사이 생각하더니 없다고 답했다.

"결혼할 나이잖아요. 친구들에게 소개팅 해달라고 하세요."

처음으로 그가 자신의 잔에 술을 따랐다. 그의 얼굴이 슬픈 얼굴로 바뀌었다.

"저 같은 이런 환경에 누가 시집오려고 하겠습니까."

"박 트레이너님이 어때서요. 키 크고, 잘생기고, 직장 좋아 돈 잘 벌고, 성격 좋고 그러면 되는 것 아닌가요."

"아까 잠깐 말했지만 제가 동생들과 어머니를 책임져야 하기 때문에 제가 마음에 드는 여성은 시집 안 오려 할 겁니다. 제 가정환경이 어렵거든요. 전 제가 좋아하는 사람과 결혼하고 싶습니다."

"마음 편히 가지세요."

"결혼만 생각하면 가슴이 답답합니다."

드디어 그의 입에서 가슴 이야기가 나왔다. 가슴에 맺힌 것. 가슴 무거운 것. 가슴 아픈 것들을 묶어 그 여자는 한 마디로 답했다,

"제가 앞으로 박 트레이너님을 돕겠습니다."라고.

아직 시기적으로 빠른 말이겠으나 술자리에서 불쑥 한 마디 해놓음도 이익이 될 수 있다고 판단했다.

"말씀만 들어도 감사합니다."

신중하고 착한 청년이었다. 그 여자는 그런 청년의 가슴을 내려앉게 하고, 가슴이 무너져 내리게 하고, 가슴을 찢어지게 할 일에 열중하고 있었다.

원하던 꽃을 찾았다. 꽃 살리려고 물주는 척하면서 그 물을 호로록 마시면 그만이었다. 물주는 척하면서 꽃잎을 한 장씩 떼어 자신의 호주머니에 집어넣으면 그만이었다. 전문 강도범들은 지나가는 사람의 호주머니만 두드려 보아도 그 안의 금액을 거의 정확히 맞춘다. 그것처럼 그 여자도 돈 빌려서 떼어먹는 일에는 전문가 수준에 와 있기에 당할 자가 없었다. 하지만 전문가라고 덮어놓고 저지르다간 수갑 찬다. 소매치기도 사람 많은 곳에서 핸드백이 열려 있다든지 빈틈이 있어야 범죄를 저지른다. 그것과 같이 그 여자도 세상 때 묻지 않아 잘 속일 수 있는 착한 젊은이, 또한 집안의 뒷배경이 좋으면 그 여자가 잡히기 쉬우므로 열악한 환경의 젊은이를 찾고 있었다. 그런 면에서 헬스 트레이너가 딱 맞춤이었다. 원하던 꽃이었다. 헬스 트레이너와의 만남을 기뻐하기 보다는 트레이너가 자신을 확실히 믿도록 철저한 계획을 세웠다. 가장 인간적인 힘! 그가 그 여자를 가장 인간답게 느낄 수 있도록 해야겠다고 판단했다. 단순히 물 준다고 해서 꽃이 활짝 웃는 건 아니었다. 물 줄 때에도 몰래 꽃잎을 한 장씩 떼 낼

때에도 대단한 인간미를 발휘한다면 자신의 수법은 성공해 뜻을 이룰 것이다. 그렇게 되면 돈 떼어먹고 도망가더라도 그 여자는 돌아와서 갚아줄지도 모른다는 착각의 희망을 그는 갖게 된다. 그는 오랜 시간이 지날 때까지 착각의 희망을 놓지 않고 그 여자를 기다릴지도 몰랐다. 그토록 인간적인 그 여자가 돈 떼어먹었다고는 생각되지 않으니까. 그렇게 그 여자는 자신이 계획했던 완전 범죄에 성공해왔다.

공짜로 돈 빌려달라면 빌려주는 사람은 드물었다. 대가를 치러야 했다. 이자를 지불해야 했다. 그 여자는 헬스 트레이너에게 계획적인 돈을 썼다. 헬스만 개인강습을 받았다. 개인 강습이니만큼 강습료를 트레이너에게 따로 지불했고 단 둘이 있는 시간이 많으니 친밀감도 높아지고 트레이너에 대해 더욱 확실히 알게 되어 그 여자의 계획이 쉽게 빨리 이루어졌다. 그렇게 하기 위해 그 여자는 개인 강습을 신청했던 것이었다. 이자도 남들보다 조금 더 계산해 주었다. 남들보다 조금 더 주어야 계속 빌릴 수 있다는 계산을 그 여자가 하고 있다는 걸 트레이너는 몰랐다. 또한 이따금 트레이너에게 식사대접도 해줬다. 돈을 한꺼번에 많이 빌리지 않았다. 매번 빌리는 액수는 조금씩 다르지만 트레이너가 눈치 안채게 야금야금 빌려나갔다. 중요한 건 그 여자가 돈이 없어서 돈을 빌리는 게 아니고 트레이너의 가정환경이 딱해서 도와주려는 뜻에서 그 여자의 사업에 투자를 한다는 인식을 심어 주어야 했다. 그 여자는 클럽 안에서 굉장한 사업가로 둔갑해 있었다. 그런 이유로 트레이너에게 그 여자는 죽은 아버지가 살아 돌아왔을 정도로 느끼는 소중한 사람이었다.

그런 시간이 이 년이 흘렀다. 그 여자의 통장에는 돈이 늘어났고 살림도 늘어 부엉이살림이 되었다. 이제 여기쯤에서 그만두어야겠다는 판단이 들었다. 지나치면 안 된다,는 그 여자 나름대로의 규칙이 있었다. 피해 시간이 길고 피해 액수가 아주 많으면 화근을 불러들이는 걸 보았다. 피해자도 많으면 안 된다. 총알을 설맞은 노루처럼 노기등등하여 매우 사납게 날뛰어대는 피해자가 많을수록 그 여자는 불리하므로….

그 여자는 도망칠 준비를 했다. 도망치기 몇 달 전부터는 이자를 끊었다. 그러면서도 휘트니스 클럽엔 잘 나갔다. 클럽엔 빠지지 않고 나가야 의심을 안 받을 테니까. 이 정도는 기본사항이었다. 속을 표현하진 않지만 헬스 트레이너의 속은 끓고 있을 터였다. 몇 달분 이자가 입금 되지 않건만 워낙 은인 같은 그 여자에게 말할 수도 없고 끙끙 앓고 있을 그를 안심시키기 위해 한마디 했다.

"박 트레이너, 내가 몇 달 이자 입금 못시킨 것 알고 있죠?"

"네, 네."

한 달 정도면 괜찮습니다.란 말을 했으련만 몇 달이나 이자가 밀렸다보니 그는 괜찮습니다.라는 말은 빼고 네, 네란 대답만 했다.

"박 트레이너, 걱정하지 말아요. 얼마 전에 밥 먹을 때 내가 사업을 확장한다고 했잖아요. 지금 그 사업 확장하느라고 큰돈이 많이 들어서 그래. 다음 달이면 싹 풀려요 이달까지만 봐 주세용."

살짝 간드러지는 말투로 말했다.

"네, 알겠습니다."

그에게서 안심하는 눈치가 보였다.

"오늘 바빠서 안 오려다가 박 선생 걱정할까봐 사업장에 가다가 들렀지. 잠깐 사이클만 타고 갈 거예요."

"오신 김에 근력운동이나 조금 하세요. 프로그램에서 근력 운동이 부족합니다."

"아니에요. 다음에 하죠. 오늘 보니 각 머신마다 사람들이 앉아있 구먼. 오늘 무슨 날이에요?"

"오늘 행사가 있어 그렇습니다."

"그럼, 박 선생 바쁠 테니 다음에 해요. 나도 사업 때문에 바빠서 지금 가야해요."

"네, 그렇게 하십시오. 제가 프로그램을 다시 잘 짜놓겠습니다."

"그럼, 며칠 뒤에 봐요. 나 화장실 갔다 바로 사업장으로 갈게요."

"네, 네."

언제나 공손한 청년이었다.

첫 해에만 연회원이 되었고 다음 해는 연회원에 가입하지 않았다. 그 여자는 등치기 할 헬스 트레이너를 만난 후부터는 다른 종목에는 드문드문 나갔다. 그리고는 다음 해는 연회원에 가입하지 않았다. 오 늘이 행사 날이라더니 곳곳마다 사람들이 많았다. 에어로빅장에도 웅기웅기, 수영장에도 웅기중기, 카페테리아에도 뎅걸뎅걸. 화장실 을 다녀오는데 별안간 생각이 떠올랐다. 이제 끝내자! 최근엔 도망칠 준비하느라 이자도 끊고 집 문제도 정리하고 있었다. 박 트레이너에 게 잘라 말해야겠다는 생각이 들었다. 박 트레이너에게 자꾸만 핑계 핑계 도라지 캐러가듯 적당히 사업 핑계만 대고 있을 시점이 아니었 다.

그 여자는 헬스장으로 다시 왔다. 그 여자를 본 박 트레이너가 가 까이 다가왔다.

"아직 안 가셨습니까. 뭐 잊은 게 있습니까?"

"아니에요. 박 트레이너에게 할 말이 있어서요."

"그럼, 휴게실로 가실까요? 여긴 오늘 시끄럽네요."

"아뇨. 그럴 필요 없고 잠깐이면 되니까요. 박 트레이너, 지금 화장실 다녀오면서 전화를 받았는데 내가 사업상 며칠 지방을 급히 내려갈 일이 생겼어요. 그래서 아마 이주일 정도는 운동하러 못 올 수 있어요. 그러지 말고 이렇게 해요. 내가 이달 말까진 운동 못 나오겠으니까 박 선생이 이달 말에 우리 집에 오세요. 이달 말쯤은 약간 시간적 여유가 나겠네요. 말일쯤 돼서 내가 전화하면 우리 집에 오세요. 집에서 남편이랑 식사나 하고 그 때 집에서 밀린 이자 모두 줄게요."

"네, 네. 알겠습니다."

그는 머리까지 숙이며 답했다.

"우리 집 알고 있죠?"

"그럼요. 알고 있습니다."

"오늘이 십일일이니까 말일이 되려면 이십일이나 남았네요. 하여튼 그 때 집에서 밀린 이자 전부 계산해 줄게요. 우리 남편 한 번도 안 봤죠? 그 때 보세요. 호남형으로 생겼어요. 호호."

그에게는 이자 문제가 제일 걱정될 것이기에 그 문제는 두 번을 말했다.

"알겠습니다. 전날 전화 주십시오. 찾아뵙겠습니다."

마지막이라서 별 다르게 인사하고 싶었으나 그럴 수 없었다. 눈치채면 큰일이다. 눈치코치도 모르게 처리해야 했다.

돈 빌려 주는 사람은 돈 빌려 받는 사람에 대해 샅샅이 알고 싶은 법. 순수하고 착한 박 트레이너도 그 여자가 개인 강습 받아 돈 벌게 해주고, 그가 좋아하는 삼겹살과 회 등을 사주고, 피로할 시엔 피로회복제 등은 받을망정 샅샅이 알고 싶은 법. 그가 샅샅이 알고 싶다며 말한 적은 없지만 그 여자가 알아서 해줬다. 그 여자는 사람을 속여 돈 빌리는 일. 즉 간접 등치기에 능력이 있어서 집을 안 보여줘도 돈을 빌릴 수 있지만 꽤 큰돈을 빌리려면 집을 보여줄 필요가 있었다. 채권자인 그가 미심쩍어 하는 부분은 없어야했다. 그런 법을 대비해 마련한 집이 있었다. 고급스런 집을 일 년 계약해 사글세로 얻었다. 그 집안에는 가구도 값비싸 보이는 걸로 꾸몄고 제일 중요한 것도 걸었다. 제일 중요한 것이란 가족사진이었다. 가족도 없이 홀로 사는 여자. 안심의 대상은 아니었다. 내연남과 찍은 사진에 적당한 남의 아들, 딸 사진을 합성시켜 멀리 높게 벽에 걸어 놓으니 한 가정의 가족사진으로 부족함이 없었다. 감쪽같았다. 감쪽같은 가족사진을 바라보며 때때로 그 여자는 실제로 그런 가족 속의 아내이고 어머니이고 싶었다. 가짜 가족사진을 보고 있노라면 가족에 얽매어 살기 싫고 여행이나 다니며 살았던 젊은 날이 후회가 되어 밀려드는 적도 있었다. 그럴 땐 가족사진을 떼어버리고 싶었으나 뗄 수가 없었다. 왜? 가족사진이 돈을 버는 도구인 까닭에.

스무날이면 충분했다. 다음 주 내에 그 여자는 다른 도시로 이사갈 준비를 마쳤다. 수일 내로 마지막 인사 오려했는데 화장실 다녀오며 그 마지막 날을 그 날로 잡아 버렸다. 마지막 인사는 할 수 없었다. 이 상황에 마지막 인사 하는 건 바보. 이젠 시간을 끌수록 불리하고 이자도 못주면서 자꾸 사업이야기를 하는 점도 불리했다. 괜히 자고 있는 범에게 코침 주듯 위험한 상황을 만들지 말고 빨리 도망쳐야 했다.

'박 트레이너, 잘 있어. 고마웠어. 마음 아파도 참아. 비싼 수업료 내고 인생 공부했다고 생각해. 인생 공부도 젊은 시절 하는 게 좋은

거야.'

이 순간부터 이년 동안의 놀이를 끝내야겠다고 작정한 그 여자는 발길을 돌렸다. 머리카락 뒤에서 숨바꼭질하던 놀이. 얕은꾀로 남을 속이던 놀이. 그 놀이를 끝내려고 또 다른 곳인 잘 꾸며진 미용실의 문을 열었다. 미용실 문을 닫고 난 뒤의 그 바람을 몰고 비싼 옷을 팔고 있는 옷가게로 갔다. 두 곳 모두 손님이 많아 그 여자는 손님사이로 가만가만 말했다. 손님 많은 것이 그 여자에겐 다행이었다. 손님이 없으면 미용실의 김 원장도 옷가게의 조양도 그 여자의 말을 귀담아 듣겠으나 손님이 많은 까닭에 그 여자의 말을 귓전으로 들었다. 다행이었다. 미용실의 김 원장은 서른한 살이며 장가비용으로 모아놓은 돈이었다. 옷가게의 조양은 스물아홉 살이며 이혼한 부모를 보면서 결혼하지 않겠다고, 혼자 살겠다고, 그러려면 돈이 많아야하기에 돈에 집착하고 있었다. 그런 돈들을 그 여자는 빌렸다.

박 트레이너와 합쳐 세 명 모두 공통점이 많았다. 젊은이들이며 어려운 가정환경으로 돈에 집착력이 강하며 착한 성품들이었다. 돈을 빌리러 다니던 시간에는 그 세 명 멋진 나무 벽이었다. 하지만 이젠 똥 묻은 나무 벽이 되었다. 김 원장과 조양에게도 몇 달의 이자가 밀려있었다. 그 두 명에게도 박 트레이너에게 말한 것과 똑같이 말했다.

밤 여덟시쯤 핸드폰이 울렸다. 조양이었다.

"아까 가게에서 말씀은 들었는데 그 때 손님 때문에 자세히 못 들어서 다시 전화했어요."

"밀린 이자는 이달 말에 주겠다고. 이달 말쯤 우리 집에서 밥이나 먹자고. 그 때 집에서 밀린 이자 모두 계산해줄게."

"이달 말이면 아직 이십일이나 남았잖아요. 그 전에 주세요."

"조양, 급히 돈 쓸데가 있어? 이자 이렇게 밀려본 일 이번이 처음이잖아. 항상 그 날짜 맞춰줬잖아."

"아니 꼭 그런 건 아니고요. 이자가 많이 밀리니까 걱정돼서 그럽니다."

"내가 사업 확장하는 일 때문에 그런다고. 조금만 이해해 기다려달라고 했잖아."

전화기 저 편에서 조양의 불만스런 말이 들렸으나 못 알아듣겠다. 꿍얼꿍얼.

"조양, 뭐라고 그러는 거야? 크게 말해봐."

"자꾸 사업 핑계 대시는 것만 같고."

"뭐라고? 내가 거짓말 하는 것처럼 느껴져? 이달 중순쯤 전화해줄게."

화가 난 그 여자는 일방적으로 전화를 끊었다. 화가 나서 혼잣말을 해댔다. 젊은 애가 귓구멍에 마늘쪽을 박았는지 어떨 땐 말귀도 못 알아듣더니만 내가 비싼 옷도 많이 팔아 주었건만. 지금은 뭐라고…. 내가 사업은 핑계 대는 것 같다고…. 쉬, 조용히. 지금 내가 화낼 때가 아니지. 조양이 눈치 채면 안 된다. 막판에 일이 틀어지면 안 된다.

조양에게 전화를 걸었다.

"조양, 좀 전에 전화를 먼저 끊어 미안해. 조양이 날 몰상식한 사람으로 보는 것 같아서 화가 나서 그랬어. 내일 우선 밀린 이자 중 한 달분만 송금해줄게. 나머지는 아까 말했듯이 이달 말에 모두 계산해줄게. 그 때 우리 집에서 밥이나 먹자고. 조양, 우리 집 알고 있지?"

"네, 알고 있어요. 그 때 갈게요. 감사합니다."

다시 밝아진 조양을 느끼며 그 여자는 안심했다. 통화중에 그 여자는 자신을 거짓말쟁이라 안하고 몰상식한 사람이라고 말했다. 그건 진짜 거짓말을 하고 있다 보니 자신을 거짓말쟁이라고 할 수가 없었다. 이러나저러나 앞으로 세 명을 가련한 신세로 만들 자신이 화낼 입장은 아니란 건 알았다. 앞으로 가뭄철 물웅덩이의 올챙이 신세가 될 세 명을 잘 피해 도망갈 일만 남았다.

밤 밥 먹었다!

멀리 도망쳐 온 그 여자에게 그 소리가 들리는듯 했다.

밤 밥 먹었다.고 소리쳐대는 세 명의 목소리가 계속 휴대폰을 울리게 했지만 전화를 받지 않았다. 아무도 모르게 밤중에 도망 온 그 여자는 얼마동안 숨어있을 참이었다. 그렇다고 들숨날숨 없이 지낼 필요는 없었다. 일부러 세 명에게만 피도 눈물도 없는 짓을 했다. 세 명이기에 망정이지 서른 명이면 피 말리며 숨어있어야 했다. 서른 명 정도였다면 야반도주한 사실이 천파만파 번져 도시가 흔들. 도시까지 흔들 필요는 없었다. 세 명인 까닭에 다리 뻗고 잘 수 있었다.

공부가 뭔지도 모르는 그 여자가 법은 공부했다. 사람의 말은 소용 없고 법이 소용 있는 세상. 형사법 민사법을 이기는 공부, 피해가는 공부들을 했고 그에 따른 충분한 경험도 있어서 그 여자는 세 명에게 잡혀도 빠져나갈 수 있었다. 다만 잡히면 나이 많은 체면에 볼썽사납기에 철저히 숨었다. 그 여자는 또 한 번 자신이 한 일에 성취감을 느끼며 유유히 숨어있었다. 소리 없는 고양이 쥐 잡듯 이 년 만에 큰돈을 챙기고 숨은 자신이 대견하기조차 했다. 그렇다고 안심할 수는 없었다. 조심스럽게 생활했다.

두둑한 돈 가방을 들고 도망쳐 온 그 여자는 얼마간은 편히 살겠다고 생각했다. 조심스레 발 디디며 살고 있는 발가락 사이에도 발기름이 낄 정도로 편해졌다. 그 여자는 씀씀이가 헤펐다. 가정에 얽매이기 싫어 평범한 삶을 선택하지 않았건만 그 선택이 오히려 가슴을 흔들었다. 쓸쓸해서 마시고, 외로워서 소비하고, 고독해서 남자와 흠빨다 감빨다보면 돈은 없어졌다. 의지할 가정이 없음이 되레 낭비벽을 만들었다. 남에게 덤터기를 씌우는 사람 심정도 아프긴 매한가지. 그 아픔을 오락으로 치유하려니 돈이 헤펐다. 알고 지내는 몇 몇 등치기들에게는 돈을 한몫 잡아 튄 사실은 비밀로 했다. 한몫 본 사실을 알면 어떤 등치기는 흥글방망이 놀 수도 있었다. 돈이 최고 좋았고 최고 무서웠다. 그러므로 돈에 관한한 그 여자는 주위에 비밀이 많았다. 그 여자는 머리가 좋았다. 주위로부터 머리가 좋다는 말을 들었다. 아울러 똑똑하다는 말도 들었다. 머리가 좋으니까 돈 떼먹고 도망 다니는데도 잡히지 않았고 전과도 없었다. 교묘히 잘 빠져 다녔다. 어르고 뺨치기를 반복하고 교묘히 빠져나왔다. 걸음아, 날 살려라. 도망친 뒤에도 두둑한 돈다발을 보면 걸음이 무겁지 않았고 가볍기만 했다.

그랬던 그 여자가. 그랬던 그 여자에게 변화가 찾아들었다. 그 세 명의 모습이 자주 떠올랐고 마음에 걸렸다. 펄떡 뛰고, 펄펄 뛰고, 펄쩍 뛰고 있을 그들이 떠오르면, 울고 있을 그들이 떠오르면 그 여자는 어깨마저 움츠러들었다. 예전에는 느끼지 못한 기분이었다. 그들에게 미안함이 들 때에는 술도 엄청 마셨다. 변화는 그 여자를 가끔 생각에 잠기게도 만들었다. 예전의 생각은 비양심적, 비도덕적, 비인간적이었다면 변화가 찾아든 후의 생각은 양심적, 도덕적, 인간적이었다. 자신을 되돌아보았다. 자신은 나쁜 짓을 많이 한 나쁜 사람이었다. 개 새끼는 짓고 고양이 새끼는 할퀸다는데 자신의 유전적 요소가 나쁜 사람으로 만들었는가 해서 부모님에 대해 심사숙고했으나 부모님은 선량한 사람들이었다. 그럼 자신은 돌연변이?

나이는 속일 수 없었다. 그 세 명에게 걱정된 미안한 마음이 드는 이유는 아마도 나이가 들어서 일게다. 이제야 철드는 건가. 남의 가슴에 그렇게 대못을 박고 다녔건만 그 여자 자신은 대못 박힌 집 한 채도 없었다. 불고 쓴 듯 남은 것이 없었다. 이번 세 명을 상처내고 갖고 온 돈은 지키고 싶었다. 재미나는 골에 범 난다고. 재미있다고 나쁜 일을 계속하면 나중에는 봉변을 당할 수 있으니 여기서 그만 끝내야겠다고 판단했다. 그 돈으로 평생을 살 수는 없으므로 다른 일을 찾아봐야 했다. 다른 일이라고 해서 느닷없이 팔 다리 움직이는 고된 일은 하기 싫었다. 사흘 길에 하루쯤 가서 열흘씩 눕는 탓에 게으른 그 여자는 고된 일을 할 수도 없었고 그런 일이 싫었다. 이번엔 돈 많은 남자의 내연녀가 되고 싶었다. 그 조건으로는 미모일 것 같아 여자 연예인 사진을 구했다. 그 연예인 이목구비의 아름다움은 따라올 여성이 없었다. 성형외과 의사에게 성형을 부탁했다. 의사는 글쎄요. 최선은 다하겠습니다만, 불확실한 대답과 함께 칼을 들었다. 그 여자의 피 흘린 얼굴이 말하는 듯 했다. 나이는 속일 수 없다, 라고.

돈 많은 남자의 내연녀. 그 자리도 호락호락하지 않았다. 그 여자가 남자에게 돈을 쓰고 즐기는 자리라면 쉽겠지만 그 여자가 돈을 받고 즐기는 자리라서 쉽지 않았다. 돈 버는 일이 어려운 건 남녀사이에도 통했다. 그 여자가 어떤 사람인가! 남의 호주머니의 돈도 빌린다는 명목으로 자신의 호주머니 안에 넣는 사람이다. 그 힘든 과정도 돈 빌린다는 명목 하나로 거뜬히 해낸 자신이기에 돈 많은 남자의 돈은 쉽게 호주머니에 넣을 줄 알았다. 쉽지 않았다.

처녀 시절, 결혼하지 않겠다는 그 여자에게 엄마가 하던 말이 기억났다. 남편 밥은 누워먹고 아들 밥은 앉아 먹고 딸의 밥은 서서 먹는다,는 옛 말이 있어. 너 혼자 입도 꽤 돈 든다. 밥만 먹는 것 아니잖냐. 시집가서 남편 벌어오는 돈으로 사는 팔자가 여자는 제일 좋은 팔자야. 엉뚱한 생각 말고 시집이나 가라던 엄마의 말씀. 그리웠다. 하지만 돈 버는 뾰족한 수가 없었기에 내연녀의 자리에 머물러 있었다. 헤엄 잘 치는 놈 물에 빠져 죽고, 나무에 잘 오르는 놈 나무에서 떨어져 죽는다는 말도 있잖은가. 아무리 능숙한 기술이 있어도 한 번 실수는 있는 법. 돈 떼어먹고 도망 다니다 한 번은 잡힐 수 있으니 그만두고 싶은데다 이번 세 명의 돈을 떼먹고 나니 양심이란 게 발목을 잡아 내연녀의 자리에서 발걸음 놓지 않기로 했다.

안타깝게도 내연녀의 자리도 오래갈 수 없었다. 권태기가 찾아들었다. 세상살이에 권태감은 다 있다. 일상생활도 권태감을 느껴 술 마시고, 춤추고, 노래 불렀다. 자식 낳고 사는 부부도 싫증을 느끼고 그 자식도 연인과 시들 감을 느꼈다. 그 여자와 내연남에게도 싫증이 왔음은 두말할 나위가 없었다. 포옹하던 사이에 지루함이 찾아들자 서로의 잘못을 짚고 넘어가자며 대화로 풀자고는 했다. 그 다음엔 한 입으로 두말 해가며 싸웠다. 화해를 하고 화해하기를 반복했다. 부부들은 세상사람 마음을 알기에 참았다. 사람 심사는 좋아도 이웃집 불 붙는 것 보고 좋아하는 게 사람 마음이란 걸 알기에 부부들은 참았다. 그렇지만 그 여자와 내연남은 불륜이므로 참는다는 것조차도 표현할 수가 없었다. 또한 표현할 필요도 없었다. 두 사람 사이의 염증은 깊어 갔고 쌀쌀맞게 굴고 쌀쌀히 거절하곤 하더니 내연남은 떠나 갔다. 어느 날 벌에 쏘인 사람처럼 굴더니 떠나갔다.

어느 덧 오십이 넘은 그 여자에게 또 다른 새로운 사랑이 찾아들었 다. 성형기술의 발달은 그 여자의 외모에도 적용되어 좀 과장해 말 하면 이십년은 젊어보였다. 머리 좋은 그 여자는 머리를 굴렸다. 새 로운 내연남은 사채업자였다. 쥐뿔도 모르면 말하지 말라. 그 여자 가 누구인가. 돈 흘러 다니는 길은 훤히 알았다. 국수 잘하는 솜씨가 수제비 못하랴. 이번에야말로 기러기 한평생을 청산하겠다는 각오를 세웠다. 내연남에게 부탁해 그가 운영하는 사채사무실에 취직했다. 그 여자에게 실장이라는 직함이 주어졌다. 성실히 일했고 내연남의 뜻을 달래달래 따라다니며 열심히 근무했다.

그러나 인생이 계획대로 되지 않는다더니 이번에도 엄지손가락이 꺾어질 판이었다. 성공하겠다고 치켜 세운 엄지손가락이 꺾어지는 이유는 내연남의 병 때문이었다. 그에게는 병이 있었다. 사람을 불신 하는 병. 알고 보니 무서운 병이었다. 사랑만 해도 의심할 사람이 그 의 사무실에서 그의 돈을 만지고 있으니 더욱 그랬다. 돈은 누구에게 나 소중하듯 그에게도 소중했다. 아니 그는 사랑보다 돈을 소중히 여 겼다. 사랑하는 여자에게도 의심을 해대는데 직원에겐 오죽하랴. 몇 달 지나면 직원들은 떠나갔다. 그는 무슨 일이든 참견하고 일 끝난 뒤에도 이러쿵저러쿵 간섭을 해댔다. 농촌에서 많은 땅을 갖고 살다 가 땅 때문에 벼락부자가 된 그는 사업할 위인은 아니었다. 사람 됨 됨이가 좀스럽고 지낼수록 실망이 컸다. 그렇다고 그를 떠날 수는 없 었다. 그 여자는 여태까지의 실력을 발휘하기로 했다. 어디든 헛점은 있는 법. 실제적 업무는 그 여자가 했고 그는 의심 추궁하는 입방아

질만 해댔다. 어차피 오래갈 사랑은 아니었고 오래가고 싶지도 않았다. 그리고 무엇보다도 돈에 관한 장부는 그 여자가 갖고 있었다. 한 몫 잡기로 작정했다. 위법행위로 그에게 고소당하지 않는 방법을 택해 돈을 훔쳤다.

세상 자유로이 살며 겁나는 것이 없는 그 여자도 한 가지 겁나는 건 있었다. 감옥살이! 자유롭지 않는 삶은 죽음이라고 생각했다. 절대로 수갑을 차면 안 된다는 각오를 갖고 산 탓인지 아직 전과는 없었다. 목숨을 걸고 지키는 게 있다면 전과자가 되지 않겠다는 것. 한몫 잡은 뒤 이번엔 그 여자가 그를 떠났다. 한몫이라곤 해도 큰돈은 아니었다. 이번에는 서울로 도망치기로 작정했다. 비록 그렇게 살망정 시시하게는 살지 않았는데 이번엔 서울로 도주하느니만치 큰 포부도 가져보았다. 예전에 며칠간 서울을 다녀온 적은 있었다. 드망가서 살아야 한다고 생각하니 서울이 길게 움직이며 다가왔다. 넘늘넘늘.

서울 강남의 선릉 쪽에 집을 얻었다. 지하철 선릉역 부근에 있는 오피스텔을 얻어 사무실도 차렸다. 간판 없는 유령사무실이었다. 사채업도 하고 몇 가지 비밀스런 일들도 하는 사무실이었다. 또 다른 내연남도 만났다. 이번의 내연남은 주로 그 여자의 뒷배를 봐주는 일을 했다. 그는 그 여자의 벗바리인 셈이었다. 사업이나 장사나 자본이 든든해야 운영하기 쉬웠다. 자본이 모자라면 필사적으로 사업에 매달려야건만 그러질 못했다. 고객들은 제이 제삼 금융권의 대부업체에서 돈을 빌리려 했으며 그걸 그 여자는 따라 잡을 수 없었다. 날이 갈수록 사무실 분위기는 태평하지 않았다. 사무실 안의 업무는 쉬엄쉬엄. 사무실을 드나드는 사람들은 발끈발끈. 어느 순간부터 고객의 발길은 끊어지고 조폭들과 타짜들 걸음이 잦았다.

살아갈 방도를 모색해야 했다. 삶에 실패는 있어왔다. 팔자타령 하지 않기로 했다. 풍년개 팔자만도 못한 팔자라며 비관하지도 않았고 풍년거지 더 섧다고, 남들은 다 잘 사는데 유독 자신만 거지처럼 어렵게 사는 걸 서러워하지도 않았다. 하지만 그건 그 여자의 의지일 뿐 술이 취하면 신세타령을 하곤 했다.

번쩍! 시야를 사로잡는 글귀가 있었다. 불행 중 다행이란 말은 이런 경우를 두고 하는 말이었다. 사람 죽으라는 법 없다. 산에 가야 범을 잡는다. 번쩍 눈 뜨게 만든 글귀, 사로잡은 글귀를 그 여자는 읽고 또 읽었다. 파산, 회생, 면책. 빚 많은 채무자는 파산을 하라는 광고 문구였다. 파산! 놀라서 번쩍 뜬 눈이 기쁨을 유발하더니 그 기쁨은 무릎을 탁 치게 만들었다. 기쁜 나머지 입은 흥얼거렸다. 왜 이런 방법을 몰랐을까. 세상 많이 변했다. 어느새 파산하라고 광고까지 하는 세상이 되었나. 그 여자는 천만 뜻밖의 기쁜 소식에 설레며 새로운 일을 구상했다. 그래도 돈 빌리고 떼어먹는 일이 쉬웠다. 돈 많은 남자도 그 여자에게 돈을 잘 주지는 않았고, 사채업을 하며 이자를 불려 돈을 덮쳐쥐기도 쉽지 않았다. 하나같이 올바른 행위는 아니었다. 돈 빌리고 떼어먹는 일이나 내연남에게 돈 떨어지게 하는 일이나 사채업하면서 고객 돈 뜯어 갖는 일이나 모두 올바른 행위는 아니었다.

세상이 변했다며 텔레비전이 말하고 컴퓨터가 말하고 사람들이 말했다. 아들 밥은 앉아 먹고 딸 밥은 서서 먹는다던 세상이 아들 밥은 서서 먹고 딸 밥은 앉아 먹는다.로 변했단다. 세상에서 최고인 사람. 사람의 역할까지 변하게 했는데 다른 변화는 말해 무엇 하리. 많은 것이 변했건만 가장 중요한 것이 변하지 않았다. 돈! 얼마나 중요한가. 부모 자식 사이도 돈 때문에 울고 웃고. 형제사이도 돈 때문에 울고 웃는 세상이 되었다. 그런 돈이 채권자와 채무자 사이에선 변하지 않았다. 돈 빌려 받고 이자 몇 달 주고 나면 사기죄가 적용되지 않는 법은 변하지 않았다. 돈은 앉아서 빌려주고 서서 받는다는 말도 유용했다.

홍두깨에도 꽃이 피려나. 뜻밖에 좋은 운을 만날 수 있을 기대감에 열심히 다듬이질 할 궁리를 했다. 세상은 많이 변해가건만 민사법은 그대로였고 돈 빌려 주기는 쉬우나 받기는 어렵다는 말도 그대로였다. 변하지 않고 그대로인 점이 그 여자는 고마웠다. 그 여자는 자유로이 살면서도 세상 사람들을 피하는 경향이 있었다. 자신을 알아 볼까봐. 자신이 망신 당할까봐, 그래서 피했다. 갑작스레 그런 사람들을 피하지 않아도 되겠다는 엉뚱한 자신감이 들었다. 이유는 파산해서 면책을 받으면 피하지 않아도 되니까. 그 여자는 자신과 세상 사람들은 똑같은 사람이라고 판단했다. 똥 누러 갈 적 마음 다르고 나올 적 마음 다르다는 말을 가끔 곱씹어 보았다. 사람이면 먹고 눈다. 사람은 먹고 누는 걸 잘하지 못하면 죽는다. 참을 수 없는 똥을 누러 갈 적엔 몹시 급해서 허둥지둥. 먹을 게 없어 돈 빌리러 갈 때엔 다급해서 허덕지덕. 똥 누고 나올 적에 걸음은 상큼. 돈 빌리고 올 때의 마음은 유쾌. 그리곤 아랫목에 다리 뻗고 잠자기를 되풀이하고 나면 잊어버렸다. 사람은 괴로운 건 빨리 잊어야 한다나 어쩐다나. 시간이 지날수록 유쾌함을 잊고 돈 갚아 달라고 재촉하면 반대로 불쾌함도 갖는 채무자를 보며 그 여자는 그 채무자와 자신은 같은 사람이라고 판단했다. 그러므로 그 여자도 세상 사람속의 한 사람일뿐 이었다!

그런 탓인지 아이 어른 할 것 없이, 젊은이 늙은이 할 것 없이 돈을 빌려주지 않으려 했다. 돈 빌려주고 이자 받으면 이자 받은 돈으로 생활이 윤택해 질줄 알았다. 그런데 그것이 아니거든. 이자는 물론이고 원금도 못 받는 경우가 비일비재했다. 돈 빌려주고 못 받아서 걱정하는 소리들이 많아졌다. 그래서 사람들은 비싼 밥 먹고 헐한 걱정을 안 하기로 했다. 그 때문인지 돈을 빌릴 수가 없었다.

그 여자는 파산을 생각했지만 몹시 반갑게 파산이란 단어를 읽었지만 사회가 그 모양이기에 예전처럼 돈을 잘 빌릴 수 있을까 걱정되었다. 그러나 홍두깨에 꽃을 피우기로 작정했다. 그 여자의 다듬잇돌은 다른 까닭에 가능했다. 위기에 처한 사채업을 문 닫고 어디서든 돈을 빌린 후 이제는 달아나지 않고 파산선고를 받을 예정이다.

세상에 이럴 수가! 파산하기 위해 돈 빌리는 사람이 어디 있느냐고 묻는다면 그 여자는 여기 있다고 속으로 답했다. 돈 빌린 뒤 파산해서 면책 받으면 돈을 안 갚아도 되는 건 물론이고 당당히 거리를 활보하고 다녀도 된다. 면책이란 채무가 소멸하여 채무의 의무를 면한다는 뜻이란다. 돈 떼먹고 도망가지 않아도 되고, 잡힐까봐 불안하지 않아도 되고, 이렇게 좋은걸 왜 여태껏 몰랐을까,라며 흥겨워했다. 흥겨운 흥분으로 해서 가슴조차 펄떡였다.

공식적으로 공부했다. 그 여자는 공식적이란 말을 잘하지 않았다. 할 수가 없었다. 숨어사는 신세에 공식적이란 말을 사용하면 배꼽이 웃을 것 같아서였다. 그렇지만 이젠 달랐다. 파산을 하라고 곳곳에서 광고 하고 있는 판국에 돈 빌리는 전문가가 가만 있을 수 없었다. 공식적 공부란 파산법에 관한 공부였다. 파산법을 공부하면서 사채업을 정리했다. 내연남이 구해 와서 사업해 온 전주 돈을 해결하고 나면 남을 돈도 없겠으나 남겨야 했다. 한 사람 머리보다 두 사람의 머리가 더 낫다. 내연남과 함께 머리 모아 호텔전세를 얻었다. 그 여자는 호텔사업을 할 예정이다. 큰 사업을 해야 큰 빚을 얻을 수 있었다. 사채업 사무실은 그대로 두기로 했다. 그 사무실에선 사채업만 하지 않았다. 여러 가지 일이 이루어 졌다. 집도 구했다. 만반의 준비는 끝났다.

호텔 사업을 하는 여자. 서울 강남에서 사업도 하는 여자. 강남에 고급스런 집도 있는 여자. 이 정도면 돈 빌리기는 쉬웠다. 그 여자는 미소 지었다. 그럼 어떤 수법으로 돈을 빌리느냐. 예전의 수법과 같이하면 된다. 오래전 그 세 명에게 했던 수법대로 할 것이다. 한탕주의인 그 여자는 개미 금 탑 모으듯 살기는 싫었다. 법이 보호해 준다잖는가. 법이 허락해 준다잖는가. 법이 보호, 허락해 준다는데 더 이상 무슨 말이 필요한가. 그 여자에게 파산법은 최고의 기회였다. 또한 건강하고 돈만 있으면 얼마든지 백 살까지 사는 시대가 아닌가. 앞으로 몇 십 년은 더 살아야 하는데 아무 것도 없었다. 가족드 없고 돈도 없었다. 하늘이 준 최고 기회였다. 그 여자는 파산법이 하늘이 자신에게 준 최고의 기회라고까지 생각했다.

목표를 세웠다. 큰 빚을 얻어 철저히 숨겨놓고는 파산처리한 뒤 그 숨겨놓은 돈으로 편히 노후 생활을 해야겠다는 목표를 세웠다. 그렇다고 그 목표를 몇 달 만에 해결 볼 수는 없었다. 최소한 몇 년은 넘게 시일이 걸린다는 계획을 세웠다. 최소 몇 년 안에 호텔사업을 해서 빚 얻는 형태로 만들어 놓고 또 그 사이 많은 빚을 얻어 호텔 사업 때문에 빚을 질 수밖에 없었던 상황을 잘 만들어야 했다. 파산의 판을 잘 만들어야겠다. 그리고 몇 년이 지난 후 파산 신청을 할 예정이다. 돈 빌리는 수법은 예전의 수법을 사용하면 되나 상대는 모두 젊은이를 하면 안 되겠다는 판단을 했다. 파산 신청한 그 여자의 서류를 법률을 집행하는 최고 윗분이 보았을 때 채무자의 나이들이 모두 젊은이들이면 그 윗분은 이상하게 생각할 수 있었다. 그렇게 되면 위험하다. 위험한 짓은 절대 하면 안 된다. 간혹 집안에서 살림만 하는 가정주부도 속이기 쉬우므로 찾아보기로 했다. 그러려면 돈 빌리는 장소가 예전과는 달라야 했다. 인터넷을 통해 젊은층과 중년층이 고루 섞여 모이는 동호회에 가입했다. 몇 군데 동호회에 가입해 걸쳐 놓았다.

회상은 끝났다! 맥주도 다 마셨다. 회상의 끝은 없었다. 지나온 인생을 후회하지 않았다. 앞으로 살 일만 생각하기로 했다.

등치기

뛰었다. 머리도 뛰고 심장도 뛰었다.

휘날렸다. 머리카락도 휘날리고 겨드랑이 털도 휘날리고 종아리 털도 휘날렸다.

땀났다. 등에서 땀나고 등을 바라보고 있는 눈에서도 땀났다. 그 눈은 등을 벗겨 먹기 위해 흘리는 땀이었다.

뛰는 놈 위에 나는 놈이 있다지만 작정하고 등골을 뽑으려고 덤벼드는 놈을 이길 수 있을런지!

체육관 안의 배드민턴 전용장에서는 공치는 소리들로 시끄러웠다. 뛰고 있는 사람들 모양새는 말쑥하지도 지저분하지도 않았다. 운동복 차림이었다. 입술을 깨물며 공을 날렸고 다리가 찢어져라 공을 막아냈다. 강한 승부욕은 때론 규칙도 어겼다. 신발을 벗고 방으로 들어와야 함에도 불구하고 신발 신은 채 들어오는 류의 반칙도 있었다. 그럴 시엔 웃으며 신발 벗었다. 서로 이기려고 뛸망정 다투진 않았다. 웃음이 밑바탕으로 깔린 선의의 경기였다. 그 곳엔 태극기도 휘날렸고 태극기도 뛰었다.

그런 그 곳에 무섭게도 외딴 곳이 있었다. 외딴 곳에 앉은 눈은 후 다닥 뛰어다니는 사이로 후끈거리는 열기 사이로 관찰하고 있었다. 그 눈은 늘쩡늘쩡 걸어 다니며 뜨거운 기운을 받곤 했다. 그 눈은 외 따로이 생각하고 있었다. 등치기 무리들 속에선 살이 살을 먹고 쇠가 쇠를 먹는 걸 보아왔는데, 이익을 챙기기 위해선 서로 해치는 일도 서슴지 않았는데, 태극기 휘날리는 이곳엔 그런 일이 없었다. 살짝 마음이 흔들렸으나 다시 그 흔들림을 다잡았다. 자신은 이곳에 공치 러 온 게 아니고 목표가 있어 왔다는 걸 명심해야 한다며 다 잡았다, 그 여자는….

목표물을 물색했다. 뛰고 휘날리는 사람들에게는 눈치 못 채게 하 면서 그 여자는 외딴 눈을 해 다녔다. 그 눈은 물샐틈없는 경계망을 폈다. 김 대리는 돈이 없어 보였고 최 부장은 생긴 건 수더분해도 계 산은 영악했다. 전씨 아줌마는 몹시 수다쟁이라서 불합격시켰다. 그 여자는 한 달 넘게 기웃대며 다녔다. 한 달 넘게 물색했으나 마땅한 사람이 없었다. 사람을 찾는다고 사람 겉모양을 물끄럼말끄럼 보아 선 안 된다. 마음을 건드리고 형편을 건드려 돈이 있나 없나 여부를 알아봐야 했다. 물때썰때를 잘 알아야 했다. 사람 가슴을 흔들어야 돈이 나왔다. 엉뚱한 사람 가슴을 흔들었다가는 괜히 마른논에 물대 는 꼴만 됨. 힘들여 해놓아서 성과가 없다면 얼마나 애통한 일인가.

드디어 해가 떴다. 해는 털쌘구름 조개구름 비늘구름 사이에 있는 고운 해였다. 한 달이 지나도 마땅한 사람이 없어서 안달했다. 그랬 던 그 여자가 해를 발견했다. 기뻤다. 그 여자에겐 뛰어난 감이 있었다. 동호회 회장이 성성현을 소개시켜주는 순간, 성성현과 악수를 하는 순간 감이 왔다. 힘들이지 않고 쉽게 돈을 빌릴 수 있겠다는 감. 강남의 유명학원에 인기 있는 영어강사의 수입이 어느 정도인지 그 여자는 알고 있었다. 즐거웠다. 손 안대고 코 풀 수 있겠다.

성현은 근심스런 생각을 떨쳐 버리려고 가방을 들었다. 다음 수업 시간까지는 여유의 시간이 있으니 잠시 배드민턴을 치고 올 작정이었다. 집에서도 걱정. 학원에서도 걱정. 그는 자신이 걱정꾸러기인 사람만 같았다. 집에서는 매일 술 마시며 뜬구름 잡는 소리나 해대는 아버지가 걱정. 학원에서는 학생들 성적이 오르지 않을까봐 걱정. 이래저래 걱정을 하다가도 배드민턴장에서 공을 치고 나면 걱정이 사라지고 속이 후련했다. 공부는 하지 않고 건들건들 해 다니는 학생을 꾸짖고 싶으나 직접 꾸짖으면 안 된다고 주위에서 말리는 바람에 건넛산보고 꾸짖을 수밖에 없는 현실이 안타까워서도 공을 쳤다.

"어머, 성 선생님 오셨어요!"

"아, 네. 김 여사님 오셨습니까."

"반가워요. 악수나 한 번 해요."

그 여자는 일부러 성현 오는 날에 맞춰 와서는 그를 기다리고 있었다.

"네, 네. 반갑습니다."

그 여자의 계획된 음모를 모르는 성현은 반갑게 진실의 악수를 했다.

"이것 마셔요. 다른 사람들도 다 마셨어요."

사람의 친분은 먹고 마시는 데서부터 쌓아 간다는 걸 그 여자는 알았다.

"감사합니다. 잘 마시겠습니다."

그 여자는 포섭했다. 성현에게 돈 빌리기 위해서 성현을 포섭한 게 아니고 회원들을 포섭했다. 회원들로부터 신뢰 있는 평, 권위 있는 평, 존경 받을 수 있는 평가를 받아야 성현에게 믿음 받기 쉬웠다. 무슨 일이든 일이 이루어 질 수 있는 첫째 조건은 믿음 아닐까. 그렇다고 모든 회원에게 그럴 필요는 없고 회원 중에 말발이 있는 몇 명 회원에게만 좋은 평가를 받으면 되었다. 발 없는 말이 천리도 간다는데 회원 사이에선 금방 퍼질 수 있었다.

성현은 통쾌했다. 이런 기분에 배드민턴장을 자주 찾았다. 온몸에 땀이 쫙 흐르고 시원함도 흘렀다. 실력이 비슷한 회원과 한게임 뛴 결과는 무승부였다. 어차피 게임점수엔 관심 없었다. 뛰면서 느끼는 즐거움이 좋을 뿐이었다.

"짝! 짝!"

그 여자가 손뼉을 치며 성현 곁으로 다가왔다. 늘 성현을 주시하고 있으면서도 일부러 모른 척 해 있다가는 이따금 성현 곁으로 다가갔다. 늘 성현 곁을 알짱거려도 안 되므로 적당한 시기에 곁으로 가곤 했다. 실력이 비슷한 회원끼리 잘 어울리기 쉬운데, 실력도 그렇고 나이도 그렇고 도저히 안 어울려 보이는 그 여자가 성현의 게임 자리에 자꾸 끼어있어도 냄새피울 수 있는 요인을 만들 수 있다는 점을 그 여자는 알았다.

"어쩜 두 분 다 그렇게 공을 잘 치세요."

좋은 회원으로 대접해 주고 싶은 그 여자가 다가오자 두 사람은 반가웠다.

"성 선생님은 공을 많이 치셨나 봐요."

"아닙니다. 학교 다닐 때 좀 쳤습니다."

"성 선생님, 바쁘세요?"

"아닙니다. 시간이 조금 있습니다."

"그럼, 나랑 오 분 정도만 공치면 안 될까요. 선생님과는 비교 할 수 없이 실력 차이 나니까 게임은 할 수 없고 실력 있는 선생님과도 과연 공 칠 수 있을까 하는 맘에서…, 내 실력을 알고 싶어 잠깐 쳐보려고 그래요."

"네, 괜찮습니다."

"선생님이니까 하는 말인데 문제집도 처음에 어려운 문제집을 풀고 나면 그 다음 문제집은 쉽게 풀지 않을까요. 이거 전문가 앞에서 괜한 비유를 한 것 같네요. 다만 난 그런 심정으로 실력 있는 선생님과 공치고 나면 내 실력이 좀 늘까 해서 잠깐 공치자고 부탁한 거예요."

"네, 알겠습니다. 제가 도움이 됐으면 좋겠습니다."

"고마워요. 도움이 될 거예요. 잘 부탁 할게요."

그 여자는 부탁이란 단어에 힘주며 말했다. 체육관 안에 있는 배드민턴 코트에는 게임하느라 비어있는 곳이 없었다.

"저 쪽 맨 끝에 게임이 끝나고 있습니다. 저 쪽으로 가시죠."

"네, 그래요. 고마워요."

성현의 친절함에 그 여자는 상냥하게 답했다.

"두 분이 게임 하시려 구요?"

회장이 관심을 보이며 걸어왔다.

"네, 안 어울리죠. 내가 성 선생님에게 부탁했어요. 잘하는 사람과 게임을 해봐야 내 실력도 늘고 또 실력이 어느 정도인지 알아보려고요."

종종 그 여자에게 밥을 얻어먹은 덕분인지 회장과 말발 있는 회원들은 그 여자가 하는 일에 호의적 관심을 보였다.

"잘하셨어요. 잘하셨어요."

두 사람과 함께 맨 끝 코트로 향하던 회장은 울리는 휴대폰을 받았다.

"잠깐 저 코트에 가 볼일이 생겼네요. 좀 있다 뵙겠습니다."

회장은 손가락으로 중간에 위치해있는 코트를 가리키며 말했다.

"아니에요. 안 오셔도 괜찮아요. 오 분 정도만 칠 거예요. 내가 성 선생님의 아까운 시간을 뺏을 순 없잖아요. 오 분만 부탁했어요. 금방 끝나니까 안 오셔도 돼요."

"다녀오겠습니다."

웃음 지으며 인사 한 뒤 회장은 갔다. 그 여자를 대접해주려는 회장의 모습. 회장의 그런 모습이 그 여자의 사람됨을 높이는데 플러스가 되었다. 성현과 그 여자가 배드민턴 라켓을 들고 상대하여 마주 섰다. 성현이 그 여자에게 먼저 서브하라고 했으나 그 여자는 굳이 반대했다. 그래서 성현이 먼저 셔틀콕을 던지게 되었다. 네트 위로 셔틀콕이 오고 가고 있었다. 네트에 걸리지도 않고 라인 밖을 벗어나는 일도 없이 셔틀콕은 잘 지나다녔다. 조그만 셔틀콕이 허공에 아롱다롱 수를 놓았다. 떨어지지 않는 셔틀콕 때문에 두 사람의 몸에선 더운 기운이 와락와락. 뜻밖에 성현의 실수로 셔틀콕은 떨어졌고 두 사람은 잠시 호흡을 가다듬을 시간이 생겼다.

"김 여사님이 더 잘하십니다."

"어머, 아니에요. 게임 하는 게 아니니까 마음 편하고 또 실력 있는 선생님을 실망시키고 싶지 않아 긴장한 까닭에 오래 칠 수 있었어요. 운동한 뒤 땀 흘리면 참 개운하고 좋아요."

"네, 그 기분이 좋아서 저도 이곳에 옵니다."

"이제 그만해요. 내 부탁 들어줘서 고마워요. 다음에 한 턱 쏠게요. 내가 선생님만큼 칠 수도 있다고 생각하니 뿌듯해요."

"조금 더 치셔도 괜찮습니다."

"아니에요. 아니에요. 선생님은 또 다음 수업 있을 거잖아요. 수업 방해는 하고 싶지 않아요."

진심이었다. 성현의 수업을 방해하려고 공치자고 신청한 건 아니었다. 성현에게 자신의 존재를 알리려 했을 뿐.

돌아오는 길에 성현은 김 여사를 떠올렸다. 고귀한 성품을 가진 분으로 느껴졌다. 나이는 가늠할 수 없으나 곱게 나이 들어가는 분으로 생각되었다. 그는 자신의 어머니 모습도 그렸다. 어머니의 표정엔 수심과 그늘이 있었다. 김 여사의 표정엔 편안하고 순탄함이 있었다. 김 여사는 비단 방석에 앉아 있는 사람만 같았고 어머니는 비단 방석을 빨래하는 사람만 같았다. 느닷없이 울적해졌다. 어머니의 그런 모습을 상상하니 배드민턴을 하고 난 뒤의 상쾌함이 사라졌다. 반드시 어머니도 비단 방석에 앉게 하고야 말겠다.

돌아오는 길에 그 여자는 성현을 떠올렸다. 쭉 성현을 지켜보았고 동호회원들의 분위기도 파악했다. 성현의 또 다른 좋은 점은 입이 무거웠다. 좋은 채권자를 만났어도 입이 가벼우면 택할 수 없었다. 단체생활에서 채권자가 자신과의 돈 관계 일을 입에 올려 말하면 그 여자로선 불리했다. 소문이 사람을 죽이고 살리고도 하는데 입 싼 사람 만나게 되면 등치기를 할 수 없었다. 그런 점에서 입이 천근같이 무

거운 성현이 제격이었다. 일이 잘 풀리고 있어서 썩 좋았다. 술 생각
이 났다. 내연남에게 전화를 걸어 미리 축하주를 마시자며 호들갑을
떨었다. 그 술자리에 데리고 있는 치기배들과 함께 오라며 내연남에
게 말했다.

　네온사인 반짝이는 밤거리는 휘황찬란했다.
　"여기에요. 여기!"
　그 여자는 내연남이 타고 있는 승용차를 향해 손짓했다.
　"어서 오십시오. 어디로 모실까요?"
　운전하고 있던 치기배가 물어왔다.
　"어디? 어디로 갈까요?"
　그 여자는 옆 좌석에 앉은 내연남에게 물었다.
　"잘 가는 단골 룸싸롱으로 가지. 오늘 낮에 애들 수고 많이 했으니
여자들도 붙여 줄겸."
　"형님, 감사합니다!"
　차 안에 있던 치기배 두 명이 씩씩하게 답했다. 즐거움이 묻어있는
씩씩한 답이었다.
　"오늘 일 잘 됐어?"
　내연남이 그 여자를 향해 대답을 요구했다.
　"그럼요. 오늘 배드민턴까지 쳤어요. 빠르게 시작되고 있으니 걱정
마세요. 그쪽 일도 잘 되고 있어요?"
　내연남은 그 여자와는 다른 일을 추진하고 있으며 그 별개의 일 역
시 등치기의 종류였다. 내연남은 별개의 일을 하면서 그 여자 일을
도와주었다.

"그럼, 그럼."

"기분 좋은걸 보니 잘 되나 봐요."

"그럼, 허허허."

불빛 찬란한 건물 앞에 차가 섰다. 건물 입구에는 닦은 사내들이 서 있었다.

"어서 오십시오!"

사내들은 합창한 뒤 고개와 허리를 고푸렸다 폈다하며 곱실곱실 굴었다. 좋은 방을 달라는 내연남의 말이 떨어지기 무섭게 사내들은 질주했다. 선택된 방 안으로 들어가 자리를 잡았다. 탁자 위에 주문한 술이 놓여지고 술잔이 놓여지고 안주가 놓여졌다.

"우리가 할 이야기를 먼저 하고 여자들 부를 테니 지배인은 밖에 나가 있어. 벨 누르면 여자들 들여 보내라야."

"네, 알겠습니다. 벨 누르면 즉시 달려오겠습니다. 그럼 즐거운 시간 되십시오."

술잔에 술이 따라지고 술잔을 부딪치며 앞날에 성공을 기약했다. 술이 놓여진 탁자 위에는 전문가의 손길로 보이는 예쁜 꽃꽂이가 놓여 있었다. 얼굴의 잡티는 안보이게 하고 아리따워 보이게만 하는 야릇한 빛을 발하는 조명들. 아가씨와 얼크러져 뒹굴어도 괜찮아 보이는 긴 의자. 바닥과 고급스런 벽면의 대리석. 얼싸절싸 뛰놀아도 밖으로 소리가 새나가지 않게 잘 처리된 방음시설의 룸에 앉은 그들은 원샷!을 세 번 소리쳤다.

"술 더 취하면 우리의 본론을 얘기하는데 지장 있으니 얘기부터 하고 술 마시자야."

음모는 시작되었다. 불법적인 이야기, 적발 당하지 않을 방법 찾는 이야기, 거짓말을 만들고 거짓말을 꾸며댔다. 나름 열심히 머리 모은 네 명 사이에서 검은 연기가 피어올랐다. 끝없는 검은 연기는 지붕을 뚫고 하늘로 오르고 있었다.

"자, 자. 얘기 그만하고 결론을 짓자야. 우린 다행히 발각되지 않고 무사했어. 앞으로도 그렇게 철저히 하자야. 원숭이도 나무에서 떨어진다잖아. 우린 떨어지면 안 돼."

"형님, 우린 떨어지면 구속이잖습니까. 그렇게 되면 안 됩니다. 철저히 잘 하겠습니다."

시작이 좋았다. 내연남의 시작도 좋아보였다.

"각자 맡은 바 직책에 최선을 다하자. 아직 얘기 끝나지 않았어. 직함을 다시 정해야 되겠어야."

음모의 끝 무렵에 새로운 직함들이 주어졌다. 그 여자는 실장, 내연남은 회장, 치기배 두 명은 과장들로 결정되었다.

"너희들 앞으론 나한테 형님이라고 부르면 큰일 난다. 둘이 있는 자리에서도 암튼 어떤 자리에서든 형님이라고 부르지 마라. 기껏 일 잘 꾸며 잘 진행하다가 형님 한 마디에 모두 무너질 수 있다야."

"네, 알겠습니다."

"그리고 김 실장은 우리와는 별개인 완전히 다른 일이니까 사장이란 직함도 괜찮겠어야."

"그럴게요."

"김 사장은 혼자 일할 거잖아. 혼자서 잘 해낼 수 있겠어? 걱정된다야."

내연남이 그 여자를 걱정해서 말했다.

"그럼요, 혼자 잘 해낼 수 있어요. 걱정 안 해도 돼요. 난 도리어 회장님이 걱정되네요. 회장님 일이 어려워 보여요. 난 나의 일에 전문가여서 잘 할 수 있거든요."

"하하하! 나도 나의 일에는 전문가야. 김 사장은 내 도움이 필요하면 언제든 말해. 내가 도와줄 테니까."

"그렇게 할게요."

대답은 그렇게 했어도 그 여자는 내연남의 도움을 받고 싶지 않았다. 그뿐만 아니라 그 여자도 내연남을 돕고 싶지 않았다. 아니 안 도와줄 작정을 했다. 괜히 조금 도와주었다가 혹시 일 터지면 그 여자까지 불똥 튀어 올까봐 겁났다. 수갑 차지 않으려면 냉정할 땐 냉정해야 된다는 걸 배웠다. 하지만 치기배가 필요할 때엔 치기배는 부를 수 있었다.

"과장님, 앞으로 잘 부탁해요. 저를 조금 도와주세요."

치기배 중 인상이 선량해 보이는 한 명에게 술 따르며 그 여자가 말했다.

"알겠습니다. 불러만 주십시오."

그 여자는 윗 상사의 여자이므로 치기배는 그 여자를 깍듯이 대했다. 말보다는 술잔이 빠르게 오가고 있었다. 그런 탓에 취한 네 명의 생각은 풀렸다.

"사람들은 우리를 뭐라고 부를까?"

뜬금없는 내연남의 말에 방안의 사람들은 일제히 하던 행동들을 멈췄다. 멈춘 행동은 내연남으로 향해 지금 무슨 말 하는 건가요?란 의문의 눈들을 던졌다. 의문이 해소되기도 전에 과장이란 직함을 새로이 받은 치기배 중 한 명이 말했다.

"회장님, 사장님. 그리고 저에게는 사람들이 과장이라고 부를 겁니다. 근데 지금 회장님 말씀은 그런 의도로 말씀 하는 건 아닌 듯 합니다."

"맞아. 주 과장 말이 맞아. 이제 거래를 시작하니까 모르겠지만 훗날 사람들이 우리에게 사기당한 걸 알고 나면 우리를 뭐라고 부를까? 그 말이야."

"참, 별소릴 다하세요."

그 여자가 시큰둥하게 말했다.

"이 사람아, 여긴 술자리야. 술자리니까 이런 말 묻는 거야. 그럼 술자리에서 공부하랴. 우리의 중요한 담화도 끝났으니 쓸데없는 말도 주고받는 거지. 하하하! 안 그래?"

"네, 맞습니다. 회장님. 사람들은 우리에게 사기꾼이라고 말할 겁니다."

나머지 치기배중 한 명인 팽 과장이 말했다.

"팽 과장, 팽팽 돌겠네. 자네는 성이 안 좋아. 가끔씩 팽 돌아버리는 말을 하는 팽 과장이 또 날 팽 돌게 한다야."

팽 과장은 이따금씩 그런 푸념을 들어왔다.

"내가 말한 뜻은 그게 아니야. 한 번 알아 맞춰들 보시지."

내연남은 많이 취했다. 그 여자는 쓸데없는 말을 하는 내연남이 못마땅한지 말을 입속에 넣어 구두덜거렸다.

"사람들은 사기꾼이란 말은 흔하게 사용하고 있어야. 난 흔히 말하는 건 싫어. 사람들이 우리에게 등치기! 라고 했으면 하는데."

"등치기!?"

주 과장, 팽 과장은 놀란 표정이 되어 내연남을 향해 되묻는 표정을 했다.

"그래. 등치기! 들치기, 날치기, 소매치기는 들어봤어도 등치기란 말은 처음 들어 볼 거야. 남의 눈을 속여 물건을 잽싸게 훔쳐들고 달아나는 들치기와 남의 물건을 날쌔게 가로채는 날치기와 길거리나 차안 등의 혼잡한 틈을 타 남의 몸이나 가방에 지닌 돈, 금품들을 슬쩍 훔쳐가는 소매치기는 좀 도둑들이야. 난 그런 좀도둑이 되기는 싫어야. 이익을 얻기 위하여 나쁜 꾀로 남을 속이는 사기꾼과 등치기는 같을 수 있으나 난 사기꾼이란 말보다 등치기란 말이 괜찮아. 난 특이한 삶을 살고 있는 것처럼 특이한 말을 듣고 싶어야. 그것도 내 취향이잖아."

"회장님, 그럼 등치기는 어떤 수법을 사용합니까?"

팽 도는 말도 잘하고 호기심도 많은 팽 과장이 물었다. 술좌석의 네 명 모두는 심하게 취해서 눈동자도 풀어지고 모양새도 흐트러져 있었다.

"사람의 등을 쳐서 간을 빼먹는 사람을 등치기라고 그러지."

"아, 그건 살인, 아…아닙니까?"

놀란 팽 과장은 말까지 더듬거렸다.

"그러니까 내가 널 팽 돈다고 그러지. 등치고 간 빼 먹는 지 우리 바닥의 일인데 그 말을 처음 듣는 사람처럼 굴고 있으니 내가 팽 돌겠단 말이야."

"그래도 무섭습니다요."

"그런 말에 무서워하면 우리 바닥에서 살아남을 자격 없어. 등치고 간 빼 먹는다는 건, 우리에게 돈 뺏긴 사람이 얼마나 억울하겠어. 억울하다보니 잠도 못자고 분한 마음에 일도 손에 안 잡히는 거야. 그럴 땐 무엇이 약인 줄 알아? 술이야. 술이 약이라고. 술 마셔야 잠들 수 있다고. 사람이 잠을 자야 일을 하잖아. 술은 사람의 장기 중 어디를 제일 해치는 줄 아냐? 간이다. 간! 우리가 돈 뺏기 위해 등치고 나면 술이 간을 뺏는 거야. 아무튼 우리가 나쁜 일 한다는 건 나도 알아야. 근데 먹고 살기 위해서 어쩔 수 없었어. 이런 말을 다하는 걸 보니 내가 술 많이 취했구나. 우리보다 더 나쁜 사람이 누군 줄 아냐? 남에게 사기치고 있는 걸 알면서도 안 그런 척 하는 사람, 술 취해서는 사람 본심이 나오는데 술 취해서도 자신 잘못을 뉘우치기 보다는 안 그런 척 하는 사람이 우리보다 더 나쁜 사람이야. 참, 김 사장은 왜 지금까지 아무 말도 없어야? 등치기란 말에 놀라지도 않고. 그러고 보니 김 사장 하는 일도 일종의 등치기잖아? 돈 빌렸다가 이자 몇 달 주고난 뒤 안 갚아도 되는 것 역시 등치기 아닌가. 등치기!"

몹시 취한 내연남은 혀가 꼬여 있었다.

"네, 알아요. 회장님은 항상 나보다 한 발 늦어요. 난 우리가 하는 일이 등치기란 걸 벌써 알고 있었어요."

"하하하! 김 사장 머리는 내가 못 당하지. 맞아야. 내가 늘 한발 늦는 것…."

취한 기운이 몸의 기운을 이겨서 내연남이 의자에 쓰러지려는 순간,

"회장님, 왜 여자는 안 불러주세요? 여자 불러주세요!"

역시 팽 과장이었다.

"저 자식도 술 많이 됐구나. 감히 나한테 여자 불러달라는 걸 보니. 벨 눌러라야."

허둥지둥 팽 과장은 벨을 눌렀다. 여자들이 들어오자 실내엔 말끝을 잡는 일은 없었다. 술에 취하고 여자에 취하고 욕정에 취해 시간

가는 줄 몰랐다. 하지만 검은 연기는 여전히 네 활개치고 다니며 비판하고 있었다.

다음날 잠에서 술에서 깨어난 그 여자는 작전을 세웠다. 그 작전을 위해 좀 전에 주 과장과 꽤 긴 통화를 했다. 팽 과장은 위태로워 함께 일 할 수 없었고 신중한 주 과장을 작전에 투입했다. 이제부터 주 과장은 그 여자의 비서 겸 보디가드 노릇을 할 터였다. 작전 명령도 작전 행동도 그 여자의 지시에 따라 주 과장은 움직여야 했다. 외출 시혼자 있는 여성과 보디가드를 동반한 여성과는 확실히 차이가 나보였다. 보디가드를 동반한 여성이 훨씬 고급스러워 보이는 건 두말할 나위가 없었다.

휴대폰이 울렸다. 주 과장이었다.

"집 앞에 도착했습니다. 기다리고 있겠습니다."

"빨리 왔군. 통화 끝나고 바로 왔나봐. 바로 나갈게."

"네."

성현은 하루걸러 배드민턴을 치러 왔다. 어제 체육관에 왔으니 오늘은 그 시간에 식당으로 가 시간적 여유를 갖고 식사하는 걸 알아냈다. 얼마 전 내연남의 치기배중 한 명이 성현의 뒤를 밟아 성현에 관한 일거일동을 알아냈다.

집 앞으로 나오니 주 과장이 주차 시킨 승용차 곁에 차렷 자세로 서 있었다. 그 여자는 흡족해 주 과장의 어깨를 톡톡 쳤다. 마음에 들어 기분 좋다는 그 여자의 표현이었다.

"고마워. 수고한 것 알고 있을게."

"네, 감사합니다."

"아까 전화로 말한 곳에다 날 내려주고 주 과장은 내가 말한 곳에

차 주차시키고 있어. 음료수 마시고 싶으면 이 돈으로 사먹어."

그 여자는 만원지폐 몇 장을 주었다.

"감사합니다."

그 여자는 성현의 학원 가까운 곳에 내려 자신이 숨어 있을만한 적당한 장소를 찾았다. 학원 출입문이 잘 보이는 곳에 몸을 숨기고 섰다. 성현이 나타나려면 약간의 시간이 남았다. 일부러 조금 일찍 서둘렀다. 유명 학원답게 건물도 높고 넓었다. 웅장했다. 학원 정문으로 많은 학생들이 계속 되들고 되나고 있었다. 닝큼닝큼 걸어 나온 여학생은 쏜살같이 뛰어 분식점으로 들어갔다. 학원에서 걸어 나온 한 남학생은 정문 앞을 왔다갔다 거닐었다. 졸음을 피하려고 거닐고 있는 것 같았다. 눈썹 싸움을 하던 그 남학생이 들어가자 곧 성현이 나타났다. 그 여자는 옷매무새를 만지고는 긴장하며 걸어 나갔다. 성현과는 우연히 마주친 것처럼 가장해야 했다. 시치미 떼고 자연스럽게. 시치미 떼고 행동하는 일에는 아마도 그 여자를 따라올 자가 없을 걸.

"어머나, 성 선생님 아니세요. 여긴 어쩐 일이세요."

모른 척 하며 다가갔고 웃었다.

"아, 네. 김 여사님, 저 학원이 제 직장입니다."

"그러세요. 체육관과 가깝네요. 이렇게 길거리에서 보니까 더욱 반가워요. 난 여기 볼 일 보러 왔다가 지나가는 길이에요."

"그렇습니까. 반갑습니다."

"선생님은 지금 공치러 가는 건가요?"

"아닙니다. 전 매일 가지 않고 하루걸러 갑니다. 지금은 간단히 요기나 할까하고 나왔습니다. 공치는 날은 어머니께서 싸 준 도시락으로 해결합니다.”

“어머, 잘됐네요. 나도 마침 지금 시간이 비워서 괜찮은데. 어제 내가 말한 것 기억하죠. 어제 내 부탁 들어줘서 고마웠어요. 다음에 한 턱 쏠게요.라고 한 나의 말 기억하죠? 그 한 턱을 지금 쏠게요. 나도 마침 배가 고팠던 참이었어요. 나와 함께 식사하러 가요.”

“저, 전 어제 김 여사님의 그 말씀을 잊어버렸습니다.”

아무렴. 그 여자는 계획된 음모에 의해 한 턱 쏜다고 했으며, 그런 계획을 알 리 없는 성현은 잊어버렸을 수밖에.

오후에 참을 먹을 시간에 성현은 식사보다는 커피도 마시며 쉬는 시간의 여유를 즐긴다는 걸 성현을 미행한 자로부터 들었다.

“선생님이 잘 다니는 식당이 있나요? 선생님 편한 곳으로 정해요.”

“아닙니다. 괜찮습니다.”

성현은 진실로 괜찮았다. 김 여사로부터 쪼끔의 보상도 바라지 않았고 응당 같은 회원끼리 나누는 화합이라고만 생각했다. 쓸데없이 남한테 폐 끼치는 걸 싫어하는 성현으로선 김 여사의 뜻에 따를 수 없어서 정색을 하며 거절했다.

“그럼, 어제 일은 없던 걸로 하고, 이렇게 우연히 마주친 일도 인연이니 같은 회원끼리 차나 한 잔 해요.”

아뿔싸! 큰일 날 뻔 했다. 그 여자는 계획했던 일이 수포로 돌아갈까 봐 놀랐던 가슴을 쓸어내렸다. 성현이 정색하며 거절할 줄 몰랐다. 이번에 거절당하면 다음에 또 우연을 가장한 기회를 만들어야겠다. 다음에 또 거절당하면 우연을 가장한 기회는 만들 수도 없었다. 단기간에 걸쳐 세 번씩이나 우연히 마주치면 성현이 이상하게 생각할 수도 있었다. 그렇게 되면 성현을 의도적으로 일대일로 만나기는 쉽지 않았다. 성현이 의심할 수도 있으니까. 그 여자의 계획은 성현을 일대일로 만나야만 되는 일이잖는가. 젊다고 얕보면 안 된다는 걸 겪어본 그 여자는 조심스럽고 성스럽게 성현을 다루었다.

"선생님, 뭐 마실래요?"

"커피 마시겠습니다."

"그럼 커피만 마시지 말고 토스트도 함께해요. 이 집 스테이크 토스트는 맛좋고 영양 있어요. 이걸로 해요. 나도 출출한데 스테이크 토스트와 커피로 할래요."

"그렇게 하겠습니다."

다행이다,며 그 여자는 안도의 한숨을 쉬었다. 헛된 이름도 유명한 이름도 먹어야 부를 수 있었다. 그렇듯 중요한 일이 먹는 일이다보니 먹는 시간은 소중하고 고로 식사대접을 하고 나면 대화하기 쉬웠다.

성현은 메뉴판의 식사 값을 보고 놀랐다. 김 여사를 뒤따라 자리에 앉기까지의 느낌으로 비싼 음식점인줄은 알았으나 이 정도로 비쌀 줄은 몰랐다. 레스토랑 출입문부터 고급스러움이 반짝거려서 어리둥절했다. 부담되었다.

"저번에도 말했지만 선생님 이름은 특이해요. 잘 안 잊어버리겠어요. 사람들에게 그런 말 많이 듣죠?"

"네, 제법 듣습니다."

"성성현! 그냥 딱 듣기에 성격이 현명한 느낌이 드는 이름이에요. 선생님이란 직업과 잘 어울리는 성명이에요. 세상 별의별 이름을 다 봤지만 성과 이름 첫 자가 똑같은 성명은 처음 봤어요. 이름 지어준 선생님의 부모님이 지혜로운 분 같아요. 내가 남의 이름을 갖고 별소리 다하나 봐요."

"아닙니다. 그런 말 종종 듣습니다. 부모님께 감사하고 있습니다."

"성성현이란 이름을 듣는 순간 이름도 안 잊혀졌고 선생님도 잊혀지지 않았어요."

기회다. 그 여자는 늘 성현을 생각하고 있었기에 배드민턴장에서 성현 곁에 머무는 경우가 많았다. 대개 공치는 실력이 비슷한 사람끼리, 비슷한 나이끼리 잘 어울렸는데 두 가지 다 성현과 맞지 않음에도 성현 곁에 자주 있었다. 혹시나 성현은 그걸 이상하게 생각했을지도 몰랐다. 성현이 이상하게 생각하면 음모의 진행이 수월찮아 중간에 끝날 수도 있었다. 이런 기회에 성현이 어떤 의심도 갖는 일이 없도록 확실히 잡아야 했다.

"성성현이란 이름이 신기해서 그런 이름을 가진 선생님이 신기해 자꾸 선생님을 바라보고 싶어서 우리 팀보다 선생님 팀에 자주 놀러 갔어요. 난 나이가 이렇게 됐는데도 아직 소녀적 감정이 많아 호기심이 많아요. 호호호!"

"그렇게 잘 봐주셔서 감사합니다."

살아오면서 성명 땜에 관심 끄는 적이 꽤 있었다. 성현은 김 여사도 그랬었구나, 라며 대수로이 여기지 않았다.

주문한 음식이 식탁에 놓여지자 식탁이 더욱 화사해졌다. 묘하게 음식이 놓여지면 빛이 나는 식탁이었다. 깔끔한 한 상이 차려졌다. 실내도 깔끔하고 직원들도 깔끔했다. 식당은?

"잘 먹겠습니다."

"그래요. 나도 잘 먹을게요."

식당은 맛으로 승부를 내야했다. 잘 꾸미고 치장 잘 해도 음식 맛없으면 실패고, 외향적 치장은 없어도 음식 맛있으면 성공했다. 잘 꾸미고 치장 잘 한데다가 음식마저 맛있으면 더 할 나위 없는 성공이지만 사람이란 두 가지를 잘하기는 쉽지 않건만 이곳 식당은 두 가지를 다 잘했다. 다만 결점은 비싼 까닭에, 다시 먹으러 가고 싶다는 생각만 하는 경우가 생기겠다. 근래에는 사람도 변해 두 가지뿐 아니라 몇 가지도 잘하는 사람들이 많아졌다. 사람이 변하니까 세상이 변했다.

"이 집 음식 맛있죠?"

"네, 그렇습니다."

성현은 생각을 들킨 사람처럼 되어버렸다.

"지금 한가한 오후 시간이라 그렇지 식사 때가 되면 손님이 많아요. 좀만 싸면 줄서서 사먹을 텐데 비싸서 그런지 줄서서 사 먹진 않아요."

"그렇겠습니다."

두 사람 대화의 주된 내용은 배드민턴에 관한 것이었다. 이런 자세를 하면 날아오는 셔틀콕을 잘 놓친다든지. 요런 자세로 라켓을 치지 말라든지. 경기를 잘하기 위한 북돋아 주는 대화를 했다.

입으로는 그런 대화를 하면서 그 여자 머릿속은 딴 생각을 했다. 이미 그 여자는 성현에 대해 거의 파악했다. 돈 빌리는 일도 다른 일과 마찬가지로 사람 마음을 잡아야 했다. 그 여자는 그 방면에 전문가. 경기하는 모습에서 사이사이 동료들과 대화하는 모습에서 그 여자는 성현을 알아냈다. 성현이란 사람을 먼저 알아내야 마음을 잡기 쉬웠다. 한 마디로 표현하면 성현은 어른이고, 양반이고 진정한 선생이었다. 그 여자로선 작업하기 최고 쉬운 사람이었다. 암만 쉬운 사람이라도 첫 만남에서 작업을 할 수는 없었다.

"일어나야겠어요. 난 괜찮지만 선생님은 항상 시간에 촉박해 있을 것 같아요. 입시생 학원선생들도 그렇겠죠. 특히 선생님은 영어 선생 님이니 더 그렇겠죠."

"조금 더 쉬어도 괜찮습니다."

때맞춰 주 과장에게서 전화가 왔다. 미리 계획된 주 과장에게 내려 진 지시였다.

"선생님, 난 사람 이름에 관심 갖는 편이에요. 선생님 이름이 신기 해서 선생님을 좋아하게 됐어요. 거기다 오늘 선생님과 이런 자리까 지 마련돼 영광이에요. 아마도 선생님은 제 아들과 비슷한 나이일겁 니다."

"아닙니다. 제가 영광입니다. 무척 젊어 보이십니다."

"내가 선생님을 좋게 봤으니까 말할게요. 우리 남편이 사업을 해 요. 다행히 사업이 잘 되어 내가 좀 편히 살아요. 남편은 내가 외출할 땐 비서와 차를 보내요. 잠시 후에 비서와 차가 올 거예요. 선생님이 비서까지 대동해 다니는 내 모습에 거리감 둘까봐 얘기하는 거예요. 배드민턴 치러 갈 때는 나 혼자 다녀요. 차와 비서는 절대로 못 오게 해요. 다른 회원과 위화감 들까봐 그래요. 이왕 말이 나왔으니까 하 는 말인데 내 자식들은 현재 모두 유학 갔어요. 둘 다 영국 유학 보냈 어요. 집에 혼자 있으니 심심해서 배드민턴 치러 다녀요. 휴일 날은 남편 따라 골프도 치러 다녀요. 선생님은 제 아들과 비슷한 또래여서 그런지 아들만 같아요. 오늘 즐거웠어요."

"제가 오히려 즐거웠고 감사합니다."

그 여자가 계산서를 집어 들었다.

"계산은 제가 하겠습니다."

비싼 음식을 얻어먹은 것도 부담되었고 모든 상황이 부담스런 성현은 자신이 계산하고 싶었다.

"무슨 말씀을. 오늘 계산은 내가 해야죠. 다음엔 선생님이 사 주세요. 분식집에 가서 떡볶이 사 주세요. 분식집에서 떡볶이 먹고 싶어요. 난 아직 소녀인가 봐요. 호호! 소녀처럼 살아요. 선생님 이름이 신기해서 자꾸 쳐다보고 싶은 소녀. 왜 소녀들이 스타들 찾아다니잖아요. 참 선생님 휴대폰으로 연락해도 괜찮죠?"

"네, 그럼요. 괜찮습니다. 시간 나실 때 전화 주시면 떡볶이 대접하겠습니다."

"그래요. 그래요."

밖으로 나오자 차렷 자세로 서 있던 주 과장이 그 여자를 정중히 모셨다.

"전 여기서 가까우니까 걸어가겠습니다."

성현이 완강히 거절했다.

"그럼, 그렇게 하세요. 내일 공치러 올 거죠?"

"네."

"나도 내일 치러 갈게요. 내일봐요."

"네, 안녕히 가십시오."

그 여자를 태운 차는 떠났고 성현은 학원 쪽으로 발길을 향했다.

어김없이 밤이 찾아들었다. 잠자리에 든 성현은 낮의 일을 생각하고 있었다. 행복! 그도 행복한 생활을 꿈꿔왔다. 김 여사는 행복한 생활을 하는 사람으로 느껴졌다. 사람으로 태어났으면 행복하게 살아야하건만. 슬픔 없이 살아야 하건만. 그의 집은 슬픔만 가득 찬 것 같아 아팠다. 곧바로 생각을 긍정적으로 바꿨다. 그도 현재 월수입이 많았다. 그 나이 또래에는 최상급이라고 자부 할 수 있을 만큼의 수입이 생겼다. 돈으로 행복을 평가할 순 없었다. 하지만 현재 그의 처지로선 돈으로 행복을 평가할 수밖에 없었다. 월셋 집에서 다리도 못 뻗고 자는 그의 형편으로선 다리 뻗고 편히 잘 수만 있어도 행복이었다. 그 행복을 충족하려면 돈이 있어야 했다. 예전에 그는 교육자로서 돈과 행복은 별개라고 생각했다. 현재도 그 생각에 변함은 없으나 돈이 행복이라고 말하는 사람의 말을 무시하지는 않았다. 슬프게도 어느새 돈이 행복이 된 현실. 어느새 그 자신도 편히 잘 수 있는 집을 얻으려고 발버둥치고 있잖은가. 김 여사를 행복하게 느낀 것도 비싼 음식을 먹고 비서까지 데리고 다니는 모습에서 느꼈잖은가.

그 여자에게도 어김없이 밤은 찾아들었다. 잠자리에 누운 그 여자는 생각에 잠겼다. 첫 만남이라 작업은 안했어도 수확은 있었다. 성현과 친해졌고 성현에게 믿음을 주었다. 성현에게 부유함을 과시했으니 믿음을 가질 수밖에. 회원의 휴대폰 번호는 알 수 있기에 회원으로서 그냥 전화 걸 수도 있으나 일부러 허락을 받았다. 허락을 받고 전화하는 게 자신의 신뢰도를 높이는데 효과가 있었다. 같은 팀도 아니고 용건도 없으면서 무턱대고 성현에게 전화 걸 수는 없었다. 다음 만남부터는 조금씩 음모의 계획을 실천에 옮겨야겠다. 다음엔 떡볶이를 먹기로 했으니 일주일쯤 후에 전화해야겠다.

그물에 든 고기 신세가 된 성현. 성현은 이제 그 여자의 그둘에 잡힌 고기신세가 되었다. 여러 번의 성형수술을 받아 젊음을 유지한 그 여자는 나이든 사람들 속에서도 빈정거림을 받지 않았다. 그 여자는 배드민턴 동호회 외에도 몇 군데 동호회에 나가는데 나이든 사람이 모이는 댄스모임에서도 귀여움을 받았다. 댄스모임에서는 아직 목표의 대상을 찾지 못했다. 찾지는 못했으나 찾아 낼 가능성은 보였다. 모임에서는 한 명만 고르면 된다. 두 명 이상이면 탄로 날 수도 있기 때문이었다. 목표금액을 크게 정했다. 수십억이란 목표금액을 정해 놓고 빌릴 예정이다. 앞으로 계획한 목표 금액을 빌리고 난 후 파산 신청 하리라. 준비도 끝났고 계획도 끝났다. 무엇보다 파산법의 전문 가가 되었다. 돈을 빌리고 난 후 못 갚으면 나라에서 보호해주겠다는 법이 있단다. 그 여자는 그런 법을 모른 척 할 수가 없었다. 반딧불로 별을 대적하랴. 그 여자는 반딧불조차도 되지 못했다. 법망에 잡히진 않았어도 교묘히 피해 다닌 죄가 많아 반딧불조차 쳐다보지 못했는 데 하물며 어떻게 감히 별을 쳐다 볼 수 있었겠는가. 그러나 이젠 별 을 쳐다 볼 수도 있게 되었다.

외상이면 소도 잡아먹는다고 했다. 딱한 형편을 안타까이 여겨 외 상 준 사람보다 뒷일은 생각지 않고 당장 좋은 일이면 덮어놓고 하고 본다며 외상을 긋는 사람을 동정하는 법을 그 여자는 악용하기로 했 다. 그 법을 잘 악용해 거액을 챙길 계획이었다. 거액을 챙긴 뒤에도 도망 안 가도 되고 집안에 돈을 감춰 뒀다가 사업을 차려야겠다. 꼬 리가 길면 밟히므로 이번에 거액을 챙기고 나면 손 털고 발 털고 온 몸을 털어야겠다.

내일은 창원에 다녀와야겠다. 호텔이 있는 창원에 다녀와야겠다. 그 여자는 잠겨있던 생각을 풀고 잠을 청했다.

다음날 창원으로 떠나기 전, 성현에게 문자를 보낼까 통화를 할까 견주어 보다 문자를 보내기로 했다. 수업시간이면 전화를 못 받을 수 도 있었다. 성현에겐 문자 보내는 게 편리할 것 같았다.

선생님, 나 오늘 공치러 못 가겠어요. 갑자기
지방 갈 일이 생겼어요. 어차피 선생님에게는 내
가정사를 말했기 땜에 하는 말인데 우리는 창원에서
호텔사업도 하거든요. 그 호텔에 일이 생겨
내려갔다 올게요. 일주일쯤 걸릴 수 있어요. 담에
떡볶이 먹을 때 자세히 말할게요.ㅋㅋ 그럼
수고하세요.

성현이 수업을 마치고 자리로 오니 문자가 와 있었다. 김 여사의 문자였다. 문자를 읽고 난 그는 놀랐다. 소박한 인품이 느껴지는 김 여사, 단체의 일에 솔선수범 했던 김 여사에게 놀랐다. 어느 정도의 부유한 환경에 있는 여사 정도로만 알았다. 그 정도로 풍요를 누리는 여사인줄 몰랐다. 부자 티를 내지 않고 소탈하게 웃던 김 여사가 떠올랐다. 곱게 늙어가는 아름다운 여인. 성현은 그런 여인을 즌경했다. 김 여사는 진정한 부자였다.

김 여사님, 문자 잘 읽었습니다. 편안히
잘 다녀오십시오. 올라오시면 전화 주십시오.
떡볶이 대접하겠습니다. 수고하십시오.
성성현 올림

전송 버튼을 눌렀다. 얼마 있지 않아 김 여사로부터 답장이 왔다.

문자 감사해요. 올라가면 연락할게요.

성현은 더 이상 문자를 안 보내려다가 김 여사로 향한 존경심이 우러나와 답을 보냈다.

알았습니다!

김 여사가 올라오면 대접할 떡볶이 집에 대해서 생각했다. 학원 바로 앞의 분식집은 학생들이 바글거렸고 조금 떨어진 분식집도 어른이 가기엔 부적합 했다. 사람들도 어런더런 하지 않고 떡볶이와 커피, 대화를 함께 할 수 있는 음식점이 떠올랐다. 성현은 그 곳으로 결정했다. 김 여사에게 한 번 얻어먹었으니 한 번 대접하면 갚는 것이었다. 그 뒤론 김 여사를 배드민턴장 외에서는 마주칠 일 없을 테니 이왕 갚을 바엔 칭찬 받을 수 있는 음식점에서 대접하고 싶었다. 맛과 분위기가 김 여사와 어울리는 음식점을 찾으려 애썼다. 암만 생각해도 좀 전에 결정한 음식점이 좋게 다가왔다.

일주일 후, 그 여자는 예전에 보따리 쌌던 그 일을 다시 보따리 풀기 위해 길을 나섰다. 오랜만에 실력 발휘하려고 주 과장과 철저한 작전을 짰다. 지금껏 밤과 낮을 잊고 일한 적은 없지만 밤을 도와 도망친 적은 있었다. 이젠 도망치지 않고 버젓이 돈 안 갚아도 되니까 얼마나 좋은가. 방심은 금물이었다. 성현은 쉽게 속을 것이다, 라고 방심하면 안 되었다. 냉수 먹고 이쑤시는 준비도 했다. 실속은 없으면서 겉으로만 있는 체 하는 준비도 했다. 준비의 도구는 호텔이었다. 날씨도 화창했고 그 여자도 화창했다.

김여사님, 어디쯤 오셨습니까.

저 학원 앞에서 기다리고 있겠습니다.

성현에게서 문자가 왔다.

선생님, 학원 앞에서 기다리지 마세요.
학원 앞에서 날 만나는걸 보면
괜히 학부모 만나는 것으로 오해 받을 수 있잖아요.
난 조금도 선생님께 폐 끼치고 싶지 않으니
선생님이 먼저 그 식당으로 가세요.
난 그 식당 알고 있어요. 나 거의 다 왔어요.
잠시 뒤 식당에 도착할 거예요.

성현에게 답을 보냈다. 말의 힘 못지않게 글의 힘도 중요하다는 걸 깨우친 그 여자는 틀린 문자를 보내지 않기 위해 맞춤법도 공부했다.

알았습니다. 식당에서 기다리겠습니다.

김 여사에게 답을 전송한 성현은 식당을 향해 걸었다. 걸으면서 다시 한 번 김 여사의 인간성에 감동 받고 있었다. 학부모의 오해부분까지 신경 써주는 김 여사의 세심한 배려에 감사했다.

식당은 하품만 하고 있었다. 점심시간과 저녁식사시간 중간의 시간이어서 식당 안에는 손님이 없었다. 구석진 자리에서 늦은 점심식사를 먹던 종업원 중 한 명이 물 컵을 들고 왔다. 종업원은 주문은 묻지도 않고 물 컵만 놓고 가버렸다. 식당 종업원 경력에 비춰보아 성현이 손님을 기다린다고 판단한 모양.

그 여자가 식당 안으로 들어섰다. 성현은 일어서서 그 여자를 맞이했다. 식당 종업원은 그 여자에게 어서 오세요.라고 목소리로만 인사했다. 성현은 그 여자에게 어서 오세요.라고 가슴으로 인사했다.

"선생님은 내가 이 집 분위기를 좋아하는 줄 어떻게 알았어요?"

자리에 앉으며 그 여자는 성현의 인사에 답했다.

"제 나름대로는 생각 좀 했습니다."

"애썼네요. 떡볶이 파는 집으로 이런 분위기를 찾기란 쉽지 않거든요."

성현은 답 대신 겸연스레 웃었다. 그 웃음엔 온기가 흘렀고 그 웃음을 받은 그 여자의 웃음엔 잡기가 흘렀다.

"선생님, 오늘 공치러 안 갔어요?"

"네."

"어머, 나 땜에 못간 거예요?"

"아닙니다. 오늘은 가지 않는 날입니다."

"다행이네요."

그 여자는 성현이 오늘 배드민턴장에 가지 않는 날짜에 맞춰 약속 잡았으면서 모른 척, 시치미 떼며 물었다.

"마침 다행이네요. 오면서 가만 생각하니 오늘 선생님 공치러 가지 못하게 시간 빼앗는 건 아닌가 걱정했어요."

주문한 떡볶이가 나왔다. 보기 좋은 빨강색, 먹기 좋은 크기, 피어오르는 김에 즐거워하는 코, 미리 즐거워 호들갑 떠는 혀, 빨리 젓가락 들라며 재촉하는 뇌신경에 의해 손은 움직였고 떡볶이를 집어 들었다.

"떡볶이도 맛있고 분위기도 좋고 선생님 고마워요. 난 학생들 북적거리는 떡볶이 집에서 먹게 될 줄 알았어요."

사실 그랬다. 북적대는 학생들로 해서 호떡집에 불난 것 같은 분위기 속에서 떡볶이를 먹으면 어떡하나 걱정했다. 그렇게 되면 오늘 그 여자가 갖고 온 계획을 실행하는데 문제가 생길 수 있었다. 왁자지껄 떠드는 가운데 그 계획을 실행할 순 없었고, 떡볶이를 먹은 뒤 성현에게 커피숍에 가자고 할 참이었다. 만약 성현이 거절하면 다음 기회로 미룰 수밖에 없었다. 자꾸 기회를 만들어도 성현이 이상하게 생각할 수도 있었다. 마침 잘됐다! 이곳 식당에서 떡볶이도 먹고 커피 마시며 계획도 실행할 수 있고. 잘됐다.

커피가 왔다. 성현은 커피의 참된 맛과 향기를 즐기려고 커피 잔을 들었다.

"선생님, 난 지난 일주일 동안 엄청 바빴어요. 회원들 몇 몇과 식사는 했어도 내 가정사는 말하지 않아서인지 회원들은 내 가정환경에 대해선 잘 몰라요. 공치러 다니면 되지 회원들에게 내 가정사를 말할 필요는 없잖아요. 그런데 저번에 우연히 선생님에게는 내 가정사를 조금 말해버렸어요. 선생님을 보니 아들 생각이 나서 나도 모르게 말했나 봐요. 한 번 말을 해서 그런가 선생님에게는 본의 아니게 말이 쉽게 나오네요. 우리 남편은 부지런한 사람이에요. 돈을 벌 수 있을 때 많이 벌자는 주의고 유학 간 우리 애들 공부 마치고 나면 부모로서 의무도 다했으니 벌은 돈으로 불우한 사람이나 도와가며 노후 생활을 보내자는 주의에요. 나도 남편의 그 뜻이 좋긴 하나 피곤할 때도 있어요. 그런 남편이 또 일을 벌렸지 뭐에요. 창원에 있는 호텔을 인수했어요. 서울과 다른 지방에서 사업을 하는 남편이 창원의 호텔사업은 내가 운영했으면 하는 눈치였어요. 난 반대하면서도 남편의 뜻이 좋아 동참할 생각은 있어요. 창원 호텔사업 땜에 일주일 동안 바빴어요. 다음에 창원 쪽으로 갈 일 있으면 우리 호텔에 오세요. 공짜로 재워줄게요. 선생님에게는 내 집안 일을 이야기 했으니 그냥 말하는 거예요. 선생님 아버님은 뭘 하시나요?"

그 여자는 거짓말을 진실로 말하듯 자늑자늑 이야기했다. 모성애가 감돌도록 조용히 부드럽게 이야기했다. 성현의 감흥을 자아내기 위해서 그렇게 이야기 했다. 성현의 내성적 소심한 성격은 말을 가려가며 하는 까닭에 잘 고려해 말해야했다.

"……."

성현은 어떤 답을 해야 할지 몰라 엉거주춤 해졌다.

"어머, 선생님 죄송해요. 내가 괜한 걸 물었나 봐요. 난 그냥 해본 소리에요."

"아닙니다. 괜찮습니다. 제 아버지는 직업이 없습니다."

성현이 화장실을 가려고 일어섰다. 그 때였다. 성현이 화장실을 가지 않았으면 그 여자가 화장실을 갈 참이었다. 성현이 화장실을 간 사이 그 여자는 주 과장에게 문자를 찍었다.

정확히 이십분 뒤 작전개시!

문자를 전송했다. 성현이 화장실에서 나와 자리에 앉기까지의 시간과 나갈 준비를 하는 시간을 합치니 이십분이면 타이밍이 적절했다. 성현이 자리에 앉아서 그 여자의 휴대폰 울리는 소리를 들어야 했다. 그래야 진실감이 더 있었다. 성현이 화장실을 다녀와 자리에 앉았다.

　"선생님, 바쁠 텐데 가봐야죠."

　"네. 떡볶이, 커피 맛있었습니까?"

　"그럼요, 맛있게 잘 먹었어요. 오늘 고마웠어요."

　그 때! 그 여자의 휴대폰이 울렸다. 아직 두 사람 다 자리에서 일어나지 않았다.

　"여보세요?"

　"OOO."

　저 쪽, 상대방이 무슨 말을 하는지 성현에겐 들리지 않았다.

　"뭐라고? 말을 좀 크게 해. 말이 잘 안 들려."

　그 말은, 그 여자와 주 과장 사이의 신호였다. 상대방이 말을 크게 한다고 성현에게 통화내용이 들리지는 않았지만 사람소리가 들린다는 건 성현이 알 수 있었다. 성현이 상대방이 있다는 확인을 하는 게 그 여자에겐 유리했다. 속고 속이는 세상이란 걸 젊은이도 알았다. 성현도 젊은이였다. 성현에게 돈을 받아내야 하기 때문에 그 여자 혼자 거짓 쇼를 부리는 통화가 아니란 걸 느끼게 해 줄 필요가 있었다, 성현에게.

　"OOO OOO OOO."

　주 과장의 음성이 커졌다. 상대방의 통화내용은 안 들리고 남자목소리만 기록을 남기고 있었다.

　"아냐. 나도 지금 돈 없어. 호텔에 돈 다 넣고 온 것 회장님도 아실 텐데. 내가 회장님께 전화해 볼게. 무슨 양반이 돈 천 만원이 없어서 나한테까지 전화하게 만드냐. 주 과장 전화 끊어 봐요. 내가 회장님께 전화해 볼 테니."

그 여자는 붉게 상기된 얼굴이 되어 약간 흥분된 어조로 성현에게 말했다.

"선생님, 우리 남편 땜에 답답해요. 남편이 사업 확장 한다더니 오늘 돈 줄이 꽉 막혔나 봐요. 지금 급한가 봐요. 한 번도 이런 일 없었건만, 회장님 체면이 말이 아니겠어요. 나도 몇 천만 원 정도는 항상 갖고 있는데 창원의 호텔에 돈이 모두 들어갔어요. 호텔을 인수하고 나니 전면 내부수리에다 이래저래 돈 들어가는 곳이 많더군요. 좀 전에 전화 온 사람은 내 비서인데, 남편이 나에게 직접 말하지 않고 비서를 통했군요. 선생님 조금만 앉아 계세요. 남편과 통화 잠깐만 할게요."

"제 신경 쓰지 말고 그렇게 하십시오."

성현도 덩달아 상기되었다.

"여보, 나에요. 좀 전에 주 과장에게 전화 받았어요. 아니 당신에게 돈 천만 원이 없다니. 그게 무슨 말이에요."

"○○○ ○○○."

"나도 호텔에 돈 다 들어가서 지금 없어요. 사업 너무 무리하게 확장하는 것 아니에요? 당신 주위 사람들에게 물어보세요."

"○○○ ○○○ ○○○."

"그럼, 은행에서 대출 받으면 되겠네요. 당신은 은행대출 금방 받을 수 있잖아요."

"○○○."

"내일 돈 갚기 때문에 은행까지 갈 필요는 없다구요. 그럼 집에 가서 내 카드들 긁어모아 볼게요."

내일 돈 갚기 때문에 은행까지 갈 필요는 없다구요.란 말은 성현이 들으라고 일부러 말했다.

"○○○."

"지금 급하다 구요! 아유, 당신 성격도 참. 집에 가서 최대한 빨리 카드들 긁어 모아볼게요. 그리고 앞으로 이런 일 있으면 비서를 통하지 말고 나에게 직접 얘기해요. 물론 당신도 이런 일이 처음이라 당황해서 그랬을 것이라고 생각해요."

지금 급하다 구요!란 말도 마찬가지로 성현이 들으라고 강조해 말했다.

"○○○."

덩달아 상기된 성현은 어쩔 수 없이 통화 내용을 듣게 되었다. 그때 뇌리에 스치는 어머니의 한 마디. 성현아, 사람이 급할 때 도와주어라. 성현아, 사람들에게 잘해라. 세상의 주인공은 사람이다. 그런 사람들에게 잘해야 네가 대접받는 사람이 된다.는 말들을 어머니는 종종 해주었다. 자랄 때 공부하란 말보다는 그런 말을 더 들으며 자랐다. 성현아, 사람이 급할 때 도와주어라.는 어머니의 말이 자꾸 떠올랐으나 돈이 나가야 되는 문제이기에 망설이고 있었다. 현재 그에게 돈은 목숨과 같았다. 힘들고 힘들어도, 죽을 만큼 힘들어도 힘든 내색을 할 수 없었다. 쓰러질 수도 없었다. 그가 쓰러지면 온 가족이 쓰러지기 때문이었다. 그가 목적한 집을 살 때까지는 오직 앞만 보기로 결심했던 걸 상기해 냈다. 그런 돈인 까닭에 어머니의 말씀이 떠올라도 참았다. 그런데 김 여사의 통화내용으로 헤아려보면 지금 당장 돈 천만 원이 필요하고, 그 돈을 내일 갚아 줄 수 있는 상황. 하루 사이니 빌려줘도 괜찮겠다는 판단이 들었다. 망설임을 끝냈다.

"선생님, 나 때문에 늦지 않았나요. 미안해요. 사업하는 사람은 갑자기 뭔 일이 생기는 경우가 있더라구요. 근데 오늘같이 이렇게 적은 돈으로 애타기는 처음이에요. 빨리 집에 가서 내 카드들 찾아봐야겠어요. 우리 남편은 내일 돈 들어오니까 주위 사람들에게 폐가 될까봐 말하기 싫고, 하루 빌리기 때문에 은행에도 신청하기 싫은가 봐요. 지금 당장 급하다니 서둘러야겠어요. 내 카드를 사용해도 천만 원이 될지는 모르겠네. 이런 일 처음이라 그런지 나도 어리둥절해요."

"김 여사님, 천만 원이 필요하십니까?"

"네."

"김 여사님, 제가 지금 학원가서 인터넷으로 천만 원 송금 해줄 테니 계좌번호 알려주십시오."

"어머, 아니에요. 선생님, 그러지 않아도 돼요. 선생님께 신세지고 싶지 않아요."

거짓말. 그 여자는 거짓말을 참말처럼 하는데 뛰어난 능력을 지녔다.

"그리고 지난번부터 말씀드린다는 걸 못했는데 저에게 말씀 낮추십시오. 제가 김 여사님 자식 또래니까 말씀 낮춰도 괜찮습니다. 말씀 낮추십시오."

"그럴게요. 근데 지금 당장은 그렇고 차츰 낮추도록 할게요."

서로의 계좌번호를 주고받았다.

"선생님, 고마워요. 내일 꼭 입금시킬 테니 걱정 마세요."

"네. 저는 빨리 송금해야 되겠어서 학원에 들어가겠습니다. 삼십분 뒤에 입금 확인해 보십시오."

급히 학원으로 돌아 온 성현은 천만 원을 송금했다. 다음 수업시간도 임박해서 수업준비에 바빴다. 영어책은 얘기책이 아니므로 언제나 긴장하며 바라봐야 했다. 두 팔 벌려 깊이 심호흡을 한 뒤 영어책을 집어 들었다. 교실로 향해 걸으며 가르칠 강의 내용을 파악했다. 학원은 학교와 달라서 홀왕홀래 하는 학생도 있으련만 그가 가르치는 반은 갑작스레 가고 오는 학생들이 없어서 좋았다. 재깔이던 학생들이 그가 들어서자 말을 그쳤다. 그는 성심성의껏 학생들을 가르쳤다. 앞으로 큰일을 할 학생들을 자신이 그 준비를 시키고 있다고 생각하니 뿌듯했다. 귀하고 소중한 정신을 갖고 가르쳤다. 열을 듣고 하나도 모른다는 학생은 한 명도 없어야 했다.

그러는 사이 벌써 수업이 끝나는 벨소리를 들었다. 자신의 자리로 돌아와 앉은 성현은 골똘해졌다. 김 여사에 대해 골똘히 생각하게 되었다. 그가 잘사는 건지 김 여사가 잘사는 건지는 모르겠으나 자본주의 사회에서는 자본을 가진 자가 우선이므로 김 여사가 잘 사는 것 같았다. 김 여사가 잘 산다고 판단되는 건 그렇게 잘 사는데도 별 내색 않고 단체 생활에서 모범을 보이는 걸 보면 김 여사야말로 진정한 부자였다. 그는 교육자답게 진정한 부자, 착한 부자가 많은 사회가 되는 걸 희망했다. 김 여사를 존경했다. 김 여사를 존경하게 되니 김 여사의 남편까지 존경하게 되었다. 김 여사의 남편을 생각해내자 그는 자신의 아버지도 함께 생각났다. 아버지만 생각하면 꾸기적꾸기적 마음에 구김살이 갔다. 늘 쉬는 아버지, 늘 달리는 김 여사의 남편. 두 어른의 차이는 엄청나 보였다. 아버지 때문에 뭉친 가슴이 큰 한숨을 쉬게 했다. 큰 한숨을 쉰 그는 다음 수업을 하려고 일어섰다.

성현과 헤어진 그 여자는 깃발을 날리듯 기세등등하여 걸었다. 쉽게 천만 원을 빌렸다는 쾌감에 입 벌려 웃곤 했다. 입 벌린 사이로 바람이 들어와 당나귀 기침을 해댔다. 그 여자도 별안간 나온 기침소리에 놀랐고 지나가던 사람도 그 여자를 돌아보았다. 당나귀 우는 소리에 지나던 사람도 놀랐으리라. 천만 원은 한갓 수단에 불과했다. 이제부터 시작. 성현이 착하고 착해서 쉽사리 돈 빌릴 수 있겠다고 판단했다. 착한 성현은 내일 돈을 갚아달라는 다짐의 말도 하지 않았다. 그 여자는 성현이 자신을 엄청 믿고 있다는 걸 느꼈다. 성현이 식당에서 돈을 빌려준다는 말을 하지 않았다면 자신이 성현에게 돈을 빌릴 작정이었다. 식당을 나와서 적당한 구실을 둘러대어 성현에게 돈 빌려달라고 전화할 작정이었는데 수월하게 빌려줘서 다행이었다. 망치가 가벼우면 못이 솟는다고, 위엄이 없으면 아랫사람이 순종하지 않는다고 했다. 그 위엄이 자본주의 사회에선 돈이란 걸 알기에 그 여자는 큰 부자로 변장을 했다.

예상대로 성현은 뺑줄을 치기 쉬웠다. 성현의 아버지는 직업이 없다고 했다. 집안의 가장인 아버지가 놀고 있으면 그 집안 형편은 말해 무엇 하겠는가. 아울러 성현의 심정이 절박할 수도 있었다. 경제적인 절박감. 그 절박감은 성현을 절벽 끝으로 내몰 수도 있었다. 그 절벽이 때론 캄캄절벽이 되어 성현에게 돈만 보이게 할 수도 있었다. 절벽 끝에서 돈 줄 하나만 날리고 있는 것을 뺑줄 치기는 쉬웠다. 장대로 성현의 줄을 걸어 당겨서 빼앗으면 그만이었다. 아버지가 놀고 있으면 성현의 마음도 약해져서 절벽 끝의 외로움, 절벽 밑의 무서움만 보이거든.

성현은 딱! 그 여자가 바라던 채권자였다.

그 여자도 절벽 끝에 서 있기는 마찬가지였다. 늙은 말 콩 더 달란다고, 나이가 들어갈수록 욕심이 더 많아졌다. 곧 육십 살이 될 텐데 가진 돈이 없으니 절벽 끝에 섰을 수밖에. 수명은 길어져서 오래 살고 가진 돈은 없고 그러다보니 남의 돈을 빼앗고 있는 자신이 올바르지 않다는 건 알지만 어쩔 수 없었다. 사기. 사교. 두 단어의 뜻을 비교해 보았다. 사기란 이익을 취하기 위하여 나쁜 꾀로 남을 속임. 사교란 남을 교묘하게 속임. 그 여자는 자신을 사교 쪽에 넣었다. 남을 교묘하게 속여 등을 쳐서 간을 내먹는 등치기. 등치기! 비록 그렇다 하더라도 그 여자는 등치기란 말보다는 자신이 사교가로 불려지길 원했다. 성현은 그 여자가 절벽 끝에서 바라보는 솜털구름이었다.

집으로 들어 온 그 여자는 응접실 소파에 앉자마자 통장을 확인했다 성현이 천만 원을 입금시켰다. 배시시 웃었다. 그리곤 사기그릇의 깨어진 조각 중 한 조각을 가슴에 넣었다. 그 한 조각으로 성현의 가슴을 할퀴어야 했다. 그래야 등을 치더라도 가슴이 잘 열렸다. 가슴이 잘 열려야 간이 잘 튀어 나오잖는가.

성현에게 감사의 문자를 보냈다.

선생님, 입금 확인 했어요. 정말 감사해요.
급한 것 요긴하게 잘 처리할게요. 내일 꼭
송금해 줄게요. 내일 배드민턴장에 올 거죠
나도 내일 공치러 갈 거예요.
그럼 내일 봐요. 내일부터 차츰 말 낮출게요.
난 어릴 적부터 선생님을 존경했는데
그 존경심이 선생님에게도 있어요.
우리 서로 존경하는 사이가 돼요.

잠시 후 성현에게서 답장이 왔다.

문자 잘 읽었습니다. 내일 뵙겠습니다.

네. 저는 김 여사님을 존경하고 있습니다.

성현의 답장을 받은 그 여자는 쾌심의 미소를 지었다.

다음 날도 해는 솟아올랐으며 구름은 공중에서 움직였다. 부엌에선 댕그랑거리는 소리가 들려왔다. 아침밥을 준비하는 어머니는 가족들이 깰까봐 조심스런 움직임을 한다는 걸 느낄 수 있었으나 워낙 집이 좁다보니 소리는 꽤 크게 들려왔다. 작은 방 두 칸과 비좁은 마루에 부엌이 있는 집안 내부 구조였다. 작은 방 두 칸 중 한 칸은 아버지 어머니가 사용하고 한 칸은 그와 여동생이 사용했다. 한방에서 칸막이를 사이에 두고 지내는 동생은 아직 자는지 기척이 없었다. 동생을 의식해 조용히 일어난 성현은 씻으려고 방을 나왔다.

"일어나셨어요."

"일어났냐."

거의 동시에 모자는 말하고 조그맣게 웃었다.

"어머니, 도시락 반찬 너무 신경 쓰지 말아요. 요즘 반찬이 아주 좋더라구요."

어머니가 힘들까봐 걱정되어 말했다.

"무슨 소리. 당연히 반찬이 좋아야지. 너 일이 보통 중노동이냐. 잘 먹어야 된다. 하루 종일 목을 많이 쓰니까 목에 좋은 반찬을 오늘은 주로 했단다. 잘 먹어야 이겨낸다."

말을 마친 어머니는 냉장고로 향해 몇 발자국 걸었다. 그런데 어머니의 걸음이 부자연스러웠고 다리가 많이 아파 보였다.

"어머니, 다리가 많이 아프나요? 그동안 병원 안 갔다 오셨어요?"

"병원 갔다 왔다."

"그 돈으로 병원 안 가고 또 아버지 술값 드렸어요?"

그는 조금 화가 났다. 어머니는 생활비를 자주 아버지 술값으로 주었기 때문에 이번엔 어머니 병원비마저 아버지가 가로 챘는가 해서 화가 났다.

"아니야."

"아니긴 뭐가 아니에요. 어디 그런 일이 한 두 번 인가요. 병원 다녀오세요."

"오늘 병원 갔다 올게. 네가 어떻게 버는 돈이냐. 너 걱정돼서 편안히 병원을 드나들 수가 없구나."

"내가 걱정된다면 오늘 꼭 병원 다녀오세요. 어머니가 안 아픈 게 날 편히 해주는 거라구요. 병원비 따로 나중에 송금해 드릴 테니 오늘 꼭 병원 가세요. 아버지와 함께 가세요. 내가 아버지께 말할까요?"

"아니야. 아니야. 괜찮아. 네가 준 돈 아직 많이 있으니까 송금 안 해도 된다. 아버지와 함께 병원 갈 테니 아무런 걱정마라."

"제발 어머니 아프지 마세요!"

성현에게 어머니는 큰 존재이므로 그 어머니조차 아프면 목적을 향해 잘 달릴 마음이 생길 수 있을지 의문이었다. 마음이 주저앉으면 희망은 절망으로 바뀔 수도 있었다.

"성현아!"

어머니는 씻고 화장실을 나오는 성현을 불렀다.

"네?"

"아니다."

어머니는 무슨 말을 하려다 멈췄다. 근데 어머니의 멈춤엔 무엇이 있었고 그 멈춤이 그는 지워지지 않았다.

"어머니, 무슨 말을 하려했어요? 말하세요. 궁금하잖아요."

"……."

"어머니, 에잉 말하라니까요. 궁금해서 못살겠네요."

그는 애교 섞인 말까지 해대며 어머니 곁을 떠나지 않았다.

"성현아, 내가 널 잘 알기 때문에 말은 못하겠는데…. 네가 너무 힘들어 보여서 내가 이런 생각까지 했단다."

진짜 어머니는 꽤나 고민했던 흔적의 모습이 있었다.

"어머니, 그러니까 더 궁금하잖아요. 말해주세요."

"아니다. 아니다. 아침부터 할 얘기는 아닌 것 같다. 너 학원 갔다 오면 밤에 얘기하자."

어머니의 표정에 단호함이 있어서 더 이상 궁금하다고 투정 부릴 순 없었다. 하지만 그대로는 하루 일을 시작 못하겠어서 어머니께 물었다.

"어머니, 어디 심각하게 아파서 말 못하는 건가요? 내가 걱정해야 할 또 다른 문제가 있나요?"

"아니다. 네가 걱정할 문제는 아니다. 별 얘기 아니다. 지금은 너 도시락 때문에 또 너는 출근 준비 때문에 편히 말 못하잖냐. 밤에 편히 얘기하려고 그런다. 네가 신경 쓸 일 아니니 걱정마라."

"알았어요."

좀 전에 어머니의 고민했던 흔적의 모습이 스쳐갔으나 잊었다. 걱정할 문제가 아니라는 어머니의 말을 믿기로 했다.

오후에 쉬는 시간을 틈 타 성현은 배드민턴장으로 향했다. 오후 두 시간이 하루 중 달콤한 휴식시간이었다. 성현과 공치기를 즐기는 회원이 그를 기다리고 있었다. 그 회원은 성현보다 세 살이 많았고 자영업자이며 어느 정도 사업기반을 구축해 놓은 듯 보였다. 둘은 서로 인사를 나누었다. 모르는 둘을 알고 지내도록 관계를 맺어준 배드민턴 코트에 마주보고 섰다. 둘 사이에서 어떤 일을 어울리게 해주는 라켓을 들고 셔틀콕을 날렸다. 하루의 피곤함이 잊어지는 순간이었다. 시작이 있으면 끝이 있듯이 어느새 결과가 나왔다. 성현이 일점차로 이겼다. 둘의 실력은 비등했다. 서로 많이 겪어보아서 얻게 된 실력이 비슷했다.

"짝짝짝! 선생님 실력이 많이 늘었어요."

"오셨습니까. 언제 오셨습니까."

"방금 오는 길이에요. 어제 돈 요긴하게 잘 썼어요. 고마워요. 아마 지금쯤 선생님 계좌에 입금 됐을 거예요. 학원에 들어가면 확인해 보세요."

"그러겠습니다. 공치실 겁니까?"

"저쪽에 계신 분하고 공치려다가 선생님을 발견하고 이리로 왔어요. 지금 칠거에요."

그 여자는 저쪽에 있는 회원을 손가락으로 가리키며 말했다.

"저는 그럼 학원에 들어가 보겠습니다."

"그러세요."

학원에 들어온 성현은 입금 확인은 잊고 수업에만 열중했다.

집으로 돌아온 그 여자는 성현의 무반응이 궁금해졌다. 하루 분 이자를 많이 계산해 송금했건만 그 부분에 무반응 해 있는 성현에 대해 궁금해졌다. 그래서 문자를 찍었다.

선생님, 입금 확인 했나요?

문자를 전송했다. 한참이 지나서 성현으로부터 답장이 왔다.

김 여사님, 돈이 잘못 입금되었습니다.
돈이 많이 입금 되었더군요. 그래서
오십 만원을 도로 여사님의 계좌로
송금했습니다. 밤 시간이라 혹시 통화
하면 폐 끼치게 될까봐 문자를 보냅니다.
돈 잘 받았습니다.

성현의 문자를 받은 그 여자는 깔깔깔 웃었다. 과연 성현다웠다. 왜 오십 만원이 더 입금 됐을까 생각도 안 해보고, 돈이 더 입금 됐음에도 좋아라하지도 않고, 잘못 입금 되었다고 판단하여 곧바로 송금한 성현. 참으로 순수한 청년이었다. 성현을 그렇게 예상한 자신의 직감에 승리해서 웃었다. 앞으로 성현의 두둑한 수입이 자신의 수입이 될 내일을 생각하니 통쾌해서 웃었다.
　오십 만원은 그 여자의 미끼였다. 백만 원으로 하려다가 오십 만원으로 했다. 하루치 이자로 백만 원을 주면 너무 많다고 생각되어 오히려 성현이 이상하게 생각할 수 있었다. 성현도 판단, 기준, 이치 등을 정확히 생각하는 사람이므로 이상함을 느낄 수 있었다. 지나치면 이상한 느낌을 받는다. 성현이 그런 느낌을 받으면 안 된다. 백만 원은 하루치 이자로선 지나치고 오십 만원이 적당했다. 오십 만원도 많았다. 하지만 오십 만원 정도 줘야 앞으로 돈 빌리기가 쉬웠다. 돈 빌려주는 사람이면 이자 받을 것 생각하고 기왕이면 이자가 많을수록 좋아하거든.

시계를 보니 성현이 수업을 마치고 집으로 갈 시간이었다. 성현에게 전화를 걸었다.

"선생님, 통화하기 괜찮나요?"

"네, 퇴근하는 중이고 통화하기 괜찮습니다."

"아까 선생님 문자 잘 봤어요. 그럼 내일 감사의 뜻으로 선생님이 쉬는 오후 시간에 학원 가까이 가서 전화 할게요. 내일 공치러 안가니까 나랑 식사나 해요."

"아닙니다. 괜찮습니다."

성현이 사양하는 건 일종의 미안함에서 나오는 사양인걸 알기에 그 여자는 뜻을 굽히지 않고 매달렸다.

"아이, 선생님. 그러면 내가 엄청 미안해서 그래요. 내가 돈을 잘못 보낸 게 아니고 오십 만원은 이자로 계산해 송금했는데 선생님이 받지 않으니 밥이라도 사야 내가 마음 편하겠어서 그래요. 선생님, 내일 식사나 해요."

"……."

성현이 머뭇거리는 틈을 타 그 여자가 일방적으로 약속해 버렸다.

"선생님, 내일 오후 쉬는 시간에 맞춰 차를 갖고 갈게요. 학원에서 오른쪽으로 오 분쯤 걸어오면 커피숍 옆에 유료주차장 있잖아요. 그 곳에서 기다리고 있을게요. 내일 도착해서 문자 보낼게요. 내일봐요."

"…아닙니다. 정말 괜찮습니다. 여사님께 미안해서….."

"어머, 선생님. 뭐가 미안해요. 난 선생님이 돈을 융통해줘서 얼마나 요긴하게 잘 썼는데요. 그 고마움을 안 갚으면 내 마음이 불편해서 그래요."

"알았습니다."

통화를 마친 성현은 김 여사의 계산법을 몰랐다. 어림잡아 계산을 하더라도 하루 치 이자로 오십 만원은 틀렸다. 김 여사가 잠시 착각을 했는가 보다,며 잊어버렸다. 그나저나 김 여사에게 자꾸 얻어먹기만 해서 미안했다.

집으로 접어드는 좁은 도로의 첫 집에 있는 파라솔 모양의 나무가 시야에 들어왔다. 집 앞에 있는 장해수의 집도 시야에 들어왔다. 매일 기분 좋게 장해수의 집을 바라보았건만 지금은 그렇지 않았다. 아침에 어머니와의 대화가 떠올라서였다. 분명 어머니는 좋지 않은 이야기를 할 것같이 느껴졌다. 별안간 궁금증은 증폭되었고 호흡도 빨라졌다. 가슴마저 파문을 일으키고 있었다.

집안에 들어서기 무섭게 어머니를 앉혔다.

"어머니, 아침에 하다만 이야기, 밤에 해준다고 했으니 지금 해주세요."

"배고프겠다. 밥부터 먹어라."

"아녜요. 궁금해서 밥맛도 없어요."

"그러자. 마침 집에 너하고 나 뿐이니 큰소리로 말해도 괜찮겠구먼. 집이 원체 좁아 너 방에서 속삭이며 말해도 큰 방까지 다 들리잖냐. 식구들 들어오기 전에 이야기하자."

"빨리 말해주세요."

"근데 성현아, 부탁이 있다. 내 말을 중간에 끊지 말고, 끝까지 다 듣고 말해라. 내 딴에는 고민 고민해서 하는 말이니 절대로 내 말을 끊지 마라."

"알았어요. 말해주세요."

"내 말 다 듣고 난 뒤에 네 뜻을 말해라."

"알았으니 빨리 말해주세요."

"성현아, 네가 많이 힘들어 보여 내가 이런 생각까지 했단다. 사실은 내 다리가 많이 아프다. 절룩거리면서도 걸을 수 없어 목발을 짚고 다닌단다. 너가 볼까봐 목발은 저기 숨겨두었다. 넌 아침에 나갔다가 밤늦어 들어오니 내 다리를 제대로 볼 수 없는 게 다행이었다. 너 앞에서는 다리를 안 저는 척 안 아픈 척 하려고 굉장히 애썼다."

"어머니! 어머니! 지금 무슨 말하는 겁니까."

성현은 놀라서 벌떡 일어났다.

"그러니까 내가 말하기 전에 내 말을 중간에 끊지 말라고 몇 번이나 다짐 했잖냐. 나도 뜻이 있어서 그런 것이니 내 말을 끝까지 듣고 네 말을 하라고 그랬잖냐. 네가 많이 힘들어 보여 내가 이런 생각까지 했단다.란 말을 말 시작하면서도 했건만 네가 이러면 난 말 못하겠다."

성현은 스르르 앉았다.

"알았어요. 끝까지 잘 들을 테니 말해주세요."

"성현아, 너도 이 집에 이사 와서는 숨도 크게 못 쉬고 살 줄 안다. 나도 그렇다. 숨도 크게 못 쉬겠다. 작은 방 두 개, 한 사람 누우면 딱 맞는 마루에 설치된 부엌, 겨우 한 사람 정도 샤워하게 돼있는 화장실, 이런 좁은 공간에서 숨도 못 쉬고 사는 삶이 기가 막힌다. 특히 널 생각하면 더욱 그렇다. 네가 집안의 가장이 되어 모든 걸 책임지고 있는 게 나는 엄청 가슴 아프다. 이런 집도 전셋집이면 좀 나으련만 월셋집이잖냐. 앞날이 막막해서 속이 꽉꽉 막힐 때도 있단다. 성희는 일 년만 더 공부하면 대학교 졸업장 받을 건데 휴학하고 있는 일도 마음 아프고. 그 중에서 가장 마음 아픈 건 너희 둘에게 방 한 칸씩을 주지 못해 맘 아프다. 성인이 된 너희를 같은 방에 재우는 내 심정이 쓰리고 쓰리다. 거기다 방이 작아 밤마다 다리도 오그려 자고 있을 너희를 생각하면…, 내 다리는 편하라고 병원을 갈 수 없었다. 아르바이트 하는 성희도 늘 서 있고, 너도 항상 서서 가르칠 테고. 그 피곤한 다리를 밤이면 편히 뻗어 쉬게 해줘야 하건만. 그게 제일 마음 아프고 너희들 다리 오그리고 자는 밤이 오면 내 가슴이 미어진다. 그래서 내 다리 편하라고 병원에 갈 수 없었다. 그래서 하는 말이다…, 그래서 하는 말인데 나 다리 치료 안 받을 거다. 아프도록, 많이 아프도록 내버려 둘 거다. 아니 다리를 못 쓰도록 내버려 둘 거다. 어떻게 해야 장애판정을 받는지는 모르겠으나 내 다리를 못 쓰도록 해서 장애판정을 받았으면 좋겠다. 아픈 걸 치료 안하면 더욱 아파질 테고 그러다보면 다리를 사용 못하겠지. 신체를 사용 못하는 불구자가 되면 장애판정을 해주겠지. 장애인이 되면 혜택을 많이 받잖아! 내가 너에게 부모로서 해준 것도 없고 미안하다. 장애인이 되면 혜택을 받아 그것으로나마 널 조금이라도 돕고 싶구나. 한 달 내내 쉬는 날도 없고 빨간 날 휴일도 특강한다며 일하러 가는 너 뒷모습을 보면 슬픔이 내 온몸을 오르락내리락하며 다닌단다. 난 네가 고생하는 게 마음 많이 아파서 내 다리 아픈 건 잘 모르겠으니 내 다리는 너무 걱정하지 마라."

"……."

"성현아, 너 울고 있구나."

"……."

"성현아, 울지 말고 고개를 들어라."

"어머니, 나 잠깐 나갔다 올게요."

"어딜?"

"공원에 좀 앉아 있다 올게요."

"그래라. 너 기분이 어떨지 안다. 많이 늦지 마라."

"……."

집을 박차고 나왔다. 집을 뛰쳐나왔다. 온몸이 한꺼번에 폭발하겠다. 집에서 멀지 않은 곳에 있는 공원을 향해 빠르게 걸었다. 가로등 불빛이 한 사람을 비췄다. 아버지였다. 술 취한 아버지는 갈지자걸음으로 걸어오고 있었다. 아버지의 그런 모습에 익숙한 성현이지만 지금은 달랐다. 가정에 비협조적인 아버지. 실패를 핑계로 늘 술에 젖어 사는 개인적인 아버지. 자식을 키워야 한다는 의무감이 없는 비합리적인 아버지. 그런 아버지가 걸어오고 있었다. 경우에 따라서 아버지를 미워한 적은 있어도 반항은 하지 않았다. 하지만 아주 높은 곳에서 세차게 떨어진 기분이 드는 지금. 아픔과 괴로움이 마음속에 분주히 떠돌아다니고 있는 지금은 달랐다. 가족에게 무관심한 아버지가 행동이 비열하고 막되게 느껴졌다. 비틀걸음을 걷는 아버지를 피하고 싶었다. 그러나 마주 보는 거리가 좁았고 피할 수 있는 길이 없으므로 아버지를 피할 수 없었다. 아버지가 그를 발견했는지 몇 발자국 소걸음을 하더니 멈추어 섰다.

"어, 성현이 아니이냐. 이 시간에 어디일 그리 그읍히 가냐?"

술 취한 탓에 션찮은 발음으로 아버지는 말했다.

"……."

성현이 답이 없자 아버지는 그를 확인하기 위해 그의 곁으로 바짝 다가왔다. 그런 아버지를 피했다. 이 순간 정말 아버지가 싫었다. 놀러 다니며 술만 마시는 아버지가 싫었다.

"얌마, 아비를 모른 처억하냐? 친구가 술 사주더라. 젊었을 때 나 돈 많았던 시절에 나 그 친구 술 많이많이 사줬거등."

아버지를 피해 달렸다. 공원 앞 슈퍼에서 소주를 한 병 샀다. 성현은 술을 못 마셨다. 그 뿐만 아니라 담배도, 화투도, 춤도 못했다. 지난 어느 날, 그 날도 아버지 때문에 몹시 화가 나서 머리가 터질 듯 아팠다. 그 날도 아버지는 여느 때와 같이 이유 없이 어머니에게 폭력을 휘둘렀고 외출에서 돌아 온 성현은 흘린 피를 감추는 어머니를 향해 캐물었다. 아버지는 어머니의 가슴을 불 질러 놓고 나가버렸지만 당한 어머니는 통곡을 했다. 그는 어머니가 약해 질까봐 울 수도 없었다.

그 때 울던 어머니가 벌떡 일어나더니 소주 한 병을 사왔다. 큰 컵 두 잔에다 술을 다 따르고 한 잔은 성현에게 내밀었다. 술 마실 줄 모르던 그는 거절했다. 마셔! 이럴 땐 이게 약이야. 아니면 머리 피가 거꾸로 솟고 잠도 안 오고 미쳐 나가겠더라. 이것 마시고 나면 솔솔 잠이 오더구나. 자고 나니 잊어지더구나. 너 아비와 살면서 살기 위해 알아낸 방법이야. 이럴 땐 이게 약이니까 마셔!라고 권하던 잔을 어쩔 수 없이 받아마셨다. 한 잔 마신 어머니는 네 아버지가 술도 부족해 거기다 오입질에 노름에 손대니까 기어코 하지 못하게 말리려 했을 뿐이다. 너 아비의 진짜 나쁜 점들을 넌 모르고 난 그런 점들을 자식에게라도 말해줄 수가 없구나. 취한 어머니는 혼잣말처럼 중얼거리다 잠들었다. 성현도 이내 괴로움이 잊어지며 잠들었다. 지난날의 그 날을 기억해 술 한 병을 샀다. 현재 심정으론 술을 마시지 않으면 고통에 짓눌려 땅속으로 들어가게 될까봐 고통스런 이 순간을 잊기 위해 술을 사들었다.

밤늦은 시간 때문인지 공원 안에 사람은 없었다. 그가 공원에 오게 되면 편히 앉아 생각할 수 있는 자리도 비웠다. 벤치에 앉아 밤하늘을 바라보았다. 밤하늘도 그의 마음을 알았을까? 여느 날과 달랐다. 그의 마음은 흐리디흐리고 우중충했는데 반대로 밤하늘은 맑디맑았다. 살아오면서 밤하늘이 이처럼 맑은 건 처음 보았다. 맑은 걸 싫어할 사람은 없었다. 맑다는 건 투명하단 뜻도 되는데 투명한 어둠이 아니고 뭐랄까? 깨끗한 어두움이었다. 깨끗한 깜깜함. 그 뿐만 아니었다. 달! 달이 그를 감탄하게 했다. 달이 샛노랗다. 밤하늘은 새까맣다. 새까만 밤하늘에 떠있는 샛노란 보름달을 상상해보길. 밤늦은 시간이면 달의 색깔도 엷어지고 하늘 높이 올라가 거리감이 있으련만, 밤하늘이 여느 날과 달랐다. 샛노란 보름달이 그의 가까운 거리에서 빛나고 있었다. 그는 고통을 안고 온 일도, 술을 사 온 일도 잊고 밤하늘의 달을 바라보며 좋아라, 좋아라, 감탄을 연발하고 있었다.

성현도 여느 날과 달랐고 밤하늘도 여느 날과 달랐다. 여느 날과 다른 것에는 다 까닭이 있었다. 그가 보통 날과 다른 이유는, 어머니의 상처가 그에게로 옮겨와 상처에게 심하게 두들겨 맞은 때문이었다. 밤하늘이 보통 날과 다른 이유는, 지난 사흘 낮 동안 날씨가 아주 쾌청했다. 사람들은 어쩜 날씨가 저토록 쾌청하냐며 낮 시간을 즐겼다. 그런 쾌청한 낮 시간이 있었으니 맑고 깨끗한 밤이 되는 건 당연했다. 또 더 거슬러 올라가면 아주 쾌청한 날씨를 만든 데에도 이유가 있었다. 여러 날 비가 온 뒤에야 사흘 동안 쾌청한 날씨를 만들었고 맑은 밤하늘을 만들었다. 그럼 성현은? 더 이상 아버지에 대해 생각하기 싫었다. 아버지의 많은 실수가 가족을 아프게 했고 그 아픔을 끌고 그는 공원 벤치에 앉았다.

구슬픈 느낌을 주는 바람이 지나갔다. 그 바람이 샛노란 보름달로 향해 가졌던 감탄스런 감정을 깨웠다. 깨어보니 그의 옆에는 술병이 놓여 있고, 상하고 찌든 사나이가 앉아 있었다. 씩씩하고 계획적인 사나이는 온데간데 없어졌다. 그는 갑작스레 바뀌어진 자신의 모습을 보며 슬퍼졌다. 가슴 깊이 주저리주저리 매달려 있는 아픔들을 으쩍으쩍 깨고 싶었다. 어머니의 말을 꼼꼼하게 따져 보았다. 가슴속의 아픔을 흘려 내보내려 했다. 술을 들이켰다. 맛도 모르고 마시는 풋술이었다. 어머니가 이럴 땐 이게 약이라고 해서 마셔보는 술이었다. 눈물이 흘렀다! 주위를 훑어보았다. 아무도 없었다. 주룩주룩 울었다. 나뭇가지에 혹시 새가 앉았나 꼼꼼히 보았다. 없었다. 세찬바람이 지나가며 두려움을 만들었다. 나무들이 정체모를 소리를 내어 바람에게 답했다. 어둠이, 바람이 두려움을 만들어도 머리끝이 쭈뼛해지지 않았다. 신나서 멋들어지던 밤하늘의 풍경도 밤 깊어지자 사라졌다. 어느새 달은 멀리 가버렸고 희뿌연 색으로 퇴색해 있었다.

술은 야릇한 물이었다. 기죽은 두 어깨에 기운을 넣어주었다. 사정을 잘 헤아려 판단을 못하게 했다. 거짓으로 놀라는 척도 만들 줄 알았다. 그는 술에게 자신을 넘기고 있었다. 무엇이든지 시키는 대로 순종 하겠다고 했다가 순종 안하겠다고 했다가 술은 앞일을 몰랐다. 술은 예절바른 태도보다는 더러운 욕심을 좋아했다. 술은 흔들수록 흔들렸다. 목적이 있는 그는 흔들어도 꼼짝하지 않아야 했다. 그래서 성현과 술은 맞지 않음에도 불구하고 취해 있었다.

가늘게 울고 있었다. 어머니의 말이 떠올라 울었다. 성현아, 내 다리 편하라고 병원 갈 수 없었다. 자식들은 다리를 오그려 자고 있는데 어미인 내가 다리 편하라고 병원을 갈 수 없었다. 내 다리 편하라고 병원 갈 수 없었다!

집을 뛰쳐나올 땐 어머니로 향해 원망심이 있었다. 왜, 어머니는 그런 엄청난 생각을 했을까, 다리를 절뚝대는 어머니 모습에 울어야 할 자식 심정을 어머니는 어째서 헤아리지 못하는 걸까. 그런 원망심이 있었다. 그 생각이 바뀌었다. 아름다운 밤하늘과 달을 바라보는 사이. 나무들의 향기를 맡는 사이. 술 마시는 사이 생각이 바뀌었다. 오죽했으면 어머니가 그런 생각까지 했을까. 얼마나 힘들었으면 어머니가 절름발이가 되려 했을까. 어머니가 그런 생각을 하게 된 원인을 뒤져 찾아내려했다. 어머니가 그런 생각을 못하도록 할 수 있는 방법을 생각해보았다. 돈 때문이었다. 돈이 없어 그런 생각을 하게 되었고 돈이 있으면 어머니는 그런 생각을 안 할 것이다.

세차게 일어섰다. 이제 그에게 극도의 가난은 없어지고 있었다. 그의 매달 수입은 다달이 많아져 갔다. 그 많은 수입을 몇 년 만 모으면 가족의 모든 걱정이 사라지고 어머니도 그런 생각을 하지 않을 것이란 판단이 들었다. 어머니를 안심시켜야 했다. 집을 향해 발걸음을 놓았다. 비틀거렸다. 화들짝 놀라 제자리에 섰다. 그가 제일 싫어하는 게 비틀대는 걸음이었다. 술 취한 아버지의 비틀걸음을 보노라면 달음박질쳐 운적도 꽤 있었건만. 그 발걸음을 한 자신이 미웠다. 정신 차리고 똑바로 걸어!

다음날 오후, 수업을 마친 성현은 자리로 돌아와 앉았다. 그 때였다. 문자왔다는 신호음이 울렸다.

선생님, 어제 약속한 장소에 와 있어요.

기다리고 있을게요.

문자를 읽은 그는 그제야 어제 일을 기억해냈다. 어머니와의 일로 김 여사의 약속은 깜빡 잊었다. 외출하려고 일어섰다.

"어디 외출하세요?"

옆자리에 앉은 권 선생이 물었다.

"네."

"오래 걸리나요?"

"아뇨. 잘 모르겠습니다, 현재로선. 뭔 일이 생겼습니까?"

"그런 건 아니에요. 잘 다녀오세요."

국어과목을 가르치는 권 선생은 그에게 친절했다. 학원을 나온 성현은 김 여사와 약속한 장소로 가기 위해 걸었다. 걸으면서도 어머니만 생각했다. 인도에는 사람들이 오고 가고 차도에는 차들이 오고 가고 시끌벅적했으나 그는 고요하고 쓸쓸했다.

"선생님, 여기예요."

김 여사가 주차장 앞에 서서 손을 흔들었다.

"선생님, 출출하죠. 나도 배고파요. 어디 밥 먹으러 가요. 어디 좋은 곳으로 갈까 해서 차를 갖고 왔는데 여기 서서 식당들을 훑어보니 저곳 식당도 좋을 것 같네요. 삼겹살이 먹고 싶네요. 우리 삼겹살 먹으러 가요. 괜찮죠?"

"네."

오늘은 어머니가 일어나기 전 새벽에 집을 나와 버렸다. 어머니를 볼 자신도, 어머니가 싸주는 도시락도 받을 자신이 없어서였다.

"여기 앉아요."

그 여자가 삼겹살을 택한 이유는, 구운 삼겹살은 누구나 좋아하는데다 삼겹살을 구워 성현 쪽으로 밀어주고 밥에 얹어주고 하다보면 더욱 친밀해지기 때문이었다. 주문을 했다.

"오늘 내가 톡톡히 한 턱 쏠 테니까 선생님 실컷 먹어요."

"…네."

"선생님, 걱정이 있나요?"

"왜요?"

성현은 놀랐다. 자신이 어머니 걱정을 하고 있는 걸 김 여사가 어떻게 알았을까 해서였다.

"선생님, 걸어올 때 보니까 얼굴에 걱정이 꽉 차 보였어요."

"아닙니다. 몸이 좀 피곤해서 그렇습니다."

"아닌 게 아니라 선생님 얼굴색이 안 좋아요. 어디 아프나요?"

"아닙니다. 푹 자고 나면 괜찮습니다. 오늘은 마치고 집에 가서 바로 잘 겁니다."

"그러세요. 고기 많이 먹어요. 그럼 좀 나아질 거예요."

"네."

삼겹살을 굽기 위한 불판이 왔다. 그 위에 고기를 올렸다. 불은 고기를 굽는 일에 성실했다. 살랑살랑. 그 살랑대는 불에 고기는 잘 익었다. 불이 눈을 따뜻하게 고기가 입을 따뜻하게 결국엔 마음이 따뜻해졌다. 그 순간 성현은 뜻밖에 생긴 근심을 잊었고 그 여자는 일어나는 행운을 잊었다. 오직 먹는대만 열중해졌다. 맛난 음식을 먹게 되는 재수를 맞은 성현은 억눌림에서 벗어나려고 애썼다.

그 여자는 고기가 익기가 무섭게 성현의 접시에 올려놓았다.

"저 많이 먹었습니다. 여사님, 드십시오."

"젊은 남자가 그 정도 고기 먹고 많이 먹었다 그러나요. 오늘 실컷 먹어요."

"네."

"난 고기를 썩 좋아하지는 않아요. 근데 오늘은 맛있네요. 오늘은 선생님 대접하려고 이곳으로 왔어요. 선생님이 저번에 지나가는 말로 삼겹살 좋아한다는 걸 들었거든요."

"기억해주셔서 감사합니다."

"참, 저번에 선생님이 말 낮추라고 했던 것 기억하죠? 지금부터 말 낮출게요. 처음엔 어색해도 곧 익숙해지겠죠."

"네, 네"

그 여자도 말을 낮추는 게 두 사람 사이가 가까워지겠다는 판단을 했다. 그 여자는 서슴지 않고 선뜻 말을 낮출 수 있지만 처음 몇 번은 말이 올라갔다 내려갔다를 할 필요가 있었다. 사람이 처음 하는 일에 한 번의 실수 없이 해내도 다림질한 사람 같아 접근하기 쉽지 않을 수 있었다. 구겨질까봐 접근하려 하지 않을 수 있었다. 그렇다고 또 여러 번 실수하면 멍청해 보일 수도 있었다. 가만 앉아서 돈 버는 일이기에 이런 부분까지 세심하게 처리해야했다. 그 여자의 눈에는 성현이 돈으로만 보였으니까.

몇 번의 말이 올라갔다 내려갔다 한 끝에 자연스레 그 여자는 말을 낮췄다. 식사도 끝 무렵이었다.

"성 선생도 나에게 말 낮춰."

"아닙니다. 나이도 있는데 어떻게 어른에게 말을 낮춥니까."

"내 말은 선생 어머니께 하는 말처럼 하란 뜻이야. 실제로 내가 성 선생 어머니 나이 또래잖아."

"알겠습니다만… 좀….."

일어설 채비를 했다. 그 여자는 식사가 끝난 판에서 대화를 할 수도 있었으나 좀 그랬다. 빈 그릇이 있고, 음식찌꺼기가 있고, 시커멓게 된 불판이 있고. 좀 그랬다. 배부른 나태함이 긴장감을 죽였고, 꽉 찬 위에서는 포만감만 살았다. 그런 어질더분한 상태에서는 대화를 해봐야 효과도 적었고 또한 어질더분한 상태에서 주섬주섬 챙기는 듯한 대화는 하기 싫었다. 성현과의 주요한 대화는 돈에 관한 것이므로 그 여자는 면밀하고 융통성 있는 수단을 발휘해야 했다.

"성 선생, 시간이 괜찮다면 주차장 옆 커피숍에서 차 한 잔 할까. 이 집에서 후식으로 자판기 커피 마시기엔 왠지 그렇고, 또 이런 자리에서 커피 마시면 제대로 커피 맛도 나지 않을 것 같아서 그래."

"……."

"아유, 뭘 망설여. 선생 본 김에 내가 할 말도 있고 하니까 커피 한 잔하고 들어가요."

"그러시죠."

커피숍을 향해 걸었다.

그 여자는 걸으며 생각했다. 커피숍을 나올 때는 성현의 돈을 확실히 붙잡는 발전과 결실을 만들어 놓으리라.

성현도 걸으며 생각했다. 김 여사에게 한 일도 없는데 자주 얻어먹으니 미안해서 커피 값은 자신이 계산하리라고.

자리에 앉았다. 대화를 함에 효과를 거둘 수 있는 자리를 골라 앉았다. 커피를 주문했다. 잔잔한 음악이 실내를 빛나게 했다. 실내에 배어있는 커피향이 윤기 나게 했다. 그 여자는 생각이 복잡해졌다.

고기 집에서 음식 맛에 취해 잊어버렸던 일어나는 행운에 대해 생각했다. 지금 앞에는 자신에게 행운을 줄 성현이 앉아 있었다. 성현의 지갑 속에 있는 통장의 돈을 자신에게 옮겨오기 위한 노력이 시작되었다. 본디 바라던 바를 실행에 옮기는 순간이었다.

"성 선생, 이거 받아!"

그 여자는 조심스레 봉투를 내밀었다.

"이게 뭡니까?"

성현이 궁금한 건 당연했다.

"선생이 안 받겠다고 도로 송금한 오십 만원을 내가 갖고 왔어. 내가 잘못 입금시킨 것 아니야. 물론 내가 내 욕심만 차리고 선생에게 돈 안줄 수도 있어. 천만 원을 하루 빌렸는데 이자로 오십 만원을 계산해 준다면 매우 많다는 것 나도 알아. 그렇지만 우리는 선생 돈 천만 원으로 하룻만에 백오십 만원이란 이익이 생겼어. 우리 남편 사업이 그래. 이익이 많이 남을 경우도 있고 남지 않을 경우도 있고. 혹은 손해 볼 경우도 있고. 그게 사업이란 거지. 내가 선생에게 백오십 만원이란 이익이 남았다는 걸 숨기고, 또 선생에게 오십 만원을 안 줘도 돼. 그러나 내 양심을 숨길 수는 없었어."

그 여자는 남아있는 커피를 마셨다.

"……?"

"내 양심을 숨길 수 없었던 것은… 이런 말을 해도 괜찮을 런지."

"괜찮습니다. 말씀하세요."

"저번에 선생의 아버지가 직업이 없어 놀고 있다고 했지."

"……."

"저번에 선생이 아직 집이 없어 남의 집에 살고 있다고 했지."

"……."

"미안해. 선생의 자존심을 건드렸다면 미안해. 날 어머니로 생각하고 편안히 들었으면 좋겠어. 선생의 그런 말을 들으며 선생이 집안을 책임지는 가장인 걸 알았어. 그러면서 외국 나가 공부하고 있는 선생 나이또래인 내 아들을 생각했어. 선생이 안타까워졌어. 선생이 안타까워지면서 돕고 싶었어. 그래서 남은 이익 중에서 삼분의 일을 선생에게 송금시킨 거야."

"……!"

성현은 어젯밤 어머니와의 일을 생각했다. 돈 때문에 근심 걱정으로 병원을 가지 않는 어머니를 생각했다.

"왜? 내가 선생의 자존심을 건드렸나?"

"아닙니다. 하룻만인데 매우 돈이 많아서 그럽니다."

"괜찮아. 괜찮아. 많은 것 아니야. 우리는 백만 원이나 남았는데 뭘. 맑은 물에 고기 안 논다는 말 있잖아. 사람이 너무 청렴하거나 깔끔, 결백해도 돈이 안 모인다는 말이야. 편안히 이야기할게. 막중한 책임을 지고 살아가는 선생이 딱해서 내가 어머니로서 돕고 싶을 뿐이야. 앞으로 선생의 어머니로서 도와줄게."

"감사합니다!"

성현은 진정으로 감사했다. 감히 청하던 바는 아니었으나 스스로 김 여사가 도와주겠다고 해서 감사했다.

"참, 며칠 뒤 아들이 국내에 볼일이 있어 들어 올 거야. 며칠 쉬다 가는데 그 때 아들이랑 우리 집에서 밥이나 한 번 먹자고."

"제가 시간이 없어서…."

"알아. 선생 시간 없는 것 알아. 수업 다 마친 밤늦은 시간부턴 선생이 자유로우니까 그 시간에 우리 집에 오면 되잖아."

"아닙니다. 그 시간은 너무 늦습니다. 늦은 시간에 여사님 댁을 방문한다는 건 큰 실례입니다."

"아니야. 우리 식구들은 야행성 기질이 있어 괜찮아. 우리는 그 시간에 야식을 즐겨먹어. 밤참을 안 먹으면 잠을 못잘 정도야. 밤에 활발해. 또 아들도 시차적응하려면 그 시간이 편할 거야."

"생각해 보겠습니다."

"선생에게 아들을 소개하려는 건, 아들은 어릴 적에 유학을 가서 국내엔 친구가 없어. 지금 아들은 박사 과정에 있는데 박사학위 받으면 귀국할 거야. 석사학위 받고 남편이 외국지사를 낸다니까 그 일을 조금 돕느라 몇 년 공부를 쉰 뒤 박사과정에 들어갔어. 선생과 우리 아들은 좋은 친구사이가 될 거야. 서른 살인 아들에겐 부모의 힘보다 친구의 힘이 더 소중 할 때도 있을 것 같아 선생을 아들에게 소개하려는 거야. 그 동안 선생을 지켜보니 아들 친구로서 손색이 없었어. 아들이 귀국하면 친구가 있어야 할 텐데. 국내 사정을 잘 몰라 친구 잘못 사귀면 어쩌나, 걱정했었어. 세상 어머니들은 자식이 좋은 친구와 사귀기를 원하고 있잖아. 난 아들 친구를 내가 직접 찾아보기로 했고 그래서 선생을 택했어. 그리고 무엇보다 내 아들과 친한 친구면 선생도 내 아들이나 같을 수 있잖아. 벌써 선생이 내 아들 같아서 도와주려는 거야!"

"정말 고맙습니다! 저를 그렇게까지 잘 봐주셔서 감사합니다. 실망시키지 않겠습니다."

성현은 벌떡 일어서서 인사까지 하며 감사함을 표하고 싶은걸 참았다.

"선생 쉬는 시간이 끝나가고 있어. 일어나지."

"네."

"이것 넣어둬! 부담 갖지 말고."

"알았습니다. 잘 받겠습니다. 감사합니다."

성현은 오십 만원이 든 봉투를 잡았다. 잡기는 했으나 다시 생각해 봐도 돈이 너무 많았고 김 여사에게 큰 신세지는 것만 같아 망설여졌다. 그 때 어머니가 떠올랐다. 돈 때문에 절뚝발이가 되어야겠다는 어머니의 피맺힌 말이 떠올라 봉투를 들었다. 찰나에 결정했다. 현재 자신은 호강스런 생각을 할 시점이 아니란 걸 찰나에 결정했다. 돈 없어서 절름발이가 되겠다는 어머니만 생각하라. 받을 수 있는 복을 멍청하게 놓치지 말자. 어머니의 눈물을 생각하자. 성현은 오십 만원이 든 봉투를 호주머니에 넣었다.

성현은 돈 봉투를 넣고 학원을 가려고 걸었다. 김 여사의 인간성에 탄복하고 있었다. 부족한 자신을 그토록 예쁘게 봐줘서 감사했다. 부족한 자신을 아들 친구로 인정해 그를 아들로까지 생각했다는 점에 무한한 감동을 받았다. 그의 판단이 옳았다. 김 여사를 진정한 부자, 참된 부자로 바라본 그의 판단이 옳았다. 김 여사를 만난 건 그의 인생에 행운이었다. 직원들 모두 퇴근한 빈 교직원실에 혼자 남은 성현은 편지지를 꺼내 펜을 잡았다. 어젯밤에 어머니의 충격적인 말들을 듣고 심한 자극을 받았으나 그걸 그 자리에서 어머니에게 말할 수는 없었다. 어머니의 말을 듣는 순간 그는 정신적 타격을 받았기 때문에 흥분했다. 흥분은 판단을 흐리게 만들어 혹시 어머니와 세찬 부딪침을 갖게 될까봐 그는 피했다. 그렇다고 그냥 넘길 수는 없었다. 어머니로부터 절뚝발이가 되고 싶다는 말을 듣고도 못 들은 척 넘길 수는 없었다. 어떤 결론을 내야 했다. 지난밤부터 상념에 잠겼던 걸 결론을 내어 어머니에게 말해야 했다. 직접 말하는 것보다 편지가 효과적일 수 있어 어머니에게 편지를 쓰기로 했다.

　어머니! 지면을 통해 어머니를 불러보는 건 참 오랜만입니다. 어제 어머니의 말씀을 듣고 지금까지 생각했습니다. 솔직히 처음엔 어머니를 원망하기도 했습니다만 이젠 이해하는 쪽으로 생각이 기울고 있습니다. 조그만 용기를 내어 어머니께 쓰는 편지이니 혹시 어머니를 불편하게 하는 점이 있더라도 용서해주십시오. 우리 처지에 흔들려 비관적이 되는 어머니를 염려해 함께 근심을 풀기 위해 펜을 들었습니다. 눌려 있었던 숨겨온 어머니의 생각을 제게 말씀해주셔서 고맙습니다. 그러나 어머니의 생각이 잘못되었다는 걸 하찮은 용기 내어 말씀드리겠습니다.
　어머니! 왜 그런 엄청난 생각을 하셨습니까. 어머니께서 그러지 않으셔도 전 힘듭니다. 어머니까지 왜 그러십니까. 어머니의 엄청난 말씀을 듣고 나니 숨이 막혔습니다. 가쁜 숨을 쉬며 공원 벤치에 앉아 밤하늘을 올려보았습니다. 근데 어젯밤의 밤하늘은 참으로 아름다웠습니다. 태어나서 그렇게 아름다운 밤하늘은 처음 보았습니다. 그런 밤하늘을 보면서 안정을 찾았습니다.
　어머니! 장애판정이란 게 쉽게 내려지지 않습니다. 국가에서 하는 일이 허술하지 않습니다. 근데 어머니께서 왜 장애판정을 받아야합니까. 어머니 말씀처럼 금전적 혜택을 받고 싶어 그러십니까. 감히 어머니의 뜻을 반박하겠습니다.
　어머니! 세상에 공짜는 없습니다. 어머니가 장애인이 되어 국가에서 혜택을 받게 되면 공짜라서 좋습니까. 어머니는 큰 오산을 했습니다. 공짜가 아니고 국가에 기록이 남습니다. 어머니, 저는 큰 희망이 있습니다. 큰 희망을 품고 세상을 향해 나아가려는데 제 어머니가 장애인이 되어 혜택을 받는다는 기록은 보고 싶지 않습니다. 물론 어머니가 천재지변이나 불의의 사고를 당해 장애인이 되었다면 어쩔 수 없습니다만 현재 어머니는 일부러 치료를 피하고 있잖습니까. 물론 어머니의 거룩한 뜻은 알고 있습니다. 자식들이 다리를 못 뻗고 자는데 어머니 다리는 편하라고 병원을 갈 수 없었다는 거룩한 어머니의 뜻은 잊지 않겠습니다.

어머니! 저는 교육자입니다. 세상이 맑지 않다고 비판하는 말들을 저도 듣고 있습니다. 아무리 세상이 그렇다 해도 교육자는 달라야 합니다. 사람들은 편한 지름길을 가려고 돈을 씁니다. 나아가서는 날아다니는 공중의 길을 가고 싶어 부정한 짓도 서슴지 않습니다. 그럼 비탈진 길, 좁고 험한 길은 누가 걸어야 합니까. 교육자가 길잡이 노릇을 해야 합니다. 세상이 흐리다고 교육자마저 흐리면 사회는 무너지기 쉽습니다. 어머니의 아들이 교육자인 걸 어째서 잊었습니까. 어머니답지 않은 생각을 하셨습니다.

어머니! 촛불아래 모여 있는 우리 가족. 추운 기운만 부딪치며 살고 있는 우리 가족. 그건 아픔입니다. 아픔의 원인이 지독한 가난이란 걸 깨달았기에 전 학교를 나와 강남의 유명학원에 인기 있는 영어 강사가 되었습니다. 그렇게 되기까지 나의 피나는 노력도 있었습니다만 부모님의 힘도 컸습니다. 저는 아버지를 보면 잠시도 나태해질 수 없었고 조금의 여유도 없었습니다. 어릴 적엔 항상 실수만 하는 아버지를 원망했으나 이제는 원망심을 불태웠습니다.

어머니! 간절히 바랍니다. 병원 가서서 다리 완쾌하기를 간절히 바랍니다. 어머니는 하나만 생각하셨습니다. 어머니가 다리를 절면 자식들의 가슴에 피멍이 드는 것은 왜 생각 안하셨습니까. 어머니 솔직히 말하겠습니다. 어젯밤 공원 벤치에 앉아 하염없이 울었습니다. 오늘은 안 울게 될 줄 알았으나 그렇지 않습니다. 상처가 아물기는커녕 진물진물 악화돼 가고 있습니다. 어머니가 무슨 까닭으로 절름발이가 되어야 합니까. 어머니가 절름발이가 되겠다면 저도 절름발이가 되겠습니다. 어머니는 한다면 하는 제 성격 아시죠. 저의 희망인 어머니가 절름거리고 다니면 제 인생이 제대로 되겠습니까. 제 인생도 절름거립니다.

어머니! 이젠 걱정 마십시오. 저와 성희는 자세한 계획을 세웠습니다만 어머니에겐 귀띔만 했고 자세한 말씀은 못 드렸습니다. 어머니에게 자세히 말씀 못 드린 건 아버지가 우리의 목적을 알게 될까봐 말씀 못 드렸습니다. 성희는 아르바이트해서 등록금을 모으고 있습니다. 다음 학기엔 복학 할 겁니다. 걱정 마십시오! 편히 다리 치료 받으러 다니십시오. 현재 저는 학원에서 수당제로 받고 있기 때문에 학생이 많이 몰려드는 수입 좋은 달은 몇 천 만원 수입도 생깁니다. 하루도 쉬는 날 없이 오직 우리 집을 사기 위해 열심히 뛰고 있는 아들을 생각해 다리 치료 받으십시오. 이런 아들이 절름발이가 되면 좋겠습니까. 어머니 부탁이 있습니다. 제가 우리 집을 살 때까지 아버지에게는 비밀로 해주십시오. 편지와 함께 동봉한 오십 만원으로 내일 꼭 병원 치료 받으십시오.

어머니! 사랑합니다! 이런 말은 쑥스러워 못했습니다. 어머니의 사랑이 있어서 제가 살 수 있었고, 어머니도 매한가지라고 생각됩니다.

어머니, 사랑합니다!

그날 밤 편지를 갖고 퇴근하는 성현에겐 햇볕에 말린 기운이 있었다. 양쪽 호주머니에 든 것들이 그의 기운을 솟구치게 했다. 한쪽 호주머니엔 어머니에게 쓴 편지. 한쪽 호주머니엔 김 여사로부터 받은 돈 오십 만원. 아직 어머니 말의 충격이 식지는 않았어도 견딜 만은 했다. 출발과 도착도 잘 맞춰했고 어머니에게 사연 있는 편지도 잘 주었다.

다음 날 점심을 먹고 잠깐 휴식을 취하려는데 문자가 왔다. 어머니였다.

아들아, 너 편지는 잘 읽었다. 무슨 말부터
해야 할지 모르겠다. 아무튼 울 아들 장하다.
장한 아들을 엄마가 괴롭혀서 미안하다.
슬픔에 빠져서 엄마는 하나만 생각했구나.
지금 병원 나가면서 문자 보낸다. 걱정마라.
엄마 오늘부터 다리 치료받아 완쾌할 테니 걱정 마라.
너가 절름발이가 되겠다는 그런 무시무시한 말은
하지마라. 너 다리가 그렇게 되면 엄마는
죽는다. 엄마가 모든 걸 참 많이 잘못 생각했구나.
아들아, 너는 나의 희망이고 나의 전부다.
너가 있어서 살 수 있고 이겨낼 수 있다.
고맙다 아들아. 사랑한다 아들아.

장문의 문자였다. 눈물이 핑! 얼른 엄지손가락과 가운뎃손가락으로 눈물길을 막았다. 주위 동료나 학생들이 눈물을 봐서 좋을 건 없었다. 선생들은 알쏭알쏭. 학생들은 지지배배. 말들을 만들어 낼 수도 있었다. 영어를 잘 가르치는 일도 중요하지만 형편이나 사정을 헤아려 사생활도 잘 처리해야 했다.

　며칠 뒤, 그 여자는 성현에게 연락하기 전에 정리를 해보았다. 아들은 구실이었다. 그 여자는 없는 아들을 산에 가서 땔나무 해오듯 쉽게 있다고 말해버렸다. 성현을 따로 만날 핑계거리가 없어 아들을 만들어 냈다. 자식 같은 성현을 자꾸 만나자 할 수도 없고 우연히 마주치는 짓도 더 이상 실행하면 수상함을 주겠고 그래서 아들이 만들어졌다. 자식 같은 성현을 자신의 집에까지 불러들일 필요는 없는데 아들 친구가 되어달라는 뜻에서는 성현을 집에 초대 할 수 있었다. 성현에게 아들 친구니까 아들과 같다는 표현을 해도 어색하지 않았다. 말일 망정 아들이라는 표현을 사용하다보면 실제로 아들인 느낌이 들 수도 있었다. 성현이 자신의 아들인 느낌만 갖게 되면 일은 일사천리였다. 음모는 일사천리로 이루어지기 쉬웠다. 안타깝게도 아들이 없기 때문에 그 여자는 또 다른 머리를 굴려 보람된 처리를 만들어야했다.

　남녀노소 곧 모든 사람이 돈에 민감했다. 돈 빌리려고 안달을 떠는 사람. 돈 안 빌려주려고 내빼는 사람. 돈 빌려 쓰라고 광고문자는 받지만 그런 광고엔 별 신경 안 썼다. 왜? 그런 광고한 곳에 돈 빌렸다간 억새줄기에 손 베이는 것처럼 뜻밖의 해를 입기 때문. 또한 복리이자라는 명목으로 솔개가 까치집 뺏듯 채무자를 괴롭혀 빼앗는 것을 여러 대중매체에서 보았기 때문. 그런 연유로 사람들은 자신들 주위 사람들에게 돈 빌리려고 애썼다. 채무자를 괴롭혀 빼앗는 곳에서는 오줌 누는 사이도 이자를 계산하지만 주위 사람들에게 돈을 빌리면 오줌 누는 사이 정도는 이자 계산 안하는 잇속이 있어서였다. 그

뿐 만인가. 주위 사람에게 돈을 빌리면 갚아달라는 말만 들으면 된다. 주위 사람에게 돈을 빌릴 경우, 돈을 빌리기 전에는 채무자가 다랑귀 뛰었다. 돈을 빌려주고 난 후엔 채권자가 다랑귀 뛰었다. 돈을 빌려주고 난 후에 채권자가 돈 갚아달라고 졸라본들 돈을 안 갚기 때문에 돈은 앉아서 빌려주고 서서 받는다는 말이 생겨났다. 그런 흉흉한 인심 때문에 돈을 빌릴 수 없었다. 돈 빌리는 일이 예전보다 훨씬 어려워졌다. 그 방면에 능수능란한 그 여자도 어려워졌다. 예전에는 돈 빌리고 재주껏 차용증서도 해주지 않는 경우도 많았으나 최근에는 그런 재주를 부릴 수 없었다. 긴장해야 했다. 성현은 쉽게 속일 수 있을 것으로 방심하다간 일을 망칠 수도 있었다. 소매 긴 김에 춤추다간 일을 망칠 수도 있었다. 그러므로 성현에게 투자란 단어를 써서 성현의 돈을 갈취할 작정을 했다.

그 여자는 성현에게 돈 빌려달라고 할 수도 없었다. 그토록 잘 사는 척 있는 척은 다했는데 돈 없다고 돈 빌려 달랄 수도 없고. 그래서 묘안을 짜낸 게 성현에게 투자를 권유할 작전을 세웠다. 투자로 성현을 끌어들이기 위해 오십 만원의 사건도 만들어졌고 아들도 만들어졌다. 없는 아들은 안 보여줘도 괜찮지만 집은 반드시 보여줘야 했다. 성현에게 자신의 집은 꼭 보여줘야 했다. 그런 의도로 계획된 고급스러운 집은 성현의 신뢰를 얻기에 충분했다.

성현에게 전화를 할까, 문자를 보낼까. 문자를 보내기로 했다.

성 선생이 어떤 상황인지 몰라 문자를 보냄.
편한 시간에 나에게 전화 해주길 바라며, 이만.

잠시 후 성현에게서 전화가 왔다.

"성 선생, 통화해도 괜찮아? 선생은 워낙 바쁜 사람이라 통화하기 망설여져."

"괜찮습니다. 말씀하세요."

"응. 다름 아니고 나중에 배드민턴장에 가면 말하려다가 미리 통화로 말하려고."

"무슨 말씀입니까?"

"내일 오후 선생 쉬는 시간에 우리 집에서 밥이나 먹자고. 선생이 그 시간에 참을 먹으니까 우리 집에서 참을 먹자. 난 항상 아침밥을 늦게 먹어서 그 시간에 점심밥을 먹어. 나랑 같이 내일 우리 집에서 밥이나 먹자."

"괜찮습니다."

정말 괜찮았다.

"왜?"

그 여자의 한 마디 물음은 이미 완료된 일을 아쉬워하게 만드는 힘이 있었다.

"…여사님께 신세를 많이 지는 것 같아서…."

"신세는 무슨. 그리고 저번에 말한 우리아들 말인데. 아들에게 갑자기 일이 생겨 입국 못하게 됐어. 아들은 못 오더라도 저번에 선생을 우리 집에 초대한다는 말을 꺼냈으니 한 번 초대도 하고 싶고, 그날 고기 집에서 선생을 아들로 생각하겠단 말을 한 때문인지 양아들로서 우리 집에 초대하고 싶어. 또 선생에게 할 얘기도 있고 해서, 선생 쉬는 시간에 보자는 거야. 아들이 오면 선생과 밤늦은 시간에 식사하면서 대화해도 편하지만 아들이 없으니 그냥 선생 오후 쉬는 시간에 잠깐 우리 집에서 보자는 거지. 선생에게 긴히 할 얘기도 있고 해서."

그 여자는 거절 당할까봐 성현에게 할 얘기가 있단 말을 두 번이나 했다.

"알겠습니다."

성현은 꼬리를 달지 않고 순순히 답했다.

"내일 오후에 차를 보낼게. 난 집에 있고 비서가 데리러 갈 거야."

"아닙니다. 아니에요. 그러실 필요까진 없습니다."

성현은 죄송함에 좌우로 흔들었다.

"아니야. 선생이 얼마나 바쁜 사람이냐고. 선생 쉬는 시간이 넉넉지 않으니 쓸데없이 왔다 갔다 하는 시간을 줄이려고 그래. 우리 집이 선생 학원과 멀지 않아서 다행이야. 나의 배려를 받아 줘."

김 여사의 말이 맞다. 자꾸 상대방의 호의를 무시하면 인정미가 결여된 것처럼 보일 수도 있어 승낙했다.

"감사합니다."

"오늘 공치러 올 거지."

"네."

"그럼 나중에 배드민턴장에서 보자구."

"네."

통화를 마치고 자리로 돌아온 성현은 옆 좌석의 권 선생 자리를 바라보았다. 권 선생은 책상 위에 교재를 펴놓고 자리에 없었다. 그 교재의 글귀 중 그의 시선을 사로잡는 글귀가 있었다. '견문이나 교제 범위가 좁으면 세상 물정에 어두워 자주 손해를 본다'란 글귀가 그를 일으켰다. 자신의 주위를 둘러보았다. 자칫, 세상물정에 어두워 손해를 볼 수도 있는 자신을 발견했다. 그런 면에서 김 여사를 만난 건 다행이었다.

다음날 오후, 그 여자는 성현의 휴식시간에 맞춰 차를 보냈다. 그 여자는 집에서 간단한 요리를 했다. 싱싱한 회를 주문했더니 좀 전에 배달해왔다. 회가 무난하게 생각되어 회로 결정했다. 다른 반찬은 손도 많이 가고 애먹은 만큼 모양새도 안 나고 점심과 저녁사이에 먹는 참으론 회가 적합했다. 강남구 청담동에 있는 고급빌라의 동네만으로도 그 여자는 부유함을 자랑할 수 있었다. 그 안의 실내도 더 없이 뛰어나게 꾸몄다. 실내를 장식한 가구들이 값비싼 것처럼 보이나 값비싸지 않았다. 중고시장에서 헐값으로 구입했다. 헐값으로 구입한 걸 다시 손질해 배색이 잘 맞게 자리 배치 잘해 진열해놓으니 비싸보였다. 그 여자에겐 그런 능력도 있었다. 그런 능력이 있기도 했지만 비싸 보이는 동네, 비싸 보이는 집, 그 안에 있는 가구들은 저절로 비싸보이게도 했다. 또한 그 여자는 어리석은 사람이 아니었다. 음모로 계획한 돈을 다 빼앗으면 집은 물론이고 모든 게 찢어질 건데 값비싼 새 물건을 사서 찢어버리는 어리석은 사람은 아니었다. 가짜로 걸어놓은 가족사진도 다시 깨끗이 닦았다. 뒤쓰레질까지 말끔히 끝내고 집안을 둘러보았다. 백점이었다. 백퍼센트로 성현의 마음을 굴복시키겠다.

이미 쉬운 일이 되어버렸다. 성현의 돈이 이미 한 번 그 여자에게 건너 온 적이 있고 그 대가로 성현은 두둑한 이자 맛을 보았으므로 이제 성현의 마음을 흔드는 건 쉬운 일이 돼버렸다. 두둑한 이자 맛을 본 사람은 쓰고 남은 돈을 빌려주는 것이 아니고 쓸 돈도 빌려주며 이자 받기를 원했다. 사람들은 갔다가 돌아오는 돈에 붙는 이자의 많고 적음에 왕배덕배 했고 이자를 떼먹는다고 왕배야덕배야 했다.

그 여자는 주과장과 사전모의를 했다. 성현을 집으로 데려다주고 주 과장은 잘 빠지게 되어 있었다. 성현의 인간상, 성격상으로 미루어 짐작하면 성현은 주과장과 같이 집에 들어오려 할 게 뻔했다. 예절바른 성현을 알기에 주 과장에게 말했고 대가리에 쉬슨 놈이 아닌 주 과장은 잘 처리할 것이다. 그 여자는 음모에 참여할 하수인도 잘 만나야 한다고 판단했다. 내뛰기는 주막집 강아지 같은 하수인, 무슨 일이 생기기만 하면 뛰어나와 참견하는 사람. 업혀가는 돼지 눈을 한 하수인, 잠 오는 듯 거슴츠레한 눈을 가진 사람을 하수인으로 두면 음모의 성공이 쉽지 않았다. 주 과장은 영악한 하수인이어서 그 여자는 안심했다.

인터폰이 울렸다. 화면에 성현의 얼굴이 비춰졌다. 통화버튼을 누르며 어서 오세요.란 말과 함께 문을 열어주었다. 성현의 손에 들린 화사한 꽃바구니가 간사함을 물리치고 있었다. 고운 꽃을 보니 마음이 고와지려고 했다. 지금은 마음을 곱게 먹으면 안 되는 시점이었다. 그 여자는 바삐 간사함을 불러 들였다.

"아유, 예뻐라. 선생 눈이 보통이 아니네. 어디서 이런 예쁜 꽃을 샀어요."

"뭘 사야 할지 몰랐습니다. 학원 가까운 곳에 있는 꽃집의 꽃이 예뻐 샀습니다."

"빈손으로 와도 되는데. 우리 집의 꽃들이 선생이 사온 꽃과는 비교할 수가 없구먼. 선생 꽃이 훨씬 아름다워!"

"과찬이십니다."

"봐. 보라고. 꽃바구니를 여기 놓으니 집이 확 살아나는구먼."

"집이 더 아름답습니다."

"원, 별소릴. 선생 휴식시간이 빡빡해서 빨리 준비해야겠구먼."

"빠르게 안하셔도 됩니다. 마침 선생 한 분이 내일 바쁜 일이 있다고 해서 제 오후 강의 한 시간을 대신해주기로 했고 전 내일 오후 휴식시간에 그 선생님 수업을 하면 됩니다. 아주 가끔 선생들에게 급한 일이 생기면 그런 방법을 합니다."

"어머, 다행이야. 다행이야. 천천히 놀다가. 갈 적에도 주 과장이 잘 데려다줄 거야."

성현이 바늘방석에 앉은 느낌이 안 들도록 그 여자는 신경 썼다. 몹시 친절해도 성현이 도리어 송구스러워 할 수 있으므로 질서 없이 함부로 말도 걸어보고 유머러스한 말도 했다. 광어회를 먹을 때는 회를 잘 먹는 사소한 방법까지 간섭하듯 말하곤 했다. 성현이 낯선 부잣집에서 가질 수 있는 서먹함을 풀어주기 위해서였다. 그러잖아도 성현은 그 여자를 어려워했는데 집마저 고급스러워 주눅들 수 있었다. 성현에게 바라는 건 믿음이었다. 성현이 고급스런 집을 보며 그 여자로 향해 확실한 믿음을 갖기를 원했다. 믿음이 있어야 성현이 열어 드러내 보일 테고, 그 여자가 투자하란 말에 솔깃할 수 있었다.

"잘 먹었습니다!"

성현은 정중히 감사함을 표했다.

"뭘. 차린 것도 없는걸. 커피 마실까."

그 여자는 커피를 타기 위해 일어섰다. 커피 향내가 무척 좋아 새물거리게 만들었다. 커피 냄새가 좋아 미소 지어보기는 성현은 처음이라고 생각했다. 성현 앞에 그 여자 앞에 각각 커피 잔이 놓여졌다. 뜨거운 김이 사리사리 가늘게 올라가며 이야기를 썼다. 그 여자는 커피를 마시며 신중한 이야기를 할 참이었다.

"성 선생, 단도직입적으로 말할게. 성 선생 투자할 의향 없어? 한 달에 천만 원 투자하면 매달 오십 만원의 이익이 생겨. 저번처럼 하룻만에 오십 만원 이익 생기는 그런 경우는 극히 드물어. 한 달에 오십 만원은 확실히 생겨. 저번 경우는 하룻만에 백오십 만원이나 생기니까 선생한테까지 빌리려고 야단이었잖아."

"……."

성현이 대답은 안했으나 은연중에 승낙의 뜻을 나타냈고 그 여자는 그 뜻을 감지했다.

"선생을 도와주려고 그러는 거야. 우리 남편이 하는 사업이 잘돼서 사업 확장을 했어. 근데 남편이 사업 확장해 일이 바빠지니 나에게 호텔 사업을 하라는 거야. 난 여태껏 집에서 살림만 해서 사업이 뭔 줄도 몰라. 그전에 선생에게 이런 말들은 했는데 혹시 그 때 선생이 예사로 들었을 수도 있어서 재차 말하는 거야. 재차 말하는 이유는 그 때는 선생이 그 무렵 내가 바빴던 사유만 알면 됐지만 지금은 선생이 돈을 투자할 수도 있는 상황. 즉 돈이 오가는 문제기에 선생이 내막을 알아야하므로 거듭 말하는 거야. 남편으로부터 호텔사업 권유를 듣고 생각해봤어. 자식들도 모두 외국 나가있고, 일 때문에 바쁜 남편은 늦게 들어오고, 때때로 쓸쓸하고 허전한 나 자신을 발견했어. 그래서 더 늙기 전에 나도 새로운 일에 한 번 도전해보자는 열정, 의욕, 각오 그런 것들이 마구 생기더라고. 실패를 두려워 할 필요도 없고 실패할 일도 없어. 남편이 뒤에서 든든히 보살펴주며 정신적, 물질적 지원을 아끼지 않기 때문에 조금도 걱정 안 해도 되겠다는 판단이 들었어. 서울에서 창원까지 오르내리느라 힘든 점은 있겠지. 호텔에 직원이 많아서 난 수시로 연락만 받으면 되니까 편하게 사업해 나갈 것 같아."

쉼 없이 말한 그 여자는 남은 커피를 마셨다.

"성 선생이 우리 사업에 투자를 했으면 좋겠어. 투자의 장점이 뭐냐면 이익을 분배한다는 거야. 말하자면 저번 경우처럼 천만 원을 투자해서 하룻만에 오십 만원의 이익이 생길 수도 있고 하룻만에 삼십만원의 이익이 생길 수도 있고 하룻만에 십만 원의 이익이 생길 수도 있어. 좀 전에 내가 말한 천만 원 투자 시 한 달에 오십 만원의 이익이 남는다고 한 건 가장 최소액을 말한 거야. 가장 최소액을 말해야 내가 실수를 안 할 수 있잖아. 내가 선생에게 하룻만에 오십 만원의 이익이 남는다고 했다가 한 달에 오십 만원의 이익을 받는 게 좋을까, 아니면 한 달에 오십 만원의 이익이 남는다고 했다가 하룻만에 오십 만원의 이익을 받는 게 좋을까. 난 후자 쪽을 말했어. 후자 쪽이 실수가 없는 거잖아. 난 사람이 신뢰성 없고 자꾸 실수하는 사람은 경멸해."

각자 앞에 몫몫이 놓여있던 커피, 물들이 다 비워졌다. 탁자 중간에 숯불을 담아 놓은 그릇이 있는 듯, 말하는 그 여자의 얼굴은 붉게 타올랐고 말을 듣는 성현의 얼굴도 붉어졌다. 탁자 중간에 놓여있는 아름다운 꽃들이 그 여자 말의 열기에 힘입어 나슬나슬해졌다.

"투자란 게 그런 거야. 우리에게 이익이 남으면 그 이익을 선생과 함께 나눠 갖겠다는 거야. 선생이 우리에게 투자 안 해도 괜찮아. 우리에게 투자하겠다는 사람은 많아. 다만 난 선생이 아들 같고 가정형편이 안타까워 도와주고 싶어 그러는 거야. 사람에게 좋은 기회는 자주 오지 않아. 선생이 잘 생각해서 결정하라고!"

순간 성현은 신심직행이란 사자성어가 떠올랐다. 옳다고 믿는 대로 곧장 행함이란 뜻을 받아들이기로 했다. 김 여사로 향한 옳은 믿음이 있으므로 곧장 행하기로 했다.

"투자하겠습니다! 도와주셔서 감사합니다."

"아니야. 난 아직 도와 준 것도 없잖아. 도움 주지 않았으니 감사 인사를 받을 수 없지. 선생을 도와준 다음에 감사 인사 받을게. 그리고 투자하는 문제는 오늘 결정 안 해도 되니까 깊이 생각한 후에 결정해!"

성현의 하루는 부대끼는 하루이고 늘 시간에 쫓기고 있어서 무슨 일이든 차후에 생각하기가 쉽지 않았다. 한 시간이 지나면 엉클어진 마디가 있었고 또 한 시간이 지나면 엉클어져서 처리하기 어려운 일이 있었고 또 한 시간이 지나면 여러 가지가 섞여 엉클어져 있었다. 그런 나날의 연속이었다. 대학입시생을 가르치는 직업은 편안히 자리에 앉지도 못하게 했고 어떤 곳에 자리 잡고 편히 서 있기도 힘든 경우가 있었다. 생활 중 유일한 낙은 이틀 만에 한 시간 남짓 배드민턴장에 가서 셔틀콕을 날리는 즐거움이었다. 그렇게 몸과 마음이 바쁘다보니 생각도 바빴다. 그래서 되도록 처리할 일은 그 때마다 처리했다. 김 여사를 믿었다. 믿으랴 불신하랴 눈 코 뜰 새 없이 생각하는 일도 바람직하지 못한 처사 같았다. 성현은 이미 김 여사를 진정한 부자로 칭송했고, 또 오십 만원의 도움도 받았는데 무얼 주저하냐며 자신을 힐책했다. 무엇보다 김 여사는 자신을 도와주려고 다른 일을 제쳐두고 이런 자리를 마련했다잖는가. 학생들에게 가르칠 때 긍정적 사고를 가지라고 했다. 즉 사람과 세상을 향한 믿음을 가지란 의미도 있다. 그래, 김 여사를 믿기로 하자!

"제가 며칠 뒤부터 당분간 특강이 있어 몹시 바쁩니다. 오늘 결정하겠습니다! 제가 어떻게 투자하면 됩니까?"

"그럴래. 따로 투자방식은 없고 저번처럼 돈을 송금하면 매달 이익을 내가 선생 통장으로 입금해 줄게. 선생이 투자금을 송금하면 내가 투자계약서를 작성해 줄게. 이익은 매달 다를 수 있어."

"알았습니다. 근데 투자금은 언제 반환해 줍니까?"

"선생이 필요할 때 언제든 말해 즉시 송금해줄 테니까. 계약서에다 그런 부분도 기재해야지."

"알았습니다. 제가 언제 투자금을 송금해 줄까요?"

"언제든지 괜찮아. 선생 편한 시간에 아무 때나 송금해 주면 돼."

성현에게도 속궁리가 생겨났다. 어차피 투자하려면 하루라도 빠르면 그만큼 이익도 빨리 생길 것이란 궁리가 생겨났다.

"투자금은 얼마입니까?"

"그것도 선생 편한 대로 해."

"금액이 적고 많고 상관없습니까?"

"그렇지."

"그럼. 내일 이천만원을 송금하겠습니다."

"알았어. 편한 대로 해. 날 엄마로 생각하고 편하게 해."

"알았습니다. 감사합니다."

"참, 성 선생. 나 얼마동안 배드민턴장에 못 갈 수 있어. 남편 사업 확장 하느라 바쁘지. 난 창원에 내려갈 일이 꽤 있을 것 같고. 아무튼 바빠서 얼마간 공치러 못 가겠어."

"네. 저도 특강이 있어 바빠져 당분간 공치러 못 갑니다."

"그래도 우리 수시로 연락하자고!"

"네."

"선생은 한 달 내내 쉬는 날이 없다고 그랬지."

"네."

"아유. 내가 좋은 곳 여행을 시켜주려 했는데. 우리 남편과 나, 그리고 선생. 세 명이 창원에 있는 우리 호텔에서도 쉬고, 충남 아산에 있는 우리 별장에서도 쉬면서 두루두루 근처에 여행을 해보고 싶건만. 성 선생 여름휴가는 있을 거잖아. 여름휴가 때 놀러 가면 되겠네."

"두 달쯤 뒤에 이박 삼일가량 여름휴가가 있습니다."

"그럼, 그 때 우리랑 놀러가자고. 우리 아들이 그 때 나올 수 있을런지 모르겠네. 아들이 못 나와도 우리끼리 놀러 가자고."

"생각해보겠습니다."

"성 선생, 실례의 말인지 모르겠으나 사귀는 여성 있어? 사귀는 아가씨 있으면 여름휴가 때 같이 놀러 가면 되잖아. 우린 부부고 선생은 커플이고 딱 좋구먼."

"아직 사귀는 여성 없습니다."

"왜? 어째서? 능력 있고 잘 생긴 선생이 사귀는 아가씨가 없다니!"

"그 동안 여유가 없었습니다. 현재는 시간도 없습니다."

"피 끓는 청년이 여유가 없다고 아가씨를 안 사귈 수 있어?"

"저는 그렇습니다. 여유가 없으니까 매사에 여유가 없었습니다."

"앞으론 그렇게 살지 마. 이젠 앞으로 여유로워질 테니 그렇게 살지 마."

"알았습니다."

"아직 두 달이나 남았는데 그 사이 누구에게 소개팅 받을 여성은 없어?"

"지금은 시간이 없습니다. 아침 일찍 집을 나와 밤늦게 집에 들어가는데다 한 달 내내 쉬는 날이 없다보니."

"그럼, 할 수 없지. 우리 셋이서 여름휴가 때 짧은 여행이나 하자고."

"생각해보겠습니다."

성현이 학원으로 돌아갔다. 성현이 투자하겠단다. 그건 그 여자의 승리였다. 기쁨에 그 여자는 벌렁 방바닥에 누워버렸다. 목소리 높여 큰 소리로 웃게 될 줄 알았다. 기뻐서 크게 노래 부를 줄 알았다. 아닌 밤중에 찰시루떡, 뜻밖에 만나는 횡재에 즐거워 찰시루떡을 해먹게 될 줄 알았다. 하지만 아니었다. 마음에 나머지가 남았다. 그 나머지 마음을 양심이라고 하는 건가. 그 여자의 두 마음이 논쟁을 했다. 양심과 비양심. 양편의 주장이 다 이유가 있어 시비를 가리기 어려웠다. 비양심을 택했다. 그 여자가 비양심을 택함은 당연한 일. 파산이란 엄청 큰일을 도모하기 위해 여기까지 왔는데 성현의 참된 인간성 고운 심성에 흔들린다는 건 그 여자답지 않았다.

학원으로 돌아온 성현은 묵묵히 생각에 잠겼다. 묵묵한 생각 안에는 여러 생각이 있었다. 그 중에는 김 여사의 집을 본 소감도 있었다. 사람으로 태어났으면 그런 멋진 집에도 살아봐야 하건만. 비관할 필요는 없었다. 현재 그는 많은 수입이 있으므로 계속해서 이 정도의 수입만 유지된다면 불가능하진 않았다. 김 여사의 넓고 큰 집안에는 화려함이 있었다. 응접실, 여러 개의 방, 방마다 화장실이 있으며 부엌, 식당 등에서는 찬란한 빛조차 흔들렸다. 실내가 넓고 막힘이 없었다. 고급스런 가구들, 아름다운 장식품들이 엮어 잘 배치된 집안에

선 환한 빛만 있었다. 김 여사의 인간적 느낌과 집안 느낌이 같았다. 영광이었다. 성현으로선 그런 집에 초대됐다는 게 영광이었다. 거기다가 사업에 함께 참여해 그 이익금마저 배분해주겠다는 김 여사의 말에서 무궁무진 감사함을 가졌다. 김 여사의 집안에 있는 내내 김 여사로 향해 무궁무진, 무진무궁 고마움을 느끼며 즐거웠다. 수업을 시작하는 벨이 울렸다. 또 다른 일과 생각을 해야 했다. 김 여사의 집과 생각은 놓아버리고 교실로 향해 걸었다. 창밖으로 날이 저물 무렵의 구름이 보였다.

다음 날, 그 여자는 성현이 이천만원을 입금시킨 걸 확인했다. 이제 성현은 그 여자의 덫에 걸렸다. 지금부터는 덫에 치인 성현을 조종만 잘하면 된다.

성현에게 문자를 보내려고 휴대폰을 집어 들었다.

좀 전에 입금 확인했어.
선생 편한 시간에 전화해 줘.

그래도 아직 성현에 대해 안심해선 안 된다고 다짐했다. 성현이 투자한 일에 안심을 갖도록 해야 하며 얼버무리며 처리해 불안함을 갖도록 하면 되지 않았다. 경험을 통해 살아본 세상일은 여우 피해서 호랑이 만나는 경우도 많았기 때문. 갈수록 더욱 힘든 일을 당하는 경우가 있는 게 세상일이니 그 여자가 성현에게 가졌던 목표액이 입금되기 전까지는 조심조심 처리해야 했다. 성현에게 사업 핑계를 대며 얼마간은 배드민턴장에 안 나간다고 했으나 사실은 배드민턴장을 갈 필요가 없었다. 어째서? 이제 성현은 그 여자가 던진 덫에 걸려들었으니까.

한 시간 뒤 성현에게서 전화가 왔다.

"성 선생, 돈 잘 받았어. 유용하게 사용해 많은 이익 남길게."

"알겠습니다."

"많은 이익 남아야 선생에게도 많은 돈을 송금시킬 수 있잖아."

"감사합니다."

"그리고 이익금은 매달 두 번 계산해서 송금해 줄게."

"⋯⋯?"

"무슨 말이냐면, 내가 천만 원 투자하면 한 달 분 이익금을 오십 만 원 가량 준다고 했잖아. 오십 만원을 최소의 금액이라고도 했지. 그 오십 만원을 매달 두 번을 나눠 선생에게 송금해 줄게. 매달 십오일 과 말일 날 두 번을 나눠 송금해 줄게."

"알겠습니다."

"그리고 계약서는 내가 창원 다녀와서 작성하자고. 통장에 금액이 찍히고 내 이름이 찍히니까 걱정 마. 통장에 돈이 오고 간 게 확실히 찍혔으니 괜찮아. 그래도 계약서는 작성해야지. 그 사이, 계약서 받는 사이 선생이 걱정할까봐 말하는 거야."

"걱정하지 않습니다. 천천히 하십시오."

"그럼. 창원 다녀와서 연락할게."

"네, 잘 다녀오십시오."

평화로이 통화는 끊어졌다.

매달 이익금을 한 번 송금해도 상관없으나 두 번 송금하겠다고 한 건 그 여자에게 뜻이 있어서였다. 관계있는 사람들끼리는 자주 봐야 했다. 눈에서 멀어지면 마음에서도 멀어진다는 말은 연인들이 만들어냈고 눈에서 멀어지면 돈이 잘 입금되지 않는다는 말은 그 여자가 만들어 냈다. 한 달에 한 번 입금된 걸 확인하는 것보다 두 번 입금된 걸 확인함이 신뢰도 더 쌓을 수 있고 똑같은 금액임에도 더 많이 받는 효과를 가질 수 있는 점도 그 여자가 만들어 냈다. 자주 보아야 관계가 순조롭다는 뜻일 수도 있었다. 돈을 빌려준 채권자는 채무자를 자주 봐야 안심이었다.

성현과 이틀마다 배드민턴장에서 보는 것과 안 보는 것의 차이는 있었다. 성현은 양반이었다. 양반은 물에 빠져도 개헤엄은 안 한단다. 양반은 얼어 죽어도 짚불은 안 쬔단다. 그 양반은 임금님시절의 양반이고 대통령시절의 양반은 달랐다. 시대가 변했으니 변화한 건 당연한 일. 요즘 양반은 돈에 관심 많았다. 성현은 요즘 사람이었다. 그러므로 성현도 돈에 관심이 많았다. 돈 벌어 집을 사야 하기 때문에 아침부터 밤늦게까지 쉬는 날도 없이 일한다는 게 그걸 입증했다.

성현과 이틀마다 볼 때는 한 달에 한 번 송금해도 괜찮지만 그럴 수 없으면 한 달에 두 번 송금해줘야 성현이 안심을 했다. 그 여자는 집을 그런 의미에서도 보여줬다. 성현에게 집을 보여준 데는 두 가지 뜻이 있었다. 첫 번째는 자신이 부자란 걸 보여주기 위해서였다. 부자라야 성현이 안심하고 투자할 수 있으니까. 두 번째는 앞으론 이틀마다 배드민턴장에서 볼 수 없으니 자신의 집을 알아놔야 성현이 불안감에 젖지 않을 수 있었다. 벙어리 속은 그 어미도 모른다잖는가. 자신이 어떻게 성현의 속을 알겠는가.

오월은 가정의 달이라고 신났다. 세상은 가정이란 단어를 수없이 되뇌며 야단이었다. 가루를 더 보드랍게 하려고 가는 체에 거듭 치듯 가정이란 곳이 보드라운 안식처임을 강조하기 위해 피아노를 치고 동그라미를 치고 현수막을 쳤다. 사람이면 살기를 도모했다. 거꾸로 생겨나는 생명은 없었다. 남녀가 만나 자식을 낳고 한 가정을 이루는 세상 이치를 모두 따를 수 있으면 좋으련만. 인생살이에서 힘든 건 부부의 인연을 평생 유지해나가는 일. 몹시 힘들 때면 쉴 수도 있고 인연을 끊을 수도 있었다. 기차가 달릴 때 내는 소리인 부—부 기적소리를 내며 잘 다녔으면 하는 바람이었다. 바람이란 소망과 같은 뜻으로 소망을 품는다는 건 현실이 그렇지 못해서란 의미도 있었다. 현실은 가정이 깨지고 있으니 가정을 살리자는 의미로 가정의 달 오월을 경축하자는 의도. 물 위에 떠 있는 얼음덩어리를 떠내는 사람도 있고 얼음덩어리가 녹아 물에 합류하기를 기다리는 사람도 있었다. 천차만별인 인생이지만 삶의 애환은 비슷했다. 기쁨은 계속 누리고 싶고 슬픔은 없애고 싶은 게 사람 마음.

세상이 계산에 밝아져서 하루아침에 부자가 되던 사람들은 없어졌다. 부자가 가난해지기 힘들고 가난한 사람이 부자 되기 힘들다. 남다른 재주, 남다른 노력을 하는 남다른 사람은 그런 일도 극복할 수 있으렸다.

두 달 남짓 시간이 흘렀다. 그 사이 그 여자는 성현에게 한 달에 두 번씩 이익금을 송금했다. 그 여자는 계약서 작성은 하지 않았다. 바쁘다는 핑계를 대며 계약서 작성을 미뤘다. 계약서는 곧 법인데 성현이 글자를 모르는 것도 아니고 틀린 계약서를 제시할 수도 없었다. 하여튼 투자에 관한 계약서 작성은 안할 작정이었다. 다행히 성현은 계약서엔 별 관심이 없었고 그 여자도 계약서 운운은 되도록 피하고 있었다. 계략을 꾸미는 건 그 여자였고 계략에 빠지는 건 성현이었다. 무슨 일이든 해본 사람이 안 해본 사람보다는 나았고 자주해본 사람은 훨씬 나았다. 그 여자는 계략 꾸미는 일을 자주 해보았기 때문에 멋모르는 성현은 팀벙팀벙 빠져들고 있었다.

완연한 여름이 왔다. 사람들은 붉은 노을빛을 좋아했다. 해질녘 붉은 하늘을 보며 좋아서 감탄하기도 했다. 그러나 뜨거운 열기를 내뿜는 여름 하늘에 떠있는 붉은 해는 피하고만 싶어 했다. 뜨거운 햇빛을 피하려고 양산을 들었고 창 넓은 모자를 썼으며 그늘을 찾았다. 불볕더위가 맹위를 떨쳤다. 스트레스 쌓인 사람들은 찌든 일상에서도 가슴속에서 불덩어리가 치솟는데 날씨조차 불더위의 연속이니 눈살, 이맛살을 찡그리고 다녔다. 쨍쨍 내리쬐는 뙤약볕 아래서 사람들은 쨍그린 인상을 하여 덥다, 덥다란 말을 연발하고 다녔다.

며칠 전부터 그 여자는 성현과 자주 통화를 했다. 성현이 이박삼일의 여름방학을 앞두고 있어서 였다. 호텔과 별장을 보여주기 위해 그 여자는 성현의 여름방학을 단단히 벼르고 있었다. 평상시 성현은 도저히 시간이 없어서 여름방학을 이용해 보여주려 했다. 보다. 보지 않다.의 차이가 있기 때문에 성현에게 보여주려고 애썼다, 호텔과 별장을.

돈거래는 무서운 거래였다. 마음이 공손해 고분고분하던 성현도 이익금이 적어지면 마음이 고부라져 고붓고붓 할 수도 있었다. 돈거래를 하다보면 한 편으로는 기준에 넘치고 다른 한 편으로는 미치지 못할 경우가 있었다. 미치지 못할 경우 채무자의 재산 상태가 많으면 뿌리치지 않았다.

휴대폰이 울렸다. 성현이었다.

"어, 왜?"

성현의 전화는 항상 반갑게 받았다.

"깊이 생각해봤습니다만 암만해도 여사님과 사장님 두 분이 가는 여행에 제가 끼이면 안 될 것 같습니다."

성현이 고민했다는 게 느껴지는 말투였다.

"괜찮아. 괜찮다고 몇 번이나 말했잖아. 우리 내외끼리 여행하기 적적한데 선생을 아들삼아 좋다고 우리 남편이 말했어. 작년 이맘땐 아들, 딸이 입국해서 함께 보냈는데 올해는 둘 다 중요한 일이 생겨 못 나온다는군. 그래서 우리 부부끼리 여행하기가 외로워서 그래. 그러니까 이번 여름휴가엔 선생이 우리랑 함께 가자고. 선생이 여름방학동안 별다른 스케줄이 없다고 했잖아."

"네."

"그럼 우리랑 같이 가."

"…네."

성현이 가늘게 답했다.

"지금부터는 두 말 하기 없기다."

"……."

"또 갑자기 왜 말이 없으실까?"

"아닙니다. 두 말 하지 않겠습니다. 제가 낯선 걸 꺼려하기에 망설였습니다만 결정했습니다. 여사님을 따라 가겠습니다."

성현이 씩씩하게 말했다.

"그래. 젊은 청년이 그렇게 결단력 있게 하니 얼마나 좋아."

"여사님께 신세만 졌습니다. 저도 이번 여행에 뭘 준비해서 여사님의 고마움에 보답하고 싶습니다."

"괜찮아. 괜찮아. 내가 다 준비할 테니 간편한 옷차림만 하고 오면 돼. 그럼 전날 전화하자고."

"네, 알았습니다."

여름이 활짝 피었다. 여름휴가 떠나는 사람들로 김포공항은 시끌시끌했다. 성현은 여름휴가차 부부여행 가는 사이에 낀 자신이 염치가 없이 막된 사람으로 김 여사의 남편께 비춰지면 어쩔까, 염려되었다. 두 부부 사이에 낀 자신이 꼭 홍일점, 청일점처럼 느껴졌다.

"자, 음료수 마셔."

"네."

"좀 전에 남편에게서 전화가 왔는데 우리 마중 나오려고 벌써 김해공항을 향해 출발했대."

"네."

"부끄러워 말어. 선생 얼굴에 나 부끄러워요, 하고 쓰여 있어."

성현은 대답 대신 미소를 지었다.

"성 선생, 해운대 해수욕장 가봤어?"

"아니요. 아직."

사느라고 바빠서 아직 부산 해운대 해수욕장 한 번을 못 가봤다는 소리는 청년인 성현이가 할 말은 아닌 듯 해서 긴 말은 생략했다.

"시간됐어. 일어나자."

"네."

비행기가 이륙했다. 높이 오르는 기분은 즐거웠다. 비행기가 맑게 갠 하늘로 옮겨왔다. 좌석에 단정히 앉아 창밖을 보고 있으려니 야무진 기운이 차올랐다. 맑게 갠 하늘이 반기는 것만 같아 감사하다고 회답했다. 감사했다. 하늘과 땅에도 감사했고 특히 이런 즐거움을 맛보게 해주는 김 여사에게 감사했다. 땅이 심하게 더워서 열기를 내

뿜는 하늘 가까이 오면 태양 옆에 괄게 타오르는 불이 있을 줄 알았
다. 그렇지 않았다. 성현이 앉은 창문 곁으로 구름이 하얗게 깔려 있
었다. 그는 별안간 구름을 낚싯대로 낚고 싶어졌다. 땅을 내려다보았
다. 산이나 바위가 우뚝우뚝 솟은 모양이 보였다. 비탈에 층층이 사
닥다리 모양으로 일군 다랑이 논도 보였다. 잘 자라지 못하는 쓸모없
는 소나무들도 멀리서 보니 수풀을 이뤄 멋지게 보였다 하늘은 멀리
서 보아도 아름다웠고 가까이서 보아도 아름다웠다. 좋고 좋고 좋았
다.

비행기가 착륙했다. 금방이라고 생각했건만, 어느새 비행기가 공
항에 착륙한단다. 좋은걸 보고 있으면 시간은 후다닥 지나가는지 금
방 내리려니 아쉬웠다. 스튜어디스의 지시에 따라 공항 측의 지시에
따라 승객들은 질서 정연히 행동했다. 질서 정연하게 줄 선 사이로
슬몃슬몃 새치기 하는 이도 없었고 공항 검색대에서 살몃살몃 속이
는 이도 없었다.

"여기예요. 여기!"

그 여자가 한 남자를 향해 손 흔들었다. 그 남자는 그 여자를 향해
걸어오고 있었다. 풍채가 좋은 그 남자는 정장을 입고 있었다. 그 남
자가 그 여자 앞에 섰다.

"많이 기다렸어요?"

"아니, 나도 막 오는 길이야. 차가 막혀서 막 왔어."

"인사하세요. 내가 말하던 착한 청년. 성 선생, 인사해. 우리 남편
이야."

"말씀 많이 들었어요. 이렇게 만나게 되어 반갑군요."

그 남자가 성현을 마주해 서며 오른손을 내밀었다.

"네, 저도 반갑습니다. 성성현입니다."

성현은 청하는 악수를 받았다.

"내 아내가 말한 것처럼 참 맑고 반듯해 보이군요. 이름도 특이하고."

그 남자가 너그러운 미소를 지으며 말했다.

"감사합니다."

성현은 정중히 고개 숙여 인사했다.

"당신은 이 더운데 정장은 왜 입었어요. 편한 옷 입고 오시지."

그 여자가 그 남자를 향해 더운 타령을 했다.

"무슨 소리. 당신이 오늘 귀한 손님과 함께 온다고 해서 입었어야. 귀한 대접은 옷부터 시작해야지."

"부끄러움 많은 성 선생 더 부끄러워지겠고 부담되겠네."

그 여자가 성현 곁으로 오며 부담 갖지 말라는 투로 말했다.

"아닙니다. 괜찮습니다."

"남편의 사업체는 서울에 본사가 있고 부산에 지사가 있어. 요즘 전국에 지사 내는 일로 바쁘고 부산지사 확장하느라 바빠서 남편은 부산에 잘 있곤 해. 최근에 나는 창원에 잘 있고."

그 여자는 성현 곁을 맴돌며 말했다.

"네, 그렇습니까."

"여보, 당신 명함주세요."

그 여자가 그 남자를 향해 성현에게 명함주기를 요구했다.

"그럴까. 난 식당가서 주려고 그랬지."

명함을 꺼내 성현에게 내밀었다.

"급한 일 있거나 도움 청할 일 있으면 전화주세요. 내 아내가 아들처럼 생각하라고 하더니 진짜 아들 같은 느낌이 들군요. 아들같이 생각해서 도울 일 있으면 기꺼이 도와줄게요."

호남형의 그 남자는 호탕하게 말했다.

"정말 감사합니다. 말씀 낮추십시오."

성현이 명함을 받으며 밝게 말했다.

"그래요. 말씀 낮춰요. 아들 같다면서 말을 그렇게 하니 어색해요."

중간에서 그 여자가 중개역할을 했다.

"그럴까."

호탕하던 그 남자도 그 부분에선 어색한지 말없이 걸었다. 공항 주차장을 가기 위해 걸었다. 주차장에는 차와 기사가 기다리고 있었다.

"우선 식당부터 가지. 밥부터 먹고 움직이지."

"사장님, 남포동의 식당 예약 확인했습니다."

기사가 그 남자를 향해 예의바른 결과보고를 했다. 차가 달렸다. 차창 밖의 경치가 미끄러지듯 지나쳐 갔다. 휴가철이라 사람들이 야외로 다 빠져나갔는지 텅텅 빈 버스가 지나쳤다. 모시옷을 입고 쥘부채를 든 할머니가 횡단보도를 건너고 있었다.

그 여자는 부산 시내를 구경하느라 머리를 이리저리 돌렸다.

"성 선생, 부산과 창원은 가까워. 우리 부산서 놀다가 창원 가서 자면 돼. 선생 휴식기간도 짧은데 괜히 돌아다니면 차 막혀서 고생만 해. 밥 먹고 해운대 구경하고 창원가자고. 서울 사람은 한 번쯤 해운대 보고 싶어 하잖아."

"네."

"나도 성현씨를 성 선생이라 부르면 될까?"

그 남자가 성현에게 호칭을 물어왔다.

"네, 그렇게 하십시오."

늦은 점심 식사를 마치고 부산시내로 향했다. 부산엔 해운대 해수욕장, 광안리 해수욕장, 송도 해수욕장등이 있어서 여름휴가철엔 타지에서 온 사람이 많았다. 그들은 사람들로 미어터지는 해수욕장으로 향하지 않았다. 그들은 해수욕을 즐기려 하진 않았다. 부산에 온 김에 부산의 여름철 상징인 해운대 해수욕장을 구경하고 싶을 뿐이었다. 사람 구경도 구경이었다. 서울에 삼성 테헤란로가 있다면 부산엔 광복동이 있었다. 부산의 번화가나 서울의 번화가나 비슷했다. 빌딩이 있고 도로가 있고 사람이 있었다. 빌딩 안에는 앉은 일, 서서 일하는 사람이 있고, 차도에는 사람을 나르는 차가 있고, 인도에는 희로애락과 함께 살아가는 사람이 있었다. 세상은 사람이 주인공이니 곧 내가 주인공. 차는 부산 남포동을 지나 광복동을 지나 초량동을 지났다.

"부산시내도 대충 봤으니 해운대로 가자고."

그 남자의 지시에 차는 방향을 돌렸다.

"가을의 해운대 바닷가가 아름답지. 지금은 해수욕장에 사람 구경 가는 거잖아요. 변변치 못한 것을 더 차지하려고 동냥자루를 찢어가며 다투는 사람들, 백지장도 맞들면 낫다고 동냥자루도 마주 벌려 들어가려는 사람들도 여름휴가 땐 쉬어야지. 그러잖아요, 여보."

그 여자가 그 남자에게 말했다.

"그렇지. 근데 골치 아픈 하룻망아지 거래처 말인데, 하룻망아지 서울 다녀오듯 아무것도 모르면서 우리 일에 끼어들곤 해서 신경 쓰여야."

그 남자가 그 여자에게 말했다.

"하룻망아지 거래처라면 우리가 돈을 받아야 되잖아요. 돈은 잘 받고 있나요?"

"돈 못 받았지. 없는 손자 환갑 닥치겠어. 너무 오래 기다려 참을 수 없어야."

"돈 달라고 독촉하세요."

"알았어. 자, 자. 이렇게 좋은 날 그런 얘기 그만하지. 성 선생 따분해 하겠어야. 곰팡슨 소리 그만하지."

"그래요. 그만해요. 여름바다나 보러가요."

그 여자는 그 남자를, 그 남자는 그 여자를 서로 사랑하듯 대화했고 대화하며 사랑했다.

찬란한 바다 앞에 섰다. 넘치는 인파로 해서 바다는 찬란했고 인파를 헤치고 나아가야 바닷물에 발 담글 수 있겠다. 인파를 헤치고 나갈 자신이 없는 그들은 바다를 볼 수 있는 곳을 골라 섰다. 볼꼴 사나운 모양새도 모래사장 위에서는 볼꼴 좋다로 바뀌었다. 벌거벗고 동네방네 떠벌리고 다니는데도 밉지 않았다. 신기했다. 모래벌판 위의 사람들은 벗은 때문인지 생각나는 대로 아무렇게나 함부로 말하고 행동하는 것처럼 보였다. 온갖 사람들이 가지가지 형태로 해 있었다. 얼굴에 가득 차 있는 기쁜 빛들은 가슴 속에 차 있는 시름을 잊자는 뜻으로 해석해도 괜찮을까. 수많은 사람이 있었다. 서울내기도 있고 부산내기도 있고 시골내기도 있었다. 많은 사람의 눈이 바라보는 건 바닷물이었다. 벌거벗었음에도 불구하고 백사장 위의 사람들은 부족함 없이 넉넉해 보였다. 바다와 모래에서 나는 자연속의 소리는 없었다. 사람소리 물소리만 있었다.

"과연 장관이구먼!"

그 남자가 말했다.

"사람들이 장관이에요. 난 수많은 사람이 모이면 이렇게 장관을 이루는 줄 몰랐어요. 아마도 바다가 있고 모래사장이 있고 파라솔이 있고 벗은 몸매에 예쁜 수영복들이 모여 볼만한 광경을 만들어서겠죠. 그렇지 성 선생?"

그 여자가 말했다.

"네, 바다가 사람들에게 묻혀 버렸습니다."

성현이 말했다.

해운대를 뒤로 하고 차는 창원을 향해 달렸다. 왁자지껄 뒤떠들던 바닷가의 사람소리들이 아직까지 들리는 듯 했다. 차가 고속도로에 접어들 무렵 그 소리는 멈췄다. 사방팔방 툭 트인 고속도로는 셈하는 마음을 생기지 않게 해 좋았다. 오늘도 학생들에게 최선을 다해 가르쳐야겠다는 셈. 오늘도 최선을 다해 남의 돈을 갈취해야겠다는 셈. 그런 셈들을 시원한 고속도로 위에서 달리는 차안에서 잊었다.

"선생은 창원공단에 가보았는가?"

그 남자가 성현을 향해 선웃음 치며 물었다.

"아뇨. 가보지 못했습니다."

"창원공단에 들렀다 가지. 이런 여름날에 지나가면 딱 좋아. 사방이 도로가 툭 터여 있어 시원해. 창원에 왔으면 창원공단도 한 번 둘러 봐야지. 창원은 공단 뿐 아니라 도로가 막힘없이 시원하게 뚫렸어. 공원도 많고, 사람 살기엔 최적의 입지 조건을 갖추고 있지. 난 복잡한 서울, 부산에 있다가 가끔 창원의 호텔에 올 때마다 시원함을 받고 간다야. 초록나무가 있는 공원에 앉아 있으면 순수해지기도 하더군. 그래서 창원은 업무차 들르기 보다는 휴식하러 오는 경우가 많

아. 업무는 내 아내가 알아서 잘 하니까 난 호텔 일은 신경 안 써야. 성 선생의 황금 같은 휴가를 이렇게 초라하게 보내도 괜찮을 런지."

"아닙니다. 아닙니다. 아주 만족합니다."

"만족한다니 다행이구먼."

"오히려 제가 두 분 여행을 방해 하는 것 같습니다."

"무슨 말씀을. 아니야. 그건 아니니까 걱정 말라고."

사각팔방 트인 창원 공단을 벗어나 창원시내로 들어와 저녁식사를 마쳤다. 식사 시 받아 마신 맥주에 의해 성현은 잠 세계에 들어가고 싶어졌다.

식당을 나서며 그 남자가 말했다.

"나이트클럽에 갈까. 선생은 젊어서 그런 곳에 가는 걸 좋아할 거잖아야."

"아닙니다. 전 그런 곳에 가는 걸 좋아하지 않습니다."

"여보, 성 선생이 졸음이 오나 봐요."

"그래도 어째 그냥 자러 들어가려니 섭섭하다야."

"여보, 우리 호텔에 가서 차나 마셔요."

"그럼, 그럴까. 성 선생 괜찮겠어?"

"네…네, 괜찮습니다."

잠이 오는 성현은, 매일 잠이 모자라 항상 잠을 그리워했던 성현은 이런 날 실컷 자고 싶었다.

호텔 안으로 들어섰다.

"사장님, 어서 오십시오. 어서 오세요. 사장님."

데스크에 서 있던 직원들을 비롯하여 여기저기서 직원들이 나오며 그 여자 그 남자를 향해 공손히 인사했다.

"더운 날 수고가 많군."

"고생 많겠어요, 더운 날. 에어컨 높이 켜 시원하게 일해요."

그 여자 그 남자는 직원들에게 마음 기울이며 말했다. 총지배인이 연락을 받고 나타났다. 지배인도 예의 바르게 인사했고 그 여자드 그 남자도 지배인에게 예의 갖춰 인사했다.

"지배인 인사하지. 귀한 분이요. 늘 바쁜 분이라 오늘 하룻밤만 잘 수 있어요."

그 남자가 지배인에게 성현을 소개했다. 성현과 지배인은 마주보고 서서 인사를 나누었다.

"사장님께서 지시한대로 준비했습니다."

"그래요. 고마워요."

"자, 각자 자리로 돌아가십시오. 수고하십시오."

그 남자가 직원들을 향해 겸손히 지시했다.

"네, 사장님께서도 편안한 시간 보내십시오."

해운대 바닷가의 물보라가 창원의 호텔까지 따라와 상쾌하게 물보라 치고 있었다. 호텔의 내부가 화사하면서 깨끗했다. 머리를 감추고 꼬리를 숨기는 곳이 호텔인지 걸어가는 성현의 곁으로 중년의 남녀가 시선을 피하며 바삐 객실로 몸을 숨겼다. 성현은 호텔이란 곳은 영화에서나 텔레비전에서나 봐왔다. 모두가 낯설었다. 긴 복도를 마주보며 객실이 즐비했고 바닥에 깔린 빨간색 카펫은 복도에 희미하게 켜진 붉은 등과 어울려 내용의 요긴함을 풀기위해 걷는 걸음을 즐겁게 하겠다.

"선생, 피곤한가봐. 빨리 자고 싶어 하는 눈치야."

성현을 지켜본 그 여자가 말했다.

"맥주를 한 잔해서 그런 가 봅니다. 제가 술을 잘 못 마십니다."

계면쩍게 웃으며 성현이 말했다.

"그럼, 차나 한잔하고 들어가 쉬자."

"제가 불편을 드렸다면 죄송합니다."

"어머, 아니야. 아니야."

"커피는 잠이 안 올 수도 있으니 다른 맛 나는 차를 마시자야."

차가 왔다. 찻잔을 받고 찻잔을 기울이며 그들은 앞을 닦는 대화를 했다.

앞으로 어떻게 해야 할지 방향이 서지 않아 앞이 캄캄했던 지난날이 있었던 성현으로선 앞을 닦는 대화가 있었다.

어떡하면 남의 것을 갈취하느냐는 생각을 하며 앞을 못 보며 살아왔던 그 여자 그 남자도 앞을 닦는 대화는 있었다.

성현은 몸과 마음이 합쳐 앞을 닦는 대화를 했으며,

그 여자와 그 남자는 입만 앞을 닦는 대화를 해댔다.

"성 선생은 훌륭한 선생이 되겠군."

"감사합니다. 사장님도 훌륭한 사장님이 되겠습니다."

앞을 닦는 대화는 그렇게 결론이 났다.

"성 선생, 자러 가. 피곤하겠어. 내가 특실로 잡아놨으니 잘 자. 날 따라와. 방을 알려줄 테니. 당신도 따라와요. 남자가 봐서 부족한 것 있으면 잘 챙겨줘요."

"그러지. 우리 아들 같으니 잘 챙겨줘야지. 허허."

"감사합니다."

안내된 특실 안으로 들어선 성현은 매우 놀랐다. 방이 넓어서 놀랐고 방이 화려해서 놀랐다. 방안에 또 방이 있고 방 안에 침실이 있고 응접 셋트를 비롯해 가구들도 많았다. 에어컨 덕분에 시원한 방은 벌써 잠을 부르고 있었다. 그 여자가 화장실, 샤워실을 돌아다니며 점검하는 사이 그 남자는 침실 주위를 훑어보며 소용 있는 물품을 챙겼다.

"여보, 우리 직원들은 착하고 성실해요. 빈틈없이 잘 해 놓았어요."

"그러게. 시키는 대로 잘 해 놓았어야."

성현은 그런 두 부부를 바라보며 큰 감사함을 느꼈다. 그는 숙박료를 지불할 생각을 했다. 숙박료는 물론이고 부산 올 때의 항공료, 식대료 등 집에 돌아갈 시점까지 계산해서 갖고 온 돈을 여행을 마친 뒤 지불하려 했으나 잠을 자기 전 계산해야 도리일 것 같아 김 여사를 다른 방으로 옮겨오게 했다. 그 동안 김 여사에게 신세진 것들을 전부 합쳐 넉넉히 계산해 넣었다.

"왜, 왜, 뭔 일로 날 따로 보자는 거야. 뭔 일이야?"

성현을 따라 다른 방으로 옮겨온 그 여자는 궁금해 하며 재촉했다.

"이것 받아주십시오. 여사님의 성의에 비하면 적습니다만 제 성의이니 적어도 받아주십시오."

성현은 공손히 봉투를 내밀었다.

"이게 뭔데?"

그 여자는 봉투는 열어보지 않고 성현의 눈을 열어보고 있었다.

"제가 쓰는 경비를 넣었습니다. 숙박비도 계산해 넣는다고는 했으나 턱없이 적을 겁니다."

성현의 열린 눈은 계산을 열고 있었다.

"호호호! 성 선생 답구먼. 봉투 넣어둬. 난 그런 것 바라지 않아."

그 여자는 작은 봉투 따윈 열어보지 않았다.

"받아주십시오. 지금까지도 여사님께 많이 신세졌는데 이번 여행까지 신세지면 몹시 부담스럽습니다. 받아주십시오!"

성현의 열린 입은 한사코 돈 받기를 원하는 말만 했다.

"성 선생, 사람 성의를 이렇게 하면 안 돼. 내가 선생에게 계산을 바라고 이익을 바라기 위해서 이러는 줄 알아. 선생에게 섭섭하구먼. 난 분명히 말했어. 선생이 내 아들만 같아 도와주고 싶다고. 늙은 우리 부부가 적적히 여행 다니기보다 아들 데리고 여행 다니고 싶어 선생과 함께 한다고 말한 것 같은데, 그걸 돈으로 계산해버리면 내 성의가 종이로 돼버리잖아. 돈은 종이잖아. 돈 위에 사람이 있어. 사람 마음은 돈으로 바꿀 수 없어. 신세 좀 지면 어때, 엄마에게 신세진 건 신세졌다고 말 안하잖아. 돈 넣어둬. 나의 순수한 마음을 알아다오!"

"죄송합니다. 제가 잘못 생각했습니다."

깊이 우러나온 사과를 했다, 성현은.

"괜찮아. 그럴 수 있어. 자, 쉬라고 우리 나갈게. 선생 눈에 잠이 꼭 차있어."

"잘 자. 성 선생, 내일 보자야."

"네. 사장님도 여사님도 편히 쉬십시오. 오늘 감사합니다."

혼자 남은 성현은 모든 게 멈췄다. 머리의 움직임, 눈의 움직임, 온몸의 움직임이 다 멈췄다. 사람은 안하던 일을 하면 두 배의 피로가 생기나 보았다. 오늘은 비행기 타고, 차타고, 영양가 좋은 맛 나는 음식 먹고 피곤할 일이 없건만. 학생들 가르치느라 목청껏 강의하며 온종일 서서 시달리는 날이 더 피곤할 수 있건만. 그런데 오늘이 더 피곤했다. 안하던 일인데다 김 여사와 남편 분을 향한 긴장감들이 보다 많은 피로를 유발했다. 시간도 멈췄다. 침대 위에 몸을 던졌다. 잠자려고 완전히 누웠다. 두 다리를 쭉 뻗었다. 다리를 쭉쭉 뻗어보았다. 참으로 오랜만에 두 다리를 시원스레 뻗고 잠을 청했다.

몸이 뒤척이자 정신이 깨어났는지 아님 정신이 뒤척여 몸이 깨어났는지 순서는 몰라도 성현은 깨어났다. 눈을 뜨면서 느낀 건 날뛰던 피곤함이 싹 가셔진 즐거움. 몸이 즐거우니 마음도 즐거웠다. 밖에는 찌든 더위일 텐데 그가 잠들어 있는 방 안에는 상쾌함만 있었다. 방 안의 온도가 춥지도 덥지도 않고 알맞게 선선했다. 에어컨 조절을 잘 한 모양이었다. 새삼 김 여사로 향한 감사함이 존경심을 만들었고 그 존경심은 신심을 만들어냈다.

시계를 보았다. 다시 시계를 보았다. 이번엔 휴대폰을 들고 날짜, 요일, 시간을 꼼꼼히 보았다 성현은 가슴이 철렁 내려앉았다. 놀란 그는 어떡하냐, 어떡하냐,란 말을 연발하며 옷도 대충 입고 세수도 대충했다. 하루를 꼴딱 넘기고 저녁 무렵이 되어 있었다. 김 여사 내 외의 황금연휴를 자신이 망치고 있어서 미안함에 그는 어쩔 줄 몰라 했다. 빛이 들어오지 못하게 차단한 두터운 커튼을 걷었다. 여름날은 저녁 시간임에도 햇빛이 있었다. 창으로 들어오는 밝은 빛에 인상을 찡그렸다. 찡그림은 밝은 빛 때문만은 아니었다. 자신 땜에 여름휴가 계획에 차질이 생겼을 김 여사에게 어떻게 연락을 취할지 몰라하다 휴대폰을 들었다.

김 여사님! 죄송합니다. 제가 지금 일어 났습니다.
푹 자느라 시간이 이렇게 된 줄 몰랐습니다.
어떻게 해야 할지 모르겠습니다.

문자를 전송한 뒤 곧이어 답장이 왔다.

성 선생, 일어났어. 나 지금 선생에게 갈 테니
좀 만 기다려.

오 분쯤 후 노크소리가 났다.

"네."

성현은 대답과 문 여는걸 동시에 했다.

"잘 잤어?"

"죄송합니다. 어느새 이렇게 오후 시간이 되었는지 몰랐습니다."

성현은 어쩔 줄 몰라 했다.

"뭐가 죄송해. 조금도 죄송 안 해도 돼. 항상 피곤한 선생 이럴 때 푹 자라고 일부러 가만 놔뒀어."

"그래도 저 때문에 사장님과의 여름휴가를 망치게 해서 미안합니다."

"아니야. 괜찮아. 우리 부부는 자주 이렇게 지내기 땜에 선생이 걱정 안 해도 돼. 그냥 남들이 다 휴가 가니까 우리부부도 휴가 나선 것 뿐이야. 우리 부부는 주말이면 별장이랑 놀러 다니므로 따로 휴가 없어도 괜찮으니 걱정 마."

"그렇게 말씀하시니 감사합니다."

"오히려 잘 됐는걸. 낮엔 햇빛 뜨거워서 움직이면 덥잖아. 지금 내려가서 밥 먹고 우리 별장으로 출발하자고, 저녁엔 좀 서늘하니 더 좋구먼, 오늘 밤은 별장에서 자고 내일 오후쯤 서울로 출발하면 되잖아."

"네."

"나 먼저 내려갈 테니 따라서 내려와. 우리도 선생과 함께 밥 먹으려고 점심밥 아직 안 먹었어. 아침밥을 늦게 먹었더니 배고프지는 않아."

"네, 바로 뒤 따라가겠습니다."

밤이 깊어 충남 아산에 도착했다. 그 곳에 그 여자의 별장이 있었다. 깊은 밤에 도착했다. 밤바람이 뛰어나와 그들을 반겼다. 한가하고 여유 있는 전원생활을 즐기는 곳이라 그런지 드문드문 있었다. 별장처럼 보여 지는 전원주택들도 드문드문 있었고 불빛이 없는 집이 있는걸 보면 집주인도 드문드문 찾아오는가 보다. 캄캄한 밤이라서 자세히 볼 수는 없으나 띄엄띄엄 있는 전원주택 중 어느 집은 예쁜 꽃나무가 담벼락을 넘고 있었다. 밤인데도 아름다워 보였다. 풀도 보였고 풀덤불도 보였다. 밤에도 저 정도의 싱그러움이 있으니 아침에는 싱그러움이 넘치도록 가득하겠다.

"선생, 배고프지. 좀 만 기다려. 정원에서 고기 구워 먹으면 참 맛있어."

"배 안고픕니다. 천천히 하십시오."

"여보, 부엌에서 양념이랑 갖고 올 테니 당신은 마당의 불판 손질 하세요."

그 여자는 그 남자에게 소리쳤다.

"난 벌써 불판 손질하고 있어."

놀거나 쉬기 위하여 지은 집은 잘 먹이기 위한 노릇도 했다. 한가한 중에도 먹어야 하는 일로 바빴다. 고기 굽는 연기가 밤하늘로 오르고 숯불은 발갛게 타고 있었다. 음식이 주변의 분위기와 함께 달아

올라 굉장히 맛있다. 입에 음식물이 가득 찼는데도 밀어 넣곤 했다. 맛있다!

"선생, 많이 먹어. 자, 고기 더 먹어야."

그 남자가 성현의 접시에 고기를 듬뿍 놓았다.

"많이 먹었습니다. 배부릅니다. 사장님도 많이 드십시오."

구운 소 등심 고기를 소스에 찍어 상추쌈 위에 얹고 그 위에 마늘, 파 무침, 톡 쏘는 소스에 무친 콩나물을 올려 한 입 가득 쌈을 넣으면 그 맛에 헤어날 수 없이 깊이 빠지고만 싶었다. 그 남자가 김치를 볶으려하자 돼지기름에 신김치를 볶아야 맛있고 소고기엔 묵은 김치 그대로 싸먹는 것이 맛있다고 그 여자는 우겼다.

"성 선생, 내일 집에 갈 때 냄새 나지 않게 포장 잘해서 묵은 김치 싸줄 테니 어머니 갖다드려. 어머니들이 제일 좋아하는 선물일 거야. 우리 김치 맛있잖아. 땅 속 깊숙이 김칫독을 묻었더니 일 년 내내 맛있어. 여기 놀러오는 손님에게 주면 너무 좋아하더라고, 어머니가 좋아하실 거야."

"고맙습니다. 그러잖아도 김치가 맛있어서 어머니 생각을 했습니다. 제 어머니가 김치를 좋아하시거든요. 김치뿐 아니라 음식들이 죄다 맛있고 고기도 맛있습니다."

"고기가 맛있는 등심살 부위거든"

"소고기도 맛있지만 내 아내 요리솜씨가 좋아서 음식이 맛있어야."

그 남자가 거들었다.

"네, 맞습니다."

성현이 그 말에 응수했다.

"칭찬은 고래도 춤춘다지만 난 춤 안출 테니 그렇게 알아요."

그 여자의 적절한 말에 모두 웃어 넘겼다.

밤하늘 별빛아래서 별맛의 기운을 내뿜어서 일까. 별빛이 유난히 그들 위에서는 밝은 빛을 내는 듯했다. 착각이래도 좋았다. 반쯔이는 별빛아래서 풀들 가까이에서 맛난 음식을 먹으며 따뜻한 마음으로 참된 뜻을 주고받는, 그것만으로도 세상 부러울 게 없었다.

"빨간 숯불이 겁나서 그런가. 요녀석들이 오늘은 보이질 않네."

"누구?"

"그걸 모르겠어요. 우리가 산 세월이 얼만데. 내가 요녀석하면 당신은 아, 그 녀석 하며 금방 알아 맞춰야 하잖아요."

"아, 그 녀석. 모기! 내가 맥주 몇 잔에 잠깐 취했나봐. 그러게 오늘 어쩐 일로 모기가 없다냐. 엄한 선생이 오니까 얘네들이 겁이 났나봐야."

모두들 웃었다.

"성 선생, 콜라만 마시지 말고 맥주 좀 마셔"

"네. 술 마시면 정신이 흐려져 사장님의 귀한 말씀 놓칠까봐서 그럽니다."

"술이란 정신 흐려지라고 마시는 거고, 이런 술과 음식이 있는 자리에선 말 놓쳐도 되니 마음 푹 놓고 지내자고. 선생이 술 잘 못해도 맥주 한 병 정도는 마실 수 있잖아. 남자는 술도 마실 줄 알아야해. 선생에겐 황금연휴잖아. 새로운 추억도 만들고 마음껏 즐기라고. 늙은 우리가 선생의 올해 황금연휴에 추억의 대상이 될런지나 모르겠네. 자, 마시자야."

"충분히 추억의 대상이 됩니다."

대화는 이런 대화 저런 대화를 지나 세상일에 조차 참여한 듯 대화의 폭이 넓어졌다.

"요즘은 시대가 달라져서 한 직장에서 떠나지 않고 꾹 박혀 근무하지들 않더군. 우리 젊었을 시절엔 직장에 들어가면 된장에 풋고추 박히듯 꾹 박혀 한 직장에만 근무해야한다고 생각했거든, 어떤 게 좋은 건지."

그 남자가 성현의 잔에 맥주를 따르며 말했다.

"모두 장점 단점이 있을 겁니다. 얼마 안 되는 나이지만 살아오면서 알게 된 건 거의 모든 일에는 장·단점이 있다는 걸 알았습니다."

"음. 그 말은 맞아야."

"나도 한 마디 할게요. 다시는 긷지 아니한다고 이 우물에 똥을 눌까. 란 말처럼 자기 지위나 지체가 월등해졌다고 그전 것을 다시 보지 않을 듯이 괄시할 수 없다. 라곤 하나 괄시하는 사람도 많더라고."

그 여자가 안주를 먹으며 말했다.

"그전 것을 다시 보지 않을 듯이 괄시하던 사람도 올바르게 변화하면 괄시하지 않을 수도 있습니다. 삶에는 만족이 없다는 걸 느낄 테니까요. 다른 곳에 가면 좀 더 나을까 해서 옮겨 다녀도, 역시 다른 곳도 만족 못할 수 있습니다. 그건 만족 못하는 사람마음 때문이라고 생각합니다."

"성 선생, 그 말도 맞아. 삶에 만족도 못하지만 만족도 없는 것 같아."

그 여자가 진지하게 말했다.

"성 선생은 선생이란 직업 때문인지 말하는데 설득력이 있구먼. 그럼 한 문제만 더 물어볼게. 볶은 콩에 싹이 날까. 볶은 콩에 꽃이 피랴.라며 희망 잃은 말들이 들리잖아야. 희망 없는 사람이 희망을 이루려면 어떡하면 될까."

그 남자가 파고드는 눈빛을 해 성현에게 물었다.

"제 의견이 옳은 건 아닙니다만 감히 말씀드리겠습니다. 사람마다 커다란 희망을 가진 사람도 있을 테고 작은 희망을 가진 사람도 있을 겁니다. 어디에서나 보고 들을 수 있는 교과서적인 말로 하자면, 노력을 해야 희망을 이룰 수 있습니다. 각자가 희망을 품었으면 생각에서 행동에서 희망이 만들어져야 합니다. 만들어 내는 과정 중 중요한 게 행위인데, 그 행위를 잘 조절해야 한다고 봅니다. 적당함! 적당함을 잘 취해야 한다고 봅니다. 지나치지도 않고 모자라지도 않은 적당한 행위. 감히 말씀드립니다."

"선생의 말 잘 알아들었는데, 누구나 적당한 걸 잘해야 됨은 알아야. 근데 그게 잘 안 돼. 지금도 보라고. 술을 여기서 끝내면 정신에도 몸에도 딱 좋거든. 딱 좋으면 내일 아침 일어나기도 편하고 하루가 잘 풀릴 수 있잖아. 근데 그게 잘 안된다니까. 술을 계속 마시고 싶다고. 한곳에서 먹으면 싫증나니까 이차, 삼차 옮겨가며 마시고 싶다고. 인생 뭐 별 것 있냐고. 재미없는 인생, 이런 재미라도 있어야지 하며 자리 옮겨가며 계속 마시고 싶다야."

그 남자는 말을 중단하고 맥주를 마셨다.

"지금도 보라고. 선생, 미안하지만 맥주는 시시해서 못 마시겠고 양주를 마시고 싶다야. 선생과 대음하려고 맥주를 마셨는데 화끈하게 취하는 맛도 없고 시시해져서 양주를 마시고 싶다는 거야."

"감히 사장님의 말씀에 반론을 제기해 죄송합니다만 바로 그겁니다. 지나치면 희망을 이루기 어렵습니다. 사람 누구에게나 희망은 있습니다만 이루기는 쉽지 않습니다."

또박또박 말대답을 잘하고 있는 성현은 그런 자신을 발견하고는 놀랐다.

"선생 말뜻은 잘 알겠어. 술은 좋은 거야. 선생도 술 마시니까 말을 잘하잖아. 선생이 말을 해서 표현을 하니까 선생을 더 잘 알게 되고 선생 가치도 높아지잖아. 술 마신 선생이 훨씬 인간적이고 좋아야."

"그건 정말이야. 나 지금까지 성 선생이 이렇게 말 많이 하는 걸 처음 보았어."

성현은 겸연쩍어 미소만 지었다.

"여보, 이제 일어나요. 벌써 새벽이 되었어요."

"그러자. 일어나자야."

"호텔에서처럼 그렇게 편히 잘 자, 성 선생. 항상 잠이 모자라 보이던데 오늘도 푹 잘 자."

"네, 감사합니다. 모두들 편히 주무세요."

날이 밝았다. 날씨가 더할 수 없이 맑고 투명했다. 여름 들판에도 꽃이 있고 새도 날아다녔다. 주말마다 오는 별장이라 별 치장을 안했음에도 초록의 풀냄새 나는 들판이, 예쁜 꽃들이, 맑은 공기들이 별 치장을 해서 아름다운 전원주택으로 비춰졌다. 실내에는 사용되는 가구만 규모 있게 놓여있었다. 왠지 정이 들었다. 정들자 이별이라고 가구들이 말하는 듯했다. 부엌에서는 음식 냄새가 났다. 식사하고 서울 가야 한다며 그들은 함께 움직였다. 앞치마를 두른 그 여자가 밥을 퍼면 그 남자는 날랐고 성현은 수저를 식탁 위에 놓았다. 이엄이엄. 국과 반찬들을 끊이지 않고 이어 날랐더니 식탁위에는 멋진 밥상이 차려졌다. 식탁에 정해진 자리가 있는 듯 맨 위에 그 남자 그 옆에 그 여자 맞은편에 성현이 앉았다.

"잘 먹겠습니다."

성현이 씩씩하게 인사했다.

"그래, 차린 것 없어도 많이 먹어."

"네. 차린 반찬 많습니다."

모두들 숟가락을 들고 쩡겅거리며 먹기 시작했다. 입은 먹느라고 바빴을망정 몸과 마음은 조용하고 편안했다.

"당신, 지금보다 뱃살 더 찌면 밥 먹을 때마다 옆구리에 섬 찼나 하며 놀릴 거예요."

그 여자가 한 번 더 다짐하듯 말했다.

"알았어야."

"두 분 사는 모습 참으로 아름다우십니다."

보다 못해 성현이 그들을 향해 칭찬했다.

"우리 성 선생이 어제부터 말을 잘해. 그만큼 우리와 친해졌다는 뜻이겠지. 아주 기분 좋네요. 당신도 그렇죠."

그 남자에게 그 여자는 처리된 의향을 물었다.

식사도 마치고 커피도 마시고 설거지도 끝내고 비워 둘 집단속도 끝냈다. 길 떠날 채비를 했다. 파란 하늘에 둥덩실 떠 있는 구름 한 점이 그 위에 있는 실모양의 새털구름을 꼬드기는 것처럼 보였다. 여름 볕은 내리쬐고 있었으며 햇볕양은 풍부했다. 한창 더운 시간이라도 떠나야 했다. 휴가철에 차 밀릴 것을 예상해서 서울까지 가려면 햇볕 양이 많고 적고에 신경 쓸 수 없었다. 사람은 뭐든지 할 수 있었다. 그 까짓 불볕도 막을 수 있었다. 승용차에 타서 에어컨만 높이 틀면 안이하게 서울을 갈 수 있었다. 차와 기사가 기다리고 있었다. 차 뒷 트렁크에다 짐을 실었다. 출발.

서울로 가는 시원한 차 안에서 성현은 생각했다. 이박 삼일동안 김 여사에게 큰 폐를 끼쳤다. 그 대가를 김 여사가 안 받는다고 하니 서울 도착하면 멋진 식사 대접은 해야겠다. 차창 밖의 경치를 보고 있노라니 감흥이 일어났다. 밖의 경치가 성현의 마음을 끌어 자기편으로 만들고 있었다. 헤어짐과 마주침이 창 밖에서 연속적으로 벌어졌다. 윤기가 반드르르 흐르는 나무가 스쳐가기도 했다. 성현은 자신의 분수에 넘치는 호강을 하는 건지 아닌 건지 헤아려 보았다. 호강이 분수에 넘쳤다. 좁은 집에 있는 가족들. 집이 좁은 탓에 몹시 더워서 여름을 베어 물고 사는 가족들. 이런 저런 걱정에 눈살 펼 새 없는 어머니가 떠올라 힘들었다. 그러는 사이 서울에 도착했다.

　"선생 집이 어딘가. 집 앞까지 데려다 줄 테니까."

　그 남자가 친절하게 물었다.

　"아닙니다. 제가 식사를 대접하겠습니다."

　"괜찮아. 괜찮아야."

　"아닙니다. 제가 신세를 많이 졌기 때문에 식사라도 대접 안 해드리면 부담 되어 편히 못 잘 것 같습니다."

　"그래요, 여보. 성 선생 편하게 해줘요."

　"그럴까. 뭘 먹지."

　"멋지게 대접 할 테니 고급 레스토랑으로 가시면 어떨까요."

　"아냐. 레스토랑 가고 싶진 않고. 냉면 어때. 시원한 냉면이 먹고 싶다야."

　"그래요, 여보. 냉면 좋아요. 밥 생각도 없었는데 냉면이 좋겠어요. 우리 잘 가는 압구정 냉면 집으로 가요."

　"그러지."

차는 잠실을 지나 서울의 뒷구정이라 불리기도 하는 신천을 지나고 있었다. 몸으로 겪는 즐거움, 마음으로 겪는 즐거움을 끝내고 번거로운 일상이 기다리고 있는 서울 시내로 차는 질주하고 있었다.

짧은 여름방학을 마치고 한 달이 지나갔다. 성현은 무척 바쁜 나날을 보내고 있었다. 대입수능시험이 가까워오기 때문이었다. 학생들도 각 반의 분위기도 긴장되었다. 그러나 영어 과목은 좀 달랐다. 여름쯤 되면 영어, 수학에 도저히 자신 없는 경우엔 포기를 했다. 영어를 포기한 학생은 강의하는 선생의 소리가 새가 쪼아 먹는 소리인가 하여 멀뚱멀뚱 바라보지만, 일점이라도 점수를 더 받으려는 학생의 눈빛은 초롱초롱했고 선생의 강의 소리가 새의 노래 소리만 같아 들으려고 귀를 쫑긋 세웠다. 선생도 사람인지라 초롱초롱, 쫑긋한 학생에게는 학습내용의 잘잘못을 보아 살펴주고 싶으나 멀뚱멀뚱한 학생에게는 시들어 없어지는 마음이 생겼다. 알고는 있었다. 멀뚱멀뚱한 학생일수록 선생이 생기를 넣어줘야 한다는 걸. 하지만 생기를 받아야할 당사자가 막아버리면 어느 누구라도 생기를 넣어 줄 수 없었다.

오래 살았다고 많은 것을 아는 건 아니었다. 오래 살지 않아도 살고 있는 매 순간 생각하고 깨닫고 깨달은 걸 또 생각하고 살면 짧게 산 젊은 사람도 인생의 정의를 내릴 수 있다. 그래서 하는 말인데, 포기는 하면 안 된다. 성현은 포기란 단어도 싫어했고 일을 해나감에 포기하는 사람은 좋아하지 않았다. 그는 영어를 포기 하지 않은 학생들을 위해 여러 가지 문제를 섞고 엮느라고 쉴 겨를이 없었다. 아침에 문제를 만들었다가 저녁에는 고치고 아침에도 저녁에도 강의하고 그렇게 온종일 바빴다. 아직도 한 낮에는 찜통더위가 기승을 부렸다.

한편으로 성현은 잠시 쉬는 시간을 이용해 가끔 김 여사 내외를 생각했다. 존귀한 부부였다. 자신의 부모와 비교를 해 보았다. 자신의 부모는 아래로 늘어진 걱정거리들을 달고 살았고, 김 여사 부부는 위로 올라간 행복들을 달고 살았다. 누가 보더라도 행복이 달려 있는 쪽에 줄을 설 것이다. 마음에 근심이 찬 그의 부모는 사랑이 뭔지도 모른 채 서로 부딪치며 으르렁댔고, 마음이 고요해 평온한 김 여사 부부는 사랑으로 토닥이며 살고 있었다. 결과는, 그의 부모는 휴식을 취하고 싶어도 그 휴식을 쉴 공간도 없는 비좁고 초라한 월셋방에 살았으며, 김 여사 부부는 으리으리한 호화주택에 살았다. 그래도 그는 자신의 부모가 최고였다. 김 여사 부부로 향한 존경심도 최고점이고 자신이 김 여사 사업에 투자하게 돼서 영광이었다. 그는 투자부분도 살펴보기로 했다. 김 여사의 사업에 투자하는 일에 의심해 본 적이 없었다. 되레 미안하고 감사했다.

좀 전에 은행을 다녀 온 그 여자는 궁리하고 있었다. 여름철에 몇몇 사람을 별장에 데려갔는데, 그 별장은 남의 별장이기에 임차료를 은행에서 송금해주고 왔다. 몇 몇 사람 중 한 명인 성현에 대해 그 여자는 궁리했다. 땅속에 들어 있는 뱀은 그 길이를 알 수 없는 것처럼 사람의 마음도 헤아리기가 어렵지만 이번엔 확실히 알 수 있었다, 성현이 자신에게 백퍼센트 믿음을 가졌음을. 그 여자가 행하는 일의 성공여부는 믿음에서 비롯됨으로 성현은 거의 성공했다고 미리 단정해도 과언이 아니었다. 그래서 성현에 대해선 궁여지책도 궁여일책도 필요 없었다. 성현에게 사로잡혔던 생각에서 놓여났다.

그 다음으로 그 여자는 성현에 관한 계산을 했다. 좀 전에 은행 간 김에 성현에게 이익금이란 명목으로 이자를 송금했다. 얼마 뒤부터는 이익금을 깎아 내려야겠다. 이익금 외 성현에게 들어간 돈이 얼만가. 만날 때마다 식사비며 여름휴가 시 소비된 경비며 따져 계산해봤다. 그러나 지금은 이익금을 깎아 내릴 시점이 아니었다. 눈치로 보아 성현에게 목돈은 더 있다고 판단되었다. 성현이 자신에게 투자한다고 했어도 갖고 있는 전액을 투자 한 게 아니라고 느껴졌다. 그 목돈을 전액 투자 하게 한 뒤 이익금을 깎아 내리기로 작정했다. 성현은 여름방학을 마친 후부터 대입수능시험을 준비하느라 몹시 바쁜 까닭에 요즘은 오후 두 시간정도도 쉬지 않고 강의한다고 들었다. 시간적 여유가 없는 걸로 들었다. 시간을 보았다. 삼십분만 지나면 성현이 저녁식사시간. 그 시간에 성현과 통화를 하고 싶은 그 여자는 미리 문자 보낼 내용을 생각했다.

여름휴가를 다녀오고부터 성현은 더욱 시키면 시키는 대로 했다. 그런 의도로 여름휴가를 단행한 그 여자의 계획이 결실을 맺었다고나 할까. 성현을 처음 배드민턴장에서 만났을 무렵 성현은 의붓어미 눈치 보듯 그 여자를 어려운 사람 대하듯 했으나 최근에는 그 여자를 친어머니 대하듯 해서 기분이 좋으면서도 기분이 좀 그랬다. 기분이 좀 그랬다.는 부분은 말하고 싶지 않지만 저절로 말이 되어 나오는 걸 어떡하라고. 기분이 좀 그랬다.는 건 자신을 어머니처럼 믿고 있는 성현의 돈을 빼앗아야한다는 생각을 하면 기분이 좀 그랬다. 하지만 어쩌랴. 공적인 일에는 사심이 없다고 했다. 알던 정 모르던 정 없다.란 말도 있잖은가.

성현에게 보낼 문자를 찍었다.

성 선생, 피곤하겠어. 요즘 많이 피곤할 텐데 잘 챙겨먹고 다니는지.

아무튼 잘 먹고 잘 자고 건강 잘 지키라고.

쉬는 시간에 나한테 전화해줘. ㅎㅎ.

얼마 있지 않아 휴대폰이 울렸다. 성현이 번호가 떴다.

"어떻게 저녁식사는 했어? 요즘 많이 피곤하지?"

"네, 많이 피곤하네요. 저녁식사는 하셨습니까?"

"아직. 난 저녁밥 늦게 먹잖아. 성 선생, 굉장히 피곤할 텐데 내가 보약 좀 지어줄까?"

어디까지나 해보는 말이었다. 그 여자는 알고 있었다, 성현이 거절할 것을.

"아닙니다. 어머니가 보약을 지어주셔서 지금도 먹었어요. 요즘은 그 보약 아니면 견디기 힘들만치 체력이 소진됐나 봅니다."

"알맞게 쉬어가면서 해. 선생 돈 잘 벌잖아. 거기다 나까지 선생에게 돈 벌어주잖아. 쉬엄쉬엄하라고. 그러다 병 날까봐 걱정돼서 그래."

진짜 결론의 말을 하기 전에 성현을 지극히 정성스레 보살피고 있다는 걸 피워놓아야 했다. 그래야 큰돈을 말하더라도 성현이 난처하지 않을 수 있었다. 마음을 보살피지도 않고 마음을 쓰다듬어 주지도 않고 느닷없이 큰돈을 투자하라고 하면 안 되지.

"알고 있습니다. 여사님께서 많은 이익 남겨주는 걸 항상 고맙게 생각하고 있습니다. 네. 쉬어가며 일해서 병나지 않을 테니 걱정 안 하셔도 됩니다."

"성 선생은 어머니 걱정을 많이 하던데, 어머니도 몸 건강이 좋지 않으시다며, 어머니께 말 못하는 아쉬운 것 있으면 나에게 말해. 내가 구해줄게."

"아쉬운 것 없습니다. 말씀만으로도 감사합니다."

"현재의 선생에겐 돈 벌어주는 게 최고잖아. 우리 사업에 투자하면 큰 이익이 생기니까 내 주위사람들이 자기들을 투자 시켜달라고 부탁하지만 난 선생을 도와주고 싶어 물어 보는 거야."

그 여자는 말로는 표현 할 수 없는 여운을 남겼다.

"네, 말씀해보십시오."

그 여운에 의해 성현이 애가 달아 답했다.

"이런 기회는 없어. 이런 기회가 많지 않아서 난 아끼는 친척 친구만 골라 투자시키고 있어. 요즘 안전하게 큰 돈 벌기는 쉽지 않잖아."

"맞습니다. 늘 고맙게 생각하고 있습니다."

"성 선생, 투자 할 돈 있어?"

"얼마 정도를 말씀하십니까?"

성현은 집을 사기 위해 아끼고 아껴 모아둔 돈을 생각했다.

"이번엔 많을수록 좋아. 이익금도 지금까지 송금시킨 그대로야."

"네, 송금해드리겠습니다. 언제 송금해드릴까요."

순간적 판단이었으나 탁월한 선택이라고 성현은 생각했다. 모아둔 돈까지 투자하면 굉장히 많은 이익이 생겨 하루 빨리 집을 살 수 있겠다고 생각했으나 김 여사가 투자하란 말이 없어 가만히 있었다.

"빠를수록 좋아!"

"그럼, 전화 끊고 바로 입금해드리겠습니다."

"참. 그리고 계약서는 다음에 만날 때 꼭 작성하자고. 여름휴가 시 만났을 적에 작성할건데 그땐 놀러 다닌다고 깜빡 잊어버렸지 뭐야. 그 때 선생이라도 말해주었으면 작성했을 텐데. 지금은 또 선생이 너무 바쁘니까 따로 선생에게 시간 내어 달란 말도 못하겠고.”

성현이 계약서를 말하지 않는데도 구태여 말함은 완전 범죄를 위해서라고나 할까. 성현에게 미리 선수를 친 건 계약서에 신경 곤두세우지 말라는 뜻도 있었다.

“괜찮습니다. 천천히 하십시오.”

“다음에 선생 시간나면 말해. 하긴 통장에 돈이 오고간 게 찍혔으니 크게 계약서 신경 안 써도 되겠지만.”

“알겠습니다. 저 근데….”

“말해봐. 묻고 싶은 것 있으면 물어봐.”

“혹시 제가 돈이 필요하면 언제든 줄 수 있습니까?”

“그럼, 언제든 돈 필요할 때 말해. 즉각 송금해 줄 테니까.”

“알겠습니다.”

“성 선생, 이참에 말하겠는데 선생 매달 수입이 꽤 되잖아. 매달 번 돈도 투자하는 게 어때. 은행에 넣어 놓으면 이자 몇 푼 되지도 않잖아.”

그 여자는 성현이 매달 버는 많은 수입을 노렸다.

“…….”

성현이 말이 없음은, 그러고 보니 김 여사의 말이 옳은데 왜 그 생각을 못했을까. 아니야, 매달 수입마저 투자해도 괜찮은 걸까를 가늠하고 있었다.

“아니야. 그냥 물어보았어. 혹시 이자 몇 푼 안 되는 은행에 넣어두었나 해서. 내 말 안들은 걸로 해. 난 조금이라도 선생을 도와주고 싶어 그럴 뿐이야.”

하지만 그 여자는 이미 성현이 걸려들었음을 직감했다.

"아닙니다. 매달 수입도 투자하겠습니다."

"좀 더 생각해보지. 지금 결정해도 괜찮겠어?"

"괜찮습니다."

"그럼, 선생의 매달 수입까지 계산해서 우리 사업 계획해도 상관없겠어?"

말과 행동이 똑같은 성현은 말이 곧 계약서이므로 일부러 말로서 계약서를 받기 위해 그 여자는 다짐을 받았다.

"상관없습니다."

"우린 사업에 투자하는 고객의 정성을 생각해 한 푼이라도 소중히, 아껴 계획세우고 추진하는 것 알고 있지."

"알고 있습니다. 말씀 드릴게 있습니다."

"뭐니?"

"제가 이렇게 돈 모으는 일이 저의 집 사려고 그러는 것 여사님도 알고 계시죠."

"그럼 알고 있지!"

"제가 집 살 때 투자금 모두 반환해 받고 싶습니다. 약속 잘 지켜주십시오."

"당연한 일 아닌가. 선생 집 사는 일 도와주려고 이러는 건데 집 살 때 당연히 돌려줘야지!"

"감사합니다. 깊은 뜻 고맙습니다. 잠시 후 투자금을 송금하겠습니다."

"그래. 잘 활용해 선생의 계획에 차질 없도록 잘 해줄 테니 걱정 마."

"걱정 안합니다. 고맙습니다."

국월이 다가왔다. 국화 꽃 피는 달이 다가왔다. 가을빛이 앞서서 부르고 있건만 뒷걸음질 하고 싶어 하는 학생들 속에서 성현은 피곤한 가을을 보내고 있었다. 한 달 남짓 남은 대입수능시험은 가을바람의 낭만도 앗아갔다. 성현은 가을을 좋아했다. 연기처럼 일어나는 티끌 같은 고뇌는 가을의 선선한 바람에 날려 보냈고 이 세상의 번거로운 인연은 청명한 가을 날씨 속에서 밝게 만들었다. 그러나 올해는 달랐다. 무척 바쁜 나머지 요러조러한 생각을 할 여유가 없었다. 그런 점은 학생들도 마찬가지. 좋게 지내던 모든 일에 담 쌓고 벽 치며 공부하고 있는 학생들을 보노라면 어깨를 토닥이며 좀만 더 힘내자.라며 응원하고 싶었다. 피로에 지친 학생이 수업 중에 졸고 있으면 알고도 모른 체 그대로 넘기고 싶었으나 다른 학생들의 눈을 의식해 꾸중을 하곤 했다. 그렇게 꾸중을 한 시간은 쉬는 시간 내내 그 학생으로 향해 아픈 마음을 머금었다.

가을이 무르익고 있는 어느 날. 수업을 마치고 오니 문자가 와 있었다.

성 선생, 잘 지내지. 얼마 있지 않으면 수능
시험이더군. 많이 바쁘고 힘들겠다. 선생의
잘생긴 얼굴이 까칠해졌겠구먼. 선생의
외모가 나와서 하는 말인데 선생은 키 크고
참 잘생겼어. 그 잘생긴 외모를 가을 하늘도 보고 싶어
할 텐데 감추고만 있어서 안타까워. 이제
얼마 남지 않았으니 건강 잘 지키며 잘 보내고
시험 끝난 뒤 만나자. 선생 바쁘니까 그 사이는

문자로 연락하자고. 물론 선생이 시간 나서
나한테 전화 걸면 난 안 바쁘니까 항상 통화
가능해. 이달은 이익이 좀 적게 생겨 선생의
이익금은 좀 적어졌으니 이해해줘.
조금 전에 이달 분 이익금
송금했으니 입금 확인해봐. 건강히.

　장문의 문자였다. 늘 감사함을 갖는 김 여사이어서 문자도 소중히
읽었다. 이익금이 좀 적게 입금됐어도 상관없었다. 투자금이 많아서
인지 매달 입금되는 이익금이 꽤 많았다. 매달 적지 않은 수입을 올
리고 있음에 만족했으며 아울러 수고 하고 있는 김 여사에게 무한한
고마움을 느꼈다.

　김 여사님, 문자 잘 읽었습니다. 감사합니다.
　이익금을 챙겨주시는 은혜로움 잊지 않겠습니다.
　시험 끝나고 뵙겠습니다. 사장님께도
　안부 전해주십시오. 건강하십시오.

　정성의 진실함이 담긴 문자를 전송했다.
　그날 밤도 역시 늦게 수업을 마친 성현은 낯선 식당을 찾았다. 어
머니가 볼일이 있는 날은 밥을 사먹고 들어가곤 했다. 체력싸움이어
서 잘 먹어야 했다. 틈만 나면 먹고 보약도 마셨다. 식당주인이 장사
시간이 끝났다고 말하자 그 옆에 있던 한 여인이 손님 왔을 때 한 그
릇이라도 팔아라.고 말했다. 그럼 그럴까, 식당주인은 일어나 주방으

로 들어갔다. 텔레비전은 꺼져 있었고 식당 안에 손님은 한 명도 없었다. 두 여인은 무슨 이야기를 하던 중이었던가 보았다. 주문한 조기 매운탕이 나왔다. 밖에서 간판과 식당의 짜임새로 봐서 음식이 맛있게 느껴져 들어왔는데 차려 놓은 음식들이 맛깔스러워 보이는 반찬이 없었다. 예상대로 반찬은 맛없었다. 억지로라도 밥을 먹어놔야 내일 아침 일어나기 편하다는 의무감에 밥을 밀어 넣었다. 두 여인은 처음 앉았던 자리를 떠나 구석진 자리로 옮겨갔다. 아마도 두 여인은 중요한 이야기가 있는 듯 했고 그 얘기를 손님이 들을까봐 구석진 곳으로 옮겨간 것 같았다. 하지만 식당이 조용해서 인지 두 여인이 나누는 대화 내용이 그의 귀로 들려왔다.

"그러게 돈은 왜 빌려줬느냐고!"

한 여인이 다른 여인에게 다그치듯 말했다.

"빌려달라는 말을 안 하고 투자하라고 그러더구나."

"그게 그거지."

밥을 먹던 그는 투자!라는 단어를 듣고 그 때부터 두 여인이 하는 대화를 귀담아 들었다.

"그래. 얼마를 빌려줬어?"

"좀 많아."

"너가 살고 있는 집을 은행 대출 받아 빌려줬다며."

"그랬어."

"너 가진 돈 없으면 투자하지 말지. 어쩐다고 대출까지 해서 빌려줬냐."

"은행이자 빼고도 많은 이익이 생기겠더구나. 하루 종일 피터지게 식당으로 버는 돈보다 더 많은 이익금이 생기겠더구나. 그래서 집을 담보로 대출했어."

"그래. 돈은 찾을 가능성은 보이니?"

"…힘들어. 자취를 감춰 버렸어."

"어쩌냐. 어떻게 알게 된 사람이니? 어떻게 당했니?"

두 여인은 성현을 의식해 큰 소리로 말하진 않았으나 그에겐 잘 들렸다. 식당 안이 조용한 점도 있지만 이미 그가 두 여인의 대화 내용에 가담해 있기 때문이었다. 두 여인의 대화중 투자! 이익금! 이런 단어는 그가 김 여사와 사용하는 단어이므로 무관하지 않아 두 여인의 대화를 엿듣고 있었다. 아니다. 정확히 말하면 두 여인의 대화 내용이 그의 귀로 쏙쏙 파고 들어왔다.

"우리 식당 옆으로 사무실이 많잖아. 그 사무실 사람들은 매일 우리식당에 밥 먹으러 왔어. 식당 사람뿐만 아니라 다른 외부의 사람들도 밥 먹고 난 뒤 자판기 커피 마시며 그 사무실에 투자해서 돈 많이 벌었다 하더구나. 돈 벌은 사람이 꽤 많아 보였어. 그래서 관심을 갖게 되었지. 그 회사 팀장이 어느 날 설명을 하는 게 괜찮아 보여서 회사로 갔어. 번쩍번쩍하는 커다란 사무실에서 비디오를 틀어주며 설명을 해준 뒤 투자를 권유하더구나. 그래서 투자했고 이익금은 몇 달밖에 못 받았어."

"조금이라도 찾을 가능성은 보이니? 계약서는 갖고 있니?"

"힘들어. 사무실이 없어져 버렸어. 계약서야 있지만 종이 쪽지야. 사기꾼들은 자취를 감춰 버렸고. 아무 흔적도 없이 없어졌는데 누구에게 계약서를 내미냐고. 돈 달라고 계약서 내밀 사람이 없어. 그렇게 큰 사무실이 금방 없어져 도주 할 줄은 꿈에도 몰랐구나."

"집도 모르니. 사장이든 누구든 책임자는 있을 거잖아. 책임 질 사람의 집도 모르냐고."

"응. 집도 몰라!"

"너도 참 답답하다. 답답해. 뭘 믿고 그렇게 큰돈을 주어버렸니."

"그러게. 돈을 잃으려니까 나도 모르게 당해지더구나."

"너, 남편은 뭐라고 그러니?"

"집도 날아가게 생겼고. 식당도 장사가 안돼서 내놓았건만 식당이 나가질 않아. 그렇다고 문 닫아 놓을 수도 없구나. 내 남편? 그 인간과 대판 싸웠어. 이혼하자더라. 이혼한다고 했어."

"농담 마."

"아니야. 이혼 할 수 있어."

"주위에 너처럼 돈을 잃은 사람들이 많아."

"맞아. 그 사람들, 전문 사기꾼들은 못 당하겠더라. 너도 그 사람들 만났으면 어쩔 수 없이 당했을 거야."

"그래도 한 푼이라도 찾으려고 수습해봐. 자식들 봐서 이혼한다는 생각은 하지 말고. 이럴 때 일수록 건강 잘 지켜."

"건강도 지키고 싶지 않아. 모두 싫고 죽고만 싶어."

"얘, 너 미쳤니. 죽는다는 말을 함부로 하다니!"

두 여인은 목도 타고 가슴도 타는지 물들을 들이켰다. 성현은 대화에 깊숙이 빠져 있어서 밥을 다 먹었는데도 일어날 수 가 없었다.

"사람들 말 하나도 안 틀려. 너 그런 말 들어봤니?"

"무슨 말?"

"돈은 구경만 해보자며 잠깐 보여만 달라고 해도 호주머니에서 내놓으면 안 된다더라."

"맞아. 그런 것 같아. 맞아. 그 말이 맞아!"

"돈은 구경만 하고 주겠다고 해도 믿지 말라고 했어. 상대방에게 잠깐이라도 돈을 보여주면 안 된다는 걸 깨달았으면 너 돈 안 잃었을 텐데."

"그러게. 늦어버렸구나."

"주위에 이런 일이 넘 많아."

"죽고 싶다!"

식당을 나서서 걷고 있는 성현에게 조금씩 불안감이 살금살금 올라오고 있었다. 그건 아니라고 이내 불안감을 밀쳐 내렸다. 어디 비교 할 사람이 없어 김 여사 같은 분을 그런 사기꾼과 비교하다니. 식당주인은 사기꾼의 집도 모르고 아무 것도 모른다 했잖아. 자신은 김 여사의 집과 별장, 호텔까지 다 알고 있는데 걱정은 왜 하는지 자책했다. 자신을 도와주려고 애쓰는 김 여사의 은혜로움도 모르고 그런 사기꾼과 비교했다는 사실에 한 번 더 죄송함을 가졌다. 하지만 잠이 오지 않았다. 아까 가졌던 불안감이 되살아났다. 두 여인의 말을 듣는 순간 여러 상황들이 식당주인과 자신은 틀리면서도 어딘가 비슷한 점이 있음을 발견했다. 안되겠다. 성현도 낙관만 하고 있을 게 아니라 한 번 확실히 짚어봐야겠다고 판단했다. 내일 투자금의 일부분을 반환해 달라고 해야겠고. 수능시험이 끝나면 계약서를 해 받아야겠다. 성현은 오늘 받은 김 여사의 문자도 헤아려 보았다. 이상한 점은 없었다. 그는 주위사람들로부터 잘 생겼다는 말을 듣고 있어서 김 여사의 잘생겼다며 부추긴 말은 꼬드김의 말은 아닌 듯 했다. 식당에서 그런 대화를 들었기 때문인지 잠들기 전 괜히 김 여사를 여러 각도로 수사하고 있었다. 투자금을 반환해 받기 위한 꾀를 궁리했다.

다음날 김 여사에게 문자를 보냈다.

여사님, 전화를 하려다가 여사님께서 혹시
통화하기 불편하실까봐 문자를 보냅니다.
다름 아니라 집안에 갑자기 일이 생겨
투자금 중 오천만원을 받고 싶습니다.
수고하십시오.

그 여자는 성현의 문자를 받았다. 문자를 받은 그 여자는 대통 맞은 병아리 모양새가 되었다. 의외의 일을 당하니 정신이 멍한 모양새가 되었다. 그래서 낙태한 고양이 상을 해 앉아 있었다. 얼굴을 잔뜩 찌푸리고 앉아 있었다. 그럴 리가 없다고. 소금은 안 쉰다고. 성현도 안 쉰다고 생각했건만. 이십분 가량을 그렇게 앉아 있었다. 머리를 흔들었다. 그리곤 생각했다. 성현도 우거진 숲속의 수많은 나무 중 한 개의 나무일뿐이었다. 뜨거운 햇빛을 가려서 나무숲을 쉬게 해주는 구름이라고, 성현이 구름이라고 생각한 건 그 여자의 오산이었다. 성현은 나무가 아니고 구름이기 때문에 나무가 하는 행동은 안할 줄 알았다. 그 여자는 지금껏 나무를 할퀴고 다녔다. 그래서 상처를 입지 않으려는 나무의 생리를 잘 알았다. 그런 이유로 성현의 문자가 무얼 뜻하는지도 잘 알았다. 얼굴을 잔뜩 찌푸리고 앉아 있은 건 성현에게 실망해서였다. 구름이 아닌 실망. 성현의 문자 뜻은 자신을 시험해보는 것이다. 돈을 잘 갚을까 안 갚을까 하는 우려로 해보는 시험. 성현이 자신에 대해 의심, 불안을 가졌다고도 함께 해석되었다. 그 여자는 성현이 주위사람으로부터 무슨 이야기를 들었다.란 판단을 했다.

당연했다. 성현도 나무이어서 의심, 불안을 갖는 건 당연했다. 이런 부분에서 잘 처리해야 된다는 걸 그 여자는 알았다. 앞으로 성현에게 돈을 더 받아 낼 가능성이 없다면 물론 돈을 안 갚겠지만 성현에게선 계속 돈을 받아 낼 수 있으므로 이번 돈은 갚아줘야 했다. 이번 오천만원을 갚아 줌으로서 갖는 이익은 많았다. 시험용이던 오천만원도 자신에게로 도로 돌아올 테고, 자신의 믿음도 높아 질 테고 자신의 또 다른 부탁도 성현은 승낙 할 것이다. 그 여자의 또 다른 부탁이란, 성현의 친구를 소개 받는 것이다. 성현은 아주 신뢰성 있는 사람이다. 그런 성현을 주위에선 믿고 있을게 뻔했다. 강한 믿음성, 책임감 있는 성현이 투자하라고 권하면 친구들은 투자 할 것이 분명했다.

그 여자는 성현에게 보낼 문자를 찍었다.

성 선생, 문자 잘 읽었어. 좀 전에 오천만원과
오천만원에 대한 이익금을 같이 계산해서
송금했으니 입금 확인해봐. 수능시험 때까지
건강 잘 지키고 시험 끝나고 봐. 그 때 계약서
작성하자고. 집안에 급한 일 잘 해결되길 바랄게.

문자를 전송하며 그 여자는 비웃음을 질질 흘렸다. 곧 성현의 전화가 올 것을 예상했다. 예상대로 곧 전화가 왔다.

"여사님, 돈 잘 받았습니다. 고맙습니다. 급히 집안 어른께 며칠간 빌려줬다가 받을 겁니다. 받고 나면 도로 투자하겠습니다. 괜히 번거롭게 해서 죄송합니다. 집안 어른 댁에 무척 다급한 문제가 생겨서 그럽니다."

"아니야. 괜찮아. 우리 회사에 투자하면 돈 번다고 소문나서 인지 투자하겠단 사람이 많아 괜찮으니 집안 어른 느긋하게 빌려드려. 다음 달에 우리 회사 대전점 오픈해. 여름 방학 때 우리 회사 부산점 사무실 가서 봤잖아. 그만한 크기의 사무실을 대전점을 비롯해 계속 오픈할거야. 그래서 말인데 선생 주위에 투자할 사람 있으면 소개해봐. 부자 말고 돈이 절실히 필요한 사람. 선생이 신세진 일이 있다면 갚아야 할 사람. 그럼 사람 있으면 소개해봐. 선생이 신세진 사람이 있으면 이런 기회에 갚으란 뜻에서 말하는 거야. 그리고 돈이 절실히 필요한 사람에게 돈 벌도록 해줘야 그 사람이 선생과 나를 고맙게 생각할거잖아. 남에게 고맙단 말을 듣는 사람이 복을 받아야 이치에 맞잖아. 내가 그런 사람을 골라 돈 벌게 해주는 일도 어떻게 보면 내 사업 잘되게 하기 위함인지도 몰라. 내가 딱한 사람을 도와주어야 하늘이 내게 복을 내린다는 원리. 난 그 원리를 믿고 실행하려고 해."

"알겠습니다. 감사합니다."

그 여자는 성현에게 멋진 그림을 보여주었다. 딱한 사람을 도와주면 하늘이 복을 내린다는 그림. 질질대던 비웃음 속에서 어쩜 그런 명작이 나왔는지. 사람들에겐 평범한 그림 일 수 있으나 할퀴고 상처를 내며 다니는 그 여자에게 그 그림은 명작이었다. 성향과 성격에 맞지 않는 명작 운운을 때려치운 그 여자는 수능시험 끝난 뒤 성현의 만남을 미리 생각했다. 등치기 방면에서 똑똑한 그 여자는 미리미리 생각하고 조심조심 행동한 까닭에 그렇게 할퀴고 다녔는데도 전과자는 아니었다. 다음에 성현을 만나면 투자계약서는 작성하지 않겠다. 어설피 투자계약서를 작성했다간 사기죄로 구속될지 몰랐다. 좋은 방법은 돈을 빌렸다는 차용증서를 해주는 것이다. 성현이 소개해주는 사람이 있으면 그 사람 이름으로 따로 차용증서를 줄게 아니고 성현이름으로 묶어 차용증서 해주겠다. 여러 사람에게 빌린 것보다 한 사람에게만 빌린 게 서류상으로도 지저분해 보이지 않았다. 다음에 만나 차용증 쓸 때 이익금이란 말은 없던 말로 해버리면서 이자란 말을 등장시키겠다. 나쁜 채무자는 채권자에게 이자 준 돈을 원금에 계산하거늘. 다시 말하여, 이자를 많이 주고 나면 원금은 갚을 필요가 없다고 계산하거늘. 하물며 등치기인 그 여자는 이자도 원금도 계산해줄리 없었다. 등치기 계산법이란 돈을 빌린 뒤에 법에 저촉되지 않는 범위내의 이자만 주고는 이자도 원금도 안 갚는다는 걸 성현이 알리가 없었다. 두말 할 나위 없이 성현의 돈은 갚지 않고 파산신고 하겠다!

잠자리에 든 성현은 숙연해졌다. 낮에 김 여사와의 일을 헤아려 보았다. 돈 오천만원을 하루도 넘기지 않고 성현이 반환 요구한지 한 시간도 되지 않아 송금시켜주었다. 자신에게 부끄러워졌다. 김 여사에게 황송한 마음을 가졌다. 자신을 도와주고 있는 이를 불신했다는 점이 부끄러웠으며 교육자라고 자부하는 자신이 지나다니는 말에 휩쓸려 은인도 몰라 본 사실에 부끄러웠다. 몹시 피곤해서였을까. 자괴감은 오래가지 않았고 곧 잠들었다.

나날이 힘찬 하루였다. 나날이 즐겁고 창쾌했다. 성현의 매일은 그렇게 만족 속에서 희망에 부풀어 있었다. 전에 없던 새로운 일도 계획하고 시를 읊고 노래도 흥얼거리며 다녔다. 창창청년. 요즘 그는 희망에 찬 청년이었다. 가정도 태평했다. 돈이 신기했다. 사람들이 돈! 돈! 하는 이유를 알았다. 돈이 있어 여유로워지니까 희망적이 되었다. 맑게 갠 새파란 하늘만 보였다. 그래서 그런 풍요를 갖게 해주는 김 여사에게 언제나 감사함을 가졌다. 성현에게 김 여사는 노을빛이었다. 그는 노을빛을 제일 좋아했다. 쓰러져가는 그의 집을 다시 일으켜 세우는 노을빛. 해가 쓰러질 때 발하는 그 붉은 빛에 매료되지 않을 사람 있을까.

밤하늘엔 별들이 반짝반짝. 성현의 집엔 좋은 기운으로 반짝반짝. 그러나 성현은 자제했다. 산꼭대기에 올라 높은 곳에서 한눈에 내려다는 보았을망정 아직 인생의 시작과 끝은 잘 모르잖는가. 사람의 겉만 보고도 그 인격을 분별하는 식견도 없으면서 경제적으로 조금 여유로워진다고 으스대지 말자며 흥분을 자제했다. 그럼에도 불구하고 자제되지 않는 한 기운. 이성을 찾고 싶었다. 친구가 결혼했으니 그도 이성을 만나야 할 나이였다. 매사가 여유로워지자 떠오른 한 모습. 장해수! 그는 그녀가 보고 싶어 출퇴근 때마다 그녀 집 대문을 평화로이 바라보며 그녀와의 상봉을 기대했다.

장해수 아버지의 죽음

비 내리는 날이었다. 새벽녘부터 비는 얼키설키 얽혀 마구 쏟아지고 있었다. 곳곳에서 찰싸닥 찰싸닥 물소리가 들려왔다. 어느 집에선 개도 소란스레 짖어댔다. 출근길의 사람들은 빗물이 몸을 자꾸 직신거리자 짜증난 시선을 내리꽂고 걷기도 했다. 여읜잠을 잔 사람도, 푹 잠을 잔 사람도 쏟아지는 비 탓에 모양새가 꾀죄죄했다. 그날 비는 억수로 퍼부었고 그런 비를 맞으며 사람들 열에 아홉은 슬픈 모습을 해 다녔다. 점심 무렵 비는 멈추어 갔다. 비의 멈춤은 죽고 못 사는 사이의 사람들에게도 약속을 하게 했다. 금요일이었다. 땅이 촉촉한 금요일 밤을 좋아하는 연인과 보내고 싶은 건 사람 마음. 하지만 해가 질 무렵 비는 목적을 이루지 못한 범죄를 저지르는 듯 또다시 시작됐다. 저녁 비는 매우 굵어서 땅이 부글부글 끓는 것 같았다. 죽 끓는 듯한 하루가 어떻게 마무리 될지 궁금한 그날이었다. 곳곳에서 약속들이 취소되고 죽고 못 사는 사이들도 약속이 취소되었다. 사람들은 발을 동동 굴렀다.

　장해수! 비오는 그날 해수의 쓰린 가슴은 비에 맞물려 만신창이가 되었다. 그녀의 가슴을 쓰리게 만든 건 아빠 엄마의 싸움이 원인이었다. 근래 들어 아빠 엄마는 자주 다퉜다. 이유는 한 단어로 요약해 말하면 돈 때문이었다. 엄마는 아빠에게 돈을 벌어 오라했고 아빠는 돈 벌고 싶어도 돈 벌 곳이 없다고 말했다. 엄마는 집에만 있지 말고 밖으로 나가 돈 벌 곳을 찾아보라고 아빠를 내몰았으며 아빠는 맑은 날도 못 구하는데 이렇게 비가 많이 오는 날에 어떻게 구하느냐며 내몰린 채 신발을 신으며 발을 동동 굴렀다. 그런 아빠가 안타까워 아빠를 집안으로 들이몰다가 엄마의 고함소리를 들었다. 넌 우리 싸움에 간섭 말고 너 할 일이나 해! 그 상황이 엄마의 뜻을 뒤집어엎을 순 없었으므로 그녀는 물러나 할 일만 했다.

　만신창이가 된 해수는 그냥 걸었다. 저녁 무렵 또다시 굵어진 빗줄기는 어둠을 몰고 온 까닭에 이른 시간임에도 집집마다 전깃불이 켜졌다. 세찬 비는 시간을 바꿔버렸다. 낮 시간임에도 해는 일찍 퇴근했는지 어두웠고 사람들도 비를 피해 일찌감치 퇴근해버렸다. 엄마도 일상을 바꿔버렸다. 아침녘 엄마의 앙칼진 소리는 아빠를 슬프게 했을 테고 해수도 슬퍼 밖을 배회하고 있었다. 차라리 비를 맞는 게 낫겠다고 우산 아래에서 물 장단 발장단 맞춰 걷고 있을 때 휴대폰이 손을 요구했다. 손은 휴대폰 통화음을 눌렀다. 낯선 번호가 통화를 원했다.

　"여보세요."

　"장해수씨입니까."

　낯선 번호는 낯선 여자였고 낯선 음성엔 다급함이 있었다.

"그런데요. 무슨 일이시죠?"

해수의 음성도 불규칙해졌다.

"여긴 병원입니다. 해수씨 어머니께서 지금 전화하실 정신이 없어서 간호사인 제가 대신 전화 드리는 겁니다. 어서 바삐 해수씨께서 우리 병원으로 와주셔야겠습니다."

이게 뭔 소리.

"간호사님, 지금 무슨 말씀하는 겁니까. 조금만 자세히 말해주세요."

"네. 해수씨 아버지께서 교통사고를 당해 우리 병원에 있습니다."

"그런데 엄마가 정신 못 차릴 정도면 아빠가 많이 다치신 건가요."

"네."

이게 뭔 울음소리.

"얼마만큼 다친 건가요?"

"빨리 오십시오. 충격 받을까 봐…."

왠지 모를 아픔에 비까지 내려 슬픔이 더해 숨 쉴 사이 없이 그날을 보냈다. 그 왠지 모를 슬픔은 아빠의 불행을 예견한 걸까. '빨리 오십시오. 충격 받을까 봐….' 말끝을 맺지 못한 간호사의 말이 떠오르자 해수는 이마와 손바닥에 숭얼숭얼 땀방울이 맺혔다. 간략하게 말하는 간호사의 목소리 안에 큰 사고를 생략하고 있다는 걸 느꼈기 때문이었다. 재차 간호사에게 전화 걸어 아빠의 현 상태를 확인하려다 관두었다. 그걸 확인하는 시간에 어서 바삐 병원으로 가야겠다. 간호사가 알려 준 병원 쪽을 향해 택시를 타려고 발을 옮기려 해보았다. 갑자기 당한 슬픈 소식은 마음은 물론 결국엔 몸에도 영향을 끼쳤다. 발이 땅에 붙었는지 움직여지지 않았다. 땅띔도 해보았다. 겨우 발걸음을 놓았건만 이번엔 택시가 잡혀지지 않았다. 억수같은 비 땜에 사람들은 택시를 타댔다. 그녀는 택시를 세울 수 없어 발을 동동 굴렀다.

병원에 도착했다. 접수실에서 아빠 성함을 말하며 입원실을 알려 달라고 했다. 접수실에선 응급실로 가라고 했다. 응급실로 달렸다. 응급실에서…, 응급실에선 간호사가 의사를 불렀고 해수는 의사 앞에 섰다.

"안됐습니다만 좀 전에 영안실로 갔습니다. 영안실로 가보십시오."

"네! 영안실이라니요!"

의사도 간호사도 대답을 잃고 묵념했다.

"오늘 아침에도 아빠 손을 잡았는데, 그게 무슨 말씀이세요. 영안실이라니요!"

"저희로서는 최선을 다했습니다만, 이미 숨이 멎은 상태에서 병원에 왔습니다."

죄송하다는 자세로 대답하는 의사와 대화할 시간이 아니란 걸 알아차린 그녀는 어떻게 해서 영안실까지 오게 됐는지 모르겠으나 영안실 간판이 보였다.

영안실로 들어섰다. 부축해 온 간호사가 아빠 성함이 적혀있는 방 앞에서 해수를 세웠다. 빈방에 엄마만 엎드려 있었다. 엄마가 울고 있는 건지 의식을 잃은 건지는 아직 파악되지 않았다. 간호사가 이런 저런 말들을 하건만 전혀 못 알아듣겠다. 어떤 여자가 다가와 잘못했다는 말들을 해댔다. 아마도 아빠를 죽게 만든 가해자 쪽 사람인가 보다. 또 다시 간호사의 말이 들려왔다.

"장해수씨, 어머니께서는 정신을 차릴 수 없으시니까 따님인 해수 씨께서 뒷일 처리를 해주셔야겠습니다. 주위 친척 분들께 알리고 아버지 영정사진도 준비하시고 할 일이 많습니다. 해수씨가 하셔야겠습니다."

그 때 기척 없이 쓰러져 있던 엄마가 조금 남아있는 의식을 갖고 말했다.

"간호사님, 우리 딸도 지금 정신없어요. 내가 사진과 수첩을 줄 테니 간호사님과 아줌마가 수고 좀 해주세요."

가해자 쪽 아줌마가 뒷일을 맡겨주셔서 감사하다는 뜻의 더답을 네, 네 하는 것과 동시에 엄마의 울음이 터져 나왔다. 엄마의 울음소리는 크디 컸다.

"여보! 해수아빠. 날 두고 가면 어떡해. 내가 당신께 미안해서 어떻게 살라고 이렇게 가버려요."

엄마는 미치도록 절규했다. 엄마가 자꾸 미안하다고 말하는 건 그날 아침 아빠를 내쫓아서 이런 지경까지 왔다고 판단해서였다. 해수도 울었다. 창피함, 부끄러움은 덜 급했을 때나 하는 말. 울음소리가 시끄러워 주위에 폐를 끼치면 창피하잖을까 라는 생각도 없었다. 긁힌 자국 정도의 슬픔이 아니고 전무후무한 큰 슬픔. 전에도 없었고 앞으로도 없을 소용돌이치는 큰 슬픔에서 벗어나오지 못해 급기야 쓰러졌다. 정신 줄 위에 위태위태하게 서있던 그녀는 급기야 떨어졌다.

의식이 돌아오며 깨어났다. 깨어난 해수의 팔에 링거 주사가 꽂혀 있었다. 부르르 떨며 소리쳤다. 당장 주사약을 뽑아라!고. 주사약은 뽑혀졌고 그녀는 아빠가 있는 곳으로 달려갔다. 어느새 그 곳엔 친척들과 낯선 사람들이 모여 있었다. 아빠의 영정 사진이 흰 국화꽃에 묻혀 있었다. 좀 전에 엄마가 울다 지쳐 쓰러졌기에 따로 있는 안쪽

방에 눕히고 왔다란 말을 누군가가 했고 그녀는 생각 없이 들었다. 눈물을 뿌리며 무릎 꿇고 아빠 앞에 앉았다. 상주인 엄마와 해수가 번갈아 정신을 잃곤하니까 큰아버지가 상주석에 서서 손님을 맞이했다. 으레 사건이 일어난 곳에는 사건을 일으킨 자와 당한 자가 있기 마련. 해수는 아빠의 꽃밭에 불 지른 자가 누구이며, 왜 불을 질렀으며, 꽃밭에 물 주던 아빠마저 왜 죽게 됐는지를 알고 싶었다. 그 궁금증의 문이 열리며 무릎 꿇고 훌쩍이고 있는 그녀의 귀로 들려왔다.

"너, 외삼촌이 비 내리는 길을 앞도 안보고 푹 고개 숙이며 걸어오더래. 그래서 운전수가 급한 마음에 클랙슨을 빵빵 울려대도 빗소리 때문에 못들은 건지 여전히 그렇게 걸어오더래. 너 외삼촌 피하려 하다가 운전수는 옆의 큰 가로수를 들이받았고 바로 옆의 외삼촌도 들이받았나 봐. 외삼촌은 그 자리에서…. 아이그 불쌍한 것. 제대로 한 번 살아보지도 못하고 갔어."

고모가 사촌 오빠에게 하는 말이 들려왔다. 궁금증이 풀렸다. 아빠 사진 앞에 피워진 향이 타들어 갔다. 아빠 쪽도 엄마 쪽도 형제가 적었다. 아빠는 삼형제 엄마는 남매였다. 아빠는 큰아버지와 고모. 엄마는 외삼촌뿐이다. 거기다 아빠는 사회적 위치도 없었고 엄마도 주로 살림만 해왔다. 영안실엔 화환도 없고 초라하기만 했다. 급작스레 다가온 아빠의 죽음은 해수를 슬픔, 괴로움, 고통에만 보쌈 당하게 한 때문인지 그녀의 눈엔 영안실 안의 사람들은 눈에 들어오지 않았다. 오로지 아빠 사진만 뚫어지게 바라보았다.

그 와중에도 산사람은 살아야 한다고 부엌 쪽에선 음식 냄새가 났으며 그릇소리들이 났다. 손님도 대접해야 되고 산사람은 먹어야 한단다. 화장실을 다녀오는 해수 곁으로 부엌에서 어느 여인이 다가와 정답게 말했다.

"해수야, 넌 잘 기억 못하겠지만 난 널 잘 기억한단다. 난 네 엄마랑은 학교친구다. 네 엄마랑 친한 친구였어. 오랜만에 보는데 하필 이럴 때 널 만나게 되어 안타깝구나. 힘내! 아빠를 남들보다 좀 일찍 하늘로 보내드린다고 그렇게 맘 편히 생각하며 보내드리자. 많이 슬퍼하지 말자. 해수가 많이 슬퍼하면 엄마가 더욱 힘들잖아. 엄마를 생각해서라도 이 어려운 고비를 잘 넘기자."

"…네."

어렴풋이 기억나는 여인이었다. 해수가 초등학교 다닐 무렵 여인을 본 기억이 났다.

"나온 김에 밥 먹고 들어가라. 그렇게 안 먹으면 큰일 난다. 너 먹고 들어가서 엄마도 밥 먹도록 데리고 나오너라. 어떡하냐. 산사람은 살아야지!"

여인은 몹시 살가웠고 그 살가움에 해수는 불쑥 고마움을 가졌다.

"말씀 고맙습니다만 전 배 안고픕니다. 먹고 싶지 않습니다."

"안 돼, 안 된다. 그러면 또 쓰러져. 내가 맛있는 죽 끓여놓고 부를 테니 그땐 꼭 먹도록 하자."

여인을 부르고 싶었으나 호칭이 안 떠올랐다. 아줌마,라고 부르기엔 좀 그렇다. 그녀를 보호하며 챙겨줄 사람처럼 다가왔으므로 아줌마,라고 부르기엔 좀 그렇다. 참으로 큰 슬픔 속에서 사전이나 뒤지듯 호칭이나 걱정하는 자신이 바지저고리만 같았다. 이런 슬픈 상황에 속도 없이 뭐하는 짓인가 싶어 자신을 자책하며 아빠 시신이 있는 방으로 가려다 엄마 걱정이 되어 여인을 돌아보았다.

"저기."

"응, 그래. 이모라고 불러. 난 네 엄마랑 형제만큼 친하니까 이모라고 불러. 처음 부르기 힘들어 그렇지 두 번, 세 번 부르다 보면 괜찮아. 모든 일이 그렇잖아."

놀라운 여인이었다. 해수가 적당한 호칭을 생각하는 그 짧은 순간에 그 여인은 이미 그녀의 속을 꿰뚫고 있었다.

"아, 네. 이모. 엄마를 부탁합니다. 엄마가 물이라도 먹을 수 있게 도와주세요."

"그래. 그래 알았어. 엄마 잘 먹일 게. 걱정 마. 너도 나중에 죽 끓여서 부를 테니 나오너라."

"전 괜찮습니다. 먹고 싶지 않습니다."

자그마한 양쪽 저울 위에 그 여인으로 향해 낯설음과 고마움을 올렸다. 고마움 쪽이 무거웠다. 방으로 돌아와 아빠 사진을 바라보고 있으려니 이상야릇한 현상이 일어났다. 배가 고팠다. 아빠가 죽었는데 배가 고프다니! 이건 정답이 아니라고 거부했지만 뱃속은 거부하지 않았다.

그토록 진지한 시간을 가져보았던가. 이십년 넘게 살아오면서 그토록 진지한 시간은 없었다. 아빠에게 진지하게 머리 숙였다. 살아오면서 아빠를 자세히 살피지도 못했고 어떨 땐 옆집 아저씨 보듯 불효를 저지른 죄 용서해 달라고 숙였다. 짧은 기간 가졌던 부녀의 정 잊지 않겠다고 숙였다. 술 마신 아빠가 인생 지름길을 이야기하면 술 냄새 풍긴다고 짜증냈던 시간이 떠올라 숙였다. 초등학교 시절 떨어진 운동화 땜에 창피해 아빠를 원망했던 기억이 나서 후회막심으로 숙였다. 그리고 무엇보다, 무엇보다 머리 숙여야 하는 건, 아빠가 그녀를 와락 안을라치면 싫어했다. 어째서? 철나면서 아빠에게 배인

가난이 싫어진 원인이었다. 두 번쯤 그랬던 기억이 났다. 그런 지난
날의 후회가 그녀를 불태워 부서뜨리고 있었다. 깊이 숙이며 깊이깊
이 빌었다. 아빠 미안합니다! 잘못했습니다. 아빠 미안합니다! 감당
못할 눈물이 마구 흘렀다.

아빠가 없는 집안엔 불행의 기운만 스며들었다. 아빠가 있을 때도
행복만 있는 건 아니었다. 아빠가 있을 땐 행복과 불행이 번갈아 있
었다. 아빠가 직장 있어 나다니면 행복했고 직장 없어 놀면 불행했
다. 아빠는 자랄 적에도 가난했고 결혼해서 가정을 갖고서도 가난했
다. 큰아버지는 가난을 대물림하기 싫다고 부동산 한다, 주식한다,
투자한다는 등등의 말들이 들려왔지만 아빠는 달랐다. 아빠는 콩 심
은데 콩 나고 팥 심은데 팥 난다를 주장하며 그렇게 살았다. 엄마의
불만은 그것이었다. 콩 심은 사이사이에 다른 농작물을 심으면 수입
이 좋아 생활이 윤택해지지 않겠느냐 라고. 그러면 아빠는 콩을 삶
아먹지 괜히 콩 볶아 먹다가 가마솥만 깨뜨린다는 엉뚱한 말만 해댔
다. 아빠 말을 받아서 또 엄마는 콩 심은 사이 부룩치자고 했는데 왜
말을 못 알아듣느냐고 대들었다. 대드는 엄마를 향해, 당신은 콩밭에
가서 두부 찾는 사람이야. 길고 긴 인생 천천히 살면 되지. 뭘 그리
급히 서둘러. 그렇게 소리치고 나가버린 아빠는 밤늦게 술 취해 들어
오면 싸움이 끝나곤 했다. 그리고 며칠 뒤면 아빠 엄마는 또 하하! 호
호! 웃음소리 내며 행복을 찾고 있었다.

아빠 엄마 사이는 불행해 보이지 않았다. 다만 아빠가 직장이 없어
집에 돈이 없을 시에만 불행해 보였다. 그럴 때면 친할머니는 먹을거
리를 사 와서는 남자가 돈을 못 벌면 여자라도 벌어야지. 꼭 남자가
돈 벌란 법 있냐.라며 중얼거리는 말을 해수는 자라면서 들었다. 또

한 외할머니는 남자가 한군데서 진드근히 돈벌이를 못하고 쯧쯧. 자식이 많기를 하나. 딸자식 하나 있는 그것도 남부럽지 않게 못 키우고 쯧쯧. 그래도 부부 정은 좋아 둘이 히히덕대며 살고 있는 게 용하다.라는 말을 엄마에게 하는 걸 듣곤 했다.

주위에서 그렇게 아빠를 몰아세우면 아빠도 움켜쥐었던 말을 엄마에게 풀어놓았다. 나도 처자식 잘 먹이고 싶고, 돈 걱정 안하게 하고 싶어. 그런데 내가 가진 돈도 없고 못 배워서 이렇게 살 수밖에 없는 걸 어떡하라고! 엄마는 그러는 아빠가 안쓰러워, 그럼요. 그럼요. 당신 말이 옳아요. 라며 아빠를 부추겼다. 천생연분이었다.

그런 천생연분의 정이 일을 벌리기로 했다. 잘 살고 싶어 하는 엄마의 뜻을 아빠가 실천하기로 한 것이었다. 겨우겨우 장만한 아주 작은 평수의 아파트를 팔기로 했다. 아직 대출금도 남아있는 아파트였다. 집 판돈으로 장사를 하자는 게 엄마의 뜻이었다. 장사를 하면 노력 여하에 따라 흥할 수 있잖을까란 판단으로 장사를 시작했단다. 아빠가 오른발 내밀면 엄마는 왼발을 내밀고 아빠가 오른팔 내밀면 엄마는 왼팔 내밀며 일을 진행했다. 손발이 척척 맞았다. 마음도 척척 맞고 그렇게 꽤 넓은 식당이 차려졌다. 사람은 먹어야 산다고. 그래서 먹는장사가 제일 무난하다고. 엄마가 음식 솜씨가 좋으니 짭짤한 재미를 볼 거라고. 누가 말했을까?

얕은 지식이나 식견으로 사업을 하면 안 된다. 얕은 소견으로 장사를 하면 안 된다.는 흔한 충고를 그 당시 아빠 엄마에게 말했으면 그 충고를 받아들였을까. 오래 가지 않았다. 밥장사를 하게 됐으니 밥술이나 먹게 될 줄 알았다. 가정집 부엌일과 식당 부엌일은 달랐다. 무리한 식당 부엌일은 약한 엄마를 자주 아프게 만들었고 아프면 제대로 일 할 수 없는 이치. 엄마가 일 못하면 식당 반찬은 엉망. 식당은 반찬이 엉망이면 손님 발길 뚝. 식당 개업 순간부터 일사천리로 해나가도 장사가 될듯 말듯 하건만. 엄마가 몸살약 몇 번 먹는 사이 손님은 뚝 끊어졌다. 끊어진 줄을 이을 순 없었다. 손님만 끊어진 게 아니고 주위 친척도 멀어져갔다. 망했다는 건 단솥에 물붓기인 꼴이므로 친척들이 피하는 건 당연지사란다. 불에 달군 뜨거운 솥에 물을 부으면 그 물이 금방 사라지듯 망한 아빠 엄마에게 푼돈을 준들 효과가 없다고 피하는 게 상책이란다.

천생연분의 정에 쟁그렁대는 소리가 들려왔다. 북두칠성이 앵돌아졌다. 엄마는 아빠에게 바가지를 긁어댔다. 아빠는 어둡고 나른한 얼굴을 해 다녔다. 아빠는 지쳐갔다. 길고 긴 인생 천천히 살면 도지 뭘 그리 급히 서두르느냐고 투덜거렸던 아빠는 짧은 생을 마감했다!

보상금이 나왔다. 아빠 죽음의 대가였다. 보상금을 잘 받도록 뛰다니며 애쓴 이는 영안실에서 본 엄마 친구인 그 이모였다. 불쑥 영안실에서 보게 된 그 이모는 아빠의 장례식 이후엔 볼일이 없는데도 강아지 따라 다니듯 엄마와 해수를 따라다녔다. 그녀는 이모에게 감사함을 가졌다. 아빠 죽음 후 단 두 명의 식구는 건강하지 못했는데 이모가 반찬도 해오고 여러 가지 집안일을 신경 써주니까 감사함에 보배로이 인사하곤 했다.

아빠 죽음이후 엄마는 통 먹지도 못하고 잠도 못 잤다. 생전의 아빠와 부부의 정도 좋았는데다 그 날 아침 아빠를 내쫓고 사고를 당했기에 엄마의 죄책감은 더욱 컸다. 죄책감은 둥근 모양의 쇠 바퀴가 되어 엄마의 몸과 마음을 시도 때도 없이 지나다니며 아픔과 괴로움을 주는 모양이었다. 버스에서 내려 죽집에 들렀다. 먹지 못하는 엄마를 위해 퇴근길에 죽을 생각했다. 큰 도로를 지나 집이 보이는 작은 도로에 들어섰다. 차 한 대 정도만 다닐 수 있는 작은 도로의 양쪽으로는 집들이 즐비했다. 해수집이 있는 쪽으로는 오래되어 낡은 주택들이 있고 맞은편 쪽은 낡은 다세대 주택들이 있었다. 어디든 승용차는 있으므로 퇴근하는 차들이 허름한 동네로 들어오고 있었다.

식당이 망하자 남는 게 없어진 아빠 엄마는 지금 살고 있는 집으로 이사 왔다. 낡은 주택 일층 구석에 위치한 월셋방. 주인이 사는 일층 구석쪽 방이며 작은 쪽문이 따로 나있어 그 쪽문으로 따로 출입했다. 주인은 같은 일층에 살아도 큰 대문을 사용했다. 이층은 전세로 산다는 말을 들었다. 행운도 지나간다면 주인집 큰 대문으로 들어가고 싶지 해수네 쪽문으로는 들어오기 싫을 터였다. 주인집 큰 대문을 열면 꽃밭이 있고, 밝은 햇살이 있고, 좁지만 앉아 쉴 수 있는 잔디도 있었다. 해수네 쪽문을 열면 주인집 마당을 막은 검은 벽 사이로 좁다랗게 난 길이 컴컴해서 불쾌함만 주었다. 이 집에 이사 오고부터 엄마가 자꾸 신경질적이 되고 아빠에게 화를 잘 낸 이유는 돈 잃은 설움도 있겠지만 쪽문과 방 사이의 컴컴, 불쾌함의 길도 작용했을 것이었다. 해수는 죽 봉지를 들고 좁다란 길을 지나 방문 앞에 섰다. 엄마! 불렀다. 그래 왔냐. 어서 오너라. 엄마는 시르죽어 가는 목소리로 답했다. 그녀는 방에 들어가려다 멈췄다. 선 채로 사온 죽을 열어 그릇에 담았다. 그새 죽은 식어 있어서 렌지에 약간 데웠다. 반찬 두 가지로 간단한 밥상을 차렸다. 쥐코밥상이 엄마 앞에 놓여졌다. 엄마는 맛있게 먹고 물까지 시원하게 마셨다.

"네 아빠 가고 이렇게 먹은 건 처음이구나. 우리 딸 죽 사와서 고마워. 요즘은 죽도 다양하게 나오는구나."

엄마는 기운 차리는 듯 했고 어렵사리 말을 꺼냈다.

"해수야, 너도 아빠 보상금이 며칠 전에 입금된 것 알고 있지."

"응."

"그래서 말인데. 그 돈 땅에 투자하면 안 될까?"

"엄마! 웬 땅? 그 돈은 아빠 목숨이며 우리 목숨이야. 왜 느닷없이 땅을 사려고 그래. 우리가 지금 한가하게 땅이나 살 시기냐고. 지금 집 문제가 급하니까 그 돈으로 전셋집을 구하자, 엄마. 내가 번 돈으로 방 월세 주고 나면 생활비도 모자라곤 하잖아. 엄마는 어떻게 나보다 계산을 할 줄 몰라."

"그래. 맞아. 나도 네 말이 옳다고 생각해. 지금 우리에겐 집이 급해. 그런데 오래도록 땅을 사놓는 게 아니란다. 대단한 개발 지역의 땅이라는 구나. 현재 개발하기 위해 깃발을 꽂았다는 구나. 깃발을 꽂았다는 건 얼마 있지 않아 공사 시작을 의미하니까 공사만 시작하면 땅값이 몇 배나 뛰어오른다는 거야."

"엄마, 그런 말에 속지 마. 엄마는 집에만 있어서 잘 몰라. 밖에 나가보면 몇 년 만에 몇 배가 된다는 그런 말들 많이 해. 근데 선배들이 그런 말들에 속지 말라 하더라고."

"나도 알아. 학교 때 친했던 친구가 날 속이겠니. 친구가 공사 시작을 알리는 깃발 꽂은 땅을 보러 가자더구나. 공사만 시작되면 몇 배가 된다고 친구가 일 이 년만 기다리라더구나. 그러니까 친구가 시키는 대로 한 번 해보자. 그 돈을 전세로 걸면 그대로 있지만 일 이 년만 기다리면 몇 배는 될 텐데 얼마나 큰 이익이냐. 몇 배는 안 되더라도 두 배만 되어도 그게 어디냐. 난 그 말 듣고 기운이 나서 죽도 넘어가는구먼."

"그 친구가 누군데?"

"너도 알잖아. 요즘 자주 우리 집에 오는 그 친구."

"참, 그 아줌마는 엄마 언제 적 친구야?"

"엄마 학교 때 친구야. 너 초등학교 무렵까진 몇 번 만났으나 그 이후로 연락이 끊겼어. 그런데 몇 달 전에 겨우 날 찾았다며 연락이 왔더구나. 몇 달 전 우리 집에 와서 그러더라고. 부동산 회사에 다닌다고. 아빠가 돌아가셨을 때 와서 많이 수고했으며 요즘도 거의 매일 와서 우리가 회복하도록 도와주는 일 너도 알잖아. 내 형제도 안하는 일을 그 친구가 해주기에 난 그저 고마워서 믿고 맡기고 싶어."

"아무튼 난 반대야. 그 돈은 아빠 목숨이므로 절대로 신중할 필요가 있다니까…. 엄마, 갑자기 생각나서 하는 말이야. 나도 그 아줌마 좋게 생각했어. 근데 그게 아닌 것 같아. 이런 목적 땜에 우리에게 친절 했을 수도 있어. 그 돈이 어떤 돈이야. 아빠 목숨이야. 아빠 목숨을 엉뚱한 곳에 덜미 잡혀 뺏길 순 없잖아."

"그 친구 그런 친구 아니야. 믿을 만한 친구야."

"엄마, 내 말은 그 친구를 못 믿는다는 게 아니야. 엄마가 그 회사에 들어가 봤냐고. 땅 판매하는 전화는 나에게도 전화 많이 온다고. 난 그런 전화를 받을 때마다 믿음이 안갔어. 우리가 여윳돈이 있으면 땅 사면 좋죠. 아빠 목숨이기 때문에 지금 이렇게 내가 고민하는 거라고. 엄마, 제발!"

"알아. 너 마음 알아. 내 마음도 그렇다."

한바탕 걱정의 풍파를 겪는 대화를 했던 까닭에 엄마의 생각이 바뀔 줄 알았다.

"그 친구가 말했어. 사람은 거짓말해도 땅은 거짓말 하지 않는다더라! 친구를 믿어보자.”

“엄마, 마음대로 해!”

며칠 뒤 엄마가 그 친구 회사에 들어가서 땅 매입계약을 하고 왔다는 말을 들었다. 제발 그 계약이 잘되어 아빠 죽음 이후 불행하기만 했던 불행이 끝나기를….

한편으로 세상은 녹아내리는 겁 없는 자들에 의해 녹아나고 녹아들고 있었다. 겁 없는 자들은 산속에 얼어 있는 얼음을 녹아내리지 않고 감히 산을 녹아내리고 있었다. 산을 녹아내린 그들은 그 산을 쪼개서 몇 십 배 혹은 많게는 몇 백 배로 비싸게 산을 팔아댔다. 그들은 그 산을 팔기위해 직원들을 채용해 선량한 삶을 살고 있는 사람들에게 전화를 걸어 쪼갠 땅을 팔라고 강력히 지시했다. 사람들에게 고객님이란 호칭을 써대며 정신을 못 차리도록 현혹하여 땅에 빠져 녹아나도록 했다. 고객은 반신반의 하면서도 큰 산과 큰 바다는 통째로 살 수 없으니 쪼개서 사면 큰돈을 벌 수 있다는 근거 없는 소문을 듣고 녹아들고 있었다.

보상금

　몇 년의 세월이 흐르고 있었다. 그 사이 장해수는 희망에 차있었다. 아빠의 보상금으로 산 땅이 부디부디 개발이 잘되어 월셋방에서 벗어나길. 지긋지긋한 가난에서 벗어나길. 푸근히 기다렸다. 하지만 그 기다림보다 아빠 잃은 슬픔이 더욱 커서 희망보다는 솔직히 울음을 삼킨 날이 더 많았다. 깎아지른 듯 솟아있는 슬픔 끝에 앉아서 아빠를 부른 날이 헤아릴 수 없을 정도였다. 남들은 다 잘살건만 그녀는 왜 슬픈 책의 주인공이 되어 슬픈 이야기만 해야 하는지 타령 하곤 했다. 아빠를 사랑했다. 어떨 땐 아빠의 슬픔에 몰려 빠져나올 수 없는 경우도 있었다. 그럴 경우엔 일부러 새로 이사할 넓은 집을 그려보았다. 지금 살고 있는 집이 몹시 좁아 슬픔이 더 가까이 붙어있나 보다. 큰 집을 그려보며 슬픔을 눌러놓았다. 벼르던 아기 눈이 먼다고, 기대가 너무 크면 실망도 따른다지만 엄마가 구입한 땅에 큰 기대를 걸고 있었다.

그런 점은 엄마도 마찬가지였다. 엄마는 괴로워하다가 지치고 또 괴로워하다가 또 지치고를 반복하며 시간을 이기고 있었다. 엄마에겐 나쁜 습관도 생겨났다. 아빠가 가고난 뒤 할 일을 제 때에 안했다. 그릇을, 빨래를 담가놓고 누워있기만 하고, 머리도 빗지 않고 씻지도 않고 누워있기만 했다. 딸 벌이로는 살기 힘들다며 돈 벌러 나갔다가는 한 두 달 뒤면 또 누워있었다. 몸도 마음도 아프고 몸도 마음도 슬프다고만 했다. 엄마에게 생겨난 가장 나쁜 버릇은? 엄마는 수면제를 먹어야 잠이 드는 버릇이 생겼다. 약을 먹지 않으면 잠이 오지 않는다는 엄마를 처음에는 이해했으나 차츰 그 일이 그녀의 걱정이 되어 갔다. 저러다 엄마가 약물중독이 되면 어쩌지. 약물중독은 안 돼!

엄마도 해수도 아빠가 돌아오지 못하는 길을 떠나고 난 뒤에야 아빠의 소중함을 깊이 깨닫고 있었다. 부족한 게 사람인가 보다. 살아생전에 조금만이라도 소중함을 깨달았으면 이다지도 슬프지 않으련만. 깨달음이 빨라 부모 살아생전에 효도한 사람이 최고의 사람, 최상의 사람으로 최근 해수의 눈에는 비춰졌다.

늦가을의 흔적이 곳곳에 남았다. 낙엽이 뒹굴고, 옷들이 두툼해지고, 바람이 차가워졌다. 낙엽이 뒹굴긴 했으나 달린 잎들의 색깔은 막바지의 아름다움을 발산하고 있었다. 사람들은 그런 고운 색깔의 잎들이 떨어지지 않기를 열렬히 응원했다. 외주물집, 오막살이집, 고래등 같은 기와집에 사는 사람의 겉 모양새는 같아도 속 모양새는 달랐다. 외주물집과 오막살이집 사람은 다가올 추운 겨울이 걱정되어 속이 끓었고, 고래등 같은 기와집 사람은 묵은해를 보내고 새해를 맞이하는 축하할 일들에 속이 날개 달고 날았다. 늦가을의 스산한 바람에 아빠모습이 함께 불어와서 해수는 소곤댔다. 아빠, 내가 가을을 많이 좋아하는 것 아시죠. 근데 그 가을도 아빠가 없으니 소용없어요. 아빠 언제나 사랑해요.

늦은 퇴근을 해서 집에 도착한 해수는 문을 살짝 열었다. 혹시 엄마가 자고 있을지 몰라 깰까봐 조심했다. 방안에는 전기 스탠드불만 켜 놓아서 희미했다. 요즘 엄마는 지나치게 약을 먹었다. 잠자려고 먹는 약인지 정신을 잃으려고 먹는 약인지 자주 취해 있는 엄마를 보면서 그녀는 살맛이 없어졌다.

그녀가 들어서는 인기척에 엄마가 몸을 비척대며 일어났다.

"또 약 먹었어?"

그녀는 신경질 적으로 말했다.

"미안하다."

엄마의 기어들어가는 음성에 더 화가 났다.

"이젠 미안하단 말소리도 지겨워!"

여전히 앙칼져서 말했다.

"잠이 안 오는 걸 어쩌라고."

"엄마, 왜 그렇게 변했어, 왜 그렇게 흉하게 변했냐고."

그녀의 목소리가 좀 가라앉았다.

"너한테 할 말이 없다."

머리를 숙이고 있던 엄마가 말했다.

"엄마까지 그러면 난 누굴 믿고 살라고 그러는 거야."

엄마만 힘든 게 아니었다. 그녀도 힘들었다.

"알았어. 안 먹을게."

"엄마, 참 많이 변했다."

"너 아빠를 가슴에 묻었잖아. 가슴에 묻힌 너 아빠가 보고 싶고. 너 아빠에게 정말 미안해서 견딜 수가 없구나."

울고 있는 엄마가 안쓰러웠다.

"아빠는 용서하셨어. 아빠도 엄마 보고 싶어 하실 거야. 엄마 울지 마."

부드러워진 그녀는 엄마를 위로했다.

"사실 해수야. 오늘 아빠 엄마의 기념일이야."

"무슨 기념일?"

"응. 오늘이 아빠 엄마가 처음 만난 날이야."

"결혼기념일이야?"

"아니. 아빠 엄마가 맨 처음 만난 날."

"엄마는 그것도 기억해? 결혼기념일이면 몰라도 몇 십 년 전의 첫 만남을 어떻게 기억해?"

"내 인생의 소중한 날이므로 꼭 기억하고 있단다. 아빠는 엄마 인생에서 가장 소중한 사람이야. 그런 사람과의 첫 만남을 기억하는 건 당연한 거지. 너는 잘 모르겠지만 아빠와 엄마는 해마다 오늘을 축하하며 즐겼어. 작은 축하를 나눴어, 둘이만 몰래 나눴지, 너의 외할머니 알면 꾸중하시거든. 잘 먹지도 못하고 변변하게 살지도 못하면서 무엇이 좋은지 히히덕거리냐는 외할머니 잔소리가 듣기 싫어서."

"그랬구나. 그런데 엄마, 이제부턴 아빠 잃은 슬픔에서 벗어나도록 해. 아빠도 그걸 원할 거야."

"그래. 슬픔을 벗어나도록 노력할게. 돈이 무엇인지 그런 사랑도 돈이 없으니까 찢어지더구나. 그 날 돈 벌어오라고 너 아빠를 내쫓지만 않았어도. 내가 너 아빠를 죽인거야. 하늘도 아빠를 내쫓지 말라고 비까지 내리게 했건만. 난 그걸 무시하고 내쫓았고 난 천벌을 받았어."

엄마는 눈물을 쏟뜨렸다.

"엄마, 울지 마. 이왕 벌어진 일이잖아. 아빠가 살아올 순 없잖아. 우리 두 사람 열심히 잘 살고 있으면 아빠도 안심 하실 거야. 어른들이 그러더라고, 그렇게 죽는 것도 아빠 운명이라고, 그러니 엄마 너무 자책하며 슬퍼하지 마."

"알았어. 그렇게 할게."

"엄마, 요즘은 엄마친구인 그 아줌마가 왜 우리 집에 안 와?"

"누구?"

엄마가 돌아보며 물었다.

"있잖아, 그 아줌마. 아빠 보상금으로 땅 사게 만든 아줌마."

"아, 요즘 바쁘다더라."

"서로 연락은 해?"

"그럼, 어제도 통화했는걸."

"그 땅 어떻게 되었어? 몇 배 이익을 남겨 팔 수 있는 거야?"

"그 문제로 그 친구와 며칠 뒤 만날 거야."

"난 아빠가 주고 간 그 돈이 부풀려서 큰 집으로 이사 갔으면 좋겠어. 다시는 이런 집에 안 살았으면 좋겠어."

그녀는 자신의 주견을 말했다.

"나도 그래."

엄마도 강한 의지를 보였다.

"엄마, 제발 잘됐으면 좋겠어!"

텔레비전에서 한 장면이 사라지면서 뒤이어 다음 장면이 나타나는데, 그 때 나타나는 화면은 드라마가 아니었다. 엉뚱한 자막이 올라 갔다. 여러 글귀가 올라가기에 끝날 무렵 감독, 조연출, 제작진 등의 성명인줄 알았으나 아니었다. 특이한 글귀였다.

눈알이 빠지도록 기다리다. 땅값이 오르기를.

눈알이 나오다.

눈앞이 캄캄하다.

젠장맞을!

왈카닥 달카닥.

울고불고.

다 퍼먹은 김칫독 꼴이 된 땅!

화면 위로 언뜻 스치고 지나간 상상속의 글귀였다. 해수는 머리를 세차게 두드리며 나쁜 생각을 빼냈다. 불길한 예감을 빼냈다. 긍정적 예감을 불어 넣었다. 쓸데없는 상상은 그만두자며 잠을 청했다. 하지만 송름했다. 두렵고 불안했다.

며칠 뒤 땅 문제로 바쁠 예정이라던 엄마도 잠잠하고, 아줌마도 잠 잠하고 모든 게 잠잠했다. 아줌마 말이 나와서 하는 말인데, 아줌마 는 어느 날 불쑥 나타났다가 어느 날 훌쩍 떠나가 버린 사람이었다. 아빠 죽음 후 쓰러져 있는 엄마와 해수를 일으켜 세우려고 매일 와서 보살펴주던 아줌마였다. 그 아줌마가 자신에게 이모라고 부르길 원 해서 그 무렵엔 이모라고 불렀다. 아빠의 보상금이 나오자 엄마를 설 득해 계약을 마치고는 언제부터인가 발길이 줄어들더니 아예 발길이 끊어졌다. 느닷없는 출현, 사라짐을 한 아줌마는 꼭 어디서 들어왔던 속임수 당한 이야기의 주요 인물만 같았다. 엄마는 그 아줌마와 통화 하고 있으니 안심하라곤 했으나 그녀의 눈엔 엄마가 칼 물고 뜀뛰기

하고 있는 것처럼 보였다. 위태한 일을 모험적으로 행하는 것처럼 보였다.

예전의 해수는, 정확히 말해 아빠가 죽기 전의 해수는 가치관, 사고력, 관념들이 그 나이에 맞는 수준이었다. 이십대 중반의 아가씨답게 미적 감각에 신경 쓰고, 보기 싫은 것 안 보려했고 보고 싶은 것만 보려했던 그녀가 변했다. 변할 수밖에 없었다. 능력이 있든 없든 아빠였다. 아빠가 죽은 뒤부터 그녀는 판이하게 달라져야 했다. 엄마가 강했으면, 엄마가 팔을 걷어붙이고 발 벗고 나서는 삶을 영위했으면 그녀는 큰 변화는 안했겠지. 엄마는 여리고 약했다. 원래부터 여리고 약했다. 그랬던 엄마가 아빠 가고 난 뒤부터는 더 약해졌다. 아빠의 죽음의 그늘에 앉아 슬퍼만 하고 있었다. 엄마가 그 그늘을 벗어나는 데는 시간이 걸린다고 판단했다. 여유로운 상태에서는 시간이 걸려도 상관없으나 월셋집에서 엄마는 약한 모습만 해있으니 그녀라도 강해져야 했다. 그녀마저 약해진다면 그만 둘 수 있는 최악의 상황이 올 수도 있었다. 엄마도 해수도 삶을 그만두는 최악의 상황.

아빠의 죽음 후부터 해수는 원숭이를 즐겨봤다. 예전엔 원숭이가 보이면 사람모양을 한 징그러운 동물만 같아 무섭다며 고함쳐 달아나곤 했다. 그랬던 그녀가 모든 상황이 변해지자 그것조차도 변했다. 어느 날 길을 가는데 애완동물 파는 가게 앞의 통나무로 된 가구 안에 원숭이 한 마리가 밖을 내다보고 있었다. 그 녀석은 지나가고 있는 해수를 말끄러미 바라보더니 그녀에게 오라는 손짓을 했다. 그전 같으면 기겁을 하며 도망쳤겠지만 웬일인지 그녀는 그 녀석에게 다가갔다. 그 녀석은 신기한 표정을 지으며 그녀를 웃겼다. 해수가 웃자 그 녀석은 신이 났는지 그녀에게 앉으라고 했다. 그 녀석과 키 높이를 같이 해달라는 뜻 같았다. 아가씨가 도로에서 앉기는 좀 그렇고 해서 그녀는 엉거주춤 몸을 굽혔다. 그렇게만 해도 그 녀석과 좀 더 가까워졌고 눈이 마주 보아졌다. 이번에는 녀석이 손을 내밀며 그녀에게 손을 잡아 달라는 의사표시를 했다. 그건 망설여졌다. 녀석이 오라고 해서 갔다. 앉으라고 해서 굽혔다. 그것까지는 허락 하겠으나 손을 마주 잡기는 내키지 않아 머뭇거렸다. 그걸 모르는 녀석은 자꾸만 졸랐다. 조르는 녀석을 무시하고 갈 길을 가면 그만이었다. 그러나 그 자리를 떠나고 싶지 않았고 도리어 즐기고 싶었다. 그 때 장갑을 생각했다. 맨손으로 그 녀석 손을 잡으면 감촉이 징글징글. 털장갑을 낀 손으로 그 녀석 손을 잡으면 보들보들. 그 녀석 손을 잡은 그녀는 생글생글. 그녀의 손을 잡은 그 녀석은 새실새실. 지나다니는 사람이 동물과 그러고 있는 자신을 야릇하게 볼까봐 그녀는 몰래몰래.

　그 이후부터 해수는 원숭이가 좋아졌다. 원숭이와 헤어져 돌아오는 길이 즐거웠기 때문이었다. 그 순간 자신의 외로운 생활을 생각했다. 얼마나 외로웠으면 원숭이랑 노닥거렸을까. 그건 아니었다. 얼마나 외로웠어도 예전 같으면 원숭이는 쳐다보지도 않았다. 큰 변화는 동물도 동물로만 단순히 바라보지 않게 되었고 생명체로 바라본 때문이었다. 모든 생명체는 사랑해야 된다를 깨닫고 있는 시점에 원숭이를 만났다. 그 때 자세히 원숭이를 보았고 원숭이의 팔이 길고 힘이 센 걸 느꼈다. 그 뒤 원숭이는 팔 힘이 강하고 활쏘기에 좋은 팔을 가졌단 말을 아는 이로부터 들었다. 그 말을 듣고 나니 원숭이가 더욱 좋아졌다. 그 이유는 자신도 팔 힘이 강해 활쏘기를 잘해야 했으니까. 팔 힘없고 여리기만해서 활쏘기를 할 줄 모르는 엄마를 대신해

야했으니까. 목표물을 향한 활쏘기. 해수는 그렇게 홀로서기 준비를
했다.

아빠가 살았을 적엔 해수도 엄마처럼 여리고 약했다. 그물이 삼천
코라도 벼리가 으뜸이라고. 아무리 수가 많더라도 주장되는 것이 없
으면 소용이 없다고. 아빠의 자리는 컸다. 엄마는 아빠가 아직 자리
에 있는 줄 알고 지냈으며 그녀는 아빠의 자리가 빈자리임을 파악하
고 강인한 의지를 길렀다. 그래서 세상 말을, 세상 소문을 흘러들어
도 될 말도 신중하게 새겨들었다. 회사 업무도 대충 하지 않았다. 최
선을 다해 일했다. 아빠의 빈자리에 앉아 생각하고 생각했다. 자기발
견, 자기분석, 자기비판, 자기생산, 자기반성, 자기관찰, 자기감정 조
절법 등을 깨닫는 동안 많은 변화가 왔다. 어떡하든 잘 살아야 했고
반듯하게 잘살고 있는 걸 아빠에게 보여주고 싶었다. 해수는 언제 어
디서든 누군가가 자신을 바라보고 있다고 느꼈다. 혼자 있을 때면 자
연이 자신을 바라보고 있고 사람과 있을 때면 그 사람이 자신을 바라
보고 있다고 느꼈다. 자연이 본 것은 자연이 기록하고 그 사람이 본
것은 그 사람이 기록할 터였다. 그 사람도 사람인 까닭에 기록한 걸
다른 사람에게 말했다. 발 없는 말이 천리 간다는 말도 있잖은가. 고
로 사람은 안보여 지는 것 같아도 다 보여 지고 있으며 혼자 있는 것
같아도 혼자 있지 않는다는 결론을 얻었다. 많은 깨달음의 덕분일까.
그녀에 대한 평가는 높아만 갔다.

어느 한 소문이 홀로서기에 체력을 다하고 있는 해수의 집념에 잡
념을 불어넣었다. 땅을 잘못 매입해 재산을 몽땅 잃었다. 땅을 잘못
산 사람이 큰돈을 잃고 자살했다는 등의 부동산 사기에 관한 소문이
잡념이 되어 끓었다. 아빠 보상금으로 매입한 땅이 걸리고 걱정되었

다. 아빠를 잃었을 그 무렵엔 세상을 바라보는 시선, 생각들 모든 점이 어렸고, 엄마가 어련히 알아서 하겠지, 하는 마음이었다. 하지만 그 후 그녀의 지독한 홀로서기는 시작되었고 엄마의 나약함을 새삼 발견했다. 평생 집안 살림만 하여 세상 물정도 잘 모르고 살가운 인정이 가득한 엄마가 아빠 잃은 그 슬픈 경황에 제대로 알고 땅 매입 계약을 했을까. 그 아줌마가 순수한 마음으로 그 무렵 우리 집을 들락날락 했을까.라는 의문들이 그녀를 때때로 괴롭혔다. 괴로움으로 다가온 건 부동산 사기를 당한 사람이 많다는 소문 때문이었다. 소문은 소문이다.라고 일축해버릴 수도 있었으나 그녀 친구 어머니가 땅을 잘못 매입해 큰돈을 잃었고 친구 어머니의 친척도 그런 지경을 당했으니 소문 아닌 진실이었다. 믿음 있는 진실인 까닭에 괴로워했다. 괴로움을 피하고 싶어 어떤 방법을 써보려 해도 방도가 없었다.

며칠 뒤 땅 문제로 바쁠 예정이라던 엄마는 계속 잠잠했고 해수는 더 이상 잠잠함을 지켜 볼 수 없어 엄마를 깨울 작정을 했다. 동시에 그 아줌마가 떠올랐다. 엄마에게 땅을 팔기 위해 엄마를 구슬려대다 못해 구슬려 넘기고 구슬려 삶기까지 해서 땅을 팔았으면 일 년에 한두 번 명절 같은 때 연락이라도 하던지. 엄마도 그 아줌마도 답답했다.

"엄마."

심각하게 불렀다.

"왜?"

"우리가 산 땅 말이야. 일 이 년만 되면 적어도 두 배 이상은 된다고 큰 소리 치던 아줌마에게 연락을 해보든지 땅을 판 회사에 전화를 해보든지 연락을 해봐. 지금 우리 형편에 얼른 서둘러 그 땅을 팔아야 하잖아. 언제까지 가만히 있을 거냐고."

"그러잖아도 나도 서둘러 알아보려 하고 있어. 우선 친구에게 전화 해봐야겠구나."

말을 마친 엄마는 몇 번이나 전화를 걸었으나 아줌마는 전화를 받지 않았다. 그러는 동안 해수의 가슴은 으르렁 으르렁. 불안으로 머리는 지끈지끈. 겨우 아줌마와 통화가 되었다. 이번에는 통화 내용이 순조롭지 않아 보였다. 아줌마는 도망가고 엄마는 뒤쫓고. 슬그머니 화가 치밀어 오른 해수는 엄마에게 전화를 자신에게 바꿔달라는 신호를 보냈다. 차분히 아줌마에게 말할 참이었다. 그래도 아버지를 잃는 그 순간 우리 모녀에게 고마움을 주었고 한 때 이모라 불렀던 사람이기에 아줌마에게 공손히 물어볼 참이었다.

"잠깐만 기다려. 우리 딸이 널 바꿔달라고 그러는구나."

해수는 안녕하세요. 그동안 잘 계셨어요.란 말을 선두로 매입한 땅에 관해서 물어볼 참이었다.

"얘, 너 딸은 뭣 땜에 바꾸려고 그래. 난 너 딸과는 할 말 없어. 원래 땅이란 장기간을 보는 거야. 넌 부동산 투자를 안 해봐서 모르겠지만 땅은 사면 오랜 기간 땅에 돈을 묻어 두는 거야. 그리고 네 이름으로 개인 등기를 했으니 네가 땅을 팔면 되는 걸 어째서 나한테 땅 파는 것까지 물어오니."

해수가 엄마 전화기를 건네받은 줄도 모르고 아줌마는 제 할 말만 해댔다. 아줌마의 말이 끝나는 순간 그녀는 전화를 끊었다.

"너, 할 말 있다더니 어째서 전화를 끊냐."

「……」

해수는 일어났다. 옷을 걸쳤다.

"어디 가려고?"

엄마가 묻는 말이 귀에 들어오지 않았다, 화가 나서….

"어디 가냐니까!"

엄마의 큰 소리가 들렸다.

"너, 그 친구 전화 바꾸라고 해 놓곤 통화도 안하고 별안간 왜 그래. 너에게 그 친구가 뭐라고 말했어? 말해봐. 궁금하다니까"

"……."

"너 많이 화났구나. 그 친구가 뭐라고 말했냐니깐."

"……."

옷을 걸친 해수는 방문을 열었다.

"처녀가 밖을 나가면서 옷을 군밤 둥우리같이 입고 가면 어떡하냐. 처녀는 한 발짝 밖을 나가도 옷맵시 나게 입어야해. 옷을 그렇게 입고 어딜 가니?"

해수가 말없이 화내면 엄마는 위트 있는 말로 그녀의 화를 풀어주곤 했다. 그걸 아는 그녀는 엄마 말에 끝까지 모른 척 할 수 없었다.

"나, 잠깐 요 앞의 공원에 갔다 올게."

"아까부터 부슬부슬 비가 내리고 있어. 나가지마."

"이대로 갑갑한 집안에 있다가는 심장이 터지겠어."

"그래도 안 돼. 비오는 추운 겨울날이라 그런지 대낮임에도 어두워. 아가씨가 공원에 있다가 무슨 일을 당하려고. 세상이 워낙 험해야지."

"이대로 집에 있다간 내가 미치겠다니까. 날 가만 좀 내버려둬!"

"그 친구가 뭐라고 말했기에 난데없이 그러냐."

"엄만 그 아줌마를 친구라고 생각하고 있어?"

"…그럼."

해수는 창문을 열어보았다.

"비 그쳤어. 나 잠깐만 앉았다 올게."

"그럼, 빨리 와."

"알았어."

부엌에 벗어두었던 신발을 신고 작은 쪽대문을 향해 좁은 길을 걸었다. 해수네가 세 들어 살고 있는 아래채는 방 두 칸으로 한 칸은 엄마가 한 칸은 해수가 사용하고 있었다. 출입할 수 있는 현관은 부엌쪽이 아니었다. 그녀 방 앞의 조그만 마루를 지나면 작은 현관문이 있기는 하나 출입하기가 불편하고. 주인집 빨래가 많은 날은 빨래들 사이로 지나다녀 불편하고. 하여튼 불편한 게 많았다. 보기는 좀 그렇더라도 부엌에 신발 벗는 쪽이 더 편해 부엌에서 출입하게 되었다. 집구조가 좀 특이한 집이었다. 원래는 해수네가 세든 아래채도 주인집이 모두 사용하려 했는데 주인아저씨의 사업자금 부족으로 아래채를 세 주기로 결정하고 쪽대문을 새로이 만들었다나 어쨌다나.

쪽대문을 열고 밖으로 나왔다. 동네어귀에 있는 돋보이는 파라솔나무를 바라보고는 공원을 향해 걸었다. 하늘을 보았다. 대낮인데도 어두운 건 하늘에 있는 해가 부재중인걸까. 올려다 본 하늘에는 검은 구름이 아무렇게나 퍼져 있었다. 시커먼 구름은 앞이 캄캄한 그녀 마음을 더욱 캄캄하게 했다. 검은 구름은 꼭 하늘이 탄 흔적만 같았다. 그런데 타는 냄새는 나지 않고 공기는 맑았다. 해가 부재중인줄 알았건만 아니었다. 해는 하늘에 있었다. 근데 해가 잘 있지를 못했다. 해는 검은 구름에 가려 안녕하지를 못했다. 검은 구름이 해를 약 올리고 다녔다. 해가 모습을 쏙 내밀기만 하면 검은 구름은 가렸다. 그러기를 반복했다. 해가 검은 구름을 걷어내고 짧게 모습을 보일시엔 해가 화났는지 야울야울 불타는 모습을 했다. 어느 정도 시간이 지나자 해는 검은 구름을 무덤덤히 대했다. 검은 구름이 약 올라 죽겠지. 하며 가리고 다녀도 해는 하늘의 제왕답게 억누르고 있었다. 영구히 변하지 않는 바른 이치가 해에게도 적용되고 있었다. 참으면 복이 온다,는 바른 이치.

제왕의 인내력과 평민의 인내력은 달랐다. 제왕의 인내력 뒤엔 찬란함이 찾아들었다. 해수는 태어나서 지금껏 그토록 찬란한 해를 본 적이 없었다. 해질녘 노을 빛 속의 붉은 해를 본적은 많았다. 그 붉은 해를 보면서 아름다움에 취해 찬미하곤 했다. 그보다 더 아름다운 해가 있는 줄은 몰랐다. 하지만 지금 그보다 더 아름다운 해가 나타났다. 광채를 내며 나타난 해의 곁으로 새빨간 빗 물결 모양을 한 빛들이 해를 감싸며 더욱 찬란히 빛났다. 그 광채에 놀라 검은 구름은 들에 난 불구경이나 가야겠다며 황급히 사라졌다. 그 광채에 놀라 쥐덫에 치인 쥐 눈을 해 있던 사람이 상처가 다 나았다고 좋아라하며 눈을 크게 떴다. 그 광채에 놀란 해수는 왜 하필 이럴 때, 하필 마음이 슬픔으로 출렁일 때 빛을 발하는지 하늘을 우러러 보았다.

초로인생! 우리네 인생도 하늘처럼 됐으면 하는 소망으로 우러러 보았다. 인생에 먹구름이 덮여도 참고 노력하면 밝음이 온다는 소망. 울고 싶자 때린다고, 해는 울고 싶은 해수를 광채로써 때렸다. 광채로써 맞고 나니 막히고 엉긴 게 조금씩 풀리고 있었다. 해도 울다가 웃고 해수도 울다가 웃고. 좀 전에 비 왔다는 사실이 믿기지 않을 만큼 하늘은 밝고 맑았다. 그렇지만 한겨울 날씨의 바람은 으스스하게 차가웠다.

공원에 도착했다. 쇠기러기 몇 마리가 해수를 반겼다. 우리나라에서 겨울을 보낸다는 쇠기러기. 해수가 살고 있는 집은 허름할망정 그녀가 가끔 놀러오는 공원은 새록새록했다. 봄이면 가지각색의 꽃이 피었다. 여름이면 각양각색의 어린이들이 공원 한쪽에 설치 되어있는 물놀이장에서 놀았다. 가을이면 공원내의 나무들이 종종색색의 낙엽을 만들어 마음마저 흩날리고 다녔다. 겨울이면 가지가지의 생각들로 벤치에 앉아 사색하는 사람이 꽤 있었다. 잘록하게 된 골짜기 안에 들어와 앉은 아늑한 느낌을 주는 공원. 삶에 힘들어 있는 사람에게 자신의 덕행과 능력을 헤아려 살피게 만드는 공원. 사색의 힘을 길러주는 공원에서 그녀는 많은 위안을 받았다.

잠시 잊었던 본론을 찾아 해수는 생각을 모았다. 집에서 공원으로 오는 사이에 특별난 하늘을 보며 잠시 잊었다. 화가 나서 공원을 찾으려 했고 화를 삭이려고 공원을 찾았다. 이젠 해도 검은 구름과 다툼을 끝내고 평정을 되찾았다. 쇠기러기도 그녀의 울적함을 눈치 챘는지 날아가 버렸다. 혼자 있고 싶어 하는 그녀 마음을 헤아린 쇠기러기가 그 때는 네발짐승보다 슬기로이 느껴졌다. 그녀가 잊었던 본론은 이기적인 아줌마. 자기중심적인 아줌마에 대한 반감이었다. 아줌마로 향해 몹시 언짢은 감정이 올라왔다. 아니 솔직히 표현하면 분노를 짓씹었다. 엄마 말에 의하면 그 아줌마는 경제적으로 여유로운 삶을 산단다. 자본주의 사회에선 가진 자가 큰소리친다지만 그래도 이건 경우가 아니었다. 엄마에겐 목숨보다 더한 돈을 땅 매입하길 권유하며 엄마를 엎치락뒤치락했던 아줌마. 아빠 장례식 날 에구에구 울다가 엉엉 울다가 에구구 하늘도 무심하시지 라며 친구 남편 죽음에 거짓으로 통곡한 가증스런 아줌마. 그 뒤 위로를 구실로 앙큼앙큼 발걸음 하더니 아빠의 보상금이 나오자 날파람 일으키며 보상금을 갖고 가서는 발걸음 뚝 끊은 아줌마. 그런 아줌마를 배신자라 부를걸.

해산할 시기에 과로 따위로 양수가 일찍 터져 해산하기 어렵게 되는 일은 없어야 했다. 건강한 아이를 낳아야 했다. 어떤 나쁜 일이 커지기 전에 미리 막아야 했다. 엄마는 보상금으로 땅을 산 돈이 새끼를 쳐서 좋은 집으로 이사할 소망을 갖고 있었다. 그건 해수도 매한가지. 하지만 왠지 불길한 예감이 끝나질 않았다. 그 소망이 실속 없는 슬픔으로 끝날 것 같은 예감. 정말이지 현재 집에서 더는 머물고 싶지 않았다. 자칫하면 오도가도 못 하는 신세가 되면 어떡하지. 아줌마는 엄마를 속였고 엄마는 속임을 당했다.

집을 나오기 전, 엄마의 휴대폰에서 본 아줌마의 번호를 엄마 몰래 입력시켰다. 아줌마 번호를 눌렀다. 전화를 받지 않았다. 한 번 더 통화를 시도했다. 열차가 승객을 태우기 위해 역의 지정된 선로에 들어오듯이 해수의 전화번호가 아줌마의 휴대폰에 들어갔으면 받기를 바랐다. 둘이 함께 열차에 타서 대화하기를 바랐다. 또 전화를 받지 않았다. 두 번째, 세 번째 전화를 걸고 있는 사이 그녀는 슬슬 화가 치밀어 올랐다. 마침 공원은 텅 비어 있어서 그녀는 눈치, 부끄럼 없이 행동해도 되겠단 판단을 했다. 오늘 아줌마와는 쓸모 있는 땅이 될 것인가. 쓸모없는 땅이 될 것인가에 대해 논쟁해야겠다. 엄마와 해수에겐 재산이 걸린 문제였다. 곧 목숨이 걸린 문제이기도 했다. 다섯 번째 전화를 걸었다. 아줌마가 전화를 받았다.

"여보세요."

"아줌마, 그동안 잘 계셨어요?"

화는 났으나 아줌마는 어른이므로 해수는 예의를 갖춰 말했다.

"누구냐? 누구니?"

"장해수입니다."

아빠 죽고 보상금이 나올 때까지 하루가 멀다고 전화를 해댄 아줌마가 해수의 전화번호를 잊어버렸단다. 전화번호는 오랜 시간이 지난 까닭에 잊을 수 있다 치더라도 이모라고 불러달라고, 조카로 인연을 맺자고까지 한 해수를 잊었다는 건 어떻게 해석해야할까.

"장해수?"

어이없게도 아줌마는 해수를 완전히 잊어버렸기에 그녀는 별수 없이 엄마 성명을 대며 그 딸이라고 말했다.

"아…아, 해수. 근데 왜? 왜 전화했니?"

아줌마의 능청스러움이 그녀의 억눌린 감정을 일으켜 세웠다.

"아줌마는 내가 왜 전화했는지 진짜 모르겠어요?"

"아까 네 엄마와 통화했는데, 그 문제로 그러냐?"

"네."

"그럼, 좀만 기다릴 수 있냐? 조금 뒤에 통화 할 수 있냐고."

"…네?"

"아냐. 그러잖아도 너와 한 번 대화하고 싶었단다. 넌 지금 어디냐? 집이냐?"

"아니에요. 집에서 가까운 공원에 나와 있어요."

"아, 그 공원. 잘됐구나. 잘됐어. 너랑 그 문제로 대화하고 싶었거든. 마침 내가 지금 그 공원 가까운 곳에 볼 일이 있어 왔는데 조금 뒤에 그 곳에 갈 수 있어. 조금만 기다려 주겠니?"

"네."

기회가 왔다. 두부모를 베듯 아줌마에게 모난 말도 해야겠다. 잠시 후 아줌마가 나타났다. 오랜만의 만남이어서인지 무색한 웃음을 짧게 부르고 보냈다. 서로 좋은 일의 만남이 아니고 좋은 기분이 아니다 보니 웃음은 짧았다.

"여긴 여전히 맑고 좋구나. 그렇지?"

"네."

"해수 집 가까이 이런 곳이 있어 좋겠다."

"네. 여기 와서 숨을 쉴 수 있으니 좋아요."

"하긴, 너의 집이 오죽 비좁고 숨 막히잖니."

벤치 위에 앉은 아줌마는 다시 자리를 편한 위치로 고친 뒤 무릎 위에 두었던 핸드백도 옆으로 내려놓았다.

"오늘 너에게 긴 얘기를 하려고 작정하고 왔는데 가방도 무릎 위에 있으니 무겁구나. 다행히 날씨 탓인지 사람들이 없어서 너와 말하기 좋다. 편히 말할 테니 너도 편히 들어 줘."

"네."

그래. 아줌마가 무슨 말을 하려는지 들어나 보고 따지자.

"해수야, 반갑다. 네 엄마에게서 너 얘기 많이 들었다. 근데 네 엄마가 말할 때 우리 해수, 우리 해수 했으면 너 이름을 기억 했을 텐데, 네 엄마는 우리 딸, 우리 딸 이렇게 말하는 바람에 너 이름을 기억 못했구나. 물론 아빠 돌아 가셨을 무렵엔 널 잘 알았지만 요즘 내 사는 게 너무 힘들다보니 네 이름을 깜빡 잊어버렸구나. 해수야, 요즘 난 심장이 터지도록 갑갑하고 힘들어서 누군가에게 내 마음을 털어놓고 싶었어. 확 털어 내버리면 속이 좀 후련할까 하고 있는데 마침 네가 전화를 했구나. 너에게 내 속을 확 털어놓고 싶어. 그럼 좀 나아질 건가. 아무튼 너를 택한 건 네가 내 곪은 속을 이해할 거란 생각이 들었어. 왜 그런 생각이 들었냐면, 네 엄마를 통해 너를 알게 되었어. 네 엄마가 널 많이 칭찬했어. 아빠가 떠난 빈자리를 네가 잘 채워주고 네가 확 변했다더구나. 아빠 없는 가정을 반듯하게 일으키려는 네 의지가 느껴졌어. 네가 아주 괜찮은 여성으로 다가왔어. 네 엄마의 칭찬이 그냥 단순히 엄마가 딸에게 칭찬하는 말로 안 들렸거든. 그래서 너에게 내 아픈 속을 보이기로 했단다. 그러니까 오래전에 난 부모로부터 땅을 조금 유산 받은 게 있었어. 근데 그 땅의 가격이 열배나 올랐어. 수 십 년 전부터 부모에게서 우리에게로 옮겨온 쓸모없는 땅이었거든. 그 쓸모없는 땅이 열배이상 올랐다는 거야. 땅으로 졸부가 되었다는 소문을 심심찮게 들어 왔던 터라 나도 벼락부자가 되는가보다며 기뻤어. 땅 평수가 적어 졸부까지는 아니고 큰돈은 벌었어. 큰돈이 들어오자 어안이 벙벙하더니 곧 내가 변하더라고. 세상 겁나는 게 없더라고. 그 때까진 나도 쪼들리며 살았거든. 큰돈으로 꿈에 그리던 정원 있는 넓은 집도 사고 여유로워졌어. 큰돈이 들어오자 사람들도 나를 대접해주더구나. 그 후 난 돈맛을 알았지. 돈을 많이 갖고 싶었어. 그 때 내게 기발한 생각이 떠올랐어. 땅을 사자! 내가 왜 그 생각을 빨리 못했을까 할 정도로 난 땅에 집착해갔어. 난 땅으로 큰돈을 벌었는데도 말이야. 그 무렵 여기저기서는 부동산을 사서 돈 벌었다는 소리들이 들려왔는데도 말이야. 근데 어떻게 해서 땅을 사야할지 잘 몰랐어. 내 딴에는 땅 사려고 샅샅이 알아본다고는 했으나 잘 모르겠더라고. 여러 공인중개사 사무실을 들러보아도 신통한 땅을 잘 모르겠더라. 땅으로 큰돈을 벌긴 했어도 내가 발품 팔아 다니며 땅을 사서 돈 번 게 아니고 부모 유산으로 돈 벌었잖아. 가만히 앉아 있다가 덥석 날아온 돈을 받았기 때문에 땅을 보는 안목이 없었어. 좋다는 땅이 있어 가보면 그 땅이 그 땅이고 저 땅이 저 땅이고 그랬어. 모두 하나같이 몇 년 만 있으면 땅값이 매우 많이 오른다는 말만 해댔어. 너도 경험했을 거야. 옷 사러 백화점을 갔는데 멋지고 예쁜 옷들이 너무 많아 어떤 옷을 고를지 모를 경우. 딱 맘에 들어 옷을 고르고 보니 가격이 몹시 비싼 경우. 네가 갖고 있는 돈으론 멋진 옷이 없는 경우. 멋진 땅이라고 은행 대출해서까진 사고 싶진 않았어. 땅주인은 대출 받아 사도 남는다곤 했지만 그렇게 안 될 수도 있잖아. 그 때 누군가가 말하더구나. 기획부동산회사에서 개발할 좋은 땅을 돈 액수에 맞춰 땅을 쪼개서 판다는 거야. 개발할 땅을 기획부동산회사에서 엄청 많은 양을 사들여 고객이 원하는 평수만큼 판다는 거야. 그 말이 일리가 있더라고. 그 무렵이 이천년 초 일거야. 그 무렵, 서울 강남에는 기획부동산회사가 굉장히 많았어. 대부분 직원을 백 명 이상 고용해서는 출근해서 퇴근까지 좋은 땅 있으니 사라는 전화를 끊임없이 해댔잖아. 너도 땅 사라는 전화 받아보았을 거야. 나도 꽤 받아보았어. 전화는 받아보았어도 마음이 안 움직였는데 누군가가 본인도 땅 좋아서 샀다며 날 기획부동산회사로 이끌고 가는 거야. 엉겁결에 따라 간 나는 고급스럽게 꾸며진 부동산회사에서 비디오를 보며 땅에 관한 브리핑을 들었어. 회사 측에선 산을 거의 통째로 사서 개인에게 필요한 만큼 쪼개서 판다는 거야. 국가의 산업단지가 들어오면 그 주변이 번창할 건 뻔한 이치. 앞으로 조성 될 국가의 산업단지 바로 곁에 있는 산을 회사 측에서 매입해 개인에게 분할해서 판다는 거야.”

그런데 이건 무슨 경우. 의외로 아줌마에게서 진실성이 흘러왔다.

"해수야, 생각해보아라. 개인이 산을 통째로 매입하기는 힘들잖니. 기획부동산회사가 개발할 산을 매입해서 개인에게 필요한 만큼 쪼개서 판다는 것에 납득이 가더구나. 그럼에도 난 그 자리에서는 결정을 안했어. 내 재산을 주고받는 문제이므로 쉽게 결정 할 수가 없더구나. 결정을 못한 채 며칠을 있으려니 나를 부동산회사로 끌고 간 누군가가, 나도 아직 믿음이 안 가. 그럼 우리 회사에 근무하면서 결정할까. 그 날 브리핑 받을 때 회사 측에선 회사 출근하면서 땅을 매입해도 된다 했잖아, 라고 말하는 거야. 그 누군가도 땅을 사려하고 있었거든. 그래. 맞아. 회사에 근무하면서 자세히 알아본 뒤 땅을 매입하면 되겠구나. 하는 마음에 난 출근을 결심했어. 난 우연히 알게 된 그 누군가와 회사 근무를 했어. 사흘째 되던 날 그 누군가는 갑자기 집안에 급한 일이 생겼다며 회사를 그만두더니 연락도 끊어졌어. 그후 회사에 근무하면서 회사의 땅을 면밀히, 회사를 자세히 알아본 뒤에 땅을 매입하려 했어. 그런데 회사 측에선 미주알고주알 밑두리콧두리 캘 시간을 주지 않더구나. 속속들이 자세히 알아 볼 시간을 주지 않더구나. 숨 막히게 실적을 재촉하더라고. 실적이 없으면 회사를 쫓겨날 판이었어. 별 도리가 없다보니 내가 땅을 조금 샀어. 그리곤 믿었어. 긍정적 사고. 얼마나 좋은 말이냐. 내 윗 상사인 팀장도 말했거든. 부정적으로 보지 말고 긍정적으로 보라고. 나도 긍정적으로 보기로 했어. 이토록 크게 회사를 운영하면서 설마 사람을 속이겠느냐고."

아줌마는 잠시 말을 쉬고 싶어 멈추었으나 해수는 멈추고 싶지 않아 한 두 마디 말을 쏟았다.

"어쨌든 아줌마가 잘못은 하셨어요. 남의 재산을 책임지는 일을 하셨으면 신중 또 신중 하셨어야죠."

"그래. 그래. 해수 말이 맞아. 그러나 내 입장도 한 번 생각해다오. 아침 업무 시작 전, 점심 식사 후, 저녁 퇴근시간 전. 하루 세 번을 나눠 회사 측에선 매도하는 땅에 대해 강의를 했어. 아침엔 주로 매도하는 땅이 앞으로 뛰어오른다는 걸 설득력 있게 강의 했고 점심엔 주로 인간의 도의적인 책임, 바람직한 삶들을 강의했어. 저녁강의는 주로 땅을 꼭 매입해야 할 필요성을 말하며 주위 사람들에게 필요성을 전달해서 땅을 팔도록 권유하는 말을 했어. 근데 이상한 건 하루 세 번씩 그런류의 말들을 듣고 나니 나도 모르게 주입이 되더구나. 세뇌교육. 그 때는 그게 세뇌교육인줄 몰랐어. 몇 년이 지난 지금 생각해 보니 그건 세뇌교육이었어. 회사 안에 근무한다고 해서 회사사정을 잘 알 수는 없지만 믿음은 갖게 되었어. 난 회사를 절대적으로 믿게 되었지. 절대적 믿음을 갖게 되자 갖고 있던 돈으로 모두 땅을 샀어. 나 혼자만 샀으면 되는데 난 회사 측의 농간에 놀아 나 어리석게도 형제, 친척, 친구들에게까지 땅을 팔았어. 난 앞으로 더욱 큰 부자가 될 테고 내 형제, 친척, 친구들도 부자가 될 것을 확신했었지. 안타깝게도 그 믿음은 오래 가지 않았어. 년 말이 되자 회사에선 세금 관계로 당분간 회사 문을 닫아야겠다더니, 당분간이 아니고 영원히 문을 닫아 버렸어. 사장을 비롯한 서 너 명의 간부직원은 휴대폰도 취소해 버리고 잠적해버렸어. 사장을 비롯한 서 너 명의 간부직원은 겁 없는 자들이며, 겁 없는 자들은 남의 재산을 훔치고 도망을 가버렸어. 그 때서야 당했다는 걸 알았지만 큰 낙담은 하지 않았어. 왜냐면 나에겐 내 성명으로 된 땅의 등기부등본이 있기 때문에 큰 낙담은 하지 않았단 말이지. 그런데. 그런데! 그 후가 문제야. 해수야, 나 물 한 모금 마시고 이야기 할게. 여기서부턴 충격적이라 말도 안 나오겠어서 물을 마셔야겠구나. 요즘은 길 가다가도 괴로워서 심장이 콱콱 막히곤 해서 물을 갖고 다닌단다. 물마시고 얘기 해줄게."

"네."

"그 후 난 걱정이 되어 가만 있을 수 없었어. 등기부등본을 들고 내가 매입한 땅 주위의 공인중개사 사무실 몇 군데에다 전화를 걸어보았어. 결과는 충격적이었어. 현 시세는 평당 몇 천 원하는 땅을 난 평당 삼십 이만 원에 샀으며, 앞으로도 개발 가능성이 없다고 했어. 평생 갖고 있어도 만 원도 안 되는 산을 난 평당 삼십 이만 원에 산거지. 도대체 몇 배냐. 큰 낙담을 하고 말았어. 평화롭고 공기 좋은 산을 갖고 장난과 사기를 친 겁 없는 자들은 꼭꼭 숨고 나는 괴로움을 꽥꽥 토해냈어. 내가 제일 고통스러운 건 네 엄마 땅이야. 나의 친척, 친구들 땅도 힘들고 미안하지만 네 엄마에게 젤 미안하단다. 그럼에도 난 네 엄마에게 미안하다는 표현도 못했어. 내가 저지른 실수이니 내가 수습해야 한다.는 말만 가슴 속에서 되뇌일 뿐 현실의 내 앞에 닥친 고통에만 매달려 있는 이기적인 내 모습을 발견하곤 했단다. 나도 모두 날아갔거든."

남부럽게 살고 싶어 한 짓이 남부끄럽게 됐단다, 아줌마는.

"해수야. 모든 잘못이 내 탓이다. 난 송도 오이 장수였어. 이익 때문에 왔다 갔다 하다가 헛수고만 하고 낭패를 봤다는 말이야. 난 송장 빼놓고 장사 지낸 꼴을 했어. 가장 긴요한 걸 알아보지도 않고 헛일만 한 꼴을 했다는 말이지. 그러고도 송장 때리고 살인났다는 소리 들을까봐 이치에 맞지 않게 억울하게 당한 네 엄마를 피해만 다녔단다. 한동안 세상을 원망했었어. 서울의 강남이라면 그래도 우리나라의 중심부잖아. 겁 없는 자들은 그 곳에 수많은 기획부동산회사를 차려 멋지고 고급스럽게 꾸며놓고 생활정보지등을 통해 아줌마들을 모집해서는 땅을 팔게 한 거야. 내 나이 정도면 주위에 친, 인척, 친구들이 많잖아. 겁 없는 자들은 어떡하든 땅을 파는 게 목표였어. 나를 비롯해 회사직원들은 겁 없는 자들의 눈에는 직원이라기보다는 고객이었어. 땅을 사야만 하는 고객. 직원이란 개념이 아니고 고객이었으니 우리가 어떻게 회사의 내막을 알 수 있겠니. 그걸 그 때는 몰랐었어. 사기를 당하고 난 뒤에야 깨달았지. 직원들도 땅 꽤 구입했어. 백문이 불여일견이라고. 백 번 들어도 소용없어. 회사에 근무하면 그회사의 땅이 진짜로 최고의 가치가 있는 땅으로 보여 진다니까. 그게 겁 없는 자들의 속임수잖아. 물론 진실하게 땅을 매도하는 회사도 있겠지만 내가 근무한 회사는 거짓으로 땅을 매도한 회사였어. 겁 없는 자들은 양심이 있는 걸까?"

"겁 없는 자들도 사람이므로 현재 양심의 가책을 느끼고 있을 거예요."

해수는 어른스레 답했다.

"글쎄, 사람은 자신의 위주로 세상을 바라보고 사는 경향이 있어서 자신의 잘못을 잘 모를 수가 있는데, 특히 남의 돈을 갈취할 의도로 회사를 차려 신성하고 거룩한 산마저 팔아먹은 겁 없는 자들이 과연 양심의 가책을 느끼고 있을까. 세상이 슬프게도 돈 없으면 못 사는 세상이 되었어. 겁 없는 자들은 남의 재산을 빼앗아 갔어. 큰돈은 재산이잖아. 사람이 살다보면 돈을 잃을 수도 있어. 돈은 잃기도 하고 벌기도 하는 거잖아. 하지만 고의적으로 남의 재산을 빼앗는 겁 없는 자들의 행위는 살인행위야!"

"……."

　해수는 어떤 대답을 해야 할지 몰라 앞에 보이는 나무에 시선을 두
고 있었다. 아줌마에게서 가졌던 실망, 배신들의 나쁜 기운은 사라지
고 좋은 기운으로 바뀌어 조금씩 피어오르는 걸 느꼈다.

　"해수야, 난 땅으로 해서 얻은 것도 많지만 잃은 것도 많아. 실상
잃은 게 더 많아. 얻은 건 갑작스런 큰 돈뭉치였어. 하지만 잃은 게
너무 많아. 땅에서 솟아난 갑작스런 돈뭉치 때문에 땅에만 관심을 갖
게 되었고 땅 때문에 나쁜 한탕주의 정신도 갖게 되었어. 나만 그런
게 아니고 내 남편도 바뀌었더구나. 남편도 나 몰래 대출을 받아 땅
을 샀더구나. 그럼 우리 가정만 그랬으면 그건 내 잘못이니까 어떻게
수습이 되겠건만 그러지 못한 상황이 되었기에 죄스러움에 무슨 말
도 못하겠어. 내가 큰 잘못을 저질렀어. 난 네 엄마가 제일 걱정이야.
그 돈이 어떤 돈이냐. 현재 너희 집 형편을 잘 알기 때문에 더욱 미치
겠어. 아까, 너 엄마 전화 받았을 땐 일부러 강한 척 했지만 실은 나
많이 괴로워하고 있단다. 우리 집이 숨이라도 쉴 경제적 여유만 있으
면 당장 내가 어떻게 해보겠건만. 우리 집도 요즘 계속 전쟁이야. 난
갖고 있던 돈 땅 산다며 돈 다 날렸지. 남편도 대출까지 받아서 산 땅
역시 애물단지가 되어 있지. 자식 둘은 모두 대학교 공부하느라 돈
들어가지. 아주 내가 사는 게 아니야. 남편과 계속 싸우고 현재 남편
은 집을 나갔어. 별거중이야. 우리 부부는 서로 이혼하잔 말도 서슴
없이 하고 있으며 잘못하면 이혼할 수도 있어. 어린 너에게 별말을
다 한다고 생각하지만 어쩌겠니. 네가 지금까지 나의 온갖 얘기 다
들었으니 현재 내 딱한 사정도 말하게 되는구나. 우리 집이 이처럼
괴로운 일투성이다 보니 네 엄마에게 연락도 못했고 네 이름도 잊어

버렸단다. 난 네 아빠 돌아가셨을 때 널 보고 참 좋았어. 진심으로 너의 집에 돈 벌게 해주려고 한 짓이 그만…. 내 잘못이 몹시 크다. 해수야. 너의 집이 당장 집을 비워줘야 한다는 절박한 형편도 알아. 우리 집 아래채에 이사 오너라. 전세금 없이 공짜로 이사 오너라. 이런 부분은 네 엄마에게 말해야하나 오늘 너에게 긴 말하는 김에 다 말할게. 네 엄마는 우리 집에 와 봤어. 우리 집은 새집이고 좋아. 그 동안 혼자서 끙끙 앓았는데 너에게 다 말하고 나니 좀 후련하구나. 내 긴 얘기 들어줘서 고맙다. 근데 해수야. 어린 너에게 할 말은 아니지만 나 요즘 정말이지 죽고 싶다. 죽고 싶어!"

"이사문제는 엄마와 상의 해볼게요. 말씀은 고맙습니다만 지금 사는 집에서 좀 더 살아도 되니까 부담 갖지 마세요."

"해수야, 너 회사 쉬는 날 나와 함께 어디 좀 다녀와도 되겠니?"

"어딜요?"

"나와 네 엄마가 매입한 땅이 있는 지방에 내려갔다오자. 땅의 등기부등본을 들고 땅이 있는 지방에 내려가서 그 가까운 공인중개사 사무실에 들러 현 시세를 정확히 알고 땅을 매도 해달라고 공인중개사 사무실에 의뢰하고 오자."

"네, 그렇게 해요."

"많이 늦었구나. 빨리 땅을 팔기위해 내놓을 걸. 하루빨리 땅이 있는 지방으로 내려가서 땅을 팔아달라고 의뢰하자."

"네."

해수도 내심 바라고 있던 일이라 흔쾌히 대답했다.

"엄마, 잘 보살펴 드려. 참, 그리고 엄마에게는 당분간 비밀르 했다가 나중에 말하자. 네 엄만 여리고 착하기만 한 사람이야. 학교 다닐 적에도 양보심이 많아 손해를 많이 봤어. 그런 약한 엄마에게 희망적인 말은 못할망정 절망적인 말은 하지말자. 네 아빠가 있을 시엔 이길 수 있겠으나 아빠가 없는 지금 절망적인 말을 해 버리면 네 엄만 쓰러질지도 몰라. 네 아빠와 엄마의 사랑이 얼마나 유별난지 넌 알잖냐. 그러니까 당분간 비밀로 하자."

"네, 그러는 게 좋겠어요."

"해수야, 그 동안 나를 많이 원망했지?"

"네. 원망했어요!"

사실 원망 했으므로 힘주어 답했다.

"맞아. 그랬을 거야. 해수야, 미안하다. 난 여태껏 살아오면서 미안하다는 말은 안했어. 난 미안한 행동을 하고 미안하단 말을 하는 사람을 증오했으니까 내 기억에 미안하단 말은 안한 것 같아. 그런데 인생이 계획대로 되지가 않더구나. 나의 엉뚱한 욕심이 너의 집까지 피해를 입혀 정말 미안하다. 나이 어린 사람에게도 미안한 짓을 했으면 사과를 해야 하는 게 도리이므로 너에게 진심으로 사과한다. 미안하다!"

"…말씀 감사합니다."

아줌마와 헤어진 뒤 천천히 걸었다. 엄마가 기다리고 있는 집을 가기 위해 천천히 걸었다. 이모! 아줌마를 이모라 부르고 싶었다. 가식 없는 진정함에서 우러나온 이모! 아빠 장례식 때 아줌마가 자신을 이모라고 부르길 원했을 땐 솔직히 아줌마가 위선자처럼 보였으나 이모라고는 불렀다. 그렇게 부를 수밖에 없었던 걸 변명하자면 갑작스런 아빠의 죽음은 무서움을 몰고 왔다. 엄마와 단 둘인 외로움. 외로움은 무서움을 불렀고, 그 무렵 누구든 친근하게 다가오면 기대고 싶었다. 그럴 때 아줌마는 이모라고 부르길 원했고 해수는 복잡한 생각 없이 이모라고 불렀다. 그 후 이모는 사라졌고 그 이모는 배신자가 되어버렸다. 지금 느닷없이 이모라고 불려졌다. 아줌마를 다음에 만 날 때 이모라고 불러야지. 처음이 어색해서 그렇지 한 두 번 부르다 보면 곧 익숙해질 거야.

이모와 헤어지고 열흘 후, 해수는 또 다시 침통함에 젖어 공원벤치 에 앉았다. 어제 일을 곰곰 되짚었다. 어제 휴일을 맞아 이모와 함께 매입한 땅이 있는 지방으로 내려가서 몇 군데 공인중개사 사무실에 가보았다. 몇 군데의 공인중개사들은 한 결 같이 비슷한 말들을 해댔 다.

"그 번지수의 임야는 개발도 안 될뿐더러 현 시세는 공시지가로 몇 천원도 안됩니다. 그리고 기획부동산회사에서 쪼개 판 땅은 우리가 팔 수 없습니다. 쪼갠 산을 누가 사겠습니까!"

해수와 이모는 침 먹은 지네 모습을 해서 돌아다녔다. 기운 못 쓰 는 모습을 해서 돌아다녔다. 매입한 땅 주위를 둘레둘레하며 걸어 다 녔다. 해수는 슬픔을 머금고. 이모는 눈물을 머금고. 이모가 흐르는 눈물을 닦으며 말했다. 밭 팔아 논 살 때는 이밥 먹자고 했건만 썩은 밥도 못 먹게 되었구나, 라고.

수류탄. 희망이었던 땅이 수류탄으로 바뀌어 벤치 위에 앉은 해수 를 폭파시키고 있었다. 희망의 땅이 애물단지가 되었다. 애물단지! 어떡하지. 이 일을 어떡하지. 앞으로 난 어떻게 살까.

무사불참한 가운데 무사분주한 나날을 보내고 있었다. 직장 생활 이란 그런 것이므로 해수는 그 순간마다 잘 적응했다. 결점만 없으면 좋다고 칭찬하는 듯하면서 사실은 결점이 있으니 어쩌겠냐고 비꼬는 듯한 상사의 말을 들은 그녀는 기분이 찜찜했다. 칭찬인지 꾸중인지 가끔 헷갈리는 업무처리를 요구하는 직장 상사도 그렇고 집에 가면 목을 늘어트리고 말이 없는 엄마도 그렇고 하여간에 무사태평한 나날은 아니었다.

퇴근을 해서 밖에 나오니 밖에는 잔치가 벌어져 있었다. 안에서의 찜찜한 기분이 밖을 내다 볼 여유를 앗아간 까닭에 밖을 나와서야 잔치가 벌어진 걸 알았다. 시야가 하얗다. 눈보라가 쳤다. 하얀 눈보라. 다섯 글자는 아름답지만 실상은 달랐다. 늦은 오후에 내리는 갑작스런 눈보라는 퇴근하는 사람들 입에서 죽는 소리를 나오게 했다. 땅에는 회전마찰, 하늘에는 구름마찰이 벌어진 상황. 오히려 해수는 즐겼다. 아무런 예고 없이 휘몰아치는 눈보라는 어수선했고 퇴근길의 사람들은 어수선 산란했다. 사람들이 시끄러웠다. 심하게 내리는 눈보라가 아니고 가늘게 내리는 눈보라이어서 유쾌히 즐길 수 있으련만 퇴근길에 몰려든 사람들은 그림 같은 눈보라보다는 옷을 적시는 눈보라기에 싫단다. 또한 방송에선 예고도 없었다며 일기예보를 탓했다. 마음에 구멍이 송송 뚫린 자는 눈보라를 향해 박수치며 부탁하고 있었다, 뚫린 구멍마다 눈송이를 채워달라고.

서울의 지하철 강남역엔 초비상사태를 연상할 만큼 많은 사람들로 북적거렸다. 보통날도 퇴근 무렵의 강남역엔 사람들로 사태를 이루었는데 뜻밖의 눈보라는 강남역 안을 초면강산으로 만들었다. 지하철이 들어온다는 방송이 나오더니 곧 지하철이 역구내로 들어서고 있었다. 이미 지하철 안에는 사람들로 **빽빽**했다. 아침 출근시간이면 **빽빽**한 틈 사이로도 비집고 들어가 덧셈법으로 덧붙이겠지만 퇴근시간이란 여유로움에 뺄셈법을 계산해 빽빽이 들어선 사람들을 뼁뼁이 돌려 바라보곤 물러나 다음 열차를 기다렸다. 긴 줄의 맨 앞에서 세 번째 서 있던 해수도 겨우 탈 정도로 다음 열차 안도 만원이었다. 다음 역 역삼역에서도 우썩 또 다음 역 선릉역에서도 우썩우썩 또 그 다음역인 삼성역에서도 우썩우썩 사람들이 늘어나기만 할 뿐 줄어들지가 않았다. 종합운동장역에 와서는 드디어 악악거리며 작은 비명들을 질러댔다. 종합운동장역엔 학생들이 떼를 지어 줄서 있었다. 경기를 보고 나온 건지 공연을 보고 나온 건지는 몰라도 학생들은 사정을 보지 않고 탔으며 그 바람에 지하철 안에는 악악대는 소리가 들려왔다. 다음역인 신천역에서 조금 내리더니 그 다음역인 잠실역에서 사람들은 와르르 내렸다. 해수도 잠실역에서 내렸다. 울적한 마음은 하얀 눈으로도 위로받지 못했고 그래서 그 사이 생각한 게 책이었다. 서점에 들러 책을 사고 싶었다. 열심히 책에 묻혀 있다 보면 모든 시름을 톡탁쳐 내버릴 수 있으리라.

연일연야. 매일의 낮과 밤. 날마다 밤마다 책은 읽지 않더라도 힘들 때 틈틈이 책을 읽어두면 묘한 힘이 되었다. 건전지를 충전하는 것과 같이 책을 읽으면 삶이 충전되었다. 공허한 마음이 책을 읽고 나면 채워지곤 했다. 잠실상가 쪽에 있는 서점으로 갈까. 백화점 쪽에 있는 서점으로 갈까. 잠실 상가 방향으로 향했다. 책을 고르고 있는데도 걱정은 떠나질 않았다. 엄마 생각이 났다. 엄마를 떠올리자 갑작스레 바빠졌다. 서둘러 책을 골랐다. 최근 엄마가 조금 이상했다. 그녀가 배고파하면 밥상을 차렸고 그녀의 옷이 더러워지면 즉각 세탁했다. 엄마의 마음이 어느 정도 회복된 현재 엄마는 그녀에게 필요한 기본적인 일들은 즉각 처리했다. 세상없어도 딸의 일부터 했던 엄마가 달라졌다. 엄마는 작은 등불의 그림자 아래에만 앉아 있으려 했다. 그것도 말없이 앉아 있었다. 아빠를 잃은 후 시난고난 앓던 엄마의 마음병이 다시 재발한 걸까. 애지중지한 모녀사이기에 집으로 향하는 그녀의 발걸음은 빨라졌다.

집의 창문이 어두웠다. 잠잘 시에만 켜는 아주 희미한 불빛만 보였다. 엄마가 이 시간에 어딜? 엄마는 그녀가 올 시간이면 집을 비운 적이 없었다. 낮에 잠깐 볼일 있어 나갈 경우에도 그녀에게 문자를 보내곤 외출했다. 아빠 일로 놀란 가슴은 조금만 야릇해도 회오리쳐 댔다. 뛰듯이 걸었다. 부엌문은 잠그지 않으므로 열렸다. 부엌 불을 켰다. 얼른 방문을 보니 문이 잠겨 있지 않았다. 방문을 확 열었다. 방 가운데에 엄마가 앉아 있었다.

"엄마!"

엄마의 행동에 갈피를 잡을 수 없어 착잡히 불렀다. 대답 없는 엄마. 그녀는 신발을 벗고 방안으로 들어가 불을 켰다.

"엄마, 뭔 일이야?"

엄마는 해수의 말을 귓등으로 흘렸다.

"엄마, 엄만 요즘 왜 말을 잘 안 해. 무슨 일이 생겼어? 그러잖아도 회사일도 편치 않은데 엄마까지 신경 쓰게 하지 마."

짜증스레 말했다. 그리곤 좀 전의 짜증이 엄마의 말문을 막을까봐,

"엄마, 요즘 무슨 일 있지?"

라고 부드럽게 물었다.

"그래. 맞아. 무슨 일 있어."

"무슨 일이야? 말해봐, 엄마."

"내겐 충격적이어서 너에게 말할 수가 없었어."

"괜찮아. 내게 말해줘. 아빠 죽음도 겪었는데 더 이상 우리에게 무슨 충격이 있겠어."

"그래. 맞아. 난 그 동안 괴로움에 시달려 침불안식불안 했단다."

"무슨 일이냐니까."

그 동안 엄마가 고민거리를 짊어지고 있다는 건 느꼈다.

"말하기 전에 해수야. 오늘 너 반찬 사러 나갔다가 공원에 잠시 앉았다 왔어. 네 아빠랑 앉던 자리에 앉았단다. 아빠 가고 난 뒤부터 되도록 공원은 안 가려고 애쓴단다. 공원을 가게 되면 아빠가 그립고, 그리움을 잠재우고 슬픔을 재우려고 공원을 피했단다. 우리가 공원 산책을 자주 다닌 걸 너도 알잖아. 오늘도 반찬만 사고 지나치려는데 눈보라가 휘날리는 거야. 하얀 눈보라에 억제되었던 감정이 나도 모르게 공원으로 향하게 하더구나."

"엄마, 그동안 무슨 일 있었냐니까!"

"해수야, 이제 우리에게 희망은 없어졌어. 우리가 땅 사기를 당했더구나. 땅을 사면 몇 년은 기다려야 한다고들 해서 힘들어도 잠자코 몇 년을 기다렸잖아. 근데 우리 땅이 있는 지방에서 알아봤더니 어이없게도 사기를 당했더구나. 우린 평생 갖고 있어도 평당 만 원도 안 되는 땅을 평당 삼십 이만 원에 샀더구나. 우리 돈이 어떤 돈이냐. 아빠 목숨이잖아. 난 아빠에게 미안하고 특히 너에게 미안하다. 그 때 네가 반대할 때 말들을 걸 후회스럽다. 호박이 넝쿨째 굴러 떨어지는 횡재를 만날 줄 알았다. 호박에 말뚝 박기가 되는 심술궂은 일을 당하게 될 줄은 정말 몰랐다. 난 어리석은 바보였어. 그 돈은 희망이었는데 다 날아갔구나. 이제 우리 어떻게 사냐. 내 몸은 병 투성이가 되어 조금만 심하게 일해도 아프고 너 혼자 힘으로 월세며 생활비며 어뙇게 꾸려갈 수 있겠냐. 네가 시집도 가야할 텐데. 눈만 뜨면 걱정, 괴로움, 한숨뿐인 세상 그만 살고 싶다!"

엄마 목소리에 울음이 섞여 있었다.

"엄만 왜 그렇게 약한 말을 해."

"그래. 미안하다. 그런 말 안할게. 너도 죽고 싶을 만치 힘들 텐데 어미가 돼서 용기는 못 줄망정 못 할 말을 했구나."

엄마가 날뛸판에 서있는 걸 느낄 수 있었다. 극심한 고통으로 어쩔 줄 모르고 막 날뛰는 판국에 엄마가 서 있는 것처럼 느껴졌다. 엄마는 아찔한 끝에 서서 울고만 있어 보였다. 이대로 엄마를 두면 큰일 나겠다는 판단이 순간적으로 들었다. 엄마를 위로하고 위로했다.

"엄마, 위에는 위가 있다는 말이 있잖아. 그 말은 최상이라는 말은 쉽게 할 수 없다는 말이잖아. 우리 그 반대의 말을 만들어 보자. 아래에는 아래가 있다는 말이 되는 건가. 최하라는 말도 쉽게 할 수 없다는 말일 수 있어. 바꿔 말해 최악의 상황이 오진 않을 거야."

고통을 덜어주고 슬픔을 달래주기 위해 엄마에게 말했다. 말해놓고 보니 그럴싸해서 말처럼 최악의 상황이 오지 않았으면 했다.

"하지만. 최악의 상황이 올수도… 해수야, 자라. 내일 출근해야 되잖냐. 난 잠이 안 와서…."

"엄마, 또 약 먹으려고 그러지. 엄마, 약 먹고 잠드는 습관 고쳐. 현재 엄마는 약물중독 상태야. 약물중독!"

야밤중. 노곤한 몸을 잠재우는 시간에, 모두가 잠든 만귀잠잠한 시간에 연득없이 들려오는 이 소리는 무슨 소리인고. 허물어지고 무너지는 소리가 들려왔다. 멀지 않은 곳에서 치열한 사투가 벌어진 듯했다. 누군가가 포악질을 자행하고 있는 듯 했다. 찢어지는 여자의 칼

끝 같은 소리. 두렵고 무서웠다. 엄마가 일어나 앉았다.

"엄마도 일어났구나."

"사몽비몽간에 뭔 소리를 들었어. 뭔 소리가 났지?"

"응. 나도 비몽사몽간에 들었어. 여자 비명 소리야. 바로 우리 집 앞인 것 같아."

맨 처음엔 아주 짧은 동안 여자의 비명소리가 두 번 가량 들리더니 이젠 연속적으로 살려달라고 여자는 절규했다. 처음엔 지나가는 부부가 싸움하는 정도로만 들렸다. 엄마가 황급히 옷을 걸쳤다.

"엄마, 나가려고?"

"그럼, 여자가 비명횡사 당하게 생겼는데 가만 듣고 있냐. 나가서 살려야지."

"무서워. 지금 상황에 나가면 엄마가 다칠 수도 있겠어."

밖의 소리는 매우 끔찍해서 참혹한 현장이 상상됐으므로 엄마를 말리고 싶었다. 대중매체에서 위험에 처한 사람을 구해주려다 도리어 죽었다.란 기사를 보면서 죽은 이의 의용심에 큰 박수를 보냈다. 그러나 내 가족이 내 엄마가 그런 의용심을 발휘하려니까 막상 겁났고 말리고 싶었다.

"얘는. 남의 가려운 곳을 긁어주어야 내 가려운 곳도 긁어 달라고 할 수 있는 거야. 세상에 공짜로 얻는 것은 없어. 시간 없어. 빨리 나가야겠다."

"엄마, 혼자 못나가. 나도 따라 나갈 거야."

"안 돼!"

"난 왜 안 되는데. 엄마 혼자는 못 보내."

해수의 반대가 강력해서 엄마는 흘려버릴 수 없다고 판단했는지,

"그럼, 넌 좀 떨어져서 구경만 하고 있어. 절대 엄마 가까이로 오면 안 된다. 자, 약속하자. 꾸물거릴 시간 없어서 끝까지 반대 안하는 거다."

말했다.

"알았어."

답했다.

"참, 해수야. 깜빡 잊었다. 119에 빨리 신고해! 우리 집 주소를 말해. 바로 우리 집 앞인 것 같아. 넌 신고하고 나와. 엄마 먼저 나갈게."

"같이 가."

잡았다.

"시간 없다니까! 사람이 죽어가잖아."

해수 인생에 최대의 긴박한 순간을 맞고 있었다. 말도 짧게 생각도 짧게 행동도 짧게 처리했다. 이 삼 분 사이에 많은 일을 하고 있었다. 물론 아빠의 사고 소식을 듣고 달려갈 시에도 긴박하긴 했으나 지금과는 다른 긴박감이었다. 긴박감의 차이는 있겠지만 시간 촉박, 마음 촉박, 행동 촉박들은 같았다. 암만 시간이 촉박해도 엄마를 놓아줄 순 없었다. 엄마가 위험한 상황이었다. 엄마는 그녀가 지켜야할 몫이었다.

"얘가 왜이래. 사람이 죽어간다는데. 이 옷 빨리 놔라니까!"

119에 전화하는 사이 그녀는 엄마가 못나가도록 옷을 꽉 잡았다. 사후에 들어보니 아빠도 몇 분 만에 사망했단다. 119에 전화하는 동안에도 엄마에게 무슨 일이 벌어질지 몰랐다. 입으론 전화를 하면서 머릿속으론 다른 걸 떠올렸다. 야구 방망이. 아빠 죽음 뒤 비상사태를 대비해 구석에 놓아둔 야구방망이를 떠올렸다. 신고를 끝냈다. 빠르게 야구 방망이를 집었다. 엄마보다 더 빠르게 신발을 신었다. 그녀는 몸을 날렸다. 날아서 대문 앞에 갔다. 죽을 수도 있는 현장에 엄마는 반드시 나가길 원했고, 그런 엄마를 그녀는 말릴 수 없었고, 그래서 그녀는 죽음을 죽지 않음으로 무서움을 무섭지 않음으로 바꿨다. 바꾸지 않으면 안 될 상황이었다. 날아서 대문 앞에 가는 그 짧은 사이에도 중요한 생각을 해야 했다. 어떻게 현장을 목격할까! 그냥 문을 열어 구경하듯 바라볼까. 아님 싸움을 뜯어 말릴까. 그 때 한 생각이 났다. 사람은 자신보다 기가 센 사람을 만나면 주춤한다는 점. 이때껏 정황으로 보아 그녀 집 '대문 앞에선 범죄가 이루어지고 있으며 범인은 보통 사람과는 다른 사람. 보통 사람과 다른 사람은 마주치기 전에 미리 선수를 쳐야했다. 지금껏 안 해본 일을 빨리 생각하고 판단해서 결론을 맺으려 하다 보니 해수가 밖의 여자보다 먼저 죽겠다. 죽을 지경에 놓인 해수는 범인의 머리 위에 올라앉기로 했다.

대문 앞에 도착해 작은 철 대문을 야구 방망이로 두드렸다. 밖의 범인의 상태 감정을 불안, 초조로 만들기 위해서였다. 문은 작아도 쇳소리는 컸다. 죽을 수도 있는 위급한 사태에 죽기 살기로 해서 엄마를 지켜야했다. 목청껏 소리 질렀다.

"야! 누구야! 한밤중에 뭐하는 짓이냐고!"

열었다.

"와. 우리 딸 지혜롭네!"

해수를 뒤따라 나온 엄마는 힘겨운 밖의 형편보다 돌발적인 딸 모습에 놀랐는지 숨차며 말했다.

"저기 봐. 도망가는 것 봐. 강도가 도망가고 있잖아."

오밤중에 커다란 쇳소리는 천붕지탁했고 천지가 진동할 듯 큰 소리에 놀란 범인은 도망갔다. 도망치는 범인 뒤를 한 청년이 달리고 있었다. 짧은 동안 비명 지른 여자는 범인이 달아나자 그제야 긴장이 풀렸는지 두 다리 뻗고 통곡했다. 사건의 주인은 여자의 몸에서 떨어져 있었다. 빼앗으려 했고 안 뺏기려 했고. 필사적 투쟁을 벌린 자리엔 마음대로 찢겨진 흔적이 있었다. 사건의 주인이 찢겨졌음은 물론, 여자의 옷도 찢겨졌고 머리도 헝클어졌고 손에선 피가 흘렀다. 미치게 날뛴 범인이 남겨놓고 간 자리엔 핏자국이 남았다. 물이 끓어 뜨거운 김이 오를 땐 집에만 있던 주민들이 범인이 달아나자 한 사람 두 사람 필사의 현장으로 모여들고 있었다. 물이 끓을 때 주민들은 구경꾼이 되어 창문을 열어 목만 내밀고 있었다. 현장으로 오던 주민 중 한 명이 급히 119에 신고했으니 곧 올 거라고 말했다. 여자가 사건의 주인인 핸드백을 들어 땅바닥에 내동댕이쳤다.

"이것이 무엇이길래 사람 목숨까지 앗아가는지. 아줌마, 고마워요. 아줌마 아니었으면 나 죽었을지도 몰라요. 오늘 월급 받아 회식하고 집에 가는 길인데 월급 뺏으려고 그랬나 봐요. 내가 끝까지 핸드백을 놓지 않으려니까 막판엔 칼을 꺼내더라구요. 그 때 아줌마의 고함소리와 한 청년이 달려오자 그 놈은 놀라서 도망갔어요. 내가 월급 받은걸 아는걸 보면 내 주위에 있는 놈인가 봐요. 난 이 돈 뺏기면 안되거든요. 이 돈 없으면 우리 가족 한 달 굶어요. 굶으면 죽잖아요. 돈 없으면 죽는 세상이잖아요."

여자는 엄마가 철문을 두드리며 고함친 것으로 알고 감사 인사를 했다. 119 차가 들어오고 있었다. 차 한 대만 다닐 정도의 좁은 도로에 119 차가 들어왔다. 차에서 내린 대원들은 여자에게 사건의 전말을 물었다. 그제야 밖으로 나온 주민들은 구경꾼에서 관계자가 되어 구구절절이 대변해 말했다. 범인이 도망간 방향을 가리키며, 범인이 도망을 갔으나 한 청년이 잡으러 뒤따라 달려갔다고 말했다. 청년을 뒤이어 몇몇 남자들도 범인을 잡으러 갔다는 말도 빠트리지 않았다. 어느 남자가 뛰어오며 외쳤다. 강도가 잡혔어요! 강도가 잡혔어요. 주민들의 관심은 강도 쪽으로 옮겨지고 있었다. 누구냐. 강도가 몇 살쯤 돼 보이더냐. 어리다나 봐요. 갓 스물쯤 돼 보인다나 봐요. 저런 어린놈이 쯧쯧. 이제 동네엔 갓난아기까지 일어나 이러쿵저러쿵 의견도 많았다. 겨울날의 까만 밤인 까닭에 동네의 낡은 건물의 오래됨은 볼 수 없어도 주민들은 잘 보였다. 바른 길을 가는 그들은 바른 길을 걷지 않는 자가 저지른 잘못 때문에 온 밤을 지새우고 있었다. 범인은 파행적인 성장을 했을 테고 그러므로 어디든 파행적 결과를 몰고 다닐 것이다.

"저기 청년이 오고 있네요. 저 청년과 이 아줌마가 날 구했어요."

피해자인 여자가 119 대원에게 한 청년과 엄마를 지목했다. 엄마와 함께 사건의 중심에 선 청년이 다가왔다. 해수는 그 청년을 금방 알아보았다. 언젠가 우편물이 잘못 배달되었다며 우편물을 들고 그녀의 집 우편함에 꽂으려던 중에 만났던 청년이었다.

"그 때 고마웠습니다."

청년과 눈이 마주친 해수는 할 말이 없어서 불쑥 고맙다는 말을 했다.

"아닙니다."

보았다!

"오늘 수고하셨습니다."

오늘 범인 잡은 일은 해수가 나서서 칭찬할 일은 아니지만 할 말이 없어서 말했다.

"아닙니다."

느꼈다!

보았다!

가벼운 인사를 하고 가버린 청년에게서 해수는 보았다! 모닥불 담은 그의 얼굴을. 한바탕 불고 있는 가슴 속 바람을 전하는 그의 눈빛을.

느꼈다!

그는 그녀에게 별도로 보내는 느낌이 있었다. 아주 별스럽게 된 판국 안에서 그는 별스런 느낌을 주었다.

그는 그녀에게 무얼 말하고 있었다. 무얼까?

봄이 오고 있었다. 보송보송 모습 내미는 새싹들. 포근해지려는 기운들. 가벼운 옷차림들. 꽃피고 새들 노래하는 봄이 오고 있건만. 해마다 봄이 오는 이맘때쯤이면 지나다가도 풀잎을 잡고는 바스락 장난치며 잘 자라다오.란 인사도 있지 않았건만. 흙 따위가 날려 연기처럼 뽀얗게 되어 황사바람을 만들어도 봄에는 봄날의 아지랑이만 같아 즐겁게 바라보았건만. 이번 봄은 달랐다. 봄이 싫었다! 닭이 흙을 파헤치고 들어앉듯 해수도 땅속에 앉아만 있고 싶었다. 토끼가 위기를 피하려고 세 개의 굴을 파놓는 것처럼 그녀도 자신의 안전을 위해 미리 몇 가지 대비책을 짜 놓아야할 필요를 느꼈다. 왜 이런 느낌이 드는 걸까. 이건 또 무얼까?

어째서 그런 느낌이 드는지를 분석해 보았다. 회사에 있다고 해서 집의 고민거리를 잊는 건 아니었다. 집에 오면 고민거리와 직접 마주하기에 괴로움은 깊었다. 괴로움이란, 현재 살고 있는 월셋집의 계약이 끝났으나 아무런 대책이 없었다. 주인은 집세를 더 올려 달라 했고, 엄마는 취직을 하려고 애썼다. 하지만 엄마는 아빠의 사망 후 가슴이 할퀴어지고 긁혀져서 늘 아팠다. 마음이 아프면 몸이 아픈 법. 그 몸으로 사흘을 일하고 오면 일주일을 아파 누워있기 일쑤여서 해수는 엄마가 집에 있기만을 종용했다.

아빠의 죽은 보상금으로 산 땅은 쓸모없이 돼 버렸다. 엄마는 벙어리 호적을 만난 듯 말을 하지 않았으며 그녀는 엄마의 말없음의 고민을 알기에 말하지 않았다. 입이 말없다고 마음도 말없는 건 아니었다. 음식도 체할 때 토해내면 편하듯 아픈 마음도 말로 뱉어버리면 좀 나을 수 있으련만 그렇지 못한 모녀는 끙끙 앓고만 있었다. 백해구통. 이제 모녀는 온몸이 아팠다. 진퇴유곡. 꼼짝할 수 없는 궁지에 몰려있었다.

퇴근 무렵. 화장실 창문 너머로 봄비가 내리고 있었다. 창문에 빗방울이 붙어 있었다. 그 전 같으면 그 빗방울로 잊을 수 없었던 생각들을 지우려 애썼겠으나 지금은 아무런 생각도 하고 싶지 않았다. 고운 생각은 커녕 역한 생각만 났다. 빗방울도 싹 지우고 싶고 팃방울이 묻은 유리창도 부숴버리고 싶었다. 그녀는 자신이 왜 이럴까?를 가늠해 보았다. 세상에 대한 원망. 사회에 대한 원망. 그랬다. 원망심 때문이었다. 세상을 믿고 사회를 믿었건만. 사기꾼이 이기는 세상이었다. 많은 돈이 흔적도 없이 사라졌다. 빈 손 털었다. 빗방울이 눈물만 같았다. 엄마가 걱정되었다. 최근에 엄마는 밥도 잘 먹질 않았다. 집만 떠올리면 갑갑했다.

미스 리가 화장실로 들어오며 말했다.

"미스 장, 오늘 우리 부서 야근이라는 군요. 나 오늘 약속 있는데 어떡하지."

"알아요. 나도 좀 전에 들었어요. 내가 미스 리 일 해줄 테니 일찍 퇴근해요."

"어머, 고마워요. 근데 안 될 걸요. 이 사람이 승낙 안할걸요."

하며 미스 리는 손가락으로 부장을 표현했다. 해수는 금방 화장실을 나와 버렸다. 집은 우중충할망정 회사에서는 밝아 보이고 싶었다. 쓸쓸한 집이라고 한탄만 하지 말고 그런 집에서 좋은 사고력을 키워 회사에서는 만구칭찬을 받고 싶었다. 회사에서의 밝고 명랑함은 그녀의 위선에서 나온 건 아니었다. 다만 애이불비. 다만 속으로는 슬프지만 겉으로는 슬픔을 나타내지 않을 뿐이었다.

밤이 깊어 갔다. 엄마를 생각해 죽 집에 갔으나 예상대로 문은 닫혔다. 야근 시간이 길었다. 엄마에게 사 갈 음식을 찾기 위해 몇 군데 음식점을 들렀으나 모두 문 닫은 상태였다. 비는 그쳤다. 밤하늘을 올려보니 달도 별도 안보였다. 아빠 죽은 뒤부턴 하늘을 올려볼 때마다 아빠를 그리워했고 하늘에서 아빠를 찾았다. 문득 어젯밤 꿈이 떠올랐다. 해수는 꿈은 꿈일 뿐이라며 단순히 생각했다. 그래서 꿈을 꾸는 날도 안 꾸는 날도 별다른 생각은 없었다. 한 마디로 말하면 꿈을 인정하지 않았다. 그렇지만 어젯밤 꿈은 오늘 두 번이나 그려졌다. 한 번도 그런 적이 없었다. 꿈에 그녀는 대궐 같은 집에 들어섰고 그 집의 천장은 어마어마하게 화려했다. 그런데 갑작스레 그 천장이 갈라지는 게 아닌가. 깜짝 놀란 그녀는 겁이 나서 피하려 했다. 으슥한 무서움도 있었다. 천장이 갈라져서 떨어지면 어떡하냐며 겁먹은 눈으로 천장을 보는 순간 천장은 다시 사르르 붙으면서 좋은 모양새로 바뀌었다.

멀리서 집이 보였다. 방에 불이 꺼져 있었다. 웬일이지? 이 시간에 엄마가 어디 외출할 일은 없는데. 궁금함이 걱정덩어리가 되려는 찰나. 기억났다. 저번처럼 엄마는 또 불 꺼놓고 있든지. 잠들었든지. 복잡하게 생각하지 않기로 했다. 곧 집에 가면 알게 될 일을 창문이 어둡다는 것만으로 여러 가지를 추측해 내는 일은 이제 하지 않기로 했다. 아빠 잃자 놀랐고 돈 잃자 놀랐다. 놀란 가슴은 끝없는 시름에 잠기게 했고 자신감을 잃게 만들었다. 또한 불안감도 갖고 다니게 했다.

방문을 열었다. 방문을 활짝 열었다, 엄마! 라고 부르면서.

답 없다.

"엄마!"

답 없다.

방의 불을 켰다. 엄마는 밥상 위에 엎드려 자고 있었다. 밥상 아래로는 늘 보던 약병이 있고 밥상 위로는 엄마가 널브러져 있었다.

"엄마, 밥상에서 자면 불편해."

란, 말을 하며 해수는 우선 윗옷부터 벗고, 스타킹을 벗고, 핸드백을 제자리에 놓고 엄마에게로 가려했다. 그러기 전 엄마가 누울 잠자리를 봐야겠기에 이불장에서 이부자리를 꺼내 폈다. 엄마에게 가까이 다가갔다.

"엄마, 일어나. 자리 깔아놨으니 옷 벗고 자자. 나도 넘 피곤해 오늘은 안 씻고 그냥 자야겠어."

엄마 옷을 벗기려고 엄마를 안았다.

순간 엄마가 폭 쓰러졌다.

쓰러지는 엄마의 몸이 아침과는 달랐다.

팔이 흐늘흐늘.

목이 흐늘.

얼굴도 아침의 얼굴이 아니었다.

몸 전체가 흐슬부슬 부스러졌다.

감긴 눈을 떠보니 정기가 없다.

숨소리가 없다.

엄마 왜 이래! 왜 이러냐니까!

미친 듯이 엄마를 더듬고 만지고 인공호흡까지.

소용없었다.

'? ? ?'

엄마가 죽은 걸까? 아니야, 그럴 리 없어.

하지만 영안실에서 본 아빠의 모습과 엄마의 모습이 같았다.

안 돼! 안 돼! 안 돼!

아아아아악! 악악!

갑 이별의 놀라움에 질러대는 비명소리가 천장을 갈랐다. 천장을
갈랐다!

눈을 떴다. 해수는 병원 침대에 누워 있었고 주인아줌마가 곁에 앉
아 있었다.

"일어났니."

주인아줌마는 안타까운 얼굴을 해 있었다.

"아줌마, 엄마는요? 엄마 어디 있어요?"

"응. 그게…."

"말씀해주세요."

"진정해라. 넌 지금 주사기를 꽂고 있어."

"말씀해주세요!"

힘줬다.

"그래…, 내가 여태껏 전세 많이 놔봤지만 네 엄마 같은 사람 드물었어. 네 엄마는 안벽 치고 밭벽 치는 사람이 아니야. 이 편에 가서는 이렇게 저 편에 가서는 저렇게 말하며 이간 붙이는 세입자 땜에 속상했는데 네 엄마는 그런 일도 없고 착한 사람이었어."

"망설이지 말고 말씀해주세요!"

힘줬다!

"그래. 알건 알아야지. 엄만 지금 영안실에 있어…. 왜 그랬을까. 남편 죽음의 충격에서 못 벗어나겠나봐."

눈을 뜬 뒤부터의 생각은 오직 하나. 정황이 바뀌어 엄마가 무사하기만을 소원했다! 이불을 걷어차고 주사기를 뽑으려 했다.

"얘, 얘. 주사는 마저 맞고 일어나도록 해."

"엄마가 죽었는데 무슨 말씀하시는 거예요."

"오늘따라 교통사고 환자가 많아 응급실이 꽉 차서 여기 링거 주사만 맞을 수 있는 빈 방이란다. 주사만 맞고 나가자. 어차피 엄마는 갔으니 너라도 정신을 차려야 엄마를 보낼 수 있잖아. 사람 떠나보내는 뒷일도 많아."

"아줌마, 일초라도 못 누워있겠어요!"

"그럼, 기다려. 간호사를 불러올게."

그 때 한 청년이 들어섰다. 방 안이 소란스럽자 들어온 것만 같았다.

"얘, 그날 있잖아. 우리 동네 강도사건 났을 때 강도 잡은 그 청년이야. 네가 질러대는 비명 소리는 온 동네를 흔들었고 이 청년이 제일 먼저 달려와 엄마와 널 병원으로 옮겼어. 그리고 모든 병원 절차, 병원비뿐만 아니라 보호자 란에 서명까지 이 청년이 다했어."

"감사합니다."

아빠 없고 엄마 없고 형제 없고 도움 받을 친척 없고 혼자인 해수는 두렵기만 했다. 엄마를 보내야 하는 큰 일이 무섭고 겁났다. 그런 시점에 나타난 버팀대. 흔들바위에 앉아 울고 있는 그녀에게 버팀돌이 되어 나타난 그. 한 번 더 감사하고 싶었다.

"감사합니다."

고맙다.

"괜찮습니다."

"얘, 내 정신 좀 봐. 이걸 깜빡 잊었구나. 엄마 유서야. 너 책상 위에 있더구나. 엄마 유서를 보고는 경찰 측에선 자살로 인정하고 별다른 수사는 하지 않을 지도 몰라. 나에게도 몇 가지 조사해 갔어. 경찰에서 네게도 조사할 것이 있다며 잠시 후 올 거야. 경찰 측에서도 유서가 필요하다는 걸 네가 읽고 난 뒤에 준다고 했어. 엄마 유서야 읽어봐."

엄마의 유서! 이런 기막힌 일도 당하는구나. 이런 게 인생이라면 그녀도 인생을 끝내고 싶었다. 유서를 펼쳤다.

해수야.

무슨 말부터 해야 할지 모르겠다. 너에게 너무 미안하고 어떤 말로도 널 달랠 수 없기에 편지를 쓰지 않으려 했으나 또 엄마가 몇 자 남기지 않아도 엄마 도리가 아닌 것 같아 몇 자 적는다.

해수야.

너를 끝까지 지키지 못한 무책임한 엄마를 잊어다오. 나 같은 이기적인 엄마는 잊어야 한다. 엄마가 용서를 빌게. 아니다. 용서하지 마라. 나같은 무책임한 엄마는 용서하면 안 된다. 딸아! 널 위해서 난 꼭 살아야했는데. 살아서 널 꼭 지켜줘야 했는데. 미안하다.

해수야.

네 아빠가 그리워 아빠 있는 곳으로 가는 건 아니다. 아빠를 생각하면널 더욱 잘 보살펴 시집도 보내고 오래 살아야 하건만. 미안하다. 아프고아프니까 지치고 지치니까 이 세상에서의 삶이 싫어지더라. 이대로 더살다가는 너를 지키는 게 아니고 내가 너에게 짐만 되겠다는 판단을 했다. 자꾸자꾸 세상이 싫어지더라. 이 세상이 싫어지면서 어느 날 문득 네아빠가 있는 저 세상은 어떨까.란 궁금증이 생기더구나. 아프고 지친 삶이 계속될수록 저 세상으로 향하고 있는 내 마음을 발견했어. 이러면 안된다고. 해수를 두고 떠나면 안 된다고. 저 세상을 가더라도 남편을 만난다는 확신은 없으니 널 봐서 참고 살아야 한다며 수없이 다잡았단다. 그럼에도 이런 극단적인 선택을 했구나. 내가 할 말이 없다. 딸아, 미안하다. 딸아, 미안하다. 딸아, 미안하다. 엄마 없어도 잘 살아라.

그리고 엄마 친구에게 쓴 편지는 친구에게 반드시 전해다오.

마지막으로 엄마 유언을 말할게. 엄마로서 한 일도 없으면서 유언을쓰려니까 참으로 미안하구나. 하루 빨리 엄마를 잊고 잘 살아라.라는 엄마의 유언을 지켜다오. 엄마 없이 어떻게 잘 살라는 건지. 내가 억장 무너지는 유언을 하고 있음을 알고 있다. 처음에는 힘들겠으나 시간이 지나면 나를 잊을 수도 있을 거야. 나를 잊으려고 노력을 해라. 넌 항상 말 잘

들는 착한 딸이었으니 엄마의 유언을 지킬 줄 안다. 유언이란 꼭 지켜야
되는 것이다.

딸아! 하루 빨리 엄마를 잊고 잘 살아라. 산 사람은 살아야 한단다.

친구야.

이런 모습 보여서 미안하다. 해수를 잘 부탁한다! 네가 우리 가정에 큰
잘못은 했어도 난 너를 미워하진 않는다. 난 널 믿으니까. 우리가 서로 가
정을 꾸려 사느라고 바빠서 몇 십 년간 만나진 못했어도 난 널 잘 알고 너
도 날 잘 알잖아. 변하는 게 사람이지만 천성은 안 변한다. 난 너의 천성
을 알기 때문에 남편의 목숨 같고 우리 집 목숨과 같은 돈을 너에게 맡겼
다. 네가 마음 아플까봐 아직 표현은 안했지만 떠나는 마당에 너에게 한
마디 할게. 남편의 보상금을 사기만 당하지 않았어도 난 이런 극단적인
선택은 안했을 거야. 너도 알겠지만 난 경제개념은 별로 없잖아. 가난하
게 살망정 남편 사랑 먹고 내 마음은 편히 살았어. 그런데 남편이 떠나자
맨 먼저 걱정되는 게 경제 문제더라고. 너 잘못은 아니지만 어쨌든 그 보
상금 날아갔잖아.

친구야.

돈이 무섭구나. 나 그 동안 많이 지치고 아팠다. 살수록 지치고 아파서
이 세상이 싫어지더구나. 딸을 두고 떠날 수가 없어 지독히도 참고 살아
보려 했건만. 어미가 돼서 할 말은 아니다만 내가 워낙 아프니까 자식도
눈에 안 들어오더구나. 애면글면 살아서 딸 시집도 보내야 한다는 걸 나
도 알고는 있다. 딸 시집보내기는 커녕 딸에게 짐만 되겠다는 생각이 들
어 끔찍한 선택을 했다. 남편 잃고 돈 잃고 하는 사이 내 몸과 마음이 죄
다 망가졌나봐. 둘 중에서 하나만 찾았어도 난 죽음까진 생각지 않았을

거야. 남편은 이미 돌이킬 수 없는 저 세상으로 갔으니 어쩔 수 없더라도 돈을 잃어버리지 않았으면. 병원 갈 돈조차 없는, 아주 기본적인 생활을 할 돈조차 없는 내가 어떻게 딸을 시집보내고 할 수 있겠냐. 딸에게 더 이상 신세지기 싫어 난 떠난다.

친구야

부탁한다. 내 딸을 부탁한다. 의지가지없는 불쌍한 내 딸을 부탁한다! 책임감 강한 내 딸은 착하고 예뻐서 홀로서기도 잘 할 수 있을 거야. 내 딸이 홀로서기를 잘 할 수 있도록 도와다오. 내 죽고 난 뒤 방성통곡할 딸을 생각하면, 부모 잃은 슬픔에 짓눌려 있을 딸을 생각하면 애통하다. 그럼에도 이런 선택을 한 나를 용서해다오. 산사람은 살아야 하잖아. 내 딸은 산사람이야. 내 딸이 살 수 있도록 쓰다듬어 다오. 소중한 친구야, 잘 살아라.

미안하지만 내 딸을 잘 부탁한다!

친구들의 투자

봄이 왔구나 하며 반기고 나니 어느새 여름이 왔다. 여름이 왔구나 하며 더운 날 좁은 집에서 어떻게 보낼까 걱정하는 사이 여름은 갔다. 성현은 워낙 바쁜 관계로 계절을 음미할 여유도 없었다. 아침밥 먹고 돌아서면 점심밥이고 돌아서면 저녁밥이다.는 어머니의 말과 계절의 흐름이 같았다. 봄이 왔나보다 하곤 돌아서 일하다 보니 여름이 왔다. 또 그렇게 하고 나니 가을이 왔다. 대입수능시험을 준비하는 입시생들은 가을의 고상한 운치를 못 느꼈다. 그들에게 가을은 올림픽 경기였다. 누군가가 말한, 죽느냐 사느냐 그것이 문제다.가 아니고 이기느냐 지느냐 그것이 문제였다. 그런 그들과 함께 경기에 임하는 성현 역시 속도와 겨루는 가을이었다.

빠른 속도가 유지되어야 하는 가을에 늦추어지는 현상이 생겨났다. 빨리빨리 달려도 모자랄 판에 가끔씩 뚝 멈춰버리는 문자를 받게 되면 읽던 눈은 괴이쩍게 변해 휘둥그레 뜨고 창 너머 하늘을 바라보곤 했다. 듣던 소문과는 달리 강의가 신통하지 않다는 평가를 받으면 성현은 응달쪽으로 옮겨야하므로 그는 현재의 양달쪽을 지키려 노력했다. 그러나 이따금 멈춰버리는 문자를 받으면 의아심 때문에 그 노력도 멈추곤 했다. 강의를 하고 오니 멈추는 문자가 또 와 있었다.

　성 선생, 어제 비가 오더니 그 비가 가을을
　성큼 앞당겼나봐. 오늘 가을이 깊어진
　느낌이야. 작년 여름엔 선생이랑 휴가 갔는데
　올 여름엔 그냥 지나가버렸네. 미안해.
　내가 사업하느라 몹시 바빠서 그랬으니 이해해줘.
　하긴 선생도 이젠 멋진 여성이랑 휴가를
　즐겨야지 우리 부부랑 언제까지나 보낼 수
　없잖아. 수능시험 끝나고 우리 부부랑 며칠
　가을 산이나 보러가자.
　이번에도 좀 기다려.
　자꾸 기다려달라고 해서 미안해. 저번에 말한
　우리 남편의 외국 지사 몇 군데 자금 사정이
　풀리지 않아서 그래. 곧 풀어질 거야.
　조금만 기다려줘. 선생이 친구들에게
　원망 안 듣도록 할게.

마음이 얼크러졌다. 최근 들어선 김 여사의 깊은 속뜻을 잘 도르겠다. 사업을 하다보면 자금 회전이 여의찮아 이자가 늦어지는 건 이해할 수도 있었다. 하지만 김 여사로 향해 알 수 없는 묘한 기분이 들었다. 맨 처음엔 투자를 해서 이익금을 나누자. 라는 말을 사용했는데 어느 때부터인가 돈을 빌리는 것으로 하자며 이익금이란 단어대신 이자란 단어를 사용함도 그렇고. 투자 계약서를 작성하자고 해놓고선 차용증서를 작성함도 그렇고. 그 밖에 의문스러운 기분이 들게 하는 점이 많았다.

우선 문자에 대해 답장부터 보내야겠기에,

알았습니다.

란 간단한 답장을 전송했다. 전송한 뒤 산란한 마음을 가라앉혔다. 긍정적으로 생각하자. 김 여사를 처음 만났을 시에 가졌던 좋고 순수한 감정 그대로를 갖자며 편한 쪽으로 돌렸다. 편한 마음을 갖고 다음 강의를 위해 수업 준비를 했다.

늦은 밤, 거의 막 버스를 타는 성현은 오늘도 예외 없이 막 버스를 기다리고 있었다. 막 버스는 잘 붐볐는데 오늘은 빈자리가 꽤 있었다. 그는 가는 동안 쪽잠이나 잘까 하는 심사로 아늑한 자리를 골라 앉았다. 그러나 쪽잠은 오지 않고 쫓아낸 생각이 찾아들었다. 쫓아낸 생각이 물러가지 않자, 낮에 문자 받고 긍정적으로 생각하자고 했잖아, 하며 그는 자신을 꾸짖었다. 꾸짖었음에도 쫓아낸 생각은 속을 꾹꾹 누를 뿐 물러나지 않았다. 어쩔 수 없이 쫓아낸 생각에 몰두해졌다. 쫓아낸 생각의 주장은 김 여사였다.

처음 김 여사를 만나던 시점부터 거슬러 올라갔다. 배드민턴 동호회 회원 중에 유난히 성현을 보살펴주었던 김 여사. 외국 간 아들을 생각해 성현을 아들 삼아 그의 걱정을 덜어주기 위해 경제적 보탬을 주려고 애썼던 김 여사. 그것도 부족해 성현의 친구 중에서 성현이 신세진 친구가 있으면 갚아주겠으니 그의 친구도 사업에 투자시키기를 권유한 김 여사. 그런 김 여사가 성현은 세 번 절하고도 모자랄 만큼 고마웠다.

친구 얘기가 나왔으니 친구들에 대해 집중해야겠다. 작년 대입수능시험이 끝나자 시간이 앞에도 있고 뒤에도 있고 오른편에도 있고 왼편에도 있었다. 얼마동안 시간이 넉넉했다. 그럴 즈음, 시간이 넉넉할 즈음 김 여사에게서 자주 문자가 오고 전화가 왔다. 수능시험도 끝났으니 식사를 하자는 둥, 뮤지컬 보러 가자는 둥, 배드민턴을 치러 가자는 둥, 갖가지 구실을 만들어 불러냈다. 하지만 성현으로선 이런 우려를 염려하지 않을 수 없었다. 이런 우려란, 김 여사는 어머니 또래이므로 어머니일 수 있었다. 실제로 김 여사도 가끔 성현에게 아들, 아들 부르는 적도 있었다. 근데 그건 성현과 김 여사 둘만의 시선이었고, 세상의 시선은 그렇지 않을 수도 있었다.

서른 살 넘은 청년이 어머니와 어울려 다닌다는 자연스런 시선을 세상 사람은 가질 수 있을까.를 헤아려 보니 가질 수 없다.는 쪽에 가까웠다. 또한 성현은 교육자다. 김 여사와 단둘이 뮤지컬을 관람하는 걸 학생들이 볼 수도 있었다. 식사하는 걸, 쇼핑하는 걸 학생들이 볼 수도 있었다. 학생들도 올림픽 같은 무거운 시험을 끝내고 헤죽헤죽 거리를 활보하고 다니는 시점이었다. 욕심이 눈을 가리듯 호기심이 입을 가려 김 여사와 성현을 공중에 걸어놓고 온갖 딱지를 붙일 수도 있었다. 교육자는 때 묻은 연분홍 딱지를 붙이고 다니면 생명력이 끝난다.는 신조로 살아온 성현은 존경하는 김 여사가 불러내어도 직분을 위해 거절했다. 거절당한 김 여사는 혼자 나가지 않고 남편과 함께 나간다는 말을 덧붙였다. 그 때도 그는 느꼈다. 김 여사가 눈치도 빠르고 영리하다는 걸. 그 후부터 김 여사와 김 여사 남편과 함께 자주 어울려 다녔다.

친구들 얘기가 나오기까지 서론이 너무 길었나. 두 사람과 어울려 다닌 데는 성현 나름대로 생각이 있었다. 그는 두 사람에게 폐를 끼쳤다. 성현으로선 두 사람에게 폐를 끼칠 의사가 없었는데 결과적으론 그렇게 되어버렸다. 작년에 이박 삼일의 여름방학 기간에도 두 사람과 함께 여행하고 싶지 않았으나 김 여사가 자꾸 종용해 남의 부부 사이에 끼어 멀뚱한 여행을 했다. 투자도 이익금도 성현은 바라지도 않았고, 그런 분야에 대해서는 관심도 없었던 그는 많은 이익금을 받게 되자 세상에 이런 일도 있구나. 하며 한걸음씩 김 여사의 투자 사업에 가담하는 자신을 발견했다. 어떻든 김 여사에게 폐를 끼쳤고 그걸 갚기 위해 그는 두 사람을 만났다. 그런데 김 여사는 갚을 기회를 주지 않았다. 성현이 요금을 지불하러 가면 이미 김 여사가 계산을 한 상태였다. 만날수록 오히려 김 여사에게 부담만 주는 것 같아 만남을 회피하려 하자 머리 회전 빠른 김 여사가 말했다. '선생은 대단한 능력과 수입이 있는데도 버스 타고 다니는 걸 보고 놀랐어. 그 나이쯤엔 큰 수입이 없어도 자가용을 타려고 안달하거든. 선생은 역시 대단해. 선생이 열심히 살고 있으니까 우리가 도와주는 거야. 내가 식사 값 계산한다고 부담 갖지 마. 우린 식사 값 정도 금액은 전혀 신경 안 쓸 만치의 경제적 여유 있으니 부담 갖지 마. 선생이 멋진 집 사고 난 뒤에 우리 초대해줘. 현재 선생이 부담 된다면 멋진 집 사고 나서 우리에게 밥 사주면 되잖아.' 그런 김 여사에게 진심으로 감사했다. 그리고 얼마 뒤 년 말 무렵인가. 우리도 송년의 밤을 보내자며 세 사람은 모였다. 송년의 밤을 보내다보면 술이 빠지지 않았다. 권커니 잣거니 세 사람은 술을 마셨다. 다채로운 밤은 깊어가고 있었다.

"성 선생!"

"네."

"내가 술이 됐으니 너라고 부를게. 너 친구들, 너가 신세진 친구들 우리 사업에 투자시켜. 우린 너와 너의 친구가 투자 안 해도 투자할 사람 많아. 왜냐면, 우린 안전하고 확실하게 많은 이익금을 입금시켜주니까 투자할 사람이 많아. 근데 왜 너 친구를 권하느냐면, 남자는 늙을수록 친구가 최고야. 젊은 시절엔 가정 돌보느라 바쁘지만 늙으면 친구를 찾게 되어있어. 너가 늙을 때까지 지금처럼 능력이 있어 많은 수입을 올린다는 보장이 있냐고. 친구에게 돈 벌어 줄 수 있는 이런 기회가 왔을 때 잡으라고. 기회를 잡아 신세진 친구에겐 신세를 갚고 그렇지 않은 친구에겐 미래를 저축한다는 심정으로 돈을 벌게 해주라고. 친구에게 돈을 벌게 해줘야 훗날 너도 친구에게 할 말이 있잖아…. 내가 저번에 이런 뜻을 비쳤는데 너가 제대로 못 알아듣는 것도 같고, 또 그땐 입시시험 전이라 확고한 말은 하지 않았어. 지금 내가 한 말 깊이 생각해봐. 술이 됐으니까 이렇게 확고하게 말할 수도 있는 거야."

"네, 맞는 말씀입니다."

알고 있었다. 직접 말하지 않고 간접으로 넌지시 말하여도 알아들을 수 있는 말을 술이란 게 가슴을 적시면 입은 직접 말한다는 것을.

이제 친구들 얘기가 본론으로 접어드는 건가. 성현에게 친구는 곧 자신이었다. 서울 토박이인 성현은 서울이 제 이의 고향인 병주고향이 아니었다. 서울이 고향이었다. 어릴 적부터 같은 동네에서 자라나 초등학교도 함께 중학교도 함께 간 소중한 친구가 두 명 있었다. 성현을 포함한 세 명은 중학교 때까지 늘 붙어 다녔다. 각자 다른 고등학교로 진학하는 바람에 예전처럼 늘 붙어 다니진 않았어도 연락이 끊어지진 않았다. 방학이 되면 셋은 무전여행을 떠나기도 했고 각자에게 특별한 일이 생기면 서로 연락해서 의논하곤 했다. 세 명은 특별난 일에 대해 볼만장만 하지 않았다. 보기도 하고 참견도 하여 좋은 결론을 내곤 했다. 세 명이 절친하게 지내니까 세 명의 어머니들도 절친했다. 성현은 어린 시절 집안이 부유했으나 거듭되는 아버지의 사업실패로 마지막엔 월셋집까지 온 처지가 되었고, 한 친구는 부유하지도 가난하지도 않았다. 중산층이었던 친구가 대학교 다닐 무렵 친구 아버지가 명예 퇴직한 퇴직금으로 사업을 해서 망한 탓에 현재 딱한 처지에 있었다. 또 한 친구는 예전이나 지금이나 집안이 부유했다. 또 한 친구는 일 년 전에 결혼했으며 친구의 아내는 현재 임신 중이었다. 성현이 마지막엔 월셋집에 살 지경까지 되었을 때 또 한 친구가 말했다.

"성현아, 부모님들도 계신데 이런 말하긴 그렇지만 내가…."

친구가 머뭇거렸다.

"말해, 자식아. 우리 사이에 못할 말이 뭐 있냐."

"아니다."

친구가 말을 끝내버리기에 더 궁금해졌다.

"말하라니까!"

"아니라니까!"

친구의 말 못할 사정마저 알 필요는 없었다. 친구는 분명히 크고 깊은 말을 하려했다. 친구가 할 말을 못하고 쩔쩔 매는 경우는 처음이었다.

"알았어. 안 들을게. 혹시 내가 잘못한 일이 있으면 이해해라. 난 네게 잘못한 일이 없는 것 같은데 나도 모르게 저지른 어떤 잘못이 있는지 모르겠다."

"그게 아니고. 성현아, 네 부모님께 실례되고, 네 자존심을 건드리는 것도 같고 해서 말하기 힘들었다. 내가 돈을 빌려줄 테니 전셋집을 구해봤으면 한다."

친구의 말이 성현의 가슴에 집중 사격했다.

"네 뜻 고맙다만 아직 난 절벽 끝에 서지 않았어. 절벽 끝에 서게 되면 너에게 도움 요청할게."

그랬다. 젊은 사나이가 절벽 끝에 서보지도 않고 도움 요청하는 건 성현의 의지에는 없었다.

"그래라. 난 네가 편히 살았으면 하는 마음에서 한 말이야."

친구의 집중 사격이 감동이 되어 엮어나갔다.

"알아. 네 뜻 안다고."

또 한 친구의 보살핌에 목이 멨다. 목 멘 기억이 떠오르자 성현은 그 기억으로 인해 또 목멨다.

그렇듯 귀중한 친구들인 만큼 친구들 돈도 귀중했다. 또 한 친구는 유산자인 까닭에 돈에 얽매이진 않지만 성현과 한 친구는 무산자이기에 돈에 얽매어 있었다. 누구나 돈이 좋아 쫓고 있기 때문에 돈 버는 일에는 솔깃 한다고 해서 친구들까지 김 여사의 투자 사업에 끌어들이고 싶지는 않았다. 세 명의 친구 사이에는 우정이 놓여있을 뿐 돈은 놓여있지 않았다. 하지만 돈이 있어야 사는 세상이므로 성현은 생각을 변화시키고 있었다. 무산자인 성현과 한 친구는 돈이 있어야

했다. 돈 버는 일은 힘든 일. 경제적으로 고달프게 살고 있는 친구를 두고 성현 혼자만 편하게 돈 벌고 있는 건가. 김 여사를 못 믿어서 친구를 투자 못시키고 있는 건가. 김 여사를 못 믿는다면 자신은 왜 투자하고 있는가. 복잡하게 생각했다. 외국 나가 있는 아들이 그리워 그 아들을 대신해줄 몫으로 성현을 아들 삼아 돈 벌게 해주고 싶다던 김 여사의 말이 떠오르자 그 대목에서 자신감이 생겼다. 친구에게 전화 걸었다. 한 친구 전화의 신호음이 울렸다.

"나다."

유쾌한 친구 목소리.

"너 돈 있지?"

친구는 돈 있는 걸 모두에게는 속일망정 성현과 또 한 친구에게는 숨기지 않았다.

"그래, 있다."

솔직한 친구 목소리.

"얼마 있어?"

"팔천만 원."

씩씩한 친구 목소리.

"지금 어디 있어? 예금 되어 있어?"

"그래. 결혼 말 오가고 있는데 아직 전셋집 구할 돈도 부족해. 죽자 살자 돈 벌고 있는데도 돈은 모이지 않고 결혼은 다가오고. 큰일이다."

애타는 친구 목소리.

"죽자 살자 안 해도 된다. 내가 좋은 투자처 알려줄게. 나도 집 살 돈 투자했는데 꽤 벌었어."

"정말!"

놀라는 친구 목소리.

"정말이야. 돈만 입금시키면 매달 이익금이 나와. 너처럼 힘들게 머리 굴리지 않아도 나처럼 힘들게 목을 사용하지 않아도 되고 편히 앉아 통장으로 이익금을 받으면 된다."

"너 설마. 다단계란 사기단체에 걸려든 건 아니겠지."

야릇한 친구 목소리.

"아니야. 그런 곳이면 너에게 소개하겠냐."

"그래. 언제까지 하면 되냐."

안심한 친구 목소리.

"네가 돈이 급하면 서두르고 급하지 않으면 서두르지 않아도 되고."

"알았어. 당장 투자할게."

기뻐한 친구 목소리.

한 친구는 연애하느라 바빠서인지 몇 달을 못 만났다. 하긴 성현도 학원에만 매여 있어서 친구를 만날 수도 없었다. 김 여사의 말처럼 친구에게 신세져서 갚는다는 명목으로, 미래를 저축한다는 명목으로 친구에게 투자 권유한 건 아니었다. 오직 한 마음. 친구를 잘 살게 해 줘야겠다는 오직 한마음!

한 친구와 만나 함께 김 여사를 만났고 한 달 뒤 한 친구는 많은 이익금을 받았다. 또 한 친구가 한 친구로부터 소식을 들었다며 성현에게 물어왔다.

"넌 부자잖아. 부자니까 말 안했어."

"내 부모가 부자잖아. 난 부자가 아니야. 나도 부자 되고 싶다. 나에게도 투자처 소개해주라."

"알았어. 소개해줄게. 넌 얼마정도 투자할 수 있냐?"

향방부지. 어디가 어디인지. 어떻게 해야 할지 분간을 못하겠다, 성현은.

"일억 오천만 원. 확실한 돈이 일억 오천만 원."

"알았다."

골몰무가. 성현은 친구들 일에 온 정신을 쏟느라 조금도 틈이 없었다. 친구들 얘기는 결론을 내야겠다. 두 친구의 돈이 김 여사에게 송금되었다. 한 친구가 팔천만 원, 또 한 친구가 일억 오천만 원. 합하면 이억 삼천만 원. 이억 삼천의 돈이 김 여사에게로 건너갔다. 봄이 오던 시점이었다. 한 달 뒤 친구 돈에 관한 이자를 계산하자며 김 여사가 성현을 만나길 원했다.

"성 선생은 시간 내기가 쉽지 않잖아. 나온 김에 친구들 돈에 대해서 차용증서를 작성하자."

"네, 그렇게 하십시오."

그러잖아도 성현은 서류해 받기를 원했기에 마침 잘됐다는 심정으로 김 여사의 말에 쾌히 동의했다.

"친구들 돈도 선생의 이름으로 하자고. 선생이 갚아달라고 원하는 날에 돈 갚아줄 텐데 차용증서에 헷갈리게 여러 사람 이름으로 하는 것보다 친구들 돈도 그냥 선생의 이름으로 묶어버리자고."

"그러세요."

친구들 돈이 성현의 돈이고, 성현의 돈이 친구들 돈이므로 선뜻 응낙했다. 그리고서 몇 달만 친구들 돈의 이자가 입금되었고 그 뒤부터는 이자가 입금되지 않았다. 시월 달로 접어드는 현재, 이자가 수개월째 입금되지 않았다. 수개월째 밀린 이자는 성현의 돈으로 지급했다. 김 여사로부터 성현이 직접 돈을 받아서 그가 송금한다는 하얀 거짓말을 친구들에게 했다.

김 여사는 친구들 이자뿐만 아니라 성현의 이자도 중단했다. 중단한 지 역시 수개월째. 삼 개월까지 성현은 김 여사에게 아무런 내색을 하지 않았다. 사업에 힘든 고비를 만나 이자를 송금 못하고 있나 보다. 김 여사가 자신을 도와주었으니 자신도 김 여사를 돕는 심정으로 말없는 기다림을 했다고나 할까. 오죽 힘들었으면 그토록 정감 있던 김 여사가 일체 연락을 끊었을까. 기다려 보자. 삼 개월을 조용히 기다리기만 했다. 친구들은 돈을 한 번에 송금한 까닭에 한 달에 한 번 이자 날짜지만 성현은 여러 날 여러 번 여러 액수의 돈을 송금한 까닭에 한 달에 여러 날 여러 번 여러 액수의 이자를 받았다. 그러므로 성현은 며칠 간격으로 이자를 받는 날짜였다. 삼 개월 동안은 한 번도 김 여사에게 연락하지 않은 채 기다렸으며 사 개월째 들어서 김 여사에게 문자를 한 번 보냈다. 밀린 이자에 대해서는 찍지 않고 아무런 연락 없는 게 걱정되어 건강하신가. 해서 문자 보낸다며 찍어 전송했다. 곧이어 답이 왔다. 현재 크게 벌린 사업이 고전해서 이자가 밀렸으니 좀만 기다려달라고, 그 사이 미안해서 연락을 못했다고. 곧 밀린 이자 송금하겠다는 내용의 문자였다. 오 개월째 들어서도 사 개월 때 보내왔던 그 내용의 문자가 왔고 육 개월째에도 사 개월, 오 개월 때 보내왔던 그 내용과 비슷했다. 김 여사는 조금만 기다려 달라는 문자만 계속하고 있었다. 성현은 김 여사에 대해 긍정적 생각을 갖자며 애썼다.

버스에서 내렸다. 걸음이 가볍지 않았다. 어머니는 성현의 눈치를 꽤 살폈다. 어머니는 성현의 일에 일절 간섭 하지 않았다. 어머니의 표현을 빌리면 성현은 타이르지 않아도 바르게 성장하는 자식이라며 친척들이 모이면 성현 자랑을 했다. 성현은 그런 어머니를 만류했다. 자신을 칭찬하는데도 듣기 거북했다. 그런 성현을 어머니는 늘 믿었고 그가 하는 일에는 무조건 찬성했다. 가정 경제도 성현이 모두 맡아 관리하길 원했다. 하지만 성현은 어머니에게만은 예금 상태를 말해왔다. 그래서 김 여사에게 돈 빌려준 걸 어머니가 대충은 알고 있었다. 어머니가 성현의 눈치를 보는 이유는 돈을 잘 받고 있는가. 해서 그를 살펴보는 것 같았다.

집에 도착하니 어머니 혼자 있었다. 오가고 있는 어머니의 다리를 눈 여겨 보니 다리는 완전히 회복되어 보였다. 어머니의 다리를 항상 지켜봐왔고 항상 무사해 보여서 기뻤다.

"어머니, 나 밥 먹고 왔어요. 요즘은 밥맛도 없네요."

"그러잖아도 너 얼굴이 좋지 않아 보인다. 뭔 일 있냐?"

"아니에요. 요즘 제일 바쁠 때잖아요. 바빠서 그래요."

옷을 걸고 씻으러 화장실로 향하고 있는 성현을 어머니는 불러 세웠다.

"성현아, 집에 아무도 없을 때 나랑 얘기 좀 하자."

"네."

모자는 큰방에 앉았다. 두 사람이 앉자 좁은 방은 꽉 찼다.

"너 요즘 돈 잘 받고 있냐? 그 점이 늘 궁금했다. 넌 모든 일을 알아서 잘 하는 자식이기에 믿기도 했지만 네가 바쁘고 힘들어 보여 궁금해도 참고 있었다."

"네, 잘 받고 있어요."

"돈 잘 받아서 이사 할 수 있겠냐."

"이사하기 위해서 모은 돈이니까 최선을 다해봐야죠."

"지금 네가 너무 바쁘니 다음 달에 수능시험 끝나고 이사계획을 세워보자."

"네."

"성현아, 내년 봄에 이사했으면 하는데 그 때까지 확실히 돈을 잘 받을 수 있겠냐?"

"……."

"이자는 매달 잘 받고 있냐?"

"……."

"뭔가 일이 잘 안 되고 있는가 보구나."

"아니에요. 그런 건 아니에요."

"성현아, 넌 모든 일을 알아서 잘 하겠지만 돈 앞에서는 소용없어. 모든 일을 잘해도 돈 빌려주고 받는 건 잘 할 수 없다는 말이다. 돈은 빌려주면 안 되는 거야. 빚보증 하는 자식은 낳지도 마라.라는 말도 있다. 그만큼 남의 보증을 서는 일은 매우 위험한 일이라는 말이며, 그만큼 위험한 일이 또 있다. 돈을 빌려주면 안 되는 일이다. 나도 젊은 시절 사람 믿고 큰돈 빌려줬더니 결국엔 안 갚고 도망가더구나. 그 타격이 오래갔단다. 내 다리가 왜 못 쓰게 된 줄 아냐. 돈 떼먹고 도망간 여편네 찾으러 다니느라고 얼마나 걸어 다녔던지 그 때부터 다리가 이상했는데 병원비 아끼느라 치료 못해서 그렇게 고생 했단다. 돈 갚아 달라고 재촉 해본들 개구리 낯짝에 물 붓기야. 돈 갚을 사람은 어떤 재촉을 당해도 입으로만 갚는단 말을 하고 있다는 말이야. 이번에 돈 받고 나면 앞으론 절대 돈 빌려주지 마라."

"네."

"이번에도 내가 사전에 알았으면 절대 못 빌려주게 말렸을 텐데."

"미안해. 엄마 허락 없이 일을 저질러서. 돈 잘 받을게요. 돈 안 갚아줄 사람 아니에요. 갚아 줄 거예요. 걱정 마세요."

"돈은 얼마나 빌려줬니?"

"조금. 걱정 말아요."

어머니에게 하얀 거짓말을 했다. 김 여사에겐 돈을 조금 빌려준 게 아니고 많이 빌려줬다.

"실 엉킨 것은 풀어도 노 엉킨 것은 못 푼단다. 작은 일은 간단히 해결 되어도 큰일은 좀처럼 해결하기 어려우니 적은 돈일 때 서둘러 받고 앞으론 돈 빌려주지 마라."

"알았어요."

비좁은 방일망정 책상은 있었다. 선생이면서 집에 책상 하나 없다면 누가 보더라도 납득이 어려울 것이다. 성현은 낡은 책상에 앉았다. 오래 된 삼층 건물의 다세대주택 일층에 세 들어 살고 있는 성현은 근래 들어선 책상에 앉는 일이 전과 달랐다. 그전엔 학습지를 보기 위한 책상이어서 학습용 책상이었다. 학습용 책상인 만큼 의자에 앉아서는 단편적인 생각만 했다. 피곤함에 몰려 책상에 펼쳐진 과제물을 한 번에 해치우고는 이불 속으로 몸을 던지곤 했다. 그랬던 성현이 언제부터인가 책상에 앉는 일이 잦아졌다.

책상 위로 봄바람이 불어왔다. 책상이 낡고 허름해서 싹이나 피울 수 있을까 했는데 예상을 깨고 싹을 피웠다. 엄밀히 말하면 책상이 아니고 성현이 싹을 피웠다. 책상 위에는 창문이 있었다. 의자에 앉아 목만 길게 빼면 밖이 보였다. 온종일 수업에 시달린 노자근한 몸은 책상 의자에만 앉으면 나른한 피로가 풀렸다. 효력 좋은 약 기운이 의자 위에서 올라오는 듯 피곤함은 사라져 갔다. 그렇듯 책상은 신비의 책상이 되고 있었다.

책상이 신비한 건 아니었다. 신비의 주인공이 있었다. 의자 위에 앉아 목을 길게 빼서 내다보면 신비의 주인공을 볼 수 있었다. 기다렸다! 신비의 주인공이 나타나기를 기다렸다. 장해수! 혹시나 그녀가 집을 나올까봐, 그 모습을 지켜보기 위해 성현은 오늘도 책상에 앉아 목을 빼고 그녀의 집, 작은 대문을 바라보았다. 성현의 책상 위 창문으로 보면 그녀의 집 대문이 바로 보였다. 차 한 대 다닐 정도의 좁은 도로를 사이에 두고 성현의 집과 해수의 집은 마주보고 있어서 성현이 책상에 앉으면 창 너머로 그녀의 움직임을 볼 수 있었다. 하지만 그녀의 움직임을 도무지 볼 수 없었다. 어째서 그녀를 볼 수 없을까, 성현 나름대로 분석해 보았다. 원인은 자신에게 있었다. 이른 아침에 나갔다가 밤늦게 집에 오는 그에게 원인이 있었다. 해수는 볼 수 없을지언정 성현의 마음은 나비가 되었다. 그는 꽃에 앉는 나비를 보며 아름답다고 생각해왔다. 그런데 자신이 나비가 되고 보니 어떻게 날아야 하는 건지, 어떤 방법으로 꽃에 다가가야 하는 건지, 꽃에 다가가서는 무슨 말을 해야 하는 건지 몰랐다.

그렇다고 성현이 지금껏 쇼윈도 안에 있는 여자 마네킹만 바라본 건 아니었다. 그에게도 한 때 불던 봄바람이 있었다. 대학교 진학 때까지 불빛이 없는 시간에도 공부하고 불빛이 있는 시간에도 공부하고 하루 종일 공부하느라 여가가 없었다. 그렇게 공부한 덕분인지 좋은 결과를 얻게 되었다. 목표로 한 대학교에 합격하자 두 명의 친구와 함께 세 명은 놀러 다녔다. 천작저창. 알맞게 술 마시고 작은 소리로 노래도 했다. 세 명은 솥발같이 벌려 마주 앉아 정담을 나누곤 했다. 총각 세 명이 모인 자리에 여자이야기가 빠지면 인생이 없다고 해야 하나? 총각 처녀가 만나 혼인을 하고 자식을 낳고, 그렇게 살아가는 길이 인생인데 그런 총각 세 명이 만나 처녀이야기가 빠지면 인생이 없다고 한 건 부정문이라고 해야 하나? 긍정문이라고 해야 하나?

성현은 친구로부터 한 여대생을 소개 받았다. 배우지 않아도 스스로 깨달아 아는 게 남녀 간의 사랑인가, 성현의 생일빠낙 자리에. 성현의 생일잔치를 베푸는 자리에. 나타난 세 명의 여대생. 두 명의 여대생은 친구들의 여자 친구였고 나머지 한 명의 여대생은 자연스레 성현의 여자 친구가 되었다. 생일잔치를 만들며 친구는 성현의 여자 친구까지 신경 쓴 모양이었다. 그 여대생과 풋내 나는 의견을 나누며 풋사랑을 키웠다. 그의 우스갯소리에 그녀는 볼우물이 패이도록 웃었다. 그는 그녀가 언제나 밝았으면 했다. 그녀도 그의 뜻을 알기에 환한 모습을 잃지 않았다. 혹 그녀가 그늘 진 모습을 해 있으면 걱정거리를 넘겨달라고 그녀에게 말했다. 그의 독촉에 그녀는 걱정거리를 넘겼고, 그는 넘겨 맡은 걱정거리를 해결 하려 애썼다. 둘은 자주 만나 대화했고, 자주 놀러 다녔다. 차츰차츰 애정이 쌓여갔다.

본디의 성질을 잃어버리고 다른 사람처럼 변화함도 사랑의 힘인가? 성현은 자신이 그녀와의 사랑 앞에서 변하고 있는 걸 느꼈다. 둘은 학교가 달라서 서로의 학교 중간쯤에서 잘 만났다. 그 날도 약속장소로 갔다. 가는 도중 길거리에 거울이 보이면 성현은 모양새를 다듬었다. 오늘은 그녀를 위해 무슨 대화를 해 상쾌함을 줄까도 생각했다. 경제적 여유가 없는 관계로 둘은 주로 길거리 데이트를 즐겼다.

고즈넉한 거리를 걷다가 아담한 공원을 발견했다. 서로 눈이 마주치며 말했다. 공원에 앉았다 가자고. 공원 벤치에 앉아 주위의 일들을 얘기했다. 눈으로는 볼 수 있지만 이치를 알기 어려운 세상일들에 대해 젊은이의 시선으로 얘기했다. 그러던 중 그녀는 화장실을 다녀와야겠다며 일어섰다. 그녀가 들고 온 책과 가방은 벤치 위에서 주인이 화장실을 갔다 오길 기다리고 있었다. 그 때! 성현의 눈길이 멈추는 곳이 있었다. 그녀의 책 사이에 꽂혀있던 편지봉투가 반쯤 비어져 나와 있었다. 그녀가 책을 털썩 놓는 바람에 생긴 현상인가 본데 정리를 해야겠어서 편지를 책 사이에 다시 꽂으려 했다. 그런데 편지 봉투의 주소를 보는 순간 그대로 책 사이에 꽂을 수 없었다. 집채 만 한 궁금증이 굴러 와서 참을 수가 없었다. 아직 그녀가 화장실에서 돌아오려면 시간은 남았다. 사람은 그런 큰 궁금증은 이기지 못했다. 상대가 사랑하는 그녀이므로 더욱 궁금증을 이길 수 없었다. 편지를 폈다. 편지 안에는 절절한 내용이 있었다. 그녀의 남자친구의 눈물이 담긴 편지였다. 그 남자친구는 눈물의 편지로 그녀를 잡으려 했다. 편지 내용을 요약해 추리하면 그녀는 그 남자친구와 열렬한 사랑을 했다. 그 남자친구는 사랑하는 그녀를 남겨두고 군 입대를 해야만 했다. 그 남자친구가 군 입대 후 그녀는 면회를 가기도 했으나 성현을 만난 뒤부터 그녀는 군대에 간 남자친구를 잊고 있었다. 남자친구가 애원 했다. 면회를 와 달라고, 우리 사랑을 지켜 나가자고, 우리 사랑이 깨질까봐 탈영하고 싶다고!

　고심했다. 어디서부터 어떻게 수습해야할지 몰라 고심했다. 소중했던 그녀가 윤기 없이 느껴졌다. 가슴을 욱죄는 통증을 없애려고 천천히 생각해 보았다. 욱 죄여진 가슴이 중얼거렸다. 그래, 그녀의 편지를 읽지 않았다고 생각하자. 그녀의 감정이, 사랑이 자신에게로 오고 있으니 오는 사랑을 막지 말자. 사랑도 쟁취다. 하지만 그 남자친구의 눈물을 밟고 행복할 수 있을까? 뭘 그렇게 깊이 생각하느냐. 시간이 해결하는 법. 잊는 건 사람의 특성. 시간이 지나면 그 남자친구도 잊고 좋은 여자를 만나, 예전에 어떤 한 사랑에 탈영까지 생각한 적 있었다며 철없던 지난날을 회상하며 말거야. 본척만척. 본체만체. 편지 일은 없었던 일로 하자며 성현은 자신을 달랬다. 문제는, 달래도 달래도 가슴이 달래지지가 않았다. 왜 이러는 걸까. 이유가 있었다. 그녀에게 들어있는 두 가슴이 싫어져서였다. 두 마음을 가진 그녀가 싫어진 것이 이유였다. 그녀가 몹쓸 병에 걸려 생명이 위태롭다면 성현은 헌신적 사랑으로 그녀를 살리려 죽을힘을 다하겠지만, 다른 어떤 힘든 사정도 그녀와의 사랑을 갈라놓을 순 없지만, 그녀가 두 마음을 가진 사실은 용서 할 수 없었다. 동정적 마음으로 헤아려보면 그녀를 이해 할 수도 있겠다. 눈에서 멀어지면 마음에서도 멀어진다고, 남자친구는 멀리 가서 볼 수가 없고 성현은 자주 볼 수가 있고, 당연히 성현에게로 마음이 올 수 있었다. 그게 사람이니까.

그럼에도 불구하고 마음을 달랠 수 없었고 그녀가 용서되지 않았다. 그녀는 양 쪽 저울을 들고 있었다. 한 쪽에는 군대 간 남자친구를, 한 쪽에는 성현을 올려놓고 저울질 하고 있었다. 편지 내용으로 보아 남자친구와는 정리가 안 된 상태였다. 그 남자친구와 정리하는 데는 시간이 필요할거라고. 그녀에게 생각할 시간을 주며 기다려보자고. 성현은 갈등했다. 그러나 또 다른 생각이 치켜들면서 그 갈등을 부서뜨렸다. 멋모르고 시작 된 그녀와의 만남. 만남이 길어지면서 좋은 감정이 사랑으로 바뀌며 그녀의 곁에 오래도록 있고 싶었다.

그 때 학생 신분이어서 결혼이란 말은 못했으나 졸업 후 취직만 된다면 경제적 능력만 생긴다면 그녀에게 결혼 요청을 하려 했다. 성현이 원하는 결혼은 배우자의 진실한 마음이었다. 사람마다 소망이 다르듯 성현이 소망하는 결혼은 그녀의 참된 마음이었다. 두 마음을 가진 그녀에게서 진실을 잃었고 믿음도 없어졌다. 무엇보다, 편지를 쓴 그 남자친구의 지순한 사랑에 끼어들고 싶지 않았다. 어쩔 수 없이 국가의 부름을 받고 입대한 그 남자를 모른 척 할 수 없었다. 그 남자친구의 탈영이란 무서운 글자가 그녀를 잡기 위한 선전술의 선전문이 아닐 수도 있었다. 탈영은 그 남자친구의 진심일 수도 있었다.

군인은 목매기송아지! 군인은 아직 코를 뚫지 않고 목에 고삐를 맨 송아지! 그런 송아지가 얼굴에 화색이 돌고 마음에 충전이 돌고 풍풍 몸이 돋는 순간은 여자 친구가 면회 오거나 편지 오는 순간이었다. 성현은 자신의 군대시절, 사병들의 그런 순간을 지켜봤으므로 그런 순간을 뺏는 일이 잘못인 줄 알기에 복잡한 갈등은 하지 않기로 했다.

그녀를 떠날 결심을 했다. 플라토닉 러브. 그녀와는 정신적인 사랑을 했다. 그녀와의 육체적 행위는 몇 번 가진 달콤한 키스가 전부였다. 그토록 아름다운 정신적인 사랑도 불신 앞에서 무너졌다. 성현의 양심이 갈등을 부서뜨렸다. 높고 낮은 생각도 했고 깊은 상념에 잠기기도 했다. 나이가 많아서 올바른 생각을 할 수 있고 나이가 적어서 올바른 생각을 못 한다고는 할 수 없다. 나이가 많음은 경험이 많다는 뜻. 경험에서 우러나오는 판단, 이치는 나이 적은 이가 따를 순 없지만 나이는 적을 망정 한 번의 경험도 알차게 깨달아 버릴 건 버리고 얻을 건 얻는 정신적 행위를 잘한 이가 어설픈 경험만 쌓은 나이 많은 이보다 나을 수 있다. 그러므로 때론 젊은이의 판단이 늙은이의 판단을 앞지를 수도 있다. 성현의 판단이 올바른 판단인지는 모르겠으나 그는 그녀와 이별을 선택했다. 현재 자신이 하고 있는 행위가 자신의 운명을 만든다고 생각하는 성현은 앞으로 살아 갈 길이 먼데 그 남자친구의 눈물을 밟으면서까지 걷고 싶지는 않았다.

그녀와 헤어진 뒤부터는 사랑을 할 수 없었다. 정확히 말하면 사랑을 하고 싶지 않았다. 그녀와 헤어지고 한 동안은 발탄강아지가 되었다. 그녀를 잊으려고 이러 저리 쏘다녔다. 볼모로 잡히듯 한 곳에 가만히 앉아 있기도 했다. 슬프게도 사랑 잃는 진통도 느낄 수 없게 되었다. 집안 환경이 성현을 무척 바쁘게 만들어서 그는 떠나간 사랑을 아파 할 시간도 새로운 사랑을 준비할 시간도 없었다. 계속 된 아버지의 사업 실패로 집안 경제가 편 손바닥 모양이 되어 버렸다. 손에 쥘 것이 조금도 없으니까 기운 없는 빈손이 펴져서 빈 손바닥을 내보였다. 가진 게 없을망정 주먹이라도 쥐고 있으면 힘이라도 있어 보이련만 그 힘조차 없어 빈 손바닥을 펴 앉아있는 가족을 위해 성현은 일어서야 했다. 일어서서 뛰고 달리고 그러는 사이 옛사랑도 잊었을 뿐더러 사랑이란 걸 잃어버렸다. 가족이 굶을 지경에 왔기에 가족이 뿔뿔이 헤어질 위기에 놓였기에 사랑을 만날 순 없었다. 사랑은 접고 돈을 만나기로 했다. 추풍삭막, 권세가 사라져 초라해짐도 돈이 없기 때문이었다. 생지살지, 살리기도 하고 죽이기도 하는 일이 돈이란 걸 알았다. 호사스레 사랑을 찾을 순 없었다. 돈을 벌어야했다. 돈을 벌더라도 당당히 벌겠다.

그런 성현에게 사랑이 찾아 들었다. 그걸 사랑이라고 해야 하는지는 모르겠으나 앞집에 살고 있는 장해수에게 이성으로서 좋은 감정을 느끼고 있음은 확실했다. 오랜 시간 잃어버린 사랑을 기억에서 끄집어내고 있는 요즘이었다. 사랑이 찾아들 만큼 이제 성현에게도 여유가 생겼다. 그런 여유로움에 성현은 사랑을 부르는가 보았다. 하긴 성현도 사랑할 나이고 결혼할 나이였다. 근래 들어 김 여사가 이자를 송금해 주지 않아 품게 되는 언짢음도, 책상에 앉아 해수를 보기 위한 기다림의 시간에 있다 보면 가벼워지곤 했다. 책상에 턱을 괴고 앉아 있으면 책상이 말하는 것 같았다. 어째서 청승궂게 앉아만 있느냐. 나이가 몇 살인데 그렇게 용기도 없느냐. 앉아서 보려고만 하지 말고 나가서 마주쳐 볼 배짱을 가져봐. 그럼에도 용기, 배짱이 생기지 않았다. 반대로 더욱 소극적이 되었다. 현재 해수에겐 연인이 있을 수도 있잖은가. 무턱대고 이웃에서 예의에 벗어난 짓을 해서 망신만 당할지도 몰랐다. 그대로 책상에 앉아 봉곳봉곳 짝사랑을 키우고 싶었다. 좋은 감정을 자아내는 흥치에 젖어 해수 만날 날을 기다렸다. 작은 틈을 통해서 잠시 비치는 햇볕인 볕뉘. 나뭇잎 사이로 볕뉘가 비치듯 성현에게도 그 볕이 비출 수도 있었다. 조그만 볕뉘가 커다란 햇볕이 될지 사라질지는 궁금하지 않기로 했다. 지레 짐작으로 알아차리지도 않고 지레 겁도 먹지 않고 차분한 설렘 속에서 해수 만날 날을 기다렸다.

초가을에 서늘하게 부는 더넘바람이 지나 간지 한참 되었다. 겨울바람이 불고 있었다. 얼마 있지 않아 초봄이 올 텐데 초봄엔 차고 매서운 소소리바람이 불겠지. 성현은 차가운 겨울바람 속에서 힘겨워하고 있었다. 불안감에 휩싸여 불안정해 있었다. 앉아 있으면 타늘방석에 앉은 듯 해서 괜히 왔다 갔다 하며 불안함을 누그러뜨렸다. 김 여사 때문이었다. 작년엔 수능시험이 끝나기가 무섭게 만나자는 연락을 해오더니 올해는 감감 무소식이었다. 그 뿐만 아니라 이자가 많고 많이 밀렸는데도 감감소식이었다. 이러다 큰일 나겠다 싶은 마음에 친구들 돈부터 먼저 받아야겠어서 며칠 전 친구들 돈은 상환해 달라는 문자를 보냈는데도 깜깜무소식이었다. 드문드문 조금만 기다려 달라는 문자만 왔다. 김 여사는 이날저날 차일피일 기일을 미루고 있었으며, 이달 저달 차월피월 약속을 미루고 있었다. 최근엔 이 핑계 틀리고 저 핑계 틀렸다. 이젠 노심초사 해 기다리고만 있을 게 아니라, 문자만 보낼 게 아니라 직접 전화를 해보기로 했다, 김 여사에게.

"선생이구나. 오늘은 안 바쁘니?"

성현의 전화를 김 여사는 밝게 태연하게 받았다.

"네."

이제 성현은 김 여사를 믿고 따르지 않을 것이며 자신의 의사를 말하기로 했다. 지금 전화는 작정을 하고 걸었다.

"돈 때문에 전화 걸었니?"

"네."

"조금만 기다려 줘. 며칠 뒤 아들이 외국 지사의 돈을 송금해 주기로 했어."

"그 말씀은 저번 달에도 그렇게 말씀하셨습니다."

"내가 그랬어?"

"네."

"하여튼 조금만 기다려 주라."

"조금만 기다려 달라는 말씀의 문자를 거의 일 년을 받고 있습니다. 이자도 그 정도 밀린 것 알고 계시죠. 이번엔 날짜를 정해 주십시오. 며칠 날 갚아주겠다는 말씀을 해주십시오. 그리고 며칠 전에 문자로 말했습니다만 친구들 돈 갚아 주십시오.”

“얘, 성 선생. 너 왜 그렇게 딱딱해졌니? 갚아줄게. 갚아주면 되잖아.”

“알겠습니다.”

“밀린 이자도 많고 거기다 원금까지 합하면 벅차니까 우선 몇 달분 이자라도 먼저 갚아줄게.”

“그렇게 하십시오. 갚는 날짜 약속을 해 주십시오.”

“이달 말에 송금해줄게.”

“알겠습니다. 수고하십시오.”

전화를 끊었다. 김 여사는 한꺼번에 갚으려면 벅차기에 짜뜰름짜뜰름 갚겠단다. 짜뜰름거려서라도 받으면 되니까 괜찮다.

약속한 말일이 되었다. 아무런 흔적이 없었다. 통장에도 흔적이 없고 전화에도 흔적이 없었다. 이번에도 김 여사는 약속을 어겼다. 어머니의 말이 떠올랐다. 돈은 빌려주면 안 되고 서둘러 받아라,던 어머니의 말. 성현은 친구의 돈 뿐만 아니라 자신의 돈도 걱정 되었다. 성현도 곧 이사해야 하는 까닭에 돈이 급했다. 다음 날은 한 달 중 첫째 날이었다. 그달의 첫날부터 돈 얘기를 할 수 없어서 이틀이 지난 삼일 날 김 여사에게 문자를 보냈다.

김 여사님, 말일 약속이 지켜지지 않아서
문자 보냅니다. 저도 다음 달에 이사해야
합니다. 제 이사 부분은 여사님께서도 잘 알고 계실 줄 압니다.
여사님께서 제 이사할 때 돈 갚아준다고
하셨으니 송금해 주십시오. 기다리고 있겠습니다.

답이 없었다. 화가 난 성현은 다음 날 김 여사에게 전화를 걸었다. 전화를 받지 않았다. 두 번 더 전화를 걸어도 받지 않았다. 다시 문자를 보냈다.

김 여사님, 약속도 지키지 않고 전화도 받지
않고 왜 그러십니까. 제가 친구들에게
원망 안 듣도록 하겠다고 여사님께서 말씀 했잖습니까.
연락 주십시오.

정신없는 가운데 학생들을 가르쳤다. 학생이 질문을 하는데도 집중해 있지 않은 까닭에 질문 내용을 몰라 선생이 쩔쩔매는 해프닝이 벌어졌다. 성현의 정신은 휴대폰에만 가 있어서 옹골진 수업이 되지 못했다. 수업이 끝나 자리에 앉음과 동시에 휴대폰을 꺼내 보았다.

성 선생, 약속 못 지켜 미안해. 조금만 기다려줘.

짤막한 답이 와 있었다. 전화기를 들고 밖으로 나갔다. 또 전화를 받지 않았다. 자리로 돌아왔다. 다음 수업 시간은 준비가 필요했다. 그러나 수업 준비에 집중되지 않았다. 언제나 하얀 꽃가루 날리듯 다가오던 김 여사가 오래 전부터 이자를 중단하면서 먹물가루를 뿌린 듯 깜깜해졌다.
김 여사에 대한 무조건적인 신뢰, 존경이 무너져 갔다.

김 여사님, 연락이 안 되는 이유가 뭡니까.

밀린 이자와 원금을 합하니 금액이

많아 부담되면 이자를 안 받을 수도 있습니다.

전화를 받아 주십시오. 다음 수업

마치고 와서 전화 하겠습니다.

김 여사가 성현의 수업 시간을 잘 몰라 어느 시간에 전화해야 할지 몰라 전화를 못 하는가 해서 친절히 통화시간까지 찍어 전송했다. 다음 수업을 마치고 와서 전화를 했다. 전화를 받았다.

"미안해서 선생 전화를 못 받았어. 십오일 날 송금해줄게. 지금 내 형편이 안 좋으니까 우선 원금부터 받고 다음에 이자 계산 해줄게."

"네."

미안해서 전화를 못 받았다는 말에 방금 전까지 올라왔던 김 여사로 향한 불신 등을 내려 보냈다. 김 여사는 그런 사람이 아니야. 믿어 보자. 그런 믿음 속에서 기다렸고 십오일이 되었다. 일각 여삼추라, 간절한 기다림의 끝은 없었다. 그 날 역시 한 푼도 입금되지 않았다. 문자를 보냈다.

김 여사님, 너무 하십니다. 제가 원금 전액을

송금해 달라고 한 것도 아니고 이자도 안 받겠다고 했으면

원금을 몇 번을 나누어서 갚을 수 있잖습니까.

어떻게 한 푼도 송금 안하실 수 있습니까?

곧이어 김 여사의 전화가 왔다.

"문자 보았어. 내일 좀 만나자. 내일 점심시간에 만날까? 저녁시간

에 만날까? 잠깐 식사할 시간이면 돼. 선생 시간 없는 것 아니까."

"점심시간이 좋겠습니다."

"알았어. 식사하지 말고 나와. 오랜만에 함께 식사하자."

"네."

그 동안 말 못할 힘든 사정이 김 여사에게 있었겠지. 한 번의 약속도 천금같이 귀중히 여기던 김 여사였잖아. 따뜻하고 온화하던 김 여사였잖아. 아들 같은 성현에게 털어 놓을 수 없는 고민덩어리가 있었겠지. 내일, 그 사이 생긴 매듭을 풀어야겠다.

다음 날 점심시간 약속한 음식점으로 갔다. 아직 김 여사는 오지 않은 상태였다. 고급스런 식당답게 고기 맛도 굉장히 유연할 것 같다. 오 분 후 김 여사가 도착했다.

"성 선생, 오랜만이다."

김 여사가 반갑다는 의미로 악수를 요청했다.

"네, 오랜만입니다."

공손히 김 여사와 악수했다.

"우리 얼마 만에 만나는 건가? 일 년이 넘었지?"

"네."

김 여사가 편히 앉도록 도와주었다. 주문을 마친 김 여사가 물을 들이켰다.

"이 집 고기 맛있어."

"네, 그렇게 보입니다."

"선생, 고기 좋아하잖아."

"네."

주문한 음식이 하나 둘 씩 식탁 위에 놓여지고 김 여사는 걸려온 전화를 받고 있었다. 고기가 맛있었다. 맛난 고기 맛에 취하려고만 했다. 그 동안 김 여사가 자신에게 주었던 괴로움은 잊고 처음 김 여사가 잘 해주던 기억만을 떠올리려고 했다. 하지만 벼르고 별러 만난 자리에서 고기 맛에만 취할 수는 없었고 어떤 해결은 봐야 했다. 큰 액수인 원금은 받아야잖는가. 수 개월간 돌변한 또 다른 김 여사에게 혼난 성현은 이번에도 만나봐야 십중팔구 기다리라고만 할 거다. 그 땐 자신이 어떤 말로 잘 대처해서 김 여사로부터 원금을 받아낼까에 집중하며 고기를 먹었다. 그래서 돌아갈 땐 그 동안의 괴로움을 털어 버렸으면 좋겠다.

"성 선생, 약속을 못 지켜 미안하다. 갑자기 큰 자금이 무너지니까 도미노 식으로 작은 것도 무너져서 자식 같은 너에게 미안한 짓만 하고 있구나. 조금만 기다려다오. 수습 되는대로 너 돈부터 먼저 갚을 게."

"알겠습니다."

김 여사는 식사하는 새새 전화만 받았으며 식사가 끝날 무렵에야 미안하다, 기다려 달라.는 똑 같은 말을 했다. 반복해오던 똑 같은 말을 들었지만 어쩔 도리가 없었다. 약속을 천금같이 지키던 김 여사가 오죽했으면, 얼마나 힘들었으면 약속을 못 지킬까 싶어 자신을 추스 렸다. 후유. 안도의 숨을 쉬는 상황은 벌어지지 않았고, 십상팔구 기 다리라고 할 거야.라고 예상한 안타까운 상황만 남았다.

계산을 마친 김 여사가 화장실을 다녀올 테니 잠시만 기다려 달라 고 했다. 네. 라며 대답 마친 성현도 화장실을 다녀오는 편이 나을 듯 해서 화장실로 향했다. 남자, 여자 화장실은 붙어 있었다. 화장실을 들어가려는데 여자 화장실 입구에서 김 여사가 뒷모습을 보인 채 누군가와 통화를 하고 있었다. 김 여사의 음성이 들렸다. 통화 내용으로는 큰돈이 김 여사 통장으로 지금 입금되고 있는 중이었다. 성현은 화장실로 들어가지 않고 김 여사가 통화하는 내용을 엿들었다. 엿듣는 게 좋지 않은 행위인 건 알지만 사안이 사안인 만큼 지나칠 수가 없었다.

　김 여사가 볼 일을 보기 위한 화장실 안의 문을 열고 들어가 버렸는지 문소리와 함께 말소리가 끊어지는 바람에 뒷말은 알 수 없었다. 아찔하게도 그 때까지의 느낌으로 감으로 미뤄보아 김 여사는 성현이 알고 있는 김 여사가 아니었다. 김 여사의 말투 등에서 교양을 찾을 수 없었다. 지금 돈이 입금 되는 건 사실이었고, 성현에게 말한 것처럼 도미노 형태로 무너져 빚이 있는 딱한 처지에 놓여 있지 않게 느껴졌다. 김 여사가 자신을 속이고 있다는 눈치를 받았다. 성현은 어리둥절해졌다. 눈치는 눈치일 뿐 김 여사가 자신을 속이고 있다는 확신은 없잖은가? 부정적 시선을 갖지 말라.며 교육하고 있는 그가 그러면 안 된다고 꾸중도 했으나 김 여사로 향해 묘한 감정이 생겨난 건 사실이었다. 생각이 복잡해져서 뛰어다녔다. 복잡한 생각은 나중에 풀기로 하고 우선해야 할 일이 있었다. 김 여사와 그냥 헤어지면 안 되겠다는 판단이 화장실 볼일을 마치고 나오면서부터 들었다. 그러잖아도 아까부터 한 친구의 말이 자꾸 그의 머릿속을 맴돌았다. 며칠 전 한 친구에게서 부탁 전화가 왔다. 결혼 준비해야 하니까 돈을 받아 달라. 성현이 대답했다. 알았다. 그런 친구 부탁을 김 여사가 힘들다고 해서 말을 못 꺼냈다. 그러나 이렇게 된 마당에 속임을 당하고 있다는 느낌을 받은 마당에 가만히 있을 수는 없었다. 김 여사와 한 번 통화하려면 몹시 애를 먹는데 이렇게 만났을 때 친구 돈과 그의 돈에 대해 말해야겠다는 순간적 오기가 생겨났다.

"김 여사님, 제가 커피 한 잔 사고 싶습니다. 괜찮으시죠?"

음식점을 나서며 성현이 물었다.

"으응. 내가 좀 급한데."

"잠깐이면 됩니다."

"그래, 그러자."

커피숍 문을 열고 알맞은 자리를 찾으며 성현은 강한 생각을 가졌다. 김 여사에게 속고 있다는 화장실에서의 느낌을 지울 수 없었다. 김 여사를 믿고 방심하고 있어선 안 되겠다는 판단을 했다. 김 여사는 단순히 식사 후에 커피를 마시러 온 줄 알고 있어서 커피를 마시고 나면 일어설게 분명했다. 그러기 전에 커피가 나오기 전에 말해야겠다. 지금까지와는 다른 자신의 모습을 보여줄 필요가 있다는 결심을 했다.

"김 여사님, 친구가 곧 결혼 한답니다. 친구가 결혼할 때 갚아주신다고 했으니 갚아 주십시오. 또한 저도 곧 이사해야 합니다. 여사님께서 좋은 집으로 이사하라며 돈 벌게 해주신다 하고선 이익금인지 이자인지 처음 몇 달만 받고 지금껏 받지 못했습니다. 이자는 여유 생기면 천천히 갚아주시고 제 돈과 친구 돈 원금을 하루 빨리 갚아주십시오."

"성 선생, 그 말은 식당에서 끝난 거잖아. 입가심으로 커피만 한 잔 하러 들어온 거잖아."

"김 여사님, 식당에서 무슨 말을 하고 무슨 말을 끝냈습니까. 전 돈을 받아야 끝나는 겁니다. 식당에선 여사님께서 기다리라는 말만 했습니다. 그 말은 여태까지 계속 듣고 있습니다. 지금 여사님은 커튼 콜 받았다고 생각하는가본데 착각이십니다. 전 요즘 여사님께 실망하고 있습니다."

"성 선생, 커튼 콜의 뜻이 뭐니?"

"지금 그런 뜻 말할 기분 아닙니다."

"그래도 좀 가르쳐다오. 성 선생은 선생이니까 모르는 사람에게 가르쳐 줄 의무가 있잖냐."

"연극이나 음악회 공연이 끝나고 막이 내린 뒤 관객이 박수 치며 환호성을 보내 출연자를 무대 앞으로 다시 불러내는 일을 커튼 콜이라고 하는데 여사님께서 고기를 샀으니까 제가 감사의 뜻으로 여사님을 좀 더 보고 싶어서 커피를 대접한다는 착각은 하지 말라는 뜻입니다."

"알았어. 식당에서도 말했지만 근래 많이 힘드니까 좀 만 기다려다오."

"여사님, 이제 옥상가옥 그만 지으십시오. 여태껏 그 말만 하고 있는 사실 아십니까?"

"옥상가옥의 뜻은 뭐니? 선생은 오늘 표정도 다르고 말도 다르냐. 예전의 선생이 아닌 것 같아."

"제가 하고 싶은 말입니다. 예전에 제가 알던 김 여사님이 아닙니다. 부질없는 약속이나 해서 지키지도 않고, 부질없는 일을 거듭하는 걸 옥상가옥이라고 합니다. 이젠 김 여사님 약속을 믿을 수가 없습니다. 그러니까 이번엔 확실한 대답을 해주십시오. 오늘 저는 그런 대답을 기대하고 나왔습니다. 근데 밥만 먹고 기다리라는 똑 같은 말만 했잖습니까. 여사님, 친구에게 돈을 언제 갚는다고 말할까요?"

성현은 최대한 냉정해지려고 애썼다.

"열흘쯤 뒤에 확고한 답을 해줄게."

"확고한 대답도 대답이지만 얼마라도 돈을 입금시켜 주십시오."

"그래. 열흘 뒤에 돈을 송금하고 한 달에 얼마씩이라도 갚겠다는 확실한 답을 할게."

"알겠습니다. 이번엔 저를 실망시키지 마십시오. 전 정말 계속해서 여사님을 존경하고 싶습니다."

"알았어."

초봄에 부는 찬바람인 살바람이 불었다. 이른 봄에 살 속으로 스며드는 듯한 차고 매서운 바람인 소소리바람이 불고 있었다. 밖에도 냉기류가 흐르고 안에도 냉가슴을 앓으며 성현은 하루 이틀을 기다려 열흘이 되었다. 김 여사에게선 또 아무런 연락이 없었다. 약속한 열흘을 넘기고 열하루, 열이틀날도 지났다. 그 때까지 김 여사는 전화도 없었고, 물론 통장에 입금도 되지 않았다. 열 사흘째 되는 날 성현이 전화를 했다. 전화를 받지 않았다. 수업을 마치고 와서 또 전화를 했다. 전화를 받지 않았다. 또, 또 수업을 마친 뒤 전화를 했으나 받지 않았다. 그렇게 이틀 동안 잇따라 전화를 해도 받지 않았다.

병행불패는 할 수 없었다. 두 가지 일을 한꺼번에 치러도 어긋나지 않음은 할 수 없었다. 성현에게 두 가지 일은 중요했다. 첫째는 학원 일로서 그의 직장이며 가족의 생계가 달려 있는 까닭에 등한시 할 수 없었다. 두 번째는 김 여사 일로서 빌려준 돈을 받지 않으면 살 수가 없었다. 두 가지 일 다 중요했으나 그의 몸이 학원에 매여 있기에 김 여사를 찾아 나설 수가 없었다. 그래서 두 가지 일을 한꺼번에 치러내지를 못했다. 마침내 생각해 낸 방법이 문자였다.

김 여사님, 너무 하십니다. 너무 하십니다.

제 처지가 안타까워서 도와주겠다고

아들 같아서 도와주겠다고 한 말씀들이 결국

이런 것이었습니까. 전화라도 받아주십시오.

전화는 왜 안 받습니까.

그러고 나서 두 시간쯤 뒤 전화를 해 보았다. 문자를 받았으니 전화를 받을 수도 있을까 해서. 안타깝게도 전화를 받지 않았다. 일도 뒤죽박죽 머릿속도 뒤죽박죽. 몸과 마음도 따로따로 손과 발도 따로따로.

모질게 힘을 쓰며 걸었다. 기다리고 있으면 돈을 받을 것이다.는 낙관을 갖는데 모진 힘을 쏟았다. 퇴근길의 걸음이 무거워 발에 쇳덩어리가 달렸나 해서 성현은 자신도 모르게 발 주위를 휘둘러보았다. 집이 가까워 오건만 무겁디무겁다. 그 때였다. 갑작스레 가벼워졌다. 성현의 온 정신과 온 몸이 긴장했다. 그의 눈에서 불규칙하게 반사하는 광선이 쏟아졌다. 콧마루와 두 눈썹 사이를 모으고 주시했다. 앞에 걷고 있는 한 여성. 그 여성이 책상위에서 사랑을 키우던 여성이었다. 장해수! 회식을 했는지 밤늦은 시간에 집을 가고 있었다. 그녀는 앞모습만 예쁜 줄 알았더니 뒷모습이 더 예뻤다. 뒷맵시가 늘씬하고 섹시했다.

잠깐 가벼워하고 말았다. 그녀를 본 순간 잠깐 가벼워졌다가 다시 무겁게 돌아갔다. 여느 때 같았으면 혼자서 달콤하게 키우는 사랑을 만났으니, 그토록 보고 싶어 책상 의자에 앉아 창밖을 뚫어져라 바라보며 몰래하던 사랑을 만났으니, 두근거림에 어찌할 바 몰랐겠지만 오늘은 달랐다. 김 여사의 돈 문제란 큰 문제에 걸려 있으니 마음이 편하지 못했다. 마음이 아픔에 걸려있어서인지 좋아하는 마음이 생기지 않았다. 오늘은 마음이 칼끝에 걸려 피를 흘리고 있어서 그녀에 대한 감흥이 없었다.

다음 날도 김 여사에게 문자를 보냈다.

김 여사님, 전 어젯밤에 잠을 한숨도
못 잤습니다. 현재 제 몸 상태는 최악입니다.
그래도 어떻게든 학생들을
가르쳐야 합니다. 제가 아들 같다고
했잖습니까. 저에게 연락을 주시던지
제 전화를 받아주십시오.

깜깜 무소식이었다. 그 다음 날도 김 여사에게 문자를 보냈다.

제가 그 돈을 어떻게 모은 줄 아십니까.
학생들 가르치다 목에서 피가 나와도
약 한 번 안 사먹고 모은 돈입니다. 어떤 날은
몹시 아프고 죽고 싶을 만큼 아프면
제 정신 안에 있던 대단한 기운이 아픈 기운을
이겨냈습니다. 여사님이 그런 절 이해
하시고 도와주겠다고 해서 피 같은 돈을
맡겼습니다. 원금을 나누어서 갚아준다고
하셨으니 약속 지키길 바라며 연락 주십시오.

역시 깜깜소식이었다.

큰일 났다! 김 여사가 빌려간 돈이 원금만 오억 팔천만 원이었다. 한 친구가 팔천만 원 또 한 친구가 일억 오천만 원, 성현이가 삼억 오천만 원을 빌려줬으니 합계 오억 팔천만 원을 빌려줬다. 친구들에게 김 여사는 석 달 분의 이자만 주고 그 뒤부터는 이자를 안주었고 성현이가 친구들에게 이자를 주었다. 친구들에게 말한 책임이 있어서 성현이가 친구들에게 이자를 주었으나 이젠 더 이상 친구들에게 이자는 못 주겠고 친구들 원금은 어떡하든 갚아야겠다.

성현은 몇 개월 전부터 친구들 돈을 위해서 준비하고 있었다. 김 여사가 계속해서 이자를 주지 않자 매달 버는 돈을 김 여사에게 빌려주지 않았다. 그 돈을 모아서 성현의 돈으로 우선 친구들 돈부터 갚을 예정이었다. 성현이 책임지고 친구들에게 받아왔으니 그가 끝까지 책임져야했다. 성현의 집 문제도 급하지만 친구들 돈부터 해결해야 되겠기에 그는 악착스레 일했다. 오직 친구들 돈을 빨리 해결해 줘야겠다는 일념뿐이었다. 친구들에게 김 여사와의 속사정은 말하고 싶지 않았다. 친구들 돈은 김 여사의 자금사정이 좋아지면 받으면 된다고 생각했다. 그러면 될 것을 괜히 친구들에게 안 좋은 사정을 말해 친구들 사이에 돈 문제로 왈시왈비하기 싫었다.

큰일 났다! 큰일은 났지만, 그 큰일에 대해 생각할 시간이 없었다. 친구들 돈을 갚기 위해 매우 바빠야 했으므로 큰일에 괴로워할 시간이 없었다. 정신없이 빡빡한 일정 속에 몇 달간 모아놓은 돈이 있었다. 앞으로 몇 달만 고생하면 친구들 돈은 갚을 수 있겠다. 요즘은 수입이 떨어졌어도 몇 달만 더 모으면 친구들 돈은 갚겠다.

슬픈 마음이 되어 김 여사에게 문자를 보냈다.

요즘 전 여사님의 의도를 모르겠습니다.
전화조차 끊는 이유는 무엇입니까.
문자의 답도 없고 깜깜한 여사님 때문에
죽겠습니다. 사업도 풀리지 않아 힘든데
제가 이런 말까지하면 여사님이 비관적으로 될까봐
말 못했습니다만 이젠 말씀 드리겠습니다.
김 여사님, 제 친구들에게
여사님이 이자 못준 걸 제가 갚았습니다.
친구들에겐 제가 책임지겠다고 했으므로
끝까지 책임져야 합니다. 여사님은 그 날
저와 친구들에게 아들 같다고, 아들하자며
돈 잘 갚을 테니 걱정 말라고 말 한 사람은
여사님이 아니고 누구였습니까. 전 여사님이
말씀하는 걸 똑똑히 들었습니다.

여전히 대답의 문자도 오지 않고 전화도 오지 않았다. 성현의 간절함에도 아랑곳없는 태도만을 취하고 있는 김 여사를 향해 그도 아랑곳없는 태도만을 취하고 싶지만 그럴 수가 없어 몹시 안타까웠다. 그는 김 여사와 타협해 돈을 받아야 했으니까.

아등바등 살고 있는 나날. 불안과 걱정으로 찢어진 마음을 너덜너덕 기워가며 친구들 돈을 갚기 위해 악으로 버티며 겨우 살아가고 있는 나날. 그런 나날을 보내고 있던 어느 날. 그 날도 여느 날과 마찬가지로 피곤으로 높아진 열을 잠으로나 식혀야겠다며 집으로 들어서는 순간이었다. 별안간 부서지는 소리가 들려왔다. 동네가 부서진다고 착각할 만큼의 커다란 소리였다. 후닥닥 밖을 나가 보았다. 바로 앞집에 있는 해수 집에서 나는 소리였다. 앞집이라는 짧은 거리에다가 늦은 밤이라서 소리가 크게 들렸을 수도 있었다. 하지만 그 정도의 소리가 들려 올 정도이면 큰 사고임은 분명하므로 머뭇거릴 수 없었다. 생판 모르는 사람 집에서 그런 소리가 들려와도 이웃이라는 명분으로 가만있을 수 없는데 하물며 해수 집에서 들려왔으니 성현은 당연히 뛰었다. 그러다 해수의 집 대문 앞에서 우뚝 멈추어 섰다. 혹시 해수 부모의 부부싸움이면 그가 개입해선 안 된다는 판단이 들어서였다. 처절한 사태는 곧 파악되었다.

해수는 천지가 개벽 할 판을 만났다. 그래서 해수는 천지가 진동하듯 울어댔다. 집 안으로 들어가 보니 상황이 급박했다. 해수가 엄마를 안고 뒹굴며 통곡했다. 해수 엄마가 죽어 있었다. 해수 엄마가 죽었다! 사람이 죽었는데 무슨 할 말이 없었다. 성현은 잠시 말없이 서 있었다. 친밀한 대화를 해보지도 않은 해수를 잡으며 말릴 수도 없었다. 말없는 순간은 짧은 순간이었다. 성현도 해수의 심정이 되어 다음 상황을 생각지 못했는데 누군가는 119를 불러 처리를 준비했다. 누군가는 해수 집의 주인아줌마였고 죽은 엄마를 안고 통곡하던 해수가 쓰러지는 바람에 주인아줌마가 정리했다. 해수는 엄마와 단둘이 살고 있는 외로운 사람이었다. 그 외로운 처지가 성현과 닮았다. 동병상련 분골쇄신, 어려운 처지에 있는 사람끼리 서로 동정해서 몸이 부서지도록 정성을 다해 해수를 돕고 싶었다. 하지만 시간적 여유가 없어서 해수를 도울 수도 없었다. 친구 돈 해결 문제 때문에도, 집의 생계 문제 때문에도 이른 아침부터 밤늦게까지 휴일도 없이 학원에 붙잡혀 있어야 하는 자신의 신세가 답답해졌다. 그렇더라도 이틀은 휴가 신청을 했다. 아직 한 번도 결근 없었던 성현은 해수를 위해 이틀은 보살펴주기로 했다.

그렇게 해수와 이틀을 있는 사이 김 여사로 향한 불안과 걱정은 조금 사라졌다. 그러다가는 불현듯 불안이 밀려들고 걱정이 밀려들었다. 그런 불안, 걱정만 없었으면 해수와 있는 이틀이 참으로 좋으련만. 물론 해수 엄마에겐 상당히 미안했다. 불안, 걱정이 해수로 향해 가졌던 애틋한 연정을 이기고 있었다. 그런 중에도 가장 신경 곤두세워 살핀 일은 해수에게 남자친구가 있는가였다. 유심히 또 유심히 살폈다. 다행히 해수에겐 남자친구가 없었다. 천만 다행이었다. 남자친구가 있다면 이런 상황에 안 나타날 리 없거든. 해수 엄마의 죽은 영정 앞에 무릎 꿇고 절했다. 사나이가 무릎을 꿇을 때는 할 말이 있지 않겠는가? 무릎 꿇어 절하며 말했다. 비록 이렇게 만났지만 비록 우연히 이렇게 만났지만 우연한 만남이 운명이 되어 제 장모님이 되어주십시오. 해수를 잘 보살피며 사랑 하겠습니다.라고는 말했으나 커다란 자신이 없었다. 자신감이 없는 건 성현의 모습이 아니었다. 그러나 불안, 걱정이 아주 크게 그의 마음에 자리 잡으니까 해수를 행복하게 해주겠다는 자신감이 치솟지는 않았다. 그 이틀 사이에 성현이 얻은 게 있다면 해수의 휴대폰 번호를 알았다는 점. 해수와 대화를 할 수 있는 사이가 되었다는 점 외에 몇 몇.

소강상태가 되는 적이 없었다. 소란, 혼란이 그치질 않았고 잠잠해지질 않았다. 그건 해수도 매 한가지였다. 성현이 자연스레 전화를 자주 해서 해수의 슬픔을 다독여 줄 수도 있었으나 그 자신이 손가락 끝만 바라보는 시간에 있다 보니 그녀를 향해 베풀 시간이 없었다. 그는 손가락 끝으로 김 여사에게 문자를 보내고 친구에게 갚아줄 돈을 손가락 끝으로 계산기에 계산을 해 대느라고 시간이 없었다. 그 손가락으로 분필을 잡고 칠판에 글을 쓰다가도 마음이 주저앉고는 했다. 그럴 시면 창문을 열어 갑갑한 마음에 바람을 쐬어주었다. 바람을 쐰 마음이 김 여사에게 돈 받는 일은 손가락으로 하늘 찌르기야,라고 말하면 안 돼, 안 돼,라고 외치며 그는 창문을 닫았다. 김 여사에게 돈 받는 일이 손가락으로 하늘 찌르기라니, 돈 받을 가망이 없다니, 말도 안 되는 소리였다.

　사는 게 아니었다. 이렇게 사느니 차라리 죽고 싶다는 생각이 들 정도로 성현의 삶이 검불덤불로 꼬여 있었다. 하루는 김 여사에게 애원을 하며 문자를 보냈다. 하루는 사정을 하며 문자를 보냈다. 하루는 울면서 문자를 보냈다. 하루는 문자에다 돈을 못 받으면 죽을 수도 있다는 엄포도 놓았다. 하루는 문자에다 계속 연락이 없으면 집으로 찾아 가겠다고도 했다. 김 여사가 전화를 받지 않으니 문자를 해 댈 수밖에. 김 여사로부터는 한 번의 대답도 없었다. 마지막에 보낸 문자에 관심이 쏠렸다. 정말 찾아가볼까. 정말 김 여사의 집으로 찾아가볼까. 왜 이때껏 그 생각을 못했을까. 아마도 성현에겐 여유의 시간이 없었으니 따로 시간을 낸다는 걸 염두에 두지 않았는가 보다. 집을 찾아 간다는 건 행동을 한다는 뜻인데 우선 급한 친구들 돈부터 해결해 놓고 집을 찾아가고 싶었다. 친구들 돈을 모두 갚은 뒤 찾아가겠다!

　친구들 돈을 정리했다. 친구들에게 김 여사와의 일들을 만리장설로 늘어놓으며 말하지 않았다. 친구들에게 장황하게 늘어놓으며 말하고 싶은 기분이 아니었다. 보고 싶어 애태우던 해수에게 마저도 말하고 싶은 기분이 들지 않는 나날이었다. 친구들에게 마지막 돈을 송금한 날, 두 시간 가량 일찍 퇴근했다. 김 여사 집을 찾아가기 위해서였다. 그 때 엉겁결에 가 본 집이어서 잘 찾을 수 있을까 했는데 쉽게 찾을 수 있었다. 김 여사가 살고 있는 빌라에 도착했다. 시간을 보았다. 밤 아홉시가 가까워 왔다. 이 시간이면 김 여사는 볼일 보고 집에 와 있을 시간이었다. 호텔이 있는 창원에 갔을 수도 있잖을까. 설마 하니 그랬을라고! 성현은 김 여사가 집에 있을 거란 생각을 했다. 어째서 그런 생각을 가지느냐면 삼일 전부터 매일 김 여사에게 문자를 보냈다. 오늘 밤 여덟시에서 아홉시 사이에 댁을 방문 할 테니 댁에서 뵙자는 문자를 몇 번이나 보냈으니까.

조심스레 초인종을 눌렀다

"누구세요?"

안에서는 젊은 여자의 음성이 들려왔다. 여자는 집안에 설치된 인터폰 화면으로 성현을 확인하고 있을 터였다.

"네. 김OO 여사님을 만나러 왔습니다."

바깥벽에 달린 조그만 렌즈 모양의 화면을 쳐다보며 말했다.

"그런 사람 없습니다!"

젊은 여자는 짜증 섞인 말투를 던진 뒤 사라졌는지 더 이상의 소음도 반응도 없었다. 성현은 집을 잘 못 찾아 왔는가? 해서 적어 온 메모지의 호수와 자신이 서 있는 집의 호수를 맞춰보았다. 맞았다. 맞잖아. 하며 다시 한 번 더 확인해 보는 순간. 왜? 젊은 여자는 누구지? 찰나였다. 불길한 예감이 성현을 덮은 건 찰나였다. 혹시 김 여사가 도망? 아니야, 아니야, 아니야! 그럴 리 없어. 그럴 리 없다고를 외치며 그는 문 앞에 다시 섰다. 낯선 이가 남의 집 초인종을 눌러대기엔 늦은 시간인줄은 알지만 그는 두들겨 맞고 있는 정신을 이길 수 없어 다시 섰다. 찰싹찰싹. 이런 상태로는 그 집을 떠날 수 없었다. 젊은 여자가 인터폰으로 들려온 발음으로 김 여사의 이름을 잘 못 들었을 수도 있었다. 다음 날 밝은 낮에 한 번 더 확인하러 와봐야겠다. 라는 희망을 가질 수 있는 정황도 아니었다. 이런 상태로는 집을 갈 수도 잠을 잘 수도 없을 것 같기에 재차 초인종을 눌렀다.

"왜 그러세요. 그런 사람 없다니까요."

"제가 찾는 분의 성함이 김○○입니다. 그런 분 없습니까?"

"그렇다니까요."

"그럼, 그 분은 어디 갔습니까? 이 집이 그 분 집인 것은 확실합니다."

조금 전처럼 여자가 성현의 다음 말을 듣지 않고 달아나 버릴까봐 그는 여자의 말이 끝나기가 무섭게 질문을 이어갔다.

"난 모르겠어요. 난 이사 온지 삼 개월째 접어들고 있어요. 내가 이사 오기 전에 살던 사람이겠죠. 더 이상은 몰라요."

"그 분이 어디로 이사 갔는지는 알 수 있습니까?"

여자가 말 끝나면 인터폰을 꺼버릴지 몰라 여자의 말이 끝남과 동시에 물었다.

"그걸 내가 어떻게 알아요. 몰라요."

집 안쪽도, 여자도 조용해졌다. 성현은 그 자리에 서서 발만 굴렀다. 호흡이 멈추고 온 몸의 기능이 멈추는 것만 같았다. 죽음의 기분이 이런 것인가를 느끼고 있었다. 몹시 놀란 나머지 온 몸은 휘청댔지만 빨리 움직여야겠다는 판단은 했다. 퍼뜩 경비실이 떠올랐다. 경비실을 향해 달렸다. 경비실에선 작은 지푸라기라도 잡았으면.

허겁지겁 성현이 경비실 문을 노크하려는데 어떤 낯선 이가 무척 즐거운 표정으로 헝겁지겁 달려와 경비실 문을 먼저 노크해 버렸다. 몹시 조급할 시엔 허겁지겁. 무척 즐거워 바쁠 시엔 헝겁지겁. 노크 전 경비원에게 무슨 말부터 물어볼까 짧은 망설임을 하는 사이 헝겁지겁 달려온 낯선 이에 의해 경비실 문이 열렸다.

"좋은 일이 있으시나 봅니다."

"네, 네. 우리 집 택배 온 물건 찾으러 왔습니다."

낯선 이에게 물건을 건네 준 경비원이 소리 없이 서있는 성현을 향해 물었다.

"무슨 일로 오셨습니까?"

심하게 놀란 까닭에 넋 잃은 채 서있던 성현은 그 제서야 위급한 상황을 파악했다. 사람이 심하게 놀라도 심하게 좋아도 현실일까, 꿈일까, 벙벙해지는가보다. 잠시 성현은 그런 벙벙한 순간을 넘겼다.

"네. 607호에 살고 있는 김○○분을 만나러 왔는데 다른 분이 나와서 이사를 갔다고 합니다. 어떻게 된 일인지 알고 싶어 왔습니다."

경비원은 장부를 뒤적이더니 곧 답했다.

"네. 찾고 있는 그 사람 이사 갔어요."

"어디로 이사 갔는지 알 수 있습니까?"

간절히 물었다.

"알 수 없습니다. 여기 있는 우리가 알 수 있어야지요."

허덕지덕 그 곳을 벗어났다. 마음이 흔들려서 걸을 수도 없었다. 걷는 길에 잔디가 보여 털썩 주저앉았다. 주위도 깜깜했고 성현 마음도 깜깜했다. 김 여사가 그럴 사람이 아닌데. 김 여사가 그럴 사람은 아닌데! 한 사람 안에 어떻게 그토록 완벽한 두 사람이 들어 있을 수 있단 말인가. 한 사람은 인격자, 한 사람은 비인격자. 한 사람 안의 두 사람 중 김 여사는 확실히 어떤 사람인가? 그전에 김 여사와 고기 집에서 고기를 먹고 화장실에서 본 모습의 김 여사는 인격자가 아니었다. 그 때 그는 김 여사로부터 속고 있다는 느낌을 받았다. 그 무렵 집으로 달려 와봤어야 했건만. 잔디 위에 앉아 있을 기운도 없어서 누웠다. 누워도 밤하늘이 보이지 않았다. 모두가 깜깜했다. 어떻게 어떤 방법으로 처리해야 하나. 삶이 이렇게 잔인할 수가 참혹할 수가. 참척히 앉아있었다. 견딜 수 없었다. 한 시간도 견딜 수 없었다. 여윳돈이 조금이라도 있으면 학원을 그만두고 김 여사를 찾으러 다니고 싶었다.

친구들을 생각했다. 친구들 생각은 벌써했지만 실행이 어려워 주저하고 있었다. 친구도 결혼을 하고나니 미혼시절처럼 잘 만나고 잘 이야기 할 수 없었다. 결혼을 한 친구들은 아내의 눈치를 보느라고 아내의 잔소리가 듣기 싫다며 만남을 피하는 눈치도 보이니까 자연히 만나는 기회가 적어졌다. 성현이 시간이 없는 점도 있었다. 친구들 곁에 아내들이 있어지니까 만남도 짧아졌고 아울러 친구들과 나누던 고민도 말하기가 두려워졌다. 친구와 나눈 고민은 나중에 친구 아내도 알게 되었고, 결국 친구는 그 고민 때문에 아내로부터 잔소리를 듣는다는 걸 알게 되었다. 친구가 결혼한 뒤부터는 미혼 시절처럼 시시콜콜한 일, 고민들을 말할 수 없었다.

무리무리 지어 달려드는 불안에 움직일 수가 없었다. 차인 발길에 되 차인 꼴을 당한 듯 풀죽은 모습이 되어 앉아 있었다. 김 여사에게 문자를 보내려고 휴대폰을 꺼내들었다.

여사님과 연락이 되지 않아 집으로 찾아
갔더니 이사를 가셨군요. 제게 말 한 마디
없이 이사를 하셨군요. 저도 이제 가만히
있지는 않겠습니다. 휴가를 내서 제 친구들과
여사님이 운영하는 창원에 있는 호텔로 가겠습니다.

문자를 전송한 뒤 일어섰다. 마냥 앉아 있는다고 해결될 일도 아니
며 집에도 가야하고 다음 날 일도 해야 했다. 버스정류소를 향해 걷
고 있는데 전화가 울렸다. 김 여사였다.

"응. 지금 문자 읽었어. 우리 집이 경매로 넘어갔어. 집이 경매로
넘어가는 딱한 지경이 되다보니 선생에게 연락을 못했단다. 이해해
다오. 내일쯤 오백만원을 송금해줄게. 앞으론 내가 전화 안 받는 일
은 없을 테니 걱정 안 해도 된다."

"알았습니다."

예전과 똑 같은 대답인 알았습니다.라는 말은 했으나 이젠 알았습
니다.의 대답 안에 김 여사를 향한 공손함은 없었다. 신뢰와 존경심
을 잃은 김 여사는 빛바랜 사람이 되었다.

달라졌다. 성현이 달라졌다. 맹목적 믿음을 갖고 김 여사의 말이
라면 무조건 믿었으나 불신을 품고 계산도 하게 되었다. 그전 같으면
김 여사가 안타까운 처지가 되어 이사했다면 믿었을 것이다. 둘론 현
재도 김 여사가 이사한다는 사실을 자신에게 미리 알렸으면 이런 분
노는 없을 게 분명했다. 그 사이 김 여사는 알 수 없는 행위 오리무중
의 행동들을 하며 자신을 괴롭혔다. 그러므로 김 여사의 말대로 집이
경매로 넘어간 건지 아니면 단순히 이사를 한 건지 알 수가 없었다.

단순한 이사였다면 왜 그에게 말하지 않았을까. 돈이 없어서 돈을 못 갚아주는 미안함에 이사 사실을 숨긴 걸까. 성현은 여러모로 김 여사를 헤아려 보았다. 알고 보니 김 여사는 나머지가 있는 사람이었다. 그 나머지 꿍꿍이셈을 성현은 알 수 없었다.

그러면서도 한편으로는 김 여사로 향해 동정심이 일어나는 믿음이 생겨났다. 집이 경매 당한 일이 사실이라면 자신에게 연락을 못 할 수도 있었겠다며 다른 측면에서도 가늠해 보았다. 집을 잃는 경매를 당했는데 무슨 정신으로 주위에 연락하고 싶겠는가. 그래도 지난 날 한 동안에는 무릎 꿇고 싶을 만큼 존경심으로 꽉 차서 바라보았던 김 여사였다. 집이 경매 당할 정도면 약속을 어길 수도 있었겠다.

다음 날 김 여사가 약속한 오백만원이 입금되었다. 오백만원을 받고 나니 그 사이 이자는 물론이고 원금도 갚지 않은 김 여사로 향해 가졌던 원망심이 사라지려 했다. 그렇다고 성현의 마음이 편해진 건 아니었다. 오히려 마음은 불안함이 가중되었다. 김 여사의 형편이 어렵게 됐으니 돈을 어떻게 받을까? 란 불안이 구속을 해왔다. 사람에게 집이란 구십춘광과 같은 것. 봄의 석 달. 구십일동안이라는 구십춘광사이에 씨앗을 뿌려야 가을에 수확을 해서 일 년을 먹고 산다는 사람의 삶. 씨앗이란 건 넓게 포괄적으로 보면 집과도 같다. 씨앗이 있어야 먹고 살 듯 집이 있어야 자고 쉬며 살았다. 사람이 자고 쉬는 살 집을 잃었다는 건 매우 소중한 것을 잃었다는 뜻. 그런 소중한 걸 잃는 순간에 어쩔 수 없이 취한 실수 땜에 행한 김 여사의 행위에 안타까움을 표하고 있을 여유가 성현에게 없었다. 성현도 급하고 급했다. 그도 집 문제가 급했다. 집을 사기 위해 돈을 벌었고, 모았고, 애썼다. 그런 돈이 위험해져서 그는 꺼이꺼이 울고 싶은 심정을 가라앉히고 다녔다.

　울음을 삼키고 다니는 성현에게 발전은 없었다. 미래를 위한 종부
돋움 하느라, 성공을 위한 발돋움을 하느라 울고 다니는 일은 발전이
있었다. 미래, 성공을 이루기 위한 희망적 울음에는 발전이 있었다.
성현은 그게 아니었다. 그의 울음에는 위험, 걱정, 불안이 있었다. 그
런 울음에 무슨 발전이 있겠는가. 절망적 울음에 무슨 진전이 있겠는
가? 발전이 끊어지는 느낌이 현실이 되어 다가왔다. 학생 수가 줄어
들었다. 그의 강의를 들으려고 열광하던 학생들이 없어졌다. 열정적
으로 강의를 해도 모자랄 판에 절망적 머리는 딴 생각만 하고 있었으
니 학생 수가 떨어지는 건 당연했다. 옥가루 뿌리듯 보석 같은 강의
를 학생들은 듣고 싶어 했다. 성현의 눈에선 걱정과 위험이 옥신각신
했고 그런 괴로운 눈이 불안해 보여 학생들은 그의 강의를 듣기 싫어
했다. 학원 측에선 그에게 설찬 시선을 보내왔다. 그는 경고의 시선
으로 받아들이기로 했다. 그 경고를 무시해버리면 학원 측에선 시선
을 거두며 그에게 따끔한 말을 하든 권고사직을 하든 어떤 재채기를
해대겠지. 그럼에도 성현은 힘이 나지 않았다. 본연의 성현은 누군가
로부터 경고를 받는 사람이 아니었다. 그는 책임, 의무 등을 자발적
으로 했으므로 어디로부터 경고, 제지 등을 받아본 적이 없었다. 특
히나 이번의 경우처럼 학생 수가 적어져서 학원 측으로부터 눈총을
받는 일은 있을 수 없는 일이었다. 본래의 성현은 곧바로 일어섰을
터였다. 지금 그는 일어 설 수가 없었다. 그럼에도, 그럼에도 불구하
고 성현은 일어설 수가 없었다. 아무런 의욕이 생기지 않았다. 의욕
이 없었다!

절망과 희망

장해수를 떠올렸다. 현재 해수의 심정도 성현의 심정과 다를 바 없었다. 요즘 해수는 살던 집에서 이사했다. 그녀 엄마친구를 이모라고 불렀는데 그 이모 집에서 살고 있었다. 그녀는 엄마와 살던 그 집에서 혼자 살기를 원했으나 엄마의 자살로 그 집의 이미지가 꺼림칙해 보인다는 주인의 눈치를 받고 부터는 이사할 결심을 했단다. 혼자 살고 싶지만 이모가 졸라서 이사했고 당분간만 이모 집에 기거해 있겠단다. 해수 엄마가 죽고 난 뒤 보낸 그녀와의 이틀. 그 이틀 동안 해수와 성현은 말 없는 가운데 친숙해졌다. 그녀 집안에 친척이 적고 그녀가 의지할 곳 없는 처지이기에 성현이 그 곳 영안실에 있을 수 있었다. 영안실엔 적막감이 있었다. 낯선 그의 도움이 필요할 만치 그녀의 환경은 외로웠다. 그런 그녀의 환경을 파악했기 때문에 그도 이틀 휴가를 냈다. 성현은 최근 자신의 일상이 너무 고달파 해수를 잠시 잊고 있었다는 걸 알아냈다. 해수도 그의 현재 상황을 어느 정도

는 알고 있는 까닭에 그녀가 이해를 한다고는 해도 근황을 살필 필요
는 있었다. 그녀에게 문자를 보내기로 했다. 최근 그의 기분은 어느
누구와도 다정한 이야기를 나눌 기분이 아니었다.

해수야, 잘 지내고 있겠지. 자주 연락 못해 미안하다.
저번에 네게 말한 그 건이 잘 풀리지 않아서 고민 하느라
네게 연락이 뜸했구나. 곧 풀리겠지.
다음에 만날 때까지 잘 지내고 있길 진심으로 바란다.
큰 슬픔에 젖어있을 널 위로해주지 못해 참으로 미안하다.

문자를 보내자 곧이어 그녀의 답장이 왔다.

난 괜찮아 오빠. 내 걱정 말고 오빠 일 잘 해결해.
돈 받는 일이 힘든 일이라고 이모가 말했어.
우리 지금 힘들어도 오빠 돈 다 받고 나도 슬픔 이겨 내서
우리 잘 먹고 잘 살자ㅋㅋ 오빠 힘내. 파이팅!

해수의 답장을 읽은 성현의 눈에 눈물이 핑그르르 고였다.
내일 모레 동동을 외쳐대던 김 여사가 또 연락이 되지 않았다. 김
여사는 내일 송금해 줄게 모레 송금해 줄게 미루기만 할뿐 약속 날
짜를 지키지 않았다. 오백만원 송금을 끝으로 또 다시 연락이 되지
않았다. 잘 되는 일이 없었다. 김 여사에게 돈 받는 일도 그렇고. 학
원 일도 그렇고. 집안 일도 그렇고. 모든 일이 꽉 막혀버리니까 숨을
쉴 수 없었다. 숨 쉴 수 없으니 막히고, 그렇게 악순환 되었다. 그전

엔 수업하기 위해 교실로 향하던 길에 웃음빛 있었는데 지금은 울음 그늘 있었다. 그전엔 수업을 마치고 나서면서부터 다음 시간 강의 할 걸 생각했는데 지금은 다음이 없었다. 수업을 마치고 자리로 오니 문자가 와 있었다.

주 과장, 십오 분 뒤 작전대로 진행해! 난 작전상
어쩔 수 없이 술을 마셨으니 주 과장이 잘 알아서 통화
하라고. 법에 안 걸릴 만큼 이자 줬으니 이젠 잘 빠져
나오기만 하면 돼. 지금 내가 어쩐 일로 길게 문자 보내느냐면
기분 좋아서 우리 계획대로 일이 진행되고 있어
기분 좋아서 ㅎㅎ 나 술 마시면 말 많은 것 주 과장 잘 알잖아.
근데 이 아저씨는 화장실 가서 왜 이렇게 안 오냐. 안되겠다.
주 과장 이십분 쯤 뒤에 작전 진행해!

김 여사 문자였다. 근데 이게 뭔 말이지. 수신함에 찍힌 번호를 재차 확인했다. 확실히 김 여사 휴대폰 번호였다. 근데 문자 내용이 무슨 뜻이냐고! 무슨 말이냐고! 주 과장이라면 김 여사의 비서잖아. 성현은 눈 한 번 깜빡이지 않고 문자를 읽고 또 읽었다. 초긴장 상태에선 눈도 경직되었다. 눈은 놀란 나머지 경직되었을 뿐 문자를 읽고 내용 파악을 하는데 전혀 무리가 없었다. 되풀이해서 문자를 읽었다. 내용을 알고 이해하기 위해 여러 번 읽었다. 읽을수록 놀람은 크게 자라났다. 놀람이 아주 커졌을 때 그의 행동도 놀람의 진동을 받아 떨렸다. 놀란 가슴은 손마저 떨게 하더니 결국 실수를 하고 말았다. 아차! 실수로 삭제버튼을 눌러 버렸다. 때마침 다음 수업 시간을 알

리는 벨소리에 놀란 손가락이 삭제 버튼을 누르는 실수를 했는지도. 문자내용을 파악하고 나니 내용 안에 엄청난 사건이 있었고 김 여사란 사람을 알게 되었다.

삭제는 됐을망정 문자는 다 외웠다. 문자를 여러 차례 읽는 동안 내용을 다 외웠고 이해했다. 김 여사는 사기극을 벌이고 있었다. 그 사기극을 비서인 주 과장과 함께 벌이면서 주 과장에게 문자를 보낸다는 것이 모르고 성현 휴대폰 번호를 눌러버렸다. 사기극의 상대가 화장실 간 사이에 주 과장에게 문자 보낸다는 게 실수로 성현 번호를 눌렀던 것이었다. 김 여사가 술을 마신 탓도 있으렸다. 그나저나 이 일을 어떡할까. 성현도 문자안의 상대처럼 그렇게 당했을 수가 있었다. 맞다. 지금 돌이켜 생각해보면 이상한 점이 꽤 있었다. 김 여사와 남편, 주 과장에게서 슬쩍슬쩍 스치는 무언가가 있었다. 그렇다면 그들은 계획적으로 자신에게 접근했다는 말인가? 그렇다면 그들은 자신의 돈을 갚을 의사가 없다는 건가. 거기까지 생각이 미치자 수업을 계속 할 수가 없었다. 학생들에게 자습을 시키고 창가에 섰다. 그들이 사기꾼이란 느낌이 왔다. 설마? 아니다. 그들이 사기꾼이란 확신이 다가왔다. 큰일 났다! 마침 수업이 끝나는 벨이 울려서 서둘러 교실을 벗어나왔다. 도저히 다음 수업은 할 수가 없어서 조퇴를 신청했다. 학원 측에선 곱지 않은 시선을 보냈으나 그는 피해버렸다. 김 여사는 얼굴 두 개 팔 네 개 다리 네 개가 달린 괴상한 사람이었다. 이 일을 어찌할꼬. 이 일을 어찌할꼬!

빈사지경이 되었다. 성현은 죽을 지경이 되었다. 학생들 가르치는 일만으로도 힘겨운데 돈을 못 받을 수도 있겠다는 절망까지 겹치니 몸과 마음이 피폐해졌다. 성현이 난리판에서 난리를 겪는 사이 그의 강의를 들으려는 학생 수는 뚝 떨어졌다. 아울러 수입도 뚝 떨어졌다. 그는 강의 듣는 학생 수에 따라 수입을 갖는 수당제를 취하고 있기 때문에 학생 뚝은 수입 뚝 이었다. 큰 결정을 해야만 했다. 계속 직장을 다녀야 하느냐. 다니지 않아야 하느냐는 큰 결정이었다. 근래 성현은 직장이 멍에였다. 멍에를 목에 걸고는 김 여사의 돈을 받을 수 없겠다는 판단이 들었다. 직장은 생계와 직결되어 있어서 직장 문제의 결정은 큰 결정이었다. 김 여사와의 돈 문제가 해결되지 않는 한 이런 식으로 나가다가는 그의 강의를 듣는 학생이 없을 것만 같았다. 그럴 바엔 지금 직장을 그만 두는 게 낫겠다. 지금도 학원 측으로부터 눈총을 맞는데 이런 식으로 나가면 권고사직을 받을 수 있겠다. 그러기 전에 직장을 그만 둘 큰 결심을 했다. 그가 직장을 그만 둔다고 가족이 펄펄 뛰고 길길이 뛰며 반대는 하지 않겠지만 얼마동안은 가족에게 비밀로 하기로 했다. 김 여사를 찾으러 다니면서 돈을 받으려면 하루 종일 학원에 묶여있을 수만은 없기 때문도 퇴사 이유. 김 여사와의 돈을 해결한 뒤 직장은 또 구하면 되니까.

생각 할수록 분했다. 생각 할수록 괘씸했다. 며칠 전 직장을 퇴사했다. 시간적 여유가 생겼다. 시간적 여유가 생기니 머리에도 여유가 생겼다. 온종일 영어와 학생들에게만 기울였던 머리가 김 여사에게로 기울여졌다. 기울여 생각 할수록 김 여사가 괘씸하고 분했다. 김 여사를 알았던 시점에서부터 세밀히 기억을 더듬어보았다. 김 여사와 주고 받았던 문자와 대화들을 세세히 관찰해보았다. 결론이 났다. 김 여사는 계획적으로 자신에게 접근해 돈을 빌렸으며 이젠 갚지 않으려는 흑심의 계획이 보여졌다. 사람이 똑 같은 자리에서 똑 같은 말을 들어도 어떤 사람은 그 말을 흘려들었고 어떤 사람은 깨달았다.

성현은 깨달으려고 애썼다. 이유는? 그는 집안의 가장이므로. 그런 까닭에 그는 또래보다 어른스럽다는 말을 듣는 경우도 있었다. 하지만 나이는 속일 수 없었다. 백문이 불여일견이라고. 백 번 경험한 사람을 성현은 이길 수 없었다. 즉 그는 어른스러울 뿐이지 어른은 아니었다. 지금 시시비비를 따질 때가 아니고 어떡하든 돈을 받아야 했다.

뼈저린 후회! 성현의 인생에 후회란 없을 줄 알았다. 어쩜 그렇게도 사람 보는 눈이 없는 건지 그는 자신에게 놀라고 있었다. 몹쓸 김 여사를 고귀한 인격인으로 보았다. 남의 것을 빼앗는 김 여사를 참된 부자로 보았다. 추하고 형편없는 김 여사를 향해 무릎 꿇는 듯한 존경심을 가졌으니 이 얼마나 자신이 바보인가하며 후회했다. 그런 자의 농간에 놀아나 집 사려고 모아둔 돈을 잃었으니 자신은 바보였다. 김 여사가 몰래 이사 갔을 때 짙은 의심을 가졌어야 했다. 그는 자책했다. 자신은 혼자 똑똑한 사람이었다. 인격인과 사기꾼도 구분 못하는 자신의 무능력에 한탄했다. 그런 자신이 불쌍하기까지 했다.

그러나 성현으로선 할 말도 있었다. 그 할 말을 괜히 아무도 없는 허공을 향해 뇌까렸다. 당해봐! 당신도 당해보라고! 내가 바보가 아니라 속을 수밖에 없었다니까. 얼마나 완벽한지 당해 보지 않으면 몰라. 참말이었다. 자신이 바보 짓 했다고 변명 하려는 게 아니고 누구든 당할 만큼 김 여사가 철저히 잘 속였다. 며칠 전 퇴사한 성현은 아침부터 며칠간 삼각산에 올랐다. 푸른 숲속에서 밝은 하늘을 보며 상념에 잠겼고 때론 화풀이로 허공을 향해 소리 지르기도 했다. 깊은 산중이었다. 하루 종일 첩첩 산중의 커다란 바위 위에서 앉았다 일어섰다를 반복 했다. 억울했다. 그렇게 돈을 뺏기는 게 억울했다. 눈물이 났다. 집 사려고 모은 돈. 집 사기 위해 지독히도 애쓰며 모은 돈. 집 생각을 하니 더욱 눈물이 흘렀다. 아무도 없는 산중이어서 실컷 울었다. 실컷 울고 나니 묘한 기운이 생겼다. 그 기운으로 몽둥이 바람을 만들었다. 그가 몽둥이 바람을 만들자 산속에서 지나다니는 바람이 몰려와 같이 합세하겠다고 했다. 그는 만들어진 몽둥이 바람을 가슴 속에 집어넣었다. 가슴이 꽉 차왔다. 가슴이 든든했다. 든든한 가슴을 탕탕 치며 말했다. 난 반드시 돈을 받을 것이다!

파 밭 밟듯 조심스레 발을 옮기며 그렇게 하루 한 시간도 게을리 하지 않고 번 돈이었다. 차라리 그 돈을 받아 불우이웃돕기에 쓰는 한이 있더라도 절대로 김 여사에게 빼앗기지는 않겠다. 김 여사가 실제로 사업이 안 풀려 집이 경매로 넘어 간 딱한 지경이 되어서 돈을 못 갚고 있다면 그는 최대한 배려심을 발휘 할 수도 있었다. 돈이 아까워도 힘들겠지만 김 여사의 사업실패를 고려해 원금도 어느 정도 안 받을 수도 있었다. 김 여사가 형편이 나아져서 원금을 갚아주겠다면 기다릴 수도 있었다. 하지만 그게 아니잖는가. 김 여사는 계획적으로 그에게 접근했고 몇 달 이자주고는 연락이 잘 되지도 않잖는가. 그를 농락해 계획적으로 돈을 갈취했던 의도를 알았으니 절대로 돈을 뺏길 수는 없었다. 죽을 각오를 다해 김 여사로부터 돈을 받아 낼 것이며 도망을 가면 땅 끝까지라도 따라가 찾아내서 기어코 돈을 받을 테다. 성현은 맑은 공기를 들이마시며 힘찬 다짐을 했다. 요즘은 시간과 때를 가리지 않고 억울하고 분한 마음이 생겨나서 먹지도 못했다. 어떻게 하면 돈을 찾을까를 궁리하느라 잠도 못 잤다. 여러 사람의 힘과 마음을 합치면 하늘도 이긴다는데 성현도 힘과 마음을 합쳐 최선을 다하면 김 여사를 이길 수 있으리라 믿었다. 죽을 각오를 다했음에도 김 여사에게서 돈을 못 받는다면? 그 곳에서 생각이 멈추자 순간 그의 호흡도 멈췄다. 생각을 멈출 게 아니라 결론은 내려야 했다. 죽을 각오를 다했음에도 김 여사로부터 돈을 못 받는다면? 또 다시 생각과 호흡만 멈출 뿐.

며칠 동안 밤낮으로 생각해봐도 김 여사 문제는 혼자서 끙끙 앓을 일이 아니었다. 큰 문제이기 때문이었다. 세상물정을 잘 모르고 뿐만 아니라 법에 관해서는 더 더욱 잘 모르는 그가 가늠해 봐도 김 여사가 도망간다면 돈 받을 수가 없을 것 같았다. 돈 빌려주면서 김 여사로부터 받아 놓은 것은 차용증서 한 장 뿐이었다. 그 차용증서가 얼마나 큰 힘을 발휘 할지는 모르겠다. 차용증서가 쓸모 없는 종이가 될 런지 쓸모 있는 종이가 될 런지를 한시 바삐 알아봐야 겠다. 김 여사와 남편과 주 과장. 세 명의 배후 뒤에 몇 명이 더 있는지는 몰라도 성현이 본 사람은 세 명이었다. 세 명이 머리를 모아 그의 돈을 빼앗아갔으니 자신도 세 명이 힘 합쳐 돈을 찾아와야겠다. 성현의 세 명이란 두 명의 친구와 그를 합친 수. 그는 미소 지었다. 참으로 오랜만에 지어보는 미소였다. 친구들을 떠올리자 그런 든든한 친구들을 둔 자신이 행복해져서 나온 미소였다. 친구들에게 도움을 요청하면 달음박질 해올 터였다. 그런 친구들임을 알기에 오히려 도움 요청이 자제되었다. 만사를 제쳐 놓고 달려오는 친구들의 가정에서는 원성소리가 높았으므로 친구가 결혼하고 난 뒤부터는 쉽게 도움 요청을 할 수 없었다. 하지만 김 여사의 경우는 성현으로선 직장까지 잃는 큰 문제인 까닭에 도움 요청 할 수밖에. 그래도 친구들에게 선의의 거짓말을 한 일은 밝히지 않기로 했다. 친구들은 진실을 알게 되면 그에게 도로 돈을 송금해 줄 것이기에 혼자의 비밀로 간직하기로 했다.

법! 위대한 법이 있는데 구태여 친구들을 부를 필요가 있을까. 법이란 피해를 본 사람을 보호해주기 위해 존재하는 것. 성현이 피해를 당했으므로 법은 당연히 그를 보호해 줄 텐데 바쁜 친구들을 달려오게 할 필요가 있을까. 그렇지만 그들 세 명. 김 여사, 남편, 주과장이 빼앗은 돈을 법에 의해 쉽게 도로 내놓으려고 작전 세우고 모의하지는 않았을 것 같은 판단이 들었다. 그들은 법을 피해가는 방법. 법을 이길 수 있는 방법. 법을 다루는 방법들을 알고 있을 예감이 들었다. 그렇다면 그들을 이긴다는 건, 그들에게서 돈을 받는다는 건 쉽지 않을 수도 있었다. 친구들을 부르기로 작정했다.

다음 날 성현은 동분서주 해졌다. 친구들은 왜 이렇게 늦게야 말하느냐.며 성현을 탓하면서도 어떡하든 그의 돈을 받아줘야겠다는 매우 강한 의지를 보여서 그는 안심이 되었다. 친구야 고맙다.라고 성현이 말하면, 자식 우리 사이에 고맙다는 말은 하는 게 아니라고 말했지.라며 친구는 말했다. 친구야 미안하다.라고 성현이 말하면 우리 사이에 미안하다라는 말은 안하는 말이라고 했잖아.라며 친구는 화난 표정이 되어 힘주어 말했다. 친구들의 따뜻함에 눈물이 올라오는 걸 겨우 막았다. 친구들도 동치서주 해졌다. 업무 중에 외출해 나와서 성현과 함께 경찰서, 변호사 사무실, 법률 사무실을 뛰어다녔다. 며칠을 동치서주해 다녔다.

형사법과 민사법 중에서는 형사법이 적용 되어야 돈 받을 확률이 높단다. 형사법에 위반하면 구속되기에 돈을 갚는단다. 법률에서 구속이란 사람이 무서워하는 것이어서 절대로 구속은 피하려고 한단다. 그러므로 구속 될 수 있는 형사법이 적용되어야 돈을 받기 쉽단다. 김 여사의 경우는 어느 법에 속하는가. 민사법에 속한단다. 어째서 김 여사는 형사법이 적용되지 않는지요? 김 여사는 분명히 사기를 쳤는데 왜 형사법에 적용되지 않는지요? 사기란 이익을 취하기 위하여 나쁜 꾀로 남을 속임. 이라고 국어사전에 적혀 있잖습니까. 사기죄에 위배되는 경우는 돈을 빌리고 갚을 의사가 없을 경우에 사기죄에 해당된단다. 돈을 빌리고 이자를 준 경우는 갚을 의사는 있는데 갚을 돈이 없어서 못 갚기 때문에 민사법에 해당된단다. 민사법의 경우 부동산을 담보로 근저당 설정을 해놓으면 돈을 받을 수 있단다. 그렇지 않으면 돈 받기는 쉽지 않단다. 방법은 하나, 김 여사를 만나 돈을 받든지 부동산을 근저당 설정 해 받든지를 요구하는 방법 밖에 없단다. 이 곳 저 곳을 바쁘게 알아보고 다니다보니 이런 말 저런 말도 들려왔다. 돈 빌리고 난 뒤 몇 달 이자주고 나면 사기죄에 해당되지 않는다는 걸 알고 교묘한 수법을 부린 것 같은데 돈을 갚아주겠느냐고. 돈 빌리기 위하여 돈 빌리기 전에 근저당 설정을 해주지 이미 돈은 다 빌려 받은 현재 근저당 설정을 해주겠느냐고. 부동산 담보로 근저당 설정을 해놓지 않았으면 돈 받기 어려운 민사법. 채무자가 돈이 없다면서 오늘 갚아줄게 내일 갚아줄게 차일피일 약속만 미루면 그만이라고.

성현은 들려오는 절망적인 말에 부르르 떨었다. 김 여사에게 분해서도 떨고 자신이 바보만 같아서도 떨었다. 어떻게 큰돈을 빌려주면서 쓸모없는 종이인 차용증서만 받았단 말인가. 차용증서도 제대로 격식을 갖추지 않아 효율성이 적었다. 열렬히 김 여사를 존경하고 있었던 시점이라 건성으로 차용증서를 받았다. 자신이 바보만 같았다. 눈물이 났다. 정신은 빼어 꽁무니에 차고 다니는 지도 모르면서 똑똑하고 능력 있다고 자부했던 자신이 부끄러워 미치겠다. 또 눈물이 났다. 신경질적으로 눈물을 닦았다. 둔한 바보는 울 자격도 없었다. 때마침 친구가 위로전화를 했다. 전화를 끊고 나니 또 눈물이 나려고 해서 거울 앞에 섰다. 거울 속의 눈을 보며 말했다. 사람도 잘 알아보지 못하는 눈. 좋은 사람인지 나쁜 사람인지도 구분 못하는 눈. 눈물은 왜 흘리는가. 가슴에서 눈물이 흘러 와서 어쩔 수 없었다고 눈이 말했다. 집 없는 설움에 가슴 사무쳤다. 그 사무침이 피가 되어 정신을 피로 만들었다. 피맺힌 정신으로 모은 돈을 빼앗기면서도 확실한 서류 한 장 못 받은 가슴에게 울 자격이 없다고 꾸짖었다.

그런데 좀 전에 통화를 끝낸 친구의 위로 말을 가슴은 듣고 왔다. 성현아, 너가 실수했다고 괴로워하지 마. 너 실수로 우리 업무에 피해 입힌다고 미안해하지도 말고 네 실수에 부끄러워하지도 마. 그들은 전문 사기꾼이야. 어느 누구도 그들을 피할 수 없고 꾀에 걸려들 수밖에 없어. 법이 그들을 보호해 줄 리 없고 법이 그들을 벌 줄 터이니 걱정 마. 다만 그들이 법을 잘 알아 미리 능수능란하게 대처 했을까봐 염려스러워. 이번 일을 거울삼아 책만 읽지 말고 세상물정도 알고 사람을 골라가며 믿어. 너 있잖아. 믿을 사람 안 믿을 사람을 알아보는 안목을 가지는 것도 능력이다. 성현아, 순진한 너는 그들에게 속을 수밖에 없었어. 그러니 너의 무지를 탓하지 말고 너 자신을 학대하지 마! 친구의 말을 듣고 온 성현의 가슴이 말했다. 거봐요. 당신 친구도 그들이 나쁜 사람이라고 하잖아요.

성현은 친구들에게 함께 창원으로 가자는 부탁을 할 수 없었다. 왜냐면 김 여사 건은 어렵고 어려운 문제이기 때문. 김 여사로부터 돈을 받을 수 있는 방법은 두 가지. 첫째는 김 여사로부터 돈을 받는 방법. 둘째는 김 여사로부터 부동산 담보로 근저당 설정을 해 받는 방법. 김 여사는 돈을 갚지 않으려 하고 있으므로 첫째 방법도 어려웠다. 이미 돈을 빌려갔는데 근저당설정을 해주겠느냐고. 그래서 둘째 방법도 어려웠다. 김 여사의 속마음은 돈 갚을 뜻이 없으면서 입으로는 돈 갚는다는 말을 계속 해대며 약속 날짜도 계속 잡았다. 돈 갚는다는 말을 하지 않으면 형사법에 적용되어 사기죄가 성립하니까 계속 돈 갚겠다는 말만 하고 있었다. 두 문제가 하루아침에 해결될 문제가 아니었다.

근래 김 여사는 서울엔 없는 듯 했다. 성현이 직장을 그만 두었으니 김 여사가 있을 창원으로 내려가고 싶었으나 두려웠다. 예전에 김 여사 남편의 사무실을 가본 적이 있었는데 그 때 사무실엔 까만 정장 차림에 짧은 머리를 한 청년들이 여럿 있었다. 지금 생각해 보면 그들은 불량배 같았다. 성현 혼자서 불량배들이 우글대는 곳으로 가는 일이 솔직히 두려웠다. 그렇다고 며칠이 걸릴지도 모르는데 회사 근무 중인 친구들에게 함께 가자고 부탁할 수도 없었다. 어느 날 두 친구가 의논해서 통보해 왔다. 성현아, 우리가 의논했어. 다음 달 첫째 주에 일주일 휴가 받기로 우리 결정했단다. 너 혼자 창원을 내려 보낼 수가 없고, 그 건이 하루 이틀 내에 해결볼 일이 아니어서 일주일 휴가를 받기로 했단다. 이번에 내려가서 끝장을 보고 올라오자. 우리 셋이서 그 여자가 돈 내놓을 때까지 쫄쫄 따라다니자. 휴가 받기 하루 전에 연락할게. 전화를 끊고 나니 가슴이 뭉클해졌다. 고맙다 친구야. 라며 소리쳐 외치고 싶었다. 걷고 있던 중에 친구 전화를 받았던 성현은 전화를 끊고 난 뒤 뛰었다. 멱 진 놈 섬 진 놈 다 나와라! 씩씩한 내 친구들이 간다. 암만 너희가 힘이 세어도 내 친구들은 못 이길 걸. 참으로 오랜만에 통쾌했다.

통쾌함은 그리움을 불렀다. 친구들과 창원을 내려가기 전에 성현은 해수를 만나고 싶었다. 괴로움 땜에 그리움을 잊고 살았지만 친구들이 가져다 준 통쾌함이 해수를 찾게 만들었다. 내일이 휴일이니 그녀를 만나면 되겠다. 잠복 초소에서 보초가 성현과 해수를 못 만나게 지키지도 않건만 두 사람은 잠깐도 만나지 못했다. 잠을 자야 꿈을 꾸듯 만나야 사랑이 이루어질 텐데 아직도 성현 혼자만 그녀를 짝사랑하고 있는 건 아닐까. 해수가 그의 문자와 전화를 반가이 맞는 건 고마움에서 나오는 표현일 수 있었다. 아직 연인 사이도 아닌 어정쩡한 사이일 수도 있으나 성현은 만날 용기를 냈다. 김 여사가 불이 이글이글 핀 불등걸을 던지는 바람에 온몸과 발등에 떨어진 불똥을 끄느라 연인 사이로 발전 못했다. 해수에게 전화를 했다. 그녀는 여전히 반갑게 전화를 받았고 내일의 만남을 흔쾌히 수락했다.

휴일 날 삼각산을 올랐다. 흙과 돌멩이들로 해서 우둘투둘한 산길을 올랐다. 힘들지 않았다. 성현이 직장을 퇴사한 뒤 자주 오르던 산길. 오를 때마다 힘들었는데 오늘은 힘들지 않았다. 밝은 하늘이 빛을 주었고 허공이 맑은 공기를 주었고 초록 숲이 피로를 회복시켜주려 했음에도 힘들었으나 해수가 있어서 지금은 힘들지 않았다. 그녀의 힘이 태양과 자연의 힘보다 컸다.

"해수야, 이모 집에서 지내려니 불편하지 않니?"

문자로, 통화로 가끔 물어볼 적마다 해수가 편하다고는 했다. 성현은 말이 끝남과 동시에 아차! 했다. 저번에 물었을 때 그녀가 그 물음에 부담스러워 한다는 걸 느꼈고 다시는 그 물음을 하지 않으려 했건만. 무심결에 그 자신도 모르게 물었다. 갑자기 그는 어떤 말을 해야 할지 몰라 쩔쩔맸다.

"아니야. 아니야. 해수야, 대답 안 해도 괜찮아. 할 말이 없다보니 내가 생각 없이 물었구나."

"괜찮아, 오빠. 산에 오니까 마음이 맑아져. 산을 좋아하는 사람의 심정을 이해하겠어. 마음이 맑아져서 그런지 나 오늘 솔직해지고 싶어."

"……?"

큰 한숨을 내쉰 그녀가 말했다.

"오빠, 나 이모 집에 있기가 불편해. 내 친 이모가 아니라서 그런 건 아니야. 친 이모처럼 잘해주는데도 내가 불편해. 불편하다는 말 보다는 슬프다는 말이 맞겠어. 내 마음이 슬프니까 모든 일이 힘들고 불편한가봐. 엄마가 살아 있으면서 이모 집에 있으면 슬프진 않겠지. 사는 게 아니야. 죽지 못해 살고 있는 거야."

"그러지 마라 해수야. 그런 생각 하지 마."

"나도 안 그러고 싶은데 자꾸 슬픈 마음이 드는 걸 어떡해."

"……."

"오빠, 미안해. 요즘은 오빠가 나보다 더 힘들 텐데 괴로운 말만 해서 미안해. 근데 오빠 일은 잘 되어가고 있어?"

"응. 다음 주에 친구들과 창원 내려가서 해결 볼 거야."

"다행이다."

성현이 앉아 아픔을 달래던 바위에 이르렀다.

"아! 좋아. 오빠가 앉아서 문자 보내던 바위가 이 바위인거야?"

"응."

"정말 편안해 보인다. 나도 앉아봐야지."

해수가 바위 위에 편히 앉아 산과 나무를 감상하는 동안 성현은 그녀를 위해 꽃잎을 땄다. 그녀에게 꽃반지와 꽃목걸이를 만들어줄 참이었다. 성현이 돈이 없어 그녀에게 반지와 목걸이를 못 사주는 점도 있지만 두 사람은 아직 연인 사이도 아닌데 그녀에게 반지와 목걸이를 선물해도 그가 이상한 사람으로 보여 질 수 있었다. 꽃을 모숨모숨 뽑았다. 꽤 많은 꽃이 그의 손안에 있었다. 해수가 앉아 있는 바위로 왔다. 그녀의 눈에 눈물이 고였다.

"너, 울고 있었니?"

"오빠, 상쾌한 산의 바람 영향 때문인지 엄마가 많이 그리워. 오빠, 일어서서 큰 소리로 엄마를 불러보면 안될까? 여긴 높아서 하늘과 가까우니까 엄마가 가까이 있을지 모르잖아. 큰 소리로 엄마를 외쳐 부르고 싶어."

"그래라. 나도 속이 답답해 터져나갈 때 여기서 소리 지르고 나니까 조금 후련해지더구나. 아무도 없으니 마음껏 소리쳐 불러라."

"오빠, 귀 막아. 나 하늘에 계시는 엄마가 들리도록 무지 큰 소리를 지를 거야. 잘못하면 오빠 귀청이 터질 수 있으니 귀 막아."

"알았다."

해수가 일어섰다. 그녀는 옷매무새를 바로 잡더니 목을 길게 뽑고 얼굴은 하늘을 향했다. 두 손은 모아 입에 갖다 댔다. 소리가 조금이라도 퍼지지 않게 하려고 입술을 사이에 두고 두 손바닥을 오그렸다.

"엄마!"

큰 소리로 외친 뒤 그녀는 울었다.

"엄마!"

아주 큰 소리로 외친 뒤 그녀는 크게 울었다.

"엄마! 그 곳에서는 슬픔 없이 잘 지내고 있나요. 아빠와 잘 지내고 있나요. 엄마! 나 혼자서 어떻게 살라고 날 이렇게 혼자 두고 가셨어요. 엄마! 좋은 곳에서 편히 잘 지내길 바랄게요. 엄마! 미안해요. 살아생전에 엄마에게 잘못한 일들 많이많이 후회하고 있어요. 엄마! 용서해주세요. 엄마 보고 싶어. 엄마 보고 싶다고. 엄마 보고 싶습니다. 엄마! 사랑합니다."

마른천둥을 치듯 그렇게 큰 소리로 부르짖었던 그녀는 주저앉더니 슬피슬피 울었다. 엉뚱한 결과가 나타났다. 그녀의 부르짖음이 그를 자극했다. 그도 일어서서 마른천둥을 치고 싶었다. 그녀는 우는 일에 정신을 쏟았고 그는 울분에 정신을 쏟았다. 그가 일어섰다. 그녀처럼 두 손바닥을 오그려 입에 갖다 댔다.

"세상아!"

젊은이들을 쉽게 생각하는 세상을 향해 소리쳤다.

"세상아!"

김 여사를 떠올리며 소리쳤다. 어머니가 되어 줄 테니 아들이 되어 달라.는 가장 감동적인 말을 하여 돈을 빼앗아 간 어른이 있는 세상을 향해 소리쳤다.

"세상아! 어른들은 우리를 무엇으로 보고 있습니까. 목적을 향해 달리는 우리의 목적을 왜 빼앗습니까. 목적을 잃는 건 죽음이란 걸 아십니까. 어른이면 최고입니까. 어른다운 어른이 되어주십시오!"

그도 주저앉아 슬프게 울었다. 그 때 그녀가 그의 품속으로 안겨들며 말했다.

"오빠, 울지 마!"

그녀가 그의 품을 찾아들어온 건 이성에 대한 감정이 아니었고 너무 슬픈 나머지 그녀 자신도 모르게 취하는 행동이었다. 그러나 성현은 달랐다. 그녀가 안겨오자 슬픔이 달아났다. 그녀는 해와 숲과 나무가 주는 슬픔의 비를 맞고 있었으며 그는 해, 숲, 나무가 주는 새로운 빛을 받고 있었다.

"오빠, 내려가. 여기 있으니까 엄마가 자꾸 보고 싶어. 하늘이 만져질 듯 가까이 있어서 그런가 봐."

"알았다. 그러잖아도 내려가려고 했다."

그녀를 위해 따온 꽃들은 슬픔의 난리를 겪는 사이에 날아가 버렸다.

"해수야, 다음에 오면 너 꽃반지, 꽃목걸이 만들어줄게. 꽃이 날아가 버려서 지금은 만들 수가 없구나."

"알았어."

어설픈 포옹이라도 포옹은 포옹이었다. 슬퍼서 엉겁결에 취한 포옹의 힘이 내려올 때 또 다른 진행을 하게 했다. 그가 손을 내밀자 그녀가 손을 잡았다. 그녀의 손은 포근했다. 지난 날 그는 책상에 앉아 그녀를 기다리며 갈망했다. 그녀의 손을 잡고 초록 산을 거닐고 싶다는 갈망. 지금 그 갈망이 이루어졌건만 행복하지 않았다. 돈을 잃을 수 있다는 절망이 큰 손으로 다가 와서는 행복한 손을 걷어 들였기 때문에.

"오빠, 부탁이 있어. 들어줬으면 좋겠어."

"뭔데?"

"나, 이모 집으로 곧장 들어가기 싫어. 우리 술 한 잔 하고 헤어져. 나 요즘 가끔 술 한 잔씩 해. 슬픔을 못 이겨 잠 못 드는 밤에는 술 한 잔 하니까 잠이 오더라고. 다행히 이모네 방과 조금 떨어져 있어서 밤이면 이모 몰래 한 잔씩 하고 잠들곤 해. 근데 요즘은 그런 일이 잦아지고 있어. 나도 내가 이러면 안 된다는 걸 알면서도 억제가 잘 안 돼. 엄마가 무지 무지 보고 싶어서 내가 처해 있는 환경이 너무 슬퍼 미치겠어. 미쳐서 죽는 것보다 낫잖아. 술 마시면 잠들 수 있으니까 마시는 거야. 난 엄마 죽고 변했어. 많이 변했어. 더 많이 변할까봐 겁나."

"……."

충분히 해수를 이해할 수 있겠다. 성현 역시도 그녀와 같은 심정이어서 같은 행동을 취하고 싶었으나 그에게는 가족이 있잖은가. 그가 휘청거리면 가족도 휘청댈까봐 그는 참을 뿐.

"왜 말이 없어 오빠. 오빤 술 마실 줄 몰라?"

"아니야. 마실 줄 알아. 마시러 가자."

산을 내려왔다. 서쪽 하늘이 빛났다. 빨간 빛 났다. 빨간 해. 노을 진 시간. 노을빛은 모든 사람이 좋아하는 명작이었다. 명작품은 좋은 사람에게도 보여주고 싶은 법.

"해수야, 서쪽 하늘을 봐. 아름다운 노을빛. 해수와 보고 있으니 더욱 아름답구나."

"싫어. 오빠 보지 마. 난 엄마 죽고 난 뒤부터 이 시간이 싫고, 노을 빛도 싫고 빨간 하늘도 싫어졌어."

"어째서?"

"저런 하늘을 보고 있으면 마음이 울적해져서 싫어. 잠시 후면 깜깜해지잖아. 깜깜함도 싫고, 엄마 없이 깜깜한 곳에 혼자 있으면 무서워. 저 하늘은 곧 깜깜해지는 밤하늘을 예고하는 거잖아. 그래서 싫어졌어."

"알았다. 그럼 보지 말자."

호프집으로 들어섰다. 밖에서 보는 것과는 달리 실내가 좁았다. 아직 초저녁이라 거의 빈 자리였다. 음악이 잘 들리고 조명이 분위기와 어울리는 자리에 앉았다. 호프를 두 잔 시켰다. 안주는 메뉴판에서 제일 값싼 걸로 시켰다. 작은 잔 한 잔을 비운 해수는 흐르는 소리를 냈다. 두 잔을 비운 해수는 흐리멍덩한 눈을 했다. 석 잔을 비운 해수는 흐느꼈다. 또렷또렷한 눈이 흐느껴 우는 눈으로 바뀌는 동안 그녀는 똑같은 말만 계속했다. 죽고 싶다! 그녀는 죽고 싶다는 말만 해댔다.

"오빠, 나 죽고 싶어. 오빠 엄마가 너무 보고 싶어. 엄마한테 잘못한 일이 많이많이 후회스러워. 오빠, 무서워. 죽고 싶어. 죽고 싶어!"

해수를 이대로 두면 안 되겠어서 일으켜 세웠다. 택시를 탔다. 그녀의 이모 집 앞에서 차를 세웠다. 차에서 내린 해수는 멀쩡했다. 그녀가 말했다. 오빠. 나 이모네 가족에게 술 취한 모습 보이면 안 돼. 그러면 날 싫어할 거잖아. 오빠. 잘 가. 또 연락해. 성현은 집을 향해 오는 길이 보이지 않았다. 눈물이 맺혀 길이 보이지 않았다. 해수가 가엾고 안타까워 눈물이 맺혔다. 울지 않기로 맹세했건만 그녀의 안타까움에 무너졌다. 김 여사에게 돈 받으면 그녀에게 청혼할 결심을 했다.

아침부터 세찬 비가 쏟아지고 있었다. 빗소리 속에서 어제 해수와의 일을 떠올렸다. 쓰라렸다. 그녀를 생각하면 가슴이 아렸다. 그녀와 결혼을 하려해도 돈을 받아야 했으므로 우선 과제인 돈 받을 일에 대해 집중했다. 친구들이 창원을 내려간다고 했으니 안심이 되었다. 일을 함에 있어 헛방놓지 않는 친구들을 알기에 안심 됐다. 빗줄기가 약해졌다. 해수에게 속은 괜찮은지, 밥은 잘 먹었는지 걱정되어 문자를 보내려는데 대문 두드리는 소리가 들려왔다. 집안엔 아무도 없었다. 아버지는 빗소리가 부른다며 술 마시러 나갔을 터이고 어머니는 일 하러 나갔나 보다. 성현이 문을 열었다. 우체부였다.

"성성현씨에게 등기 우편물 왔습니다. 등기 받는 분은 누구시죠?"

"네, 제가 성성현입니다."

"네, 우편물 받으시고 여기 받았다는 사인해 주십시오."

우체부가 시키는 대로 했다. 등기를 받아 든 성현은 봉투를 훑어보았다. 법원에서 온 등기였다. 웬 법원? 예사로운 마음으로 봉투를 열었다. 그 안의 내용물을 꺼냈다. 그리고 펼쳤다. [파산 결정문] 봉투안의 내용물은 파산 결정문! 이었다. 이게 무슨 말인지! 무슨 내용인지! 감을 잡을 수 없는 성현은 결정문의 내용을 읽고 또 읽었다. 처음에는 멋모르고 읽었다. 두 번째는 읽고 있는 중에 스르르 힘이 풀렸다. 세 번째는 읽고 있는 중에 얼어붙었다. 네 번째 다섯 번째 읽으면서 얼토당토 않은 일에 전혀 가당치 않은 일에 무서워졌다. 그러니까 김 여사가 그의 돈을 못 갚겠다고 파산 신청을 한 내용이었다. 적반하장. 잘못을 빌어도 유부족일 텐데 돈을 못 갚겠다고 법원에다 정식으로 파산 신청을 하다니! 김 여사는 사람이 아니었다. 성현은 화가 머리끝까지 났다. 아니 머리끝을 터져나갔다. 머리끝을 지나 머리가 터지도록 화가 나는 건 처음이었다. 당장 달려가서 김 여사를 내동댕이 치고 싶었다. 그런데 내동댕이 치면 법에 걸린단다. 차일피일 미루고 차탈피탈 핑계만 대고 있는 채무자가 속 터져 채권자가 돈 갚아달라고 분풀이라도 하면 오히려 채권자에게 벌주는 세상이란다. 화를 가라앉히려고 애썼다. 피해자를 구해주는 게 법이므로 법을 믿고 있어야겠다. 파산 신청한다고 통과될 리 없지. 분명히 잘못된 일인데 파산 신청이 통과될 리 있겠느냐고. 성현은 자신을 그렇게 위로했다. 하지만 그의 심장은 실패, 절망들의 불길함으로 벌떡벌떡 뛰고 있었다. 바삐 친구들에게 전화를 걸었다. 파산 결정문을 받았다고 말했다. 욕 할 줄 모르는 친구가 화를 내며 말했다. 그년 정말 웃기는 년이잖아. 몹쓸 년이구먼. 너 앞으로 그년을 김 여사라고 부르지 말고 나쁜 년이라고 불러. 성현아. 우리가 있으니까 걱정 마. 폭언을 할 줄 모르는 또 한 친구가 화나서 말했다. 뭐라고! 똥개 같은 년이구나. 아니야, 똥개보다 못한 년이야. 그런 쪽지에 기죽지 마. 걱정마라. 우리가 있잖아. 성현은 보호해 주는 친구가 있어서 밥상 앞에 앉았고 걱정 말라는 친구의 말에 숟가락을 들 수 있었다. 먹고 싸워서 이겨야 했다.

정황이 정황이었다. 김 여사가 있는 창원을 내려갈 정황이 아니었다. 우선 터진 파산 결정문부터 해결하려 머리를 모아야 했다. 창원을 내려간다고 한들 이런 상황에 김 여사는 피해버렸음이 분명했다. 몽둥이 깎자 도둑이 뛴다고, 친구들은 김 여사를 묶을 몽둥이를 깎고 있었는데 아무 보람이 없게 돼버렸다. 김 여사가 파묻은 돈을 파내기 위해서 성현과 친구들은 몹시 바빴다. 바쁘게 뛰어다녔다. 바쁘게 뛰어 다닐수록 알아가는 건 물거품이었다. 헐레벌떡 거리며 수고한 얼굴에 남는 건 어두운 그림자였다. 현 상황에서 성현이 할 수 있는 건 이의 신청이었다. 김 여사가 성현의 돈을 파산 신청한 건에 대한 이의 신청을 법원에 제기하면 된다. 이의 신청 하기전, 여기저기 이의 신청에 관해 나돌고 있는 세상 소문을 들어보았다. 소문은, 이의 신청이 큰 효과가 없다고 했다. 파산 신청자들은 파산하기 위해 아주 완벽히 파산의 판을 짜고 만들고 엮기 땜에 이의 신청이 큰 효과가 없다고 했다. 그런 소문을 듣던 날 성현은 술을 마셨다. 술을 마시지 않으면 죽을 것 같아서 마셨다. 대낮부터 술에 취한 그는 변호사 사무실에 전화를 걸었다. 술에 취했을망정 진중한 물음의 답을 얻기 위해 전화를 걸었으므로 진지한 태도로 임했다.

"변호사님, 제가 돈을 빌려줬는데 갚아주기는 커녕 오히려 돈을 못 갚겠다는 파산 결정문을 보내왔습니다. 돈을 받고 싶은데 어떤 방법이 있습니까?"

"법원에다 이의 신청서를 제출하면 됩니다."

변호사는 짤막하게 답했다.

"이의 신청서를 제출하면 돈을 받을 수 있습니까?"

"글쎄요. 파산하려고 드는 사람을 어떻게 막겠습니까!"

"변호사님, 저 정말 억울합니다. 어떡하든 그 돈을 받고 싶습니다."

"네, 그 심정 잘 압니다. 나쁜 사람이 많습니다. 조심하십시오. 세상이 이렇게 되는 것에 변호사인 우리도 슬픕니다."

"이의 신청서를 제출하면 되겠죠, 변호사님!"

"이의 신청은 해보십시오. 그러나… 상대가 나쁜 사람이면 힘듭니다."

"변호사님, 이의 신청을 하면 돈 받을 수 있겠죠!"

성현은 울음을 머금고 재차 물었다.

"…별 의미가 없을 수도 있습니다. 파산하려고 드는 사람을 어떻게 막겠습니까."

"변호사님, 말씀 감사합니다."

울었다. 성현은 울었다. 세상이 잔인해서 울었다.

쥐가 고양이 목에 방울을 단다는 게 얼마나 힘든 일인가. 아니 어쩜 실행할 수 없는 일이라고도 할 수 있었다. 성현은 무척 힘든 일을 해내기 위해 법원에 제출할 이의 신청서를 작성했다. 돈! 슬프게도 돈이 사람의 인격이 되었다. 제 마음대로 하고 싶으면 하고 하기 싫으면 하지 않는 일에도 돈이 관여해 있었다. 귀에 걸면 귀걸이 코에 걸면 코걸이 란 어떤 사실이 이렇게도 저렇게도 해석될 수 있음을 이르는 말도 돈 가진 자가 해석하는 쪽으로 사람들은 따랐다. 살다보면 돈을 잃을 수도 있었다. 사업을 해서 잃고, 주식을 해서 잃고, 투자를 잘못해서 잃고 등등. 하지만 억울하게 빼앗기는 돈은 반드시 찾아야겠다. 바람을 타고 거센 파도를 헤쳐 나가서라도 꼭 돈을 찾아야겠다. 성실히 차곡차곡 쌓아 올라가던 성현을 꾀음꾀음 호려서 돈을 빌려가고선 헌신짝 버리듯 파산 결정문을 던지는 김 여사가 이기는 세상이라면 그렇게 뒤통수치는 세상이라면 성현은 죽고 싶었다!

성현의 덴 가슴은 벌떡증을 생겨나게 했다. 앉아 있다가도 화가 나면 벌떡 일어섰다. 자다가도 화가 나면 벌떡 일어섰다. 한 푼이라도 더 모아서 집을 사려고 했던 열정을 빼앗은 김 여사로 향한 분한 마음이 벌떡증을 만들었다. 마음이 그 모양이니 몸은 당연히 쇠폐해졌다. 지치고 쇠약해진 몸의 흔적은 얼굴에도 나타났다. 얼굴이 벌레 먹은 배추 잎 같았다. 가정에도 통장에도 돈이 없었다. 의식은 있는데 아픔을 느끼지 못하는 상태. 아픔은 있는데 의식을 느끼지 못하는 상태. 그런 슬픈 상태가 계속 되고 있었다. 그의 주위로 점점이 떨어진 물방울도 생겨났다. 군데군데 떨어져 있는 물방울 안에는 의욕, 희망, 삶들이 있었다. 그는 의욕도 없어졌고 희망도 없어졌고 삶도 없어져 갔다. 죽고 싶었다. 하필 내게 왜 이런 일이 일어나느냐고 울

부짖었다. 왜 하필 나에게 이런 일이 생기느냐고!

　말은 소용없었다. 법은 고의적인 증거, 구체적인 증거를 요구했다. 이의 신청을 하더라도 고의적인 증거를 잡아야 할 뿐 상대방으로부터 받은 고의적인 느낌, 고의적인 말은 소용없었다. 이가 갈려 이를 악물고 이 잡듯 샅샅이 찾아내려 해도 찾을 수 없었다. 법적인 완벽한 서류가 최고이므로 곧 법이 최고였다. 파산은 재산은닉, 도탁, 사행성 오락 등은 안 되고 생계형, 빚보증, 사업 부진 등으로는 성립된단다. 김 여사는 생계형, 사업 부진 등으로 파산의 판을 잘 설계해서 잘 만들어서 파산 신청했단다.

　이제 성현은 교육자가 될 수 없었다. 교육자로서 가르칠 것이 없었다. 학생들에게 영어만 가르치는 게 아니었다. 학생들에게 법 없이 살 정도로 착하게 살아라.는 말을 할 수가 없었다. 믿음, 긍정적 사고력을 가져라.는 말도 할 수 없었다. 김 여사를 믿고 긍정적 시선으로 바라보다가 크디 큰일을 당했잖은가. 직장도 희망도 잃은데다 모든 걸 다 잃고 자칫하면 목숨마저 잃을 판국에 놓였잖은가. 그는 성향, 성격상으로 교육자의 길이 자신과 맞았다. 학생을 가르치기 위해 자신도 공부했고, 그런 일들이 즐거웠다. 교육자로서의 긍지도 있었고 분필가루로써의 긍지도 있었다. 교육자로서 가르칠 것이 없다는 건 죽음이었다. 그렇다고 학생들에게 사람을 믿지 마라. 세상을 부정적 시선으로 바라보아라.고는 교육할 수 없잖은가. 논 밭 따위가 세차게 흐르는 냇물에 씻기거나 개개어서 무너지고 떨어져 나가듯 성현의 삶도 그렇게 떨어져 나가고 있었다.

　죽느냐 사느냐의 갈림길에 선 성현의 일상은 끔찍했다. 매우 참혹했다. 눈만 뜨면 한숨, 슬픔, 아픔, 괴로움, 절망의 순간들에 있어서 그 순간을 벗어나고 싶었다. 그래서 택한 것이 술이었다. 매일 술을 마셨다. 고통을 잊으려고 마셨으며 눈을 감으려고 마셨다. 일 년에 몇 번 정도 피할 수 없는 좌석에서 어쩔 수 없어 술은 마셨지만 이렇게 매일 술을 마시게 되다니. 늘 술 마시는 아버지를 원망했던 자신이 매일 술 마시게 되다니. 급회전의 변화였다. 아울러 그의 모양새도 흉해졌다. 몸도 비리비리 말랐다. 무위무능. 무위무책. 하는 일도 없고 일할 능력도 없고 해볼 방안도 없었다. 자연스레 성현의 아픔을 알게 된 어머니는 그가 없을 시면 우는가 보았다.

어느 날 성현이 집에 들어온 걸 모르는 어머니는 아들을 그렇게 만든 세상을 원망하며 슬피 울고 있었다. 하늘도 울고 땅도 슬퍼할 일이라며 아들이 무사하기를 벽을 향해 말하고 있었다. 그런 어머니를 위로할 힘조차 없어 그는 쓰러져 잤다. 무위도식으로 지내는 아버지. 유수도식으로 지내는 아들. 아무 일도 하지 않고 놀고먹는 아버지. 아무 일도 하지 않고 놀고먹는 아들. 집안 꼴은 엉망이었다. 성현은 되도록 아버지와 마주치지 않으려 했으나 그 날은 피할 수 없었다. 그 날도 좁은 방에서 혼자 술 마시고 있으려니 아버지가 취해서 들어왔다.

"성현아, 젊은 자식이 밖에 나가서 술 마시지 왜 청승 떨며 집에서 술 마시냐."

아버지가 신경질적으로 말했다.

"돈이 없어서 그럽니다. 친구한테 얻어 마시는 술도 한 두 번이잖습니까. 나도 밖에 나가서 술 마시고 싶습니다. 돈 좀 주십시오."

"이 놈의 자식이. 넌 그 많은 돈 안 받고 뭐하냐. 똑똑한 줄 알았더니 바보 같이 애써 번 돈을 받지도 못하고 있냐. 아비한테는 벌벌 떨며 용돈 주더니 남한테는 그 많은 돈을 갖다 바쳤냐. 집에서 술 마시고 있을게 아니라 빨리 그년 찾아 돈 받으러 다녀. 돈 받으러 다니라고!"

"네, 난 바봅니다. 아버지는 가족을 위해 무얼 했습니까. 난 내가 벌어 공부했습니다. 내가 벌어 생활했습니다. 아버지는 술만 마셨잖습니까. 아버지는 썩은 새끼로 엮은 망으로 범을 잡겠다는 허황된 일만 꾀하고 다녔잖습니까. 술 마시면 뜬 구름 잡는 소리나 해대고 큰소리만 쳤지 아버지가 가족을 위해 무얼 했습니까. 이제 뜬구름 그만 잡고 지나가는 소나기구름이라도 잡아오십시오. 나 이제 그만 하고 싶습니다. 가족을 위해 생활비 벌려고 그만 뛰어다니고 싶다구요. 자신도 없습니다. 나 자신을 위해 살고 싶습니다. 아버지도 가장의 몫을 나에게 떠넘기지 마시고 아버지가 가정을 책임지십시오."

"이놈의 자식이!"

철썩. 아버지가 성현의 뺨을 때렸다.

"왜 때립니까."

극도의 화가 난 성현이 참지 못하고 아버지를 때리려 했으나 차마 아버지를 때릴 수는 없었다. 참을 수 없이 화가 난 손길은 옆에 있는 컵을 대신 집어 던지게 했다. 요란스레 컵 깨지는 소리가 났다.

"멍청한 자식아, 헛똑똑아. 나가서 돈 받아오라고. 그 돈만 받으면 우리 형편이 풀리잖아."

아버지는 큰 소리로 악을 쓰며 말했다.

"네, 나도 돈 받고 싶습니다. 미치도록 돈 받고 싶다구요. 근데 법이 돈을 못 받도록 막아버렸습니다!"

성현도 악을 질러대며 대들었다.

"그런 법이 어디 있냐?!"

"그런 법이 있습디다!"

"그런 법이 어디 있냐니까!"

"그런 법이 있습디다. 남의 돈을 빌려서는 안 갚아줘도 된다는 걸 인정해 주는 법이 있습디다. 아버지는 아직도 그런 법도 몰랐습니까? 내가 큰일이 생겨도 아버지께 왜 말하지 않는 줄 아십니까. 난 지금까지 아버지가 일 처리를 제대로 하는 걸 한 번도 못 봤습니다. 그래서 난 아버지를 믿을 수 없고 가정을 돌보지 않는 아버지를 존경하지 않았습니다."

"이 놈이!"

철썩 철썩. 이번에 아버지는 성현에게 두 대의 뺨을 때렸다. 성현도 이번에는 정말 참을 수 없어서 아버지를 때리고 싶었다. 그의 손이 올라갔다. 하지만 차마 아버지를. 그는 밖으로 뛰쳐나왔다. 아버지를 때리고 싶어 올라간 손은 방향을 바꿔 대문을 열게 했고 흥분된 손은 발을 움직여 달리게 했다. 안식처인 공원에 도착했다. 좀 전의 행동들을 필름으로 만들어 펴보았다. 술이 무서웠다. 술은 억눌러 있던 감정을 폭발시켰고 행동으로도 폭발하게 했다. 아버지를 좋아하지 않았어도 지금껏 폭발은 하지 않았다. 술에 취하면 하늘 무서운 말도 할 수 있겠고 하늘의 별따기처럼 성취하기 대단히 어려운 일도 성취 하겠다고 말하는 실언도 하겠다. 술이 무서웠다. 폭발음이 꺼지고 조금의 안정이 찾아들었다. 정작 김 여사에게는 화 한 번 못 내고 아버지께 화 낸 일이 괴로웠다. 고요한 공원의 자연 바람이 안정을 찾도록 도와주었다. 해수가 떠올랐다. 한동안 연락 못한 해수가 궁금해졌다. 그녀에게 전화를 걸었다. 전화를 받았다. 그녀가 그의 안부를 물어왔다. 그가 말했다. 파산 결정문을 받은 사실. 괴로움을 이길 수 없어 최근의 그는 술꾼으로 살고 있다는 사실들을 말했다. 어머. 어머. 어머나! 세상에 그런 악독한 여자도 있구나. 아유 분해. 분해 죽겠어. 오빠 많이 힘들겠다. 그 여자는 악녀야, 악녀. 오빠, 내가 도움이 못 돼서 미안해. 그녀는 안절부절 어쩔 줄 몰라 했다. 그가 물었다. 너는 요즘 어떻게 지내고 있냐? 난 그럭저럭 지내고 있어. 밥은 잘 먹고 직장은 잘 다니고 있냐? 밥은 먹는데 직장은…, 그녀가 말끝을 맺지 못했다. 직장은 잘 못 다니고 있나 보구나. 응, 직장 그만 뒀어. 다른 직장을 알아보고 있는 중이야. 오빠 보고 싶어. 그래 나도 너가 보고 싶다. 오빠? 왜? 나 죽고 싶어! …오빠 왜 대답이 없어? 끊자 또 연락할게.

고통 없이 얻는 것은 없었다. 따뜻한 자리에 오기까지도 고드름뚱싸게 추운 자리를 이겨내는 고통을 겪어야 했다. 인기 있는 영어 강사라는 편안한 길을 걷기까지에도 지난 날 좌절의 험난한 길을 걸어야 하는 고통을 겪어야 했다. 실패는 성공의 어머니라고 하더라. 실패와 고통을 겪어야 성장한다나 어쩐다나. 자신의 의지에 의한 실패는 성공의 어머니가 될 수 있었다. 예를 들면 한 사람이 큰 사업가로 성공을 하기 위해 사업을 차렸다. 그러나 안타깝게도 한 사람은 실패의 고통을 맛보았다. 실패의 고통 속에서 한 사람은 피나는 노력들을 하여 드디어 성공했다. 그런 경우는 자신의 의지에 따른 성공을 추구하려다 보니 실패의 고통을 겪었다. 하지만 성현의 경우는 달랐다. 그의 경우는 자신의 의지와는 상관없는 실패의 고통이었다. 돈을 뺏기고 싶은 의지를 가진 사람이 어디 있겠는가. 그러니까 고통의 종류가 달랐다. 앞서 말한 한 사람이 당한 고통은 발전과 미래가 있지만 성현이 당한 고통은 죽음이고 급살이고 급살탕이었다. 그는 끓는 급살탕에 빠져 꿈속에서 꿈 이야기를 하듯이 종잡을 수 없는 말과 행동도 했다. 그럴 때면 사람이 고통이 너무 심하면 미칠 수도 있구나,라는 걸 감지하기도 했다.

살다보면 돈을 잃을 수는 있지만 빼앗기는 경우는 없어야 했다. 빼앗긴 돈을 찾으려고 발악을 했건만 세상의 법은 도리어 빼앗는 걸 도와주고 있었다. 파산법이 성현에게 뒤통수쳤다. 세상이 성현에게 뒤통수쳤다. 죽고 싶었다. 젊은 날 비싼 수업료 내고 인생 공부했다 셈 치자고도 생각해봤다. 잘못 살았다며 후회도 해보았다. 돈을 빌려주는 것만 생각했고 돈을 받는 방법도 몰랐고 돈을 빼앗고 있던 상대방을 파악조차 못한 자신이 미웠다. 후회와 미움이 뭉쳐 있던 고통 속으로 들어왔다. 죽고 싶었다! 호되게 고통을 겪다보니 정확한 판단을 할 수가 없어서 죽음을 생각하겠지,라며 생각을 바꾸려고도 해보았다. 죽고 싶었다. 자살하는 이의 심정을 충분히 이해했다. 고통의 시간을 죽이려고 술을 마셨으며 고통의 시간을 이겨내려고 술을 마시고 있었다. 원한과 은혜는 시일이 지나면 쉬이 잊는다잖은가. 혈수할 수 없이 살더라도 살아보자고 마음 다잡기도 해보았다. 그럼에도 불구하고 성현의 고통은 죽음을 요구했다. 성현은 뒤통수치는 세상에서 살고 싶지 않았다!

성현은 죽음을 택했다. 죽기 전에 주위를 정리할 생각을 했다. 생을 마감하는 시점에 무슨 정신이 있어 정리를 하느냐 하겠지만, 모르는 말씀. 사람마다 취향이 다르듯 죽음의 정리는 그의 취향이었다. 절친한 주위 사람들과 몇 안 되는 친척에게 안부 전화를 했다. 사람에겐 표면 안의 나. 표면 밖의 나. 두 종류가 공존해 있다. 표면 안의 내가 말했다. 설마 주위 사람들에게 죽음의 뉘앙스는 풍기진 않겠지. 아무렴 죽음의 뉘앙스를 풍기며 안부전화를 하면 안 되지.라고 표면 밖의 내가 말했다. 죽을 사람이 주위 사람에게 안부 전화할 때의 마음은 이미 반송장. 날마다 펄펄 끓는 물에 정신이 데쳐지거나 삶겨지는 고통뿐이어서 그 고통을 이길 수 없어 죽으려고 했다. 죽으려는 사람의 심정이 오죽하겠는가. 그 심정을 이해 못하면 함부로 말하지 말라. 성현이 세상을 하직함은 가장 슬픈 이별. 그 이별을 할 수 없는 한 사람이 있었다. 그 한 사람은 어머니였다. 성현이 죽으면 어머니도 따라 죽을까봐 그는 죽을 수도 없었다. 요즘 어머니는 가정 경제의 핍박으로 일당을 받으며 일하는 듯 했다. 어머니의 몸과 마음도 고통의 연속이었다. 밤이면 끙끙 앓는 어머니의 소리를 듣게 되면 그의 가슴은 잘근잘근 씹혔다. 그런 어머니를 생각하면 그는 어떡하든 살아야했다. 하지만 그의 몸은 이미 층암절벽 아래로 떨어졌다. 절벽에 떨어진 몸은 어느새 죽었고 머리와 목 부분에만 조금의 기운이 남아 숨 쉬고 있을 따름이었다. 그 정도의 기운으로는 살 수가 없었다. 암만 기운 없고 힘들어도 세상을 향해 소리 한 번 지르고 죽어야겠다.

사회에다가 큰 소리 쳤다. 섭섭합니다! 우리 청년들을, 젊은이들을 진지하게 한 번 생각해 보셨습니까. 세상은 혈기 방장한 젊은이들이 건강한 정신을 갖고 있어야 발전을 합니다. 우리에게 그런 기회를 주려고 해 보셨습니까. 앞에서는 고령화 사회인 까닭에 나타나는 구조 조정금지, 정년 연장, 임금 피크제 등이 우리의 앞길을 묶고 있으며, 옆에서는 여자 친구가 온갖 것을 요구하며 옆길을 묶고 있으며, 뒤에서는 가족의 눈치가 보여 길을 딛고는 싶은데 길이 없습니다. 그것도 모자라서 아직 세상 물정 모르는 순수한 점을 이용해 젊은이의 등이나 쳐 먹으려는 등치기까지 있으니 우리는 어디서 숨을 쉬며 어떤 길을 가야할까요. 청년들을 기죽이지 마십시오. 청년아, 기를 펴라. 청년아, 기 펴라!

해수에게서 문자가 왔다. 괴로워서 한 잔 마셨으며 죽고 싶다는 내용이었다. 그래도 천만다행, 만만다행인 건 저승길을 혼자가 아니고 해수와 함께 걸을 수도 있어 다행스러웠다. 그렇지만 그건 성현 혼자만의 판단일 수 있었다. 그녀가 괴로움을 못 이기겠어서 단순히 죽고 싶다는 말만 하고 있는 건지 아니면 실제로 죽고 싶은 마음이 있는 건지 아직 그는 정확히 알 수 없었다. 그녀의 속뜻을 알아봐야했다. 죽음이란 가장 큰 문제를 말해야 하는 까닭에 섣불리 물어볼 수 없었다. 조심조심 물음. 해수에게 전화를 걸었다. 술 취한 그녀는 혀가 꼬였다.

"해수야, 너 정말 죽고 싶니? 내가 죽는다면 나와 함께 죽을 수 있겠니?"

조심스레 성현이 물었다.

"어머, 오빠가 왜? 오빠는 가족이 있잖아."

그녀는 놀라며 물었다.

"그래, 맞아. 난 가족이 있어서 죽으면 안 되는데, 못 견디겠어. 첩첩수심의 고통을 못 이겨내겠어. 죽고 싶다. 아니 죽을 거다."

"오빠, 좀 더 생각해 봐. 속 깊은 오빠가 별안간 왜 그래."

"나, 갑자기 결정해서 하는 말 아니야. 인생을 끝내는 제일 큰 문제를 갑자기 말하겠냐. 나, 그 동안 죽음에 대해 많이 생각했어. 사나이의 말은 결정된 후에 말해야 되기에 그 동안 깊이 생각하느라 말을 안했을 뿐이야. 이젠 죽음을 결정했으니 말하는 거다."

"오빠, 다행이야. 나, 실은 죽고 싶어도 혼자서 죽으려니 무서워서 못 죽었는데 오빠랑 함께 죽게 돼서 다행이네. 죽으면서 다행이란 말을 쓰는 내가 무지 불쌍해. 우리 죽기 전에 만나야 하잖아. 죽음의 의논을 해야 되잖아."

"나도 너와 같이 죽게 되어 다행이란 말을 썼어. 그래 내일 만나 의논하자."

이런 기분을 어떻게 표현해야 하나. 사랑하는 여자와 죽게 된 남자. 불행하다고 해야 하나 행복하다고 해야 하나. 죽음은 분명히 불행이다. 죽음은 결정 났다! 사나이로 태어나서 사나이답게 한 번 살아보려 했다. 멋진 총으로 교육을 향해 쏘면서 칭찬받고 싶었다. 그러나 슬프게도 헛방 놓았다. 그렇다고 그냥 이대로 떠나진 않겠다. 세상을 향해 한 방은 쏘겠다. 풍타낭타. 일정한 주의, 주장 없이 그저 대세에 따라 행동함의 풍타낭타는 하지 않겠다. 세상을 향해 총을 들었다. 세상아! 남의 재산을 빼앗는 자는 살인죄를 적용해야 한다. 살인죄를 적용해야 남의 재산을 쉽게 생각하지 않고 쉽게 빼앗을 생각을 하지 않을 테니까. 보아라. 나도 재산을 빼앗겼기 때문에 죽지 않는가. 이건 간접 살인이다. 대재앙이다! 탕!

다음 날, 해수와 약속한 버스정류소를 가기 위해 걸었다. 그가 걷고 있는 곁으로 좁은 하수관이 보였다. 그 하수관 입구에서 쥐가 머리를 내밀며 나갈까 말까 망설이고 있었다. 고양이 눈빛을 해있는 사람이 있으면 어쩌지. 쓰레기봉투를 뒤지던 고양이와 맞닥뜨리면 어쩌지 하는 불안의 망설임이었다. 그 모습이 얼마 전 성현 모습과 꼭 같아 보였다. 죽을까 말까 머뭇대며 결정짓지 못했던 성현의 모습.

저 멀리 버스정류장이 보였다. 해수가 그를 기다리고 있었다. 두 사람은 산에 올라가서 죽음을 의논하기로 했다. 죽음의 의논은 아무 곳에서나 할 수 없었다. 사람이 듣는 곳에서 의논할 수 없었고, 새가 듣더라도 산에서 의논함이 낫겠기에 산을 택했다. 버스에서 내려 산을 올랐다. 걷고 있는 두 사람은 조용했다. 돈 한 푼 없는 집의 가족들에게 미안해 밖에서 이틀간 풍찬노숙을 한 성현은 더러운 굴왕신 같은 모습을 해 있었고, 얼마나 밥을 안 먹었으면 해수는 꼬치꼬치 말라있었다. 귀인성스레 생겼던 서로의 얼굴이 추하게 바뀌었다. 두 사람은 서로의 모습을 본 순간 슬프고 아파 말이 없었다. 모습을 본 순간 한마디씩을 끝으로 산을 오르는 내내 말 한 마디 없었다. 오빠, 그렇게 잘 생기고 세련된 오빠의 모습은 어디 갔어? 그러는 너의 모습은 어디 갔냐. 그토록 예쁘고 늘씬했던 네 모습은 어디 갔냐고.

"오빠, 사람은 죽는 거잖아. 나도 죽는다고는 생각했지만 이렇게 빨리 죽을 줄은 몰랐어. 그것도 내 손으로 내 목숨을 끊는 상황이 올 줄은 꿈에도 몰랐어."

한적한 자리를 골라 앉은 뒤에도 한참을 말이 없던 해수가 처음 꺼낸 말이었다.

"그건 나도 그래."

해수가 술을 따랐다. 그녀는 죽음의 의논을 하면서 맨 정신으론 의논을 못하겠어서 술을 사들었단다.

"오빠, 나 이제 죽을 몸이야. 죽기 전에 하고 싶은 말이 있어. 죽는 마당에 못할 말이 없으니 모두 털어 놓으며 말하고 싶어. 지금부터 내가 속 시원히 내 뱉는 말들을 세상 사람들께 전해줬으면 좋겠어. 오빠는 나와 함께 죽을 테니 못 전할 것이고 저 나무 위에 앉아 있는 새가 말을 듣고 전해줬으면 좋겠어. 오빠는 내 엄마가 죽게 된 사연과 그 후 내가 고통을 겪고 있었다는 걸 잘 알고 있지."

"그래, 잘 알고 있어. 말해봐."

"내 엄마를 죽이고 결국에는 나마저 죽게 만드는 부동산 사기사건을 이야기하려는 거야. 내 엄마를 죽이고 마침내 나까지 죽게 만드는 살인사건을 저질렀는데도 범인도 없고 책임자도 없어. 명목은 그럴듯해. 땅을 팔고 등기부등본을 해줬으니 땅을 매도 한 겁없는 자는 사기를 저지르지 않았다고 발뺌하겠지만 그건 그 자의 교묘한 수법을 감추기 위한 변명이야. 평생을 갖고 있어도 평당 만 원도 안 되는 땅 가격을 평당 삼십 이만 원에 팔 때는 얼마나 교묘한 수법을 동원했겠어. 그리고 오빠 사건도 그래. 98년 I.M.F 때 국가에서 빚 많은 자를 구제해주기 위해 파산을 완화했는데 최근엔 파산이 활성화되어 오빠가 당한 것처럼 계획적으로 파산을 하는 사람도 있다더라고. 법을 악 이용하는 거지. 좋은 기운이 충만해야 사회가 건강할 텐데 빼앗긴 사람의 절망 한숨소리가 많으면 나라가 건강하지 않을 거잖아. 세상 사람들이 서로 오순도순 잘 살았으면 좋겠어. 사람이 살다보면 돈을 잃을 수도 있어. 돈은 잃기도 하면서 벌기도 하면서 사는 거잖아. 하지만 남의 재산을 잃게 만드는 행위는 강력한 형벌에 처했으면 해. 오빠, 나를 보라고. 내 엄마도 아빠의 보상금만 잃지 않았으면 삶이 고단할망정 그럭저럭 살고 있을 거야. 엄마가 살았으면 나도 살아갈 거고. 그건 오빠도 마찬가지잖아. 남의 재산을 잃게 만드는 행위는 살인행위야. 요즘 세상엔 돈 없으면 죽잖아. 내 엄마와 나는 간접 살인을 당한 거라고. 세상이 웃겨. 돈 없으면 못 사는 세상을 만들어놓고 남의 재산을 빼앗는 자에게는 왜 약한 형벌의 결론을 내리는지.

죽는 마당에 내가 결론 내리겠어. 교묘한 수법으로 땅을 매도해 아까운 내 엄마 목숨과 나의 목숨까지 빼앗는 그 자는 사기를 저지른 게 아니고 살인을 저질렀어. 그 자는 살인자야. 살인자! 잔인한 살인자의 형벌을 받아야 해. 그래야 사람들이 남의 재산을 함부로 빼앗으려 하지 않을 거잖아. 슬픈 세상이야. 슬픈 세상이 싫어졌어."

본격적으로 죽음의 의논이 시작되었다. 그래도 한 번 왔다 가는 인생인데 지금 이 자리에서 이대로 죽을 수만은 없었다. 비록 처참한 죽음을 택하긴 했으나 조촐한 죽음의식을 치르고 싶었다. 사흘 뒤 경치 좋은 산봉우리에서 두 사람은 죽기로 합의했다. 현재 두 사람은 거의 식사를 하지 않는 상태여서 사흘 이상을 버틸 체력도 없었고 돈도 없었다. 죽음의 방법은 높은 낭떠러지에서 뛰어내리느냐 독한 약을 먹고 죽느냐에 생각을 모았다. 독한 약을 먹고 자살하기로 의견을 같이 했다.

"오빠, 우리 이곳에 있다가 그냥 죽어버릴까."

"안 돼. 난 오늘은 집에 들어가서 가족들에게 말없는 인사를 하고 싶어. 가족들을, 어머니를 마지막으로 보고 싶어. 오늘 만났던 버스 정류장에서 내일 만나자."

"그래요, 오빠. 우리가 먹고 죽을 약도 사야하고. 나도 준비할게 있어. 준비할 건 내가 할게."

말을 마친 해수는 고개를 숙였다. 고개 숙인 아래로 눈물방울이 떨어졌다.

"너, 울고 있구나."

"미안, 오빠. 울지 말자던 우리약속 깨뜨려 미안해. 이제 안 울게."

그날 밤 성현은 밤새도록 어머니와 여동생의 잠자는 모습을 번갈아보며 사별의 아픔을 삼켰다. 절대로 울지 않으리라 맹세했건만. 흐르는 눈물을 막을 수 없었다. 소맷자락으로도 눈물을 닦지 않고 흐르게 두었다. 그가 우는 걸 보는 이는 없었다. 소리 없는 눈물은 한참동안 흘렀다.

산봉우리에 앉은 필부필부. 산봉우리에 앉은 평범한 남녀. 산봉우리에 앉은 성현과 해수. 결코 두 사람은 평범한 남녀가 아니었다. 평범한 청춘남녀라면 산 아래 동네에서 평범한 삶을 살겠지만 두 사람은 산꼭대기에서 죽음을 선택하고 있었으니 평범하지 않았다. 두 사람을 막다른 죽음으로 몰고 간 세상이 원망스러워 하늘은 비라도 뿌리련만 그렇지 않았다. 밝고 화창했다. 성현이 사흘 뒤에 죽으려고 한 건 해수와의 관계에 정리의 시간이 필요해서였다. 그녀와는 아직 키스도 안 해본 사이였다. 사흘 간 지내봐서 그녀로 향해 마음의 동요가 일어나지 않으면 남남으로 죽을 것이며, 지내봐서 동요가 일어나면 부부의 연을 맺고 죽을 예정이다.

"오빠, 막다른 골목이 되면 돌아서는 게 사람이라는데 우린 돌아서지 않았어. 잘 한 일일까? 잘 못한 일일까?"

"난 막다른 골목이 되어 돌아서서 택한 게 죽음이야. 넌 망설여진다면 지금이라도 안 늦었어. 산을 내려가도록 해라."

"아니야. 나도 막다른 골목에서 돌아서 죽음을 택했어. 오빠가 나 때문에 죽음을 선택한 건 아닌가 걱정돼서 그래. 내가 자꾸 죽고 싶다니까 오빠가 나를 따라 죽음을 택했을까봐 어떨 땐 꽤 고민했어."

"해수야, 그건 오해야. 난 너보다 더 일찍 죽음을 생각했고 죽음을 결정했어. 다만 네가 죽고 싶다고 말 할 때마다 나도 죽고 싶다는 말을 하고 싶었지만 사나이는 죽는다는 말을 자주하면 안 되잖아. 죽음이란 말은 크고 무서워서 함부로 말하면 안 되잖아."

"그렇다면 다행이야. 죽는다는 말을 사용하면서 다행이라는 말을 쓰려니까 무척 슬퍼. 아무튼 슬픔의 시간을 빨리 벗어나고 싶어."

"그래. 사흘 뒤면 죽을 테니까 벗어날 수 있어. 해수야. 근데 넌 죽을 사람이 무엇을 이렇게 준비해왔니."

"오빠가 사흘 후에 죽자했잖아. 사흘 동안 지낼 물품들만 갖고 왔어. 사흘 간 하루 한 끼의 식사는 해야겠어서 컵라면 여섯 개. 하루 한 개씩 컵라면이라도 먹지 않으면 우린 사흘 안에 죽어. 컵라면에 부을 끓는 물 담은 보온병. 밤에 배만 덮을 조그만한 배 이불이 전부야. 아, 텐트를 보니까 짐이 많아보여서 그러는구나. 오빠, 난 죽더라도 바람 부는 들판에서 죽기 싫어. 독한 약을 먹어 자살을 할망정 아늑한 곳에서 죽고 싶다고. 그래서 집에서 뒹굴던 텐트를 갖고 왔어."

밤이 왔다. 밝은 낮엔 그토록 선명하던 초록산 파란하늘 빨간 꽃들이 어두운 밤이 되면서 온 천지가 깜깜했다. 먹장 갈아 부은 듯 산도 검고 하늘도 꽃도 검었다. 밤이 되자 바람도 차가웠다. 바람이 차가워 텐트 안으로 들어가야만 했다. 성현은 텐트를 잘 가지고 왔다며 해수를 칭찬했다. 근심에 싸여 있던 외로운 잠자리에 그녀가 있으니 덜 근심스러웠다. 그는 염려되고 잊혀 지지 않아 잠을 이루지 못했다. 그의 뒤척이는 소리를 듣고 그녀가 말했다.

"참! 오빠, 잊은 게 있어. 우리 독한 약을 맨 정신에는 못 먹을 거잖아. 난 맨 정신에는 죽으려고 약을 못 먹겠기에 술을 사왔어. 나도 지금 잠이 안 와. 우리 술 마시자."

그도 그녀와 같은 심정이었으므로 묵묵부답했다. 그의 묵묵함은 승낙의 표시였다. 술에 취한 그녀가 신세한탄을 했다.

"오빠, 젊은 나이에 인생을 포기한다니까 참 슬퍼. 난 지금까지 한 번도 만날 뗑그렁하며 살아본 적이 없어. 넉넉한 생활로 만사에 걱정 없이 살아본 적이 없단 말이야. 내 부모님은 가난했거든. 가난! 쓰나미 보다 토네이도 보다 무섭다는 가난. 그래서일까. 난 잘 살아야겠다는 포부가 있었어. 남보다 잘 살려면 특별난 무엇이 있어야겠더라고. 실력, 노력, 능력 그런 것은 물론이고 그 외에 송곳 하나를 가슴에 넣고 살았어. 오빠, 송곳이 얼마나 유용한 지 알아? 송곳은 안 되는 모든 걸 뚫어주는 거잖아. 심지어는 구멍 뚫린 마음의 구멍을 막아주는 역할도 하더라고. 그래야 나약한 엄마와 살 수 있겠더라고. 근데 그런 엄마도 없어지니 살 의욕도 없고, 끝 부러진 송곳만 가슴을 헤집고 다니며 있어. 송곳은 끝이 부러지면 쓸모가 없잖아. 오빠, 미쳐야 미친다.는 말 들어보았지. 어떤 일에 지나치게 열중해야 그 어떤 일을 이룬다.는 말의 경우와 같은 말이 또 있어. 배려를 위한 배려는 하지 않겠다.라는 말이야. 우리가 죽으려는 의지가 담긴 말 같아. 배려의 또 다른 뜻은 배반되고 어그러진다는 뜻이거든. 배반 당하는 세상을 배려하기 싫어 우리가 떠나려는 거잖아. 세상은 옳고 바르게 사는 사람을 지켜주어야 하건만 나쁘게 살고 있는 사람을 보호해주는 세상이 우리를 배신해서 우리는 배려심을 버리고 죽겠다는 거잖아. 오빠 내 말 듣고 있어? 너무 깜깜하니까 오빠 얼굴도 안보여. 오늘 따라 달빛도 없어. 손전등이라도 준비해올걸, 하긴 손전등이 있다고 해도 그것까지 챙길 정신은 없었어. 죽을 사람이 이만큼이라도 챙겨온 걸 다행으로 알아."

"그럼, 그렇게 알고 있다."

"오빠, 안자고 있었구나. 오빠, 우리는 어째서 만나자 이별하는 운명일까. 그것도 아주 큰 죽음의 이별! 무서워. 오빠 저승길이 무서울 거야. 오빠 내 손 꼭 잡고 저승길 같이 가야 해. 내 손 놓지 마. 무섭단 말이야."

"알았다."

어느새 그녀는 고꾸라졌다. 그 곱던 유리 같은 피부는 어디로 갔는지 뇌랗게 여윈 얼굴만 있었다. 그녀를 편하게 누이려면 그녀의 몸을 만져야 했다.

"해수야, 바로 누워."

"오빠, 무서워! 울 엄마 보러가는 길이 이렇게 무서운 줄 몰랐어."

그녀가 두 팔을 벌려 그의 목덜미를 끌어안았다. 그녀의 본심에서 나오는 행동은 아니었다. 술 결에 무심결에 바람결에 튀어나온 행동이었다. 찰나에 두 사람의 입술이 부딪쳤다. 사나이 이쯤에서 입술을 피해버리면 사나이가 아니지. 죽을 땐 죽더라도 할 건 해야겠다. 할 건 해야겠는데 솔직히 어떻게 해야 하는지 모르겠다. 정열적 키스만으로 끝냈다. 뽕도 따도 임도 보고처럼 두 가지 일은 못 이루었고 입술만 땄다.

다음 날 복색광이 비쳐 와서 눈을 뜰 수가 없었다. 죽음이란 흑빛만 있던 가슴에 키스라는 새로운 빛. 키스의 힘이 그녀와의 사랑을 살려낸 빛. 입술을 딴 부끄러운 빛. 그런 빛들이 복색광을 만들었다. 그 여러 빛들로 해서 눈을 뜰 수가 없었다. 눈을 감았다고 가슴마저 감은 건 아니었다. 가슴에선 변화가 일어나고 있었다. 감정의 미묘한 변화가 일었다. 키스 한 번 했을 뿐인데. 그 한 번의 키스의 힘은 대단했다. 그 한 번의 키스로 그녀는 그의 가슴 속 별이 되었다. 눈을 떠서 별을 보고 싶었다. 눈을 떠야 별을 볼 것 아닌가. 용기 내어 눈을 떴다. 두근대는 가슴을 만져보았다. 가슴 쪽에서 부스럭 소리가 났다. 뭘까? 기억났다. 유서를 쓸 종이를 윗 호주머니에 넣고 다녔는데 그 종이소리였다. 마지막 길에 어머니에게 몇 자 쓰고 싶었다. 따뜻한 마음으로 주는 정다운 편지가 아니고 글씨체는 괴발개발 갈겨 쓰더라도 마음만은 먼저 가는 불효를 용서해달라고 진심으로 빌고 싶었다.

해수도 말이 없었다. 그녀도 변화를 느끼는지 그녀에게서 미묘함을 느꼈다. 어제의 그녀가 아니었다. 오늘의 그녀에게선 말과 행동에 약간의 가벼움이 보였다. 성현은 오늘 죽음만 생각하지 않기로 했다. 죽음과 더불어 어젯밤에 못했던 할 건 해야겠다는 일도 생각하기로 했다. 할 건 해야 하는 일은 섹스로서 이런 대단한 일은 사람이면 하는 일이기에 언젠가는 하겠다는 생각은 했다. 하지만 막상 당하고 보니 어떻게 어떤 방법으로 등등… 잘 모르겠다. 이럴 경우엔 영화나 드라마 장면을 떠올리는 것도 좋은 방법이었다. 영화 속의 배우들과 같이 해보는 거다. 처음해보는 대단한 일에는 부끄러움도 있고 용기도 필요했다. 술을 몰랐을 땐 모를까 술을 알고 나니 부끄러움을 보내버리고 용기를 불러오는 데는 술이 최고였다. 술을 찾아마셨다. 하늘도 분위기를 맞춰주려는지 밖에는 가는 비가 내렸다. 죽음과 사랑. 둘 다 성현에겐 벅찬 문제였다. 술 마시는 그의 곁에 와서 그녀도 조용히 술을 마셨다.

"해수야, 너 죽음길이 무섭다고 했지. 나도 무섭다. 우리 부부의 인연 맺을까. 확실한 건 아니지만 남남은 저승길을 함께 못갈 수도, 부부는 함께 갈 수도 있잖을까. 이승에선 백년해로해서 못살더라도 저

승가선 우리 백년해락해서 잘 살자꾸나."

성현이 사나이답게 청혼했다.

"그래요, 오빠."

어느덧 밖은 어두워졌고 밤이 왔다. 산봉우리 쪽의 밤은 빨리 오고 짙은 어둠을 갖고 왔으나 오늘 밤은 무섭지 않았다. 두 사람은 내일 밤 약을 먹고 죽는다는 두려움을 잊기로 했고 오늘 밤에 치르는 첫날 밤의 일에만 충실하기로 했다.

그녀가 낭창낭창 안겨왔다. 그는 안겨오는 그녀의 옷을 홀랑홀랑 벗겼다. 그녀가 쏘곤대며 말했다. 오빠, 사랑해. 그녀의 사랑한다는 말에 그는 귀가 번쩍 뜨였다. 씻지 않아 냄새날 줄 알았건만. 아니다. 그녀에게선 향기로운 냄새가 났다. 쾌감이 활개를 펴고 들어왔다. 유쾌 상쾌 통쾌가 줄지어 늘어섰다. 그녀의 육체를 만지고 더듬어서 알아내는 즐거움이 싱글거리며 웃게 했다. 오랜만에 웃어보았다. 이 순간만은 믿음과 의리보다 사랑이 소중했다. 많은 말과 행실 중에 쓸만한 것은 없고 사랑만 쓸 만했다, 이 순간만은. 어두워 그녀의 얼굴을 볼 수는 없지만 그녀의 몸도 썽끗뺑끗 웃었다. 몸이 웃으면 얼굴도 웃고 있을 터. 그녀도 오랜만의 웃음일 터. 처음 하는 일은 늘 하는 일을 능가할 수 없는 법. 하지만 처음 하는 일이 능가하고 있었다. 발가벗고 애무하는 처음 하는 일이 능가했다. 줄이나 끈 따위로 서로 떨어지지 않게 비끄러매지 않아도 두 사람은 꽉 붙었다. 열기가 타올랐다. 마음도 타올랐다. 멋이 흐르고 재미가 흐르고 쾌감이 흘렀다. 그녀가 고운 빛깔의 음성으로 오빠 사랑해.라고 소곤거릴 때 그는 걱정을 죽였다. 그녀의 폭신한 젖가슴에 묻혔을 때 그는 괴로움을 죽였다. 흥취 있게 놀던 잔치가 몹시 바빠졌다. 흥분된 그의 부푼 곳이 바빠졌다. 누가 가르쳐주지도 않았는데 그의 흥분된 부푼 곳은 그녀의 부푼 곳을 잘 찾았다. 그녀의 부푼 곳을 찾았을 때 그는 고통을 죽였다. 그 뒤 두 사람은 가빠지는 숨소리를 들으며 벅차오르는 행복을 느꼈다. 부푼 곳은 절망을 희망으로 어두움을 밝음으로 바꾸고 있었다. 쏴쏴! 빠져나가는 소리가 들려왔다. 걱정이 빠져나가는 소리. 괴로움이 빠져 나가는 소리.

　죽음을 약속한 날의 아침도 여느 날과 다름없는 아침이었다. 성현이 눈을 떴다. 동녘 빛이 텐트 안으로 들어와 밝았다. 해수를 바라보니 자고 있었다. 잠이 안 온다며 계속 술 마시더니 술기운에 잠 들은 것 같았다. 텐트 안에는 간밤의 즐거운 흥겨움의 흔적이 남았고 그 흔적은 그의 가슴에도 깊이 새겼다. 밖으로 나와 높은 바위 위에 앉았다. 동쪽하늘엔 검은 하늘을 거두고 흰 하늘을 내보내고 있었다. 하늘이 굉장한 아름다움을 발산하며 나타났다. 해가 뜰 때 하늘은 세 가지 색을 만들었다. 검은색 하늘이 없어지면서 곧 바로 흰 하늘이 되는 건 아니었다. 검은 하늘과 흰 하늘 사이에 빨간 하늘이 있었다. 검은색 빨간색 흰색이 나란히 있는 하늘을 성현은 바라보고 바라보았다. 그 아름다움에 탄성이 절로 나왔다. 검은색 빨간색 하늘은 얼마 있지 않아 사라졌고 흰 색의 하늘이 하루를 열었다. 그 뿐만 아니라 또 다른 아름다움에 그의 눈이 굳어지는 걸 느꼈다.

　이번의 아름다움은 산골짜기였다. 산골짜기마다 안개가 피어올랐다. 아침에 밥솥에서 밥할 때 모락모락 김이 나는 것처럼 골짜기 사이사이마다 하얀 안개가 모락모락 피어올랐다. 이번에는 아름다움에 벌린 입이 다물어지지 않았다. 장관이었다. 장관! 여태껏 그는 해지는 노을하늘이 장관인 줄 알았으나 그보다 더한 훌륭한 광경에 탄

복을 했다. 훌륭한 아름다움을 연출하는 장면들이 그를 흔들었다. 흔들었다. 흔들리며 변화되고 있었다. 야망을 가져라!는 말이 들려오는 듯 했다. 흔들리는 변화 속에서 달려 온 단어. 바보짓! 그래 맞다. 바보짓이다. 내 돈 빼앗기고 내가 죽는 바보짓은 왜하냐. 한 번뿐인 아까운 목숨이다. 지금 모든 걸 다 잃어버렸기 때문에 당분간은 힘들더라도 가까운 미래엔 일어설 수 있다. 경제적으로 부탁할 친구들도 있고 정신적으로 기댈 어머니와 이젠 해수도 있는데 내가 왜 죽어! 삼십대 중반인 나, 이십대 종반인 해수. 우린 한창 나이다. 그래도 난 강남의 인기인이었다. 지금도 내가 손 내밀면 악수해 줄 곳도 있는데. 그래 세상이 날 배신해서 죽음을 택했다면 세상이 올바로 잡히도록 적은 힘이나마 나도 보태면 되잖은가. 마침 다행히 난 교육자다. 가르칠 것이 없어서 세상을 떠나고 싶었으나 반대로 가르칠 것이 많아졌다.

세 가지 색깔의 하늘, 모락모락 피어나던 안개. 이토록 아름다운 자연이 있고 저토록 아름다운 해수가 있는 나는 행복하다! 성현은 자신을 위해 소리쳤다. 청년아, 기 펴라! 무척 슬프다에서 정답다로 바뀐 마음이 아픔을 내보냈다. 그를 괴롭히던 사람도 마음에서 내보냈다. 그가 허겁지겁해졌다. 혹시 해수가 혼자 있는 동안 혼자 약을 먹었을까 해서였다. 뛰었다. 황급히 텐트 안으로 들어갔다. 행운은 그곳에도 있었다. 해수가 살아 있었다. 부산스런 그의 소리에 잠에서 깨어난 해수가 말했다.

"오빠, 나 엄마 꿈꿨어. 돌아가시고 난 뒤 무지 보고 싶어 꿈에서나마 엄마를 보게 해달라고 애원했건만. 보여주시지 않더니 어젯밤 꿈에 나타나셨어. 엄마가 나를 향해 대뜸 화내며 말했어. 죽으면 안 돼.

여긴 네가 올 곳이 아니야. 죽은 자는 말이 없다.란 말은 이곳에서 유래된 거야. 죽은 자는 말을 하면 안 돼. 특히 이곳의 소식을 알리면 엄벌을 받는단다. 난 엄벌 받을 각오를 하고 너를 살리기로 했어. 육신을 받아 사는 사람 세상이 좋단다. 고통을 극복하며 사는 게 사람 세상이란다. 이곳에 오지마라. 절대로 죽으면 안 된다! 엄마가 그렇게 화내는 건 처음 봤어. 생전에 엄마는 그렇게 화낸 적 없었거든.”

“그래, 그래 해수야. 잘됐다. 우리 죽음을 철회하자. 초지일관 죽음에 매달릴 필요는 없잖아. 우리 죽음을 취소하자. 나도 가만 생각해 보니 바보 짓 한 것만 같아. 내 돈 뺏기고 내가 죽으려 했더라고! 우리 목숨은 귀중하잖아.”

“……”

“어째서 말이 없냐?”

“난 갈 곳이 없잖아.”

“아! 괜찮아. 내가 있잖아. 친구가 돈 빌려줄 테니 좀 넓은 집으로 이사하라는 걸 내가 거절했어. 산에서 내려가면 친구의 도움을 받아 들여 우선 이사부터 할 거다. 너 우리 집으로 들어와라. 결혼식을 먼저하고 네가 집으로 들어오는 게 순서지만 형편이 그러질 못하니 어쩔 수 없잖아. 형편 풀리면 결혼식부터 먼저 하자. 내가 마음만 다잡으면 친구 돈 갚고 곧 일어설 수 있어. 너의 평생을 나와 함께하자. 내가 책임질게. 우리 멋진 결혼식 올려서 잘 먹고 잘 살자.”

“알았어. 오빠, 고마워. 나도 어디든 당장 취직해서 오빠에게 보탤게.”

“우리 이번 고통을 계기로 더욱 야물고 풍성해지자. 난 비싼 수업료 내고 인생 공부했다고 생각하기로 했어.”

"근데, 오빠는 다행히 이겨내서, 비싼 수업료 내고 인생 공부했다고 말 할 수 있지만 나의 엄마처럼 그러질 못하고 죽는 사람도 있어. 현실은 돈이 행복이 되었고 희망이 되었잖아."

그녀의 마음도 흔들려 변화되었다. 그녀에게서 삶을 느낄 수 있기 때문이었다.

"오빠, 떠오른 해가 참 좋아. 이렇게 좋은 감정 오랜만이야."

텐트 밖을 나와 해를 바라보며 두 사람은 마주 서서 웃었다. 사람 일은 모른다더니 어제만 해도 죽으려고 고통 속에서 뒹굴었는데 오늘 밝은 햇빛 아래서 밝게 환히 웃게 될 줄이야.

"오빠, 우리 조금 뛰어다니자. 산도 우리가 즐거워 뛰어다니면 좋아하겠지."

"그러자. 그러자."

기쁨의 표현을 하고 싶어 해수가 뛰고 성현이 뒤따라 뛰고 금방 서로는 손을 잡고 뛰었다. 고통이란 줄에 묶여 지지리도 슬퍼했는데 이젠 지지배배 웃었다. 고통이 누린내가 나도록 때리는 바람에 누르퉁퉁했던 몸이 누르죽죽했던 마음이 순간에 사라지고 스러졌다.

"오빠, 나무들이 왜퉁스레 묻고 있어."

"뭐라고 묻고 있니?"

"너희는 무엇이 좋아 그렇게 뛰어다니느냐,고 묻는 듯해. 나무는 우리가 즐거워하는 이유를 모르나 봐. 우리랑 같이 호흡하고 있으면서."

"나무가 어떻게 알겠어. 나무는 나무일뿐이야."

그러면서도 나무, 나뭇잎, 꽃, 바위, 시냇물들 산속의 모두와 두 사람은 함께 기뻐했다. 바람으로 머리를 빗고 시냇물로 세수를 하고 햇빛으로 얼굴을 말린 두 사람은 또 유쾌해서 숲길을 뱅글뱅글 돌며 걸었다. 먼저 걷던 해수가 환하게 외쳤다.

"이리 와 봐, 오빠. 이리 와 보라고!"

해수의 다급한 외침. 아픔에 놀라고 슬픔에 놀랐던 성현의 가슴은 다급한 그녀의 외침에 또 놀라 겁먹으려했으나 그 외침엔 웃음기가 있었으므로 안도의 숨을 쉬며 얼른 그녀 곁으로 갔다.

"왜? 무슨 일이냐?"

"이것 봐, 오빠."

"아니, 이건 음식이잖아."

"그래, 음식이야. 방금 빠르게 추측해냈는데 혹시 등산객들이 음식을 많이 갖고 왔다가 내려갈 때 무거우니까 산을 지키는 짐승들이라도 먹으라는 의도로 음식을 놔두고 간 것 같아."

"맞아, 그렇게 추측된다."

"봐, 버린 음식이 아니잖아. 음식을 바위 위에 공손히 놓아 둔 느낌도 있잖아. 먹다 만 과자도 있지만 지저분하지가 않아."

"맞아. 해수의 추측이 맞아."

"와! 기분 좋아. 배가 넘 고파 먹을 걸 찾으러 다녔는데 확 눈에 띄는 거야."

"너도 그랬구나. 나도 배 많이 고팠다. 다행이다."

"그래요, 오빠. 다행이야. 배고픔을 느끼는 걸 보니 우리에게도 삶의 의욕이 찾아든 거야."

"그렇구나."

해수가 웃음꽃을 피웠고 성현은 웃음보를 터뜨렸다.

"사람 죽으라는 법 없나봐, 오빠."

"그럼, 세끼를 굶으면 쌀 가지고 오는 놈 있다더니."

"오빠가 그런 말도 할 줄 알아?"

"물론이지. 한 마디 더 할게. 난 종로에서 뺨 맞고 한강에 가서 눈흘겼어."

"어째서? 무슨 의미야?"

"내 돈을 빼앗아 간 김 여사에게는 한 마디 말도 못하고 공연히 세상을 향해 투정 부렸으니까."

"맞아. 재밌어. 나도 한 마디 할게."

"그래. 들어보자."

"난 노루를 쫓았는데 생각지도 않게 토끼가 걸려들었어."

"……?"

"모르는 눈빛이네. 오빠의 모르겠다는 눈빛도 재밌어."

"그래, 모르겠다. 말해 봐. 무슨 뜻인지."

"난 배가 고파 나무에 달린 열매라도 찾으러 다녔는데 생각지도 않게 맛있는 과자, 사탕이랑 과일들을 얻게 되었으니 뜻밖에 이익을 봤잖아. 뜻밖에 토끼가 걸려든 거지."

"아하. 해수 말이 훨씬 좋아. 그럼 이번엔 내가 우스꽝스런 행동을 보여줄까. 아니야. 안할 거야."

"보여줘, 오빠."

"아니야. 내가 체수없이 보일 수도 있어서 안할 거야."

"괜찮아, 오빠. 보여줘. 나에게 안 보여주면 누구에게 보여줄 거야. 내게 보여줘."

"그렇구나. 그럼 보고 난 뒤 놀리지 마라."

"알았어."

일어 선 성현은 심호흡을 한 뒤 손을 땅에 짚고는 계속해서 거꾸로 뛰어 넘었다. 그런 모습을 본 해수는 소리 죽여 자꾸 웃었다. 뜀을 마친 그와 그녀는 터져 나오는 웃음을 참지 못해 웃음바다를 이루었다.

"숭어뜀이라는 거야."

"숭어뜀?! 재밌다. 오빠, 많이 변했어."

"그래, 변하기로 했다."

그러는 사이 두 사람은 등산객이 남겨 둔 듯한 음식들을 다 먹었다.

"오랜만에 배 불리 먹었어. 오빠 물 마시고 싶어."

"그렇구나."

그가 물을 찾으려고 일어섰다.

"같이 가, 오빠."

"많이 걸어 다리 아프잖아. 바로 아래에 물이 있는 걸 봤으니 금방 떠올게."

"싫어. 오빠랑 잠시도 떨어지기 싫어."

"알았다. 그건 나도 그래."

일어서던 그녀가 나무줄기에 걸려 넘어졌다. 그녀의 손을 잡고 있던 그도 함께 넘어졌다. 넘어진 두 사람. 젊은 두 남녀. 아무도 보는 눈 없는 깊은 산속. 키스를 해도 아름다웠고 섹스를 해도 아름다웠다. 그럴 때, 하필 그럴 때 개구리 한 마리가 폴짝 뛰어 누워 있는 그녀의 이마 위에 앉았다. 서로의 입술을 찾아 키스를 하려던 두 사람은 놀라서 일어 나 앉았다.

"하! 하! 하!"

"호! 호! 호!"

두 사람은 배를 움켜잡고 웃어댔다.

"녀석이 눈이 안 보이는 가봐. 오빠, 장님개구리인 가봐."

"아니야. 해수가 예쁘니까 다가온 걸 거야. 숫개구리일 거야."

끊임없이 웃던 두 사람은 서로를 쳐다보았다.

"오빠, 오늘은 아침부터 계속 웃었어. 얼마 만에 웃어보는 웃음인지. 나에게도 이런 웃음이 찾아올지 몰랐어. 오빠, 고마워. 오빠가 웃음을 주었어."

"아니다. 네가 나에게 웃음을 주었다. 참으로 오랜만에 웃어보는 웃음이구나. 해수야, 고맙고 사랑한다."

존재함과 존재하지 않음. 존재하지 않으려 했던 두 사람은 존재함의 상태에서 푸릇푸릇 돋고 있었다.

꽃잎 하나가 땅에 나부시 내려앉건만 잘 보이지 않았다. 어느새 어둠이? 주위를 둘러보았다. 밝은 빛은 휘늘어지며 멀어져 가고 어두운 빛은 휘날리며 다가왔다. 웃음을 찾은 즐거움 속에서는 모험을 피하고 안전을 꾀하는 게 상책. 지독한 고통 속에 있을 땐 죽고만 싶어서 껌껌한 산도 겁 없이 돌아다니겠으나 즐거움 속에 있는 지금은 사정이 달랐다. 해수가 산에서 위험을 당할지도 모르니 안전함이 있는 텐트 쪽으로 어서 옮겨야겠다고 성현은 판단했다.

"해수야, 곧 어둠이 오겠다. 빨리 텐트로 가자. 산은 어두워지면 금방 컴컴해지거든."

"알았어."

물고기가 물위에 떠서 숨 쉬느라고 입을 벌렸다 오므렸다 하는 것처럼 성현 머리 위의 작은 구름도 숨 쉬는듯하더니 이내 어둠에 묻혀버렸다.

"오빠, 우리 텐트가 있는 곳이 어디지? 우리가 너무 멀리 왔나봐."

"그러게. 침착하게 찾아보자."

두 사람은 발걸음을 크고 재게 떼며 땅을 구르듯이 바쁘게 걸었다, 그렇게 한참을.

"저기다. 오빠, 저기 보여. 달빛이 환해서인지 어두운데도 묘하게 보여지네."

"그렇구나. 다행이다."

"이젠 천천히 걸어도 되겠어. 후유. 한숨이 다 나와."

손을 잡았다. 텐트 찾느라고 허둥댄 탓에 떨어지기도 한 서로의 손을 잡았다.

사건이 일어 난 현장. 일이 생긴 그 자리의 문을 걷어 올렸다. 서로의 운명을 바꿔 놓은 현장 안으로 들어섰다. 텐트 안.

"오빠, 우리 이곳에서 죽으려 했는데 지금은 삶에 희망 차 있으니 이 텐트 버리지 말자. 우리에겐 소중한 물품이야. 지금의 현실이 감개무량해."

"그렇구나. 그래. 그러자."

"안으로 들어오니까 달빛 한 점 없어서인지 깜깜해."

"그럼, 밖으로 나갈까."

"싫어. 그래도 여기가 좋아. 오빠와 단둘이 있어서 정말 좋아."

"해수야!"

성현이 속삭이듯 연인을 불렀다.

"왜?"

연인을 향해 해수가 달콤하게 답했다.

"사랑해!"

연인은 해수를 살며시 포옹.

"나도 오빠 많이 사랑해!"

살포시 안긴 연인은 감동의 눈물.

"해수야, 우리 어젠 죽으려고 부부의 인연을 맺었잖아. 오늘은 완전 달라졌어. 살기 위해서 부부의 인연을 맺자. 우리 행복하게 잘 살자!"

성현은 소리 죽여 울고 있었다. 성현의 가슴을 파고 들던 해수의 손이 연인의 목을 입술을 눈을 찾았다.

"오빠, 울고 있구나."

"너도 울고 있잖니."

"너무 기뻐서."

"나도 그래."

"나에게 이런 행복이 올 줄 몰랐어, 오빠."

"이제 우리 행복을 놓치지 말자."

그 이후부터는 말을 할 수가 없었다. 입술이 없어져 버렸기 때문. 혀가 짧아지고 혀가 길어지고 하는 사이 서로의 몸과 마음은 맞아들이는 흥분으로 바빴다. 심장이 주기적으로 오므라졌다 부풀었다 하질 않고 부풀기만 했다. 혈액이 들고 나야 하건만 흥분으로 심장이 터지겠는지 들어오는 혈액을 받지 못하고 있었다. 아름다움을 살펴 찾지 않아도 서로가 만지는 몸 구석구석이 아름다웠다. 어둠이 무색해져서 도망 가 버렸다. 두 사람이 환한 곳에서나 할 수 있는 물감들인 빛깔을 만들며 사랑을 하고 있으니 어둠이 무색해 질 수밖에. 쓸데없는 군더더기가 없었다. 쾌락만이 있었다. 열을 내면서 진행하는데도 불쾌하지 않았다. 유쾌했다. 오히려 주위의 열까지 흡수해서 불

붙게 했다. 서로에게 흡수당하며 통쾌해했다. 정신적 쾌락, 육체적 쾌락, 애무의 끝에는 쾌락이 있었다. 쾌락의 끝에는 흡입이 있었다. 그의 부푼 곳이 그녀에게 빨려가고 그녀의 부푼 곳이 그를 끌어 당겼다.

홍미진진한 이야기가 시작되었다. 어젯밤 술김에 홧김에 치른 처음 이야기는 어설펐다면 두 번째 이야기는 홍겨웠다. 어젯밤은 그림자 놀이였다면 오늘은 사랑놀이였다. 오빠, 제일 가까운 내 몸의 이런 홍미로운 사랑놀이를 두고 죽었다면? 너무 아까웠겠다. 그치, 응, 대답해줘. 애교 섞인 목소리가 쾌감으로 바쁜 와중에도 속삭이며 즐겼다.

복숭아 빛깔이 빛났다! 터졌다! 절정의 순간. 잠시도 곁에서 떠나지 않던 쾌감이 맨 꼭대기에 섰다. 짜릿짜릿. 그 자리에서 이루어지는 것은 서로의 사랑이었다. 짙은 어둠속에서 무엇이 무엇인지 분간은 못해도 진한 사랑은 확실히 보고 느낄 수 있었다. 시작이 있으면 끝마침이 있기 마련. 흥분이 가라 앉으면서 나무를 스치는 바람소리도 들렸고 자연의 소리도 들렸다. 잠든 해수의 숨소리도 들렸다.

잠든 해수 곁에서 성현은 상념에 잠겼다. 남을 잘 대접해주고 도리어 해를 당한 일이 억울했던 지난 시간. 큰 비가 올 일에 대비는 않고 큰 비를 맞고 난 뒤에야 후회했던 지난 시간. 물불을 가리지 않고 함부로 날뛰며 살고 있는 늙은 한 여자에게 당할 만큼 어리석었던 지난 시간의 자신. 잊자. 잊자. 모두 잊자. 기쁘기 이를 데 없는 해수를 만나지 않았는가. 이루 다 말할 수 없는 행복을 얻었지 않았는가. 새 출발! 새롭게 시작하자. 교육자라는 나의 직업을 잘 활용하여 뒷에 바람을 받아 물위를 항해하고 싶어 하는 학생들의 돛이 되어 좋은 진로를 일러주고 잘 가르쳐야겠다.

어제와 오늘이 이렇게 다를 수가. 절망에 찼던 어제. 희망에 찬 오늘. 어제 세상을 원망했는데 오늘 세상을 향해 감사했다. 세상도 새로워보였다.

아침 해가 밝았다. 밤사이 사랑을 나눈 두 사람의 말은 부드럽기만 했다. 간단한 아침 인사의 말이 끝남과 동시에 서로의 몸을 매만졌고 입술을 포갰다.

"해수야, 나와 맹세할 일이 있다."

"뭘?"

"우리 다시는 불행해지지 말자. 행복하게 잘 살자. 그러기 위해 맹세하자는 거야."

"뭔데?"

"해수야, 지나친 술은 불행이다. 우리 술 끊자. 난 원래는 술 안마셨어. 근데 이번에 괴로움을 못 이겨서 술을 마시게 된 거야. 그리고 어느새 술을 습관처럼 마시게 되더라고. 습관이 길어지면 끊기 힘들어. 술도 적당히 마시면 좋아. 어느 것이든 중독되는 건 불행이야. 적당히 조절할 수 없으면 끊어버리자. 불행을 마실 필요는 없잖아. 지나친 술은 불행이다!"

"알았어! 나도 동감."

두 사람은 하늘과 가장 가까운 산꼭대기에서 가까이 내려다보고 있는 해를 바라보며 두 사람만의 결혼식을 미리 했다. 두 사람은 마주보고 섰다.

"장해수님, 내 아내가 돼주어서 고맙습니다. 행복합니다!"

"성성현님을 남편으로 섬기도록 해주셔서 감사합니다. 행복하니다!"

두 사람은 마주서서 서로에게 큰절을 했다.